MvS

Robert Rosenberg

IM NAMEN DES HERRN

Ein Kriminalroman aus Jerusalem

Deutsch von Till R. Lohmeyer

Marion von Schröder

Die Deutsche Bibliothek – CIP-Einheitsaufnahme

Rosenberg, Robert: Im Namen des Herrn: ein Kriminalroman aus Jerusalem / Robert Rosenberg. Dt. von Till R. Lohmeyer. – Düsseldorf: Marion von Schröder, 1995. ISBN 3-547-77863-8.

Titel der amerikanischen Originalausgabe: Crimes Of The City. Originalverlag: Simon & Schuster, New York, New York. Übersetzt von: Till R. Lohmeyer.
Lektorat: Bettina Foulon. Gesetzt aus der Garamond und Madison, Berthold. Satz: Dörlemann-Satz, Lemförde. Papier: Papierfabrik Schleipen GmbH, Bad Dürkheim. Druck und Bindearbeiten: F. Pustet, Regensburg. Printed in Germany. ISBN 3-547-77863-8.

Vorbemerkung des Autors

OHNE DEN ZUSPRUCH und die Ermunterung von Silvia Cherbakoff-Rosenberg, meiner besten Kritikerin und Freundin, die das Ende immer gleich am Anfang wissen will, und ohne das Angedenken an meinen seligen Vater, der mich die Bedeutung der Erinnerung lehrte, wäre dieses Buch nie geschrieben worden.

Mein Dank gilt auch Michael Eilan, Roy Isaacowitz, Margery Greenfeld-Morgan, Ze'ev Chafets, Harry Wall, Ellen Barie und Helen Kaye, deren Rat mir verschiedene Hürden zu überwinden half, mit denen ich nie gerechnet hatte. Lisa Di Mona und George Hodgman sorgten mit ihrem unermüdlichen Engagement dafür, daß mir ihre Freundschaft ebenso wertvoll wurde wie ihr professioneller Sachverstand.

Vor allem aber danke ich meiner Tochter Amber, die meine häufige Abwesenheit – insbesondere wenn ich zu Hause war – duldete, und natürlich all jenen Wächtern an den Toren Jerusalems, die noch immer soviel Vertrauen in die Menschen setzen wie andere in die Götter.

1

DER WINTER IN DER HEILIGEN STADT ging zu Ende, doch es war immer noch so kalt, daß sich jeder Schrei in eine winzige Wolke aus Wasserdampf verwandelte. Die Demonstranten marschierten durch ein Spalier erboster Regierungsanhänger und forderten den Ministerpräsidenten in Sprechchören zum Rücktritt auf. Die Polizei war zwischen die Fronten geraten.

»Verräter!« schrie ein unrasierter Mann mit einem faustgroßen, scharfkantigen Splitter jenes Kalksteins, aus dem fast ganz Jerusalem errichtet ist. Ein berittener Polizist verzog das Gesicht zu einer Grimasse. Sein Pferd schnaubte und drängte den Mann zurück; diesem fiel der Stein aus den Händen, und seine Verwünschungen galten fortan den Polizisten.

»Faschisten!« brüllte ein vielleicht sechzehnjähriges Mädchen. Untergehakt bei Freunden und Fremden, war sie Teil einer Menschenkette, die auf den Amtssitz des Ministerpräsidenten zu marschierte. Ein Ordner brachte sie zum Schweigen, indem er die Instruktionen wiederholte, die vor Beginn der Demonstration festgelegt worden waren: »Keine Provokation, keine Hetze!«

Es war ein Jahr des Hasses und der Angst in Jerusalem, ein sorgenvolles, anstrengendes Jahr für Avram Cohen. Alt genug, um sich noch an den Stechschritt der Paraden vor seinem Schlafzimmerfenster in Berlin zu erinnern, und jung genug, um Chef der Jerusalemer Kriminalpolizei zu sein, war Cohen auch klug genug, um zu wissen: Politik ist imstande, Ideale zu zerstören.

So verfolgte er die Demonstration vom Beifahrersitz des weißen Ford Escort aus und sah, wie sich seine eigene Anspannung in der Miene seines Assistenten, Inspektor Nissim Levy, widerspiegelte, der am Steuer des Einsatzwagens saß. Im Schrittempo fuhren sie die ansteigenden und abfallenden Straßen entlang, der marschierenden Menge hinterher, und lauschten den dröhnenden Stimmen der Beamten. Sie meldeten ihre Lageberichte an eine mobile Einsatzleitung weiter. Diese befand sich in einem Fahrzeug, das vor dem bereits von der Vorhut der Demonstranten belagerten Amtssitz des Ministerpräsidenten parkte.

Das Ende des Demonstrationszugs verließ das Dreieck des Ha'atzmaut-Parks im Stadtzentrum, überquerte die Hamelech-Georg-Straße und bewegte sich über die Bezalel auf den Osthang des Tals des Kreuzes zu. Die Fackeln der Demonstranten und die kreisenden Blaulichter der Polizeiwagen tauchten die Straßen in ein unruhiges Licht. Die Blitzlichter der Fotografen hielten wutverzerrte Gesichter fest. Auf den Kalksteinwänden der drei- bis vierstöckigen Gebäude zu beiden Seiten der Straße bildete das Licht sonderbare Farbkombinationen.

Direkt gegenüber, auf der Anhöhe jenseits des Tals, konnten sie die Lichter der Sicherheitszone um die Knesset und den Suchscheinwerfer eines Helikopters erkennen, der den Park absuchte. Cohens müde Augen starrten aus dem Fenster und blinzelten in das flackernde Licht. Levys nervöse Finger trommelten auf das Lenkrad, ein bewußter Kontrapunkt zu den Sprechchören der Demonstranten.

Cohen hatte alles über die Vorgeschichte der Demonstration gelesen, die geheimen Berichte ebenso wie die bisher veröffentlichten. Obwohl er Vertrauen hatte zu Einsatzleiter Yosef Schwartz, einem ruhigen Mann hoch zu Roß, der an der Spitze der Polizeitruppen sein möglichstes tat, damit der Protestmarsch nicht in eine Straßenschlacht ausartete, fürchtete Cohen, daß der Heiligen Stadt an diesem Abend Schlimmeres bevorstand als Tränengasschwaden und ein paar handgreifliche Auseinandersetzungen.

»Sieht aus wie *Son et lumière* an der Altstadtmauer«, murmelte er, »um den Touristen zu zeigen, wie's war, als die Römer die Stadt eroberten.« Die Demonstranten jenseits der Wagenfenster änderten ihren Slogan. Statt: »Zwei Völker – zwei Staaten!« riefen sie jetzt: »Schluß mit dem Töten – wir fordern Verhandlungen!« Cohens Stimme, heiser von zu vielen Zigaretten, paßte sich dem Rhythmus der Sprechchöre an.

»Ich frage mich, welche Version den Touristen vorgesetzt wird«, murmelte er, die historischen Ereignisse bedenkend. Daß der jüngere Kollege, ehrgeizig wie immer, sein Trommeln einstellte und aufmerksam die Ohren spitzte, um die Bedeutung seiner Worte zu entschlüsseln, bekam er nur am Rande mit. »Die Josephus-Flavius-Version oder die des Rabbinats?« fuhr er unter Anspielung auf jenen judäischen Befehlshaber fort, der zunächst gegen die Römer gekämpft hatte, später aber durch die Schilderung jener Epoche, in der die Juden ihren Kampf gegen das *Imperium Romanum* in einen grauenhaften Bürgerkrieg hatten abgleiten lassen, der zwangsläufig zur Niederlage führen mußte, bei den ehemaligen Kriegsgegnern zu hohem Ansehen gelangt war.

Levys Finger entspannten sich, als er sich an Cohen wandte, dem die Antwort längst bekannt war. »Die Rabbiner sagen, Josephus sei ein Verräter«, sagte er nüchtern. Bei der Erwähnung der Rabbiner schwang eine Spur Zynismus in seiner etwas schrillen Stimme mit.

Cohen rieb sich den Arm. Der Ausschlag, der seine Haut gleich oberhalb der blaßpurpurfarbenen Nummer rötete, die man ihm einst in Dachau eintätowiert hatte, war gleichermaßen störend wie vertraut. Manchmal schien er ihm wie eine unveränderliche Konstante seines Lebens, vergleichbar jener bleibenden Anziehungskraft, die die Stadt auf Pilger und deren Leidenschaften ausübte. »Josephus war ein Pragmatiker«, antwortete er auf Levys Bemerkung. »Er hielt sich immer auf der Seite der Sieger. Und als die Juden anfingen, sich gegenseitig umzubringen, war ihm sofort klar, daß der Krieg gegen die Römer nicht mehr zu gewinnen war.«

Levy verließ den vierspurigen Boulevard und bog auf die fünfspurige Schnellstraße ein, die an der Knesset vorbeiführte. Für nur einen Augenblick – doch lange genug, um in Cohen die Erinnerung an die Suchscheinwerfer im Lager lebendig werden zu lassen – hielt sie der irrlichternde Scheinwerferstrahl des Helikopters gefangen. Der Amtssitz des Ministerpräsidenten befand sich einen halben Kilometer weiter im letzten Haus des Regierungsviertels Kirya. Die Straße war bis hin zu dem efeuumrankten Gebäude, in dem das Kabinett in einer Krisensitzung über den jüngsten Friedensvorschlag beriet, auf ganzer Breite voller Demonstranten. Cohen hörte den unverständlichen Widerhall einer über Lautsprecher verbreiteten Ansprache.

»So, wie Sie das erzählen, klingt es wie eine Debatte zwischen Likud und Arbeiterpartei«, erwiderte Levy schließlich auf Cohens sarkastische Bemerkung und grinste in Erwartung eines bissigen Kommentars über die »verdammten Politiker«.

Doch bevor Cohen antworten konnte, ertönte ein Geräusch, das vorübergehend das monotone Stakkato des Polizeifunks verstummen ließ und die dröhnenden Echos in eine kreischende Rückkoppelung verwandelte. Cohen war, obwohl er die ganze Zeit über voller Bangen mit diesem Geräusch gerechnet hatte, nun doch davon überrascht.

»Granate!« brüllte er und riß die Wagentür auf.

Den Bruchteil einer Sekunde später rannte er in die benommene Stille hinein, die hie und da bereits von gellenden Schreien aufgebrochen wurde.

Die Sprengstoffexperten arbeiteten die ganze Nacht, von den Scheinwerfern der Fernsehteams profitierend, die die Bilder von den Jerusalemer Unruhen rund um die Welt verbreiteten. Sämtliche Metallteilchen in einem Hundert-Meter-Radius um den Explosionsort herum wurden eingesammelt.

Ein Splitter hatte auf dem Parkplatz vor dem Sitzungssaal des Kabinetts das Rückfenster eines Ministerwagens durchschlagen und ein sternförmig gezacktes Loch hinterlassen. Ein anderer war bis zum äußeren Fenstersims des Saals geflogen. Für Schlagzeilen sorgte indes ein anderer Splitter: Kaum einen halben Zentimeter breit und allenfalls doppelt so lang, fand man ihn im Gehirn eines Reserveoffiziers der Fallschirmjäger.

Ein Toter, zwölf Verletzte bei Granatenanschlag auf Friedensdemonstration in Jerusalem, hieß es in der Weltpresse. Die Regierung ließ verlautbaren, daß jede Andeutung, ein Jude könne für den Anschlag verantwortlich sein, bis zum Beweis des Gegenteils als schwere Verleumdung angesehen werde. Wer immer sich die Vergangenheit des Ministerpräsidenten vor Augen führte, konnte über diese Stellungnahme nur zynisch lächeln. Als extremer Nationalist hatte er nie gezögert, angebliche Verräter in den Reihen seiner Untergrundbewegung gegen die britische Mandatsverwaltung und die arabischen Nationalisten, die ebenfalls Anspruch auf das Heilige Land erhoben, umzubringen. Einer seiner Mitarbeiter erzählte neugierigen Reportern, die Kabinettssitzung sei durch die Explosion nicht beeinträchtigt worden. »Der Kabinettssaal ist natürlich schalldicht«, erklärte Regierungssprecher Ya'acov Nussbaum unbewegt.

Cohen nahm die Angelegenheit persönlicher. Anstatt sie der chaotischen Asservatenkammer des Polizeipräsidiums zu überlassen, bewahrte er die rekonstruierte Granate lieber in seinem eigenen Bürosafe auf. Es war die Mordwaffe, und der Tote galt der einen Hälfte der Bevölkerung als Märtyrer und der anderen als Verräter. Für Cohen war er ein Opfer dieser Spaltung.

Das Wort »Bürgerkrieg« war in aller Munde. Wenngleich auch Cohen eine solche Entwicklung befürchtete, durfte er den Begriff offiziell nicht benutzen. Von ihm als Polizeibeamten erwartete man in jenem die gesamte Gesellschaft durchdringenden Parteienstreit strikte Neutralität, und schon die Erwähnung einer potentiellen Bürgerkriegsgefahr wäre ihm in jenem Jahr als Verletzung der Neutralitätspflicht ausgelegt worden, die einzuhalten er geschworen hatte.

So begann er bei der Tatwaffe. Innerhalb von achtundvierzig Stunden fanden die Experten in ihren Laboratorien heraus, daß es sich um eine SIDRA-13-Granate handelte, die von der israelischen Rüstungsindustrie speziell für Geiselnahmen entwickelt worden war. Die Armee hatte eine Granate gesucht, die sich dazu eignete, einen Terroristen auszuschalten, dabei aber nur geringe Splitterwirkung entfaltete. Weil sie die letztgenannte Bedingung nicht erfüllte, hatte sich die SIDRA 13 als Fehlkonstruktion erwiesen, doch war die Produktion aufgrund bürokratischer Zwänge erst nach Fertigstellung einer Serie von 12000 Granaten eingestellt worden.

Major Ehud Gozani, Cohens Verbindungsmann beim militärischen Abwehrdienst im Zentraldistriktskommando, berichtete, die Granaten seien in den vergangenen fünf Jahren an über hundert Armee-Einheiten in sechs Divisionen verteilt worden. Mehr als 120000 Personen hatten während dieses Zeitraums Zugang zu den Waffen, von denen jeweils zehn in eine Styroporkiste gepackt worden waren. In der Armee hatte eine minuziöse Untersuchung über den Verbleib der Kisten begonnen. Computer der Armee und des *Sherut Bitahon*

Klali – der allgemein unter der Bezeichnung *Shabak* bekannten geheimen Gegenspionage – sowie der primitivere, noch überwiegend von menschlichen Archivaren betreute Dokumentationsdienst der Polizei spuckten Listen potentieller Verdächtiger aus. Sie enthielten die Namen von Soldaten mit Verwandten im Untergrund; von Soldaten, die dafür bekannt waren, gelegentlich Ausrüstungsgegenstände zu verlieren, oder von jenen, die die Militärpolizei des Diebstahls verdächtigte – sei es, um aus dem Diebesgut Profit zu schlagen, oder bloß aus Spaß. Überführte Kriminelle nahm die Armee nicht auf, doch Soldaten, die Kontakte zu Kriminellen pflegten, sollten nun ebenso verhört werden wie die betroffenen Kriminellen selbst. Auch bekannte Rechtsextremisten kamen auf die Liste der möglichen Tatverdächtigen, die von Tag zu Tag länger wurde.

Doch Cohen und seine Mitarbeiter mußten vorsichtig sein. Die Zeitungen berichteten – unter Berufung auf offizielle Quellen –, daß die Ermittler auch eine mögliche arabische Urheberschaft an dem Verbrechen nicht ausschlössen. Ein denkbares Motiv lieferten diese Verlautbarungen gleich mit: »Provokateure, die Juden gegen Juden aufhetzen wollen.«

»Der Ministerpräsident müßte es eigentlich wissen«, schrieb ein regierungsfeindlicher Kommentator. »Seine Gefolgsleute bedienten sich im Kampf gegen britische Besatzungssoldaten und arabische Nationalisten oft genug genau der gleichen Methoden.« Cohen legte die Zeitung beiseite. Die Politik der Opposition interessierte ihn ebensowenig wie Koalitionskrisen. Das Parteiengezänk ließ ihn kalt, und er betrachtete die Gegner des Regierungschefs mit der gleichen Geringschätzung wie alle Politiker, die aus ihrer Ideologie einen Götzendienst machten.

Offiziell waren für Cohen zweihundert Männer und Frauen in Uniform oder Zivil tätig. Doch die palästinensische Intifada, die sich im Rhythmus des internationalen Terrorismus, militärischer Gegenschläge, diplomatischer Bemühungen und der immer wiederkehrenden Gerüchte über Grausamkeiten hochschaukelte, zehrte an den Kräften des ohnehin knapp bemessenen Polizeibudgets. Im arabischen Ostteil der Stadt kam es fast täglich zu Streiks und Unruhen mit Steinwürfen und Tränengas, die nach Cohens Ansicht sorgfältig geplant waren. Seit kurzem hatte sich jemand darauf spezialisiert, israelische Autos anzuzünden, die an ihren gelben Nummernschildern mit schwarzen Ziffern erkennbar waren. Allein auf diesen Fall hatte Cohen ein Dutzend Mitarbeiter angesetzt. Weitere zwei Dutzend waren vorübergehend zur Führung jener Polizeieinheiten abgestellt worden, die man aus anderen Landesteilen herbeibeordert hatte, um die Jerusalemer Polizei während der Demonstrationen zu verstärken. Daß unterdessen die alltägliche Kriminalität von Taschendiebstahl und Einbruch über Drogenhandel bis zu Mord nicht abbrach, verstand sich von selbst.

Vor die Wahl gestellt, entweder Ost-Jerusalem ruhig zu halten oder alle verfügbaren Kräfte auf die Ermittlungen nach dem oder den Verantwortlichen für den Granatenanschlag zu konzentrieren, zog es die Polizeiführung im vierten Stock des Präsidiums vor, der Regierung gefällig zu sein. Die Niederschlagung der Intifada – vor allem in der Hauptstadt, die der Ministerpräsident »die ewige« nannte – hatte daher höchste Priorität.

Von politischen Vorgaben behindert, machte sich Cohen an die Arbeit. Er war entschlossen, den oder die Mörder zu fassen, selbst wenn es ihn ein ganzes Jahr kosten sollte. Aber ihm stand kein ganzes Jahr zur Verfügung.

Eine Woche nach dem Anschlag, an einem wolkenverhangenen Freitagmorgen nur wenige Stunden vor Beginn der moslemischen Gebete, entdeckte ein arabischer Gärtner beim Umgraben eines Blumenbeets gleich hinter dem Felsendom auf dem Tempelberg – den die Araber Haram-al-Sharif nennen – einen im Erdboden verscharrten israelischen Armeerucksack mit zwölf weiteren SIDRA-13-Granaten. Als Zeitbombe präpariert, hätten sie um zwölf Uhr mittags detonieren sollen.

Einem schläfrigen Polizisten, der sich in der winzigen Polizeiwache am Tempelberg gerade seine zehnte Tasse Kaffee einschenkte, war es zu verdanken, daß die Granaten nicht in die Hände islamischer Fundamentalisten gerieten, zu denen der Gärtner Kontakt hatte. Der Polizist hatte zufällig aus dem Fenster gesehen. Der Araber, der von der Säule zur Brunnenmauer quer über den menschenleeren Platz rannte und dabei einen schweren Gegenstand an seinen Bauch preßte,

war ihm irgendwie verdächtig vorgekommen. Der Polizist hatte den Fenstergriff hinuntergedrückt, die Flügel aufgestoßen und dem sichtlich erschrockenen Mann gegen die hereinströmende kalte Morgenluft »Stehenbleiben!« entgegengeschrien. Als der Araber weiterrannte, setzte er ihm nach. Bei aller Müdigkeit – er war erheblich jünger und schneller als der Verfolgte – erwischte er den Moslem kurz vor den Stufen, die in den Tunnel zur Kettenstraße hinabführten. Der Araber, offenbar ein starker Raucher, war völlig außer Atem, während der Polizist insgeheim den Fußballspielen dankte, mit denen er sich Samstag nachmittags regelmäßig seine Kondition erhielt.
Eine halbe Stunde später durchkämmten die Spezialisten des Entschärfungskommandos zusammen mit einem Team von Kripobeamten unter Cohens Leitung das Gebiet nach weiteren versteckten Sprengladungen. Außer dem besagten Rucksack war nichts zu finden. Bei der Untersuchung stellte sich allerdings heraus, daß die Granaten so miteinander verdrahtet waren, daß sie alle gleichzeitig explodieren mußten. Zur Mittagszeit, auf die der einfache Zeitzünder eingestellt war, erreichten die Freitagsgebete ihren Höhepunkt; Zehntausende gläubiger Moslems beugten um diese Zeit die Knie, verneigten sich nach Südosten, gen Mekka, berührten mit der Stirn den Boden. Dutzende, wenn nicht Hunderte von Menschen hätten bei der Detonation getötet werden, irreparable Schäden an der Moschee mit der vergoldeten Kuppel entstehen können, die sich über dem Felsen erhob, von dem aus nach islamischer Tradition der Prophet Mohammed gen Himmel gefahren war.
Ein Anschlag dieses Ausmaßes wäre Öl in die bereits heiße Glut der Intifada gewesen. Wie sich herausstellte, reichte allein schon die Nachricht von der Entdeckung und Entschärfung der Bombe aus, um die Gebetsversammlungen des Tages überall in den besetzten Gebieten in einen zweiundsiebzigstündigen Aufruhr zu verwandeln. Gerüchte und Gegengerüchte fachten das Feuer immer wieder an. Insgesamt siebzehn Demonstranten, die Steine und Molotowcocktails geschmissen hatten, wurden auf den Straßen zwischen arabischen Dörfern und jüdischen Siedlungen in den besetzten Gebieten von Soldaten erschossen. Auf der Strecke zwischen Tel Aviv und Jerusalem griff ein Mann aus dem Gazastreifen dem Fahrer eines Expreßbusses ins

Lenkrad, worauf das Fahrzeug in eine Schlucht stürzte. Vierzehn Israelis und ein Tourist kamen ums Leben, fünfundzwanzig weitere Passagiere überlebten als Krüppel. Wie durch ein Wunder kam auch der Fundamentalist aus Gaza mit dem Leben davon. Im Krankenhaus erzählte er seinen Vernehmern, er habe, als der Bus am Grunde der Schlucht liegenblieb, fest damit gerechnet, geradewegs in den Himmel zu kommen.

Was die Moslems betraf, so hatten sie für die versteckten Granaten nur eine einzige Erklärung: Es war eine neuerliche zionistische Verschwörung mit dem Ziel, sie von ihrer heiligen Stätte zu vertreiben. Der Bürgermeister war rund um die Uhr auf Achse, um den arabischen *Wakf*-Rat der *Kadis* zu beruhigen, der seinerseits von Extremisten gedrängt wurde, auf den Gebetsversammlungen der nächsten Woche den Heiligen Krieg auszurufen. Der Bürgermeister versprach, die Polizei würde alles in ihrer Macht Stehende tun, um die Saboteure zu fangen. »Wer immer sie sein mögen«, sagte er und bestand darauf, diese Worte auch in seiner Presseerklärung wiederzufinden. Die politische Rechte empörte sich, daß der Bürgermeister eine mögliche jüdische Beteiligung an dem fehlgeschlagenen Attentat nicht von vornherein ausschloß. Aus dem Ministerium war erneut zu hören, arabische Provokateure könnten ohne weiteres sowohl für den Anschlag auf die Friedensdemonstration als auch für das Beinaheattentat auf dem Tempelberg verantwortlich sein.

»Verfluchte Politiker«, murmelte Cohen öfter denn je vor sich hin, während er über den Akten des Falles brütete. Seine Mitarbeiterinnen und Mitarbeiter befragten Soldaten und weinerliche Mütter (»Mein Sohn ist doch ein so guter Junge!«) und brachten ihm ihre handschriftlichen Vernehmungsprotokolle ins Büro. Shmulik, sein Verbindungsoffizier im Shabak, ließ Cohen seine täglichen Aufzeichnungen von den Aussagen der *Shtinker* zukommen, der V-Männer des Geheimdienstes in den schmuddeligen Gassen der palästinensischen Flüchtlingslager, und auf seinem Schreibtisch türmten sich Ehuds Computerlisten.

Manchmal in jener frostigen Jahreszeit geschah es, daß sich Cohen spätabends, lange nachdem er Levy nach Hause geschickt hatte, dabei ertappte, wie er gebannt ein Mosaiksteinchen anstarrte, das partout nicht ins Bild passen wollte. Dann öffnete er die mit Zigarettenbrandflecken übersäte untere rechte Schreibtischschublade und entnahm ihr eine Flasche mit billigem Weinbrand und eines jener kleinen Pyrexgläser, in denen bei der Polizei meist starker türkischer Kaffee mit viel Satz ausgeschenkt wurde. Nach einem halben, bisweilen aber auch erst nach zwei Gläsern konnte er sich dann in seinen Schreibtischstuhl zurücklehnen und daran denken, daß er einst geglaubt hatte, dieser Stadt bei der Erfüllung ihres Namens dienen zu können, indem er als Wächter an ihren Toren Verbrecher und Verrückte daran hinderte, in die Stadt des Friedens einzudringen.

2

DER MANN GING OHNE EILE, denn er wußte, er würde niemandem begegnen. Das Licht der Straßenlaternen im Tal von Ein Kerem wurde rasch vom dichten Nebel verschluckt. Das feuchte Laub und die Tannennadeln erstickten das Geräusch der Schritte, die ihn zum Kloster hinaufführten, das hoch über dem Dorf am Berghang lag. Er ging nicht durch das große grüne Klostertor und hielt auch nicht an der kleinen, mit uralten Ikonen geschmückten und von nackten Glühbirnen erhellten Kirche inne. Er kletterte weiter den Berghang empor, über die kleine Ansammlung von Gebäuden mit ihren weißgekälkten Mauern und dem roten Balkenwerk hinaus und um das Gelände herum. Er benutzte einen schmalen Trampelpfad, von dem man ihm erzählt hatte, er sei von Schäfern ausgetreten worden, die hier jahrhundertelang ihre Schafe über die Hänge getrieben hatten.

Über ihm verlief die Straße zum Hadassah-Klinikum. Im Osten mußte ein großes Steinhaus liegen, in dem eine Studentenwohngemeinschaft lebte. Er hörte Musik von dort und hielt sie für einen Engelschor, der ihm den Weg entlang der Klostermauer wies.

Er suchte eine ihm wohlbekannte Stelle, einen schmalen Spalt im Abhang, wo die Mauer so niedrig war, daß man sie geräuschlos überspringen konnte. Jenseits der Mauer schlich er durch feuchtes Laub zur Treppe. Die Stufen, aus dem gleichen weichen, weißen Stein, der überall in der Stadt Verwendung fand, waren von fast zweihundertjährigem Gebrauch glattpoliert und schimmerten im kühlen Tau des nächtlichen Nebels. Er bewegte sich jetzt schneller. Als er auszurutschen drohte, hielt er den Atem an und gewann mit Hilfe seines Oberkörpers das Gleichgewicht sofort zurück. Mit einer weit ausholenden Armbewegung setzte er seinen Weg fort; es sah fast aus, als flöge er die Treppenflucht hinab.

Das *Requiem* war kaum noch zu hören. Statt dessen drangen andere Klänge an sein Ohr: ein monotoner Refrain von Frauenstimmen, die auf den gleichbleibenden Rhythmus einer Männerstimme antworteten. Er lauschte eine Weile und ging dann weiter. Die betenden russischen Nonnen, die sich im kargen gelben Licht von Kerzen und nackten Glühbirnen versammelt hatten, waren nicht sein Ziel.

Er ging in den Garten, wo die Ordensfrauen paarweise in winzigen, mit roten Ziegeln gedeckten Häuschen lebten. Er kannte die beiden Nonnen, die er suchte. Die eine war sehr alt und die jüngere viel zu schön, um im klösterlichen Habit ein weltabgeschiedenes Leben zu führen. Der staubige Saum ihres schwarzen Gewandes schlenkerte beim Gehen hin und her. Er kannte diesen Rhythmus gut; er klang in seinen Ohren vielversprechend, und er erinnerte sich seines Versprechens, während er sich leise von einem zum nächsten Häuschen schlich.

Als er durch das Fenster des vierten Häuschens blickte, erkannte er den gelben Korb, mit dem die ältere Nonne unten im Dorf immer ihre Einkäufe erledigte. Der Strahl seiner Taschenlampe fiel durch das Korbgeflecht, zeichnete auf die Wand gegenüber eine Art Schachbrettmuster und glitt zitternd über eine Ikone an der Wand, die die Gesichter zweier Frauengestalten mit goldenem Heiligenschein darstellte. Das Licht ließ die Vergoldung aufblitzen, und die Augen der Frauen auf dem Gemälde starrten ihren Betrachter an.

Rasch glitt er zum Eingang. Die dünne Holztür war nicht versperrt. Er schlüpfte hinein und zog sie sorgfältig hinter sich zu. Mit überlegten, zielbewußten Bewegungen durchsuchte er den Raum. Er begann mit dem Kleiderschrank. Zwei schwarze Habite hingen an hölzernen Haken, und auf dem Boden stand ein Koffer aus Vinyl und Pappe, der jedoch bis auf ein Paar Sandalen leer war.

Vorsichtig tastete er die Ablage über den Ordenstrachten ab und erstarrte, als er an einen Schuhkarton stieß, der mit handgeschriebenen Briefen gefüllt war. Sie waren mit einem blaßblauen Band zusammengeschnürt, das er mit einem kurzen, heftigen Ruck zerriß. Die Briefe fielen zu Boden. Nachdem er sie wieder eingesammelt hatte, setzte er sich auf das schmale Bett. Die kleine Taschenlampe zwischen den Zähnen, blätterte er sie durch.

Unter den Briefen fand er ein einzelnes Schwarzweißfoto. Die Jahre hatten es vergilbt, so daß es inzwischen fast die gleichen Farben aufwies wie die Ikone über dem Bett. Es zeigte einen hochgewachsenen, mit Orden geschmückten Soldaten neben einer jungen Frau, die einen Säugling in ihren Armen hielt.
Er hielt sich das Bild dicht vor die Augen. Der Schein der kleinen Lampe war jetzt so hell, daß er sich auf der zerkratzten Oberflächenbeschichtung brach und auf sein Gesicht zurückgeworfen wurde. Er kannte die junge Frau auf dem Bild, erkannte in ihrem ovalen Antlitz die ältere Nonne. Die Ähnlichkeit mit der jüngeren, deren schwingender Gang ihm zuerst aufgefallen war, erstaunte ihn.
Bei diesem Gedanken kam ihm zu Bewußtsein, daß ihm die strammgezogenen Riemen, die seine zwei Messer hielten, das Blut in den Oberschenkeln abschnürten. Er lockerte die Riemen und zog, eines nach dem anderen, die beiden Messer heraus. Auf seinen Lippen lag ein Lächeln.
Zum drittenmal hörte er Musik. Eine Frauenstimme summte, eine zweite murmelte eine Antwort.
Sein Körper spannte sich an. In jeder Hand ein Messer, erhob er sich vom Bett. Das gelbe Licht der Lampe über der unverschlossenen Tür warf einen goldenen Schatten über die weißen Gesichter der eintretenden Frauen. Er war genau in dem Moment bei ihnen, als der anklagende Blick des Erkennens in den Augen der jüngeren aufflackerte. Das letzte, was sie wahrnahm, war das Blitzen der Klingen im Licht. Die Sehnen in seinen Unterarmen traten hervor, als er die Messer tief in die beiden Hälse stieß, das Fleisch zerriß, die Schlagadern durchschnitt, den Knorpel zwischen den Halswirbeln und zuletzt die Wirbel selbst. Keinem der beiden Opfer blieb auch nur die Zeit für einen einzigen Schrei aus den weit aufgerissenen Mündern, ehe das Messer sie traf. Das jüngere Herz pumpte einen vollen Schlag länger als das der älteren Frau. Mit einem großen Blutschwall entwich der letzte Lebenshauch aus ihrer Brust.
Er nahm die beiden Messer in eine Hand und sammelte das Foto und die Briefe ein – bis auf einen Bogen, der unters Bett gefallen war. Dann sah er sich noch einmal im Zimmer um. Er fühlte sich angeglotzt von den Augenpaaren auf der Ikone. Mit den Messergriffen schlug er

zu. Das Gemälde zersprang entlang der Holzmaserung, die heiligen Mütter waren für immer getrennt.
Bevor er das Haus verließ, warf er einen letzten Blick auf die Leichen, bis ihn das Kitzeln feuchten Bluts auf seiner Wange aus seiner Betrachtung riß. Mit dem Handrücken jener Hand, die die Papiere hielt, rieb er sich geistesabwesend das Gesicht. Nach zwei großen Schritten verschluckte ihn der Nebel.
Seine Fußabdrücke zeichneten sich auf den blassen Steinen des Pfades ab, doch als er die Mauer erreichte, hatten sich alle Spuren bereits verflüchtigt. Was blieb, war ein einzelner tiefer Abdruck im weichen Boden des Gartens. Im kleinen Haus lagen die beiden Nonnen nebeneinander, die offenen Münder erstarrt in ewigem Gebet.

3

LEVY SASS AM STEUER. Cohen blökte mit abgehackter Stimme Befehle und Aufforderungen ins Funktelefon: Die Spurensicherung mit ihrem mobilen Labor sollte zum Tatort kommen und dort auf ihn warten; Ziv, der Pressesprecher der Jerusalemer Polizei, mußte ihm die Reporter vom Hals halten; Suchhunde wurden benötigt; eine Jeepladung voller Grenzpolizisten war erforderlich, um das Klostergelände zu sichern. Dies alles, hob Cohen hervor, habe unverzüglich zu geschehen – keine Verzögerungen, keine Ausreden.
Während er mit einer Hand das Mikrofon hielt, nahm er mit der anderen eine Schachtel mit Chirurgenhandschuhen von der Ablage unterhalb des Armaturenbretts, riß zwei Paar heraus und stopfte die Plastikhüllen in die Tasche seiner Windjacke.
Levy gab Gas, bremste, beschleunigte. Um freie Fahrt zu bekommen, stellte er immer wieder das Martinshorn an. Im Slalom zwischen den beiden Spuren auf der Gazastraße fluchte er verhalten, wenn wieder einmal ein Fahrzeug nicht rechtzeitig Platz machte und ihn zum Bremsen oder zum Ausscheren zwang.
»Ich weiß, daß Sie Ihren Führerschein bestanden haben«, sagte Cohen väterlich. »Sie brauchen's mir nicht zu beweisen. Ob wir nun eine Minute früher oder später ankommen, spielt jetzt auch keine Rolle mehr.« Er warf einen Seitenblick auf seinen Assistenten, der sich mit verbissener Miene auf die Fahrt konzentrierte. Cohen lächelte über den Perfektionismus, mit dem Levy an jede Aufgabe heranging, die ihm gestellt wurde.
Levy war Mitte Dreißig, Cohen zwanzig Jahre älter. Sie waren fast identisch gekleidet: Beide trugen sie weiße Hemden zu graugestreiften Hosen und darüber, der winterlichen Jahreszeit entsprechend, Windjacken. Gegen die Kälte hatte Cohen außerdem noch einen blauen

Sweater mit V-Ausschnitt über das Hemd gezogen. Levy, seit fast fünf Jahren seine rechte Hand, hatte Cohens persönlichen Stil mehr oder weniger kopiert – eine Schmeichelei, über die er, Cohen, sich anfangs lustig gemacht hatte. Levy nahm den milden Spott ungerührt hin und machte aus seinem Ehrgeiz keinen Hehl. Seit einem Jahr drängte er inzwischen auf Beförderung. Cohen, der glaubte, auf die administrativen Talente des Jüngeren angewiesen zu sein, hatte das Unvermeidliche immer wieder hinausgezögert, wobei ihm der eigennützige Hintergrund seines Zögerns durchaus bewußt war. Andererseits – er warf einen Seitenblick auf den Kollegen, dessen kurzes, gelocktes Haar bereits grau wurde – wußte er auch, daß Levy der allererste war, der bereitwillig zugeben würde, daß er von seinem Mentor Cohen noch eine ganze Menge zu lernen hatte.

Der Inspektor seufzte unhörbar, schaltete das Martinshorn ab und fuhr eine Idee langsamer. Cohen schürzte die Lippen und blickte zum Seitenfenster hinaus. Die Luft war frisch und kühl. Ein kurzer Regenguß, gefolgt von einem kräftigen Wind, hatte eine Stunde nach Beginn der Morgendämmerung den Himmel blankgefegt. Für die Wüstenhitze, die der Ostwind normalerweise in die bergige Stadt blies, war es noch zu früh. Die Glasscheibe lag kalt an Cohens Wange, und er hoffte, mit dieser Kühle seine Sorgen verdrängen zu können.

Zwei tote Nonnen hatten ihm gerade noch gefehlt. Es gab noch immer Hunderte von Leuten, die wegen der Granatenanschläge befragt werden mußten. Die Intifada tobte, und die Heilige Stadt war nicht zuletzt ein wachsendes Gemeinwesen, dessen Kriminalitätsrate rascher anstieg als die eifrige Bereitschaft der Fundamentalisten, den biblischen Auftrag »Seid fruchtbar und mehret euch!« zu erfüllen. Doch was Cohen, während Levy ungeduldig an einer roten Ampel wartete, am meisten bedrückte, war die Tatsache, daß es sich bei dem orthodoxen Kloster Gorny in Ein Kerem um eine russische, von Moskau gesteuerte und allein schon aus diesem Grund höchst mysteriöse Institution handelte.

Levy hatte die Abkürzung über den Parkplatz vor dem von hohen Tannen beschatteten Nationalfriedhof am Mt. Herzl gewählt und raste gerade am Eingang der Holocaust-Gedenk- und Forschungsstätte Yad Vashem vorbei. Mit quietschenden Reifen nahm er die Kurve, über der

sich ein rostrotes Stabile erhob. Die Drahtplastik des Bildhauers Alexander Calder war nach Westen ausgerichtet und überschaute die einspurige Straße, die ins Tal von Ein Kerem hinabführte.
Während Levy in rasanter Fahrt die abwärtsführende Serpentinenstrecke in Angriff nahm, starrte Cohen in das tief unter ihnen liegende bewaldete Tal. Auf der gegenüberliegenden Seite konnte er die Umrisse des Hauptgebäudes der Holocaust-Gedenkstätte erkennen. Er setzte sich zurecht, verschränkte die Arme und fragte Levy, ohne ihn anzusehen, unvermittelt: »Was wissen Sie über das Kloster?«
»Russen«, antwortete Levy, »rote natürlich.« Er nahm kurz Blickkontakt zu seinem Beifahrer auf, ehe er den Wagen in die engste Kurve der gesamten Strecke steuerte. Cohen hielt sich am Griff über dem Seitenfenster fest. »Diesseits der grünen Linie«, fuhr Levy fort, »sind's die Roten, jenseits die Weißen.« Mit grüner Farbe hatten die Kartographen jene Grenzlinie gezeichnet, die in der Zeit zwischen dem israelischen Unabhängigkeitskrieg 1948 und dem Ende des Sechstagekriegs von 1967 Jerusalem und das gesamte Heilige Land in zwei Teile geteilt hatte. Seit jener Zeit waren eine ganze Reihe anders gefärbter Linien zur Kennzeichnung militärischer Vorstöße und Rückzüge hinzugekommen, und Cohen war überzeugt, daß vor einem möglichen Frieden noch weitere Linien gezogen werden müßten. Er fragte sich lediglich, wann er wohl die Hoffnung aufgeben würde, dies könne noch zu seinen Lebzeiten geschehen.
»Warum?« hakte er nach.
Levy antwortete nicht sofort, sondern riß, da ihnen aus Richtung des Dorfes ein Schulbus entgegenkam, das Steuer scharf herum, um den Wagen auf dem Asphalt zu halten. Cohen konnte die Kinder singen hören; sie sangen ein Lied über blühende Mandelbäume, die vom nahenden Frühling kündeten. Da zu große Herzlichkeit seitens des Chefs nicht unbedingt die beste Vorbereitung auf künftige Führungsaufgaben war, nahm Cohen Levy hart ran. Cohen spürte, daß Levy wahrscheinlich der einzige Mensch in seinem Leben war, mit dem ihn eine Art Vater-Sohn-Beziehung verband – und daß er ihn, wäre er tatsächlich sein Sohn gewesen, ganz genauso behandelt hätte.
»Nach dem Unabhängigkeitskrieg«, erklärte Levy nicht ohne Stolz auf sein geschichtliches Wissen, »dankte Ben Gurion den Russen für

ihre Hilfe, indem er den Kommunisten Immobilien zurückgab, die einst von den Briten enteignet worden waren. Wie ich gehört habe, zahlt die Regierung den Russen Miete für unsere Büros im russischen Viertel.« Er sah Cohen Zustimmung suchend an. Levy sehnte sich nach mehr als bloßer Zustimmung oder Anerkennung. Er wollte von Cohen als ebenbürtiger Partner akzeptiert werden. Beide Männer wußten allerdings, daß es bis dahin noch ein weiter Weg war.

Cohen war bekannt, daß der von einer prunkvollen Kirche dominierte weiträumige Komplex von Regierungsgebäuden in der Innenstadt tatsächlich der Sowjetunion gehörte. Seine Erbauer waren russische Aristokraten, die schon lange vor der Oktoberrevolution als Pilger nach Jerusalem gekommen waren. Außer der Jerusalemer Polizeidirektion waren das Landwirtschaftsministerium, verschiedene Räumlichkeiten der Hebräischen Universität und ein kleines Museum zur Erinnerung an jene Juden, die während der Mandatsjahre von den Briten gehängt worden waren, in dem Gebäudekomplex untergebracht.

»Nach der britischen Mandatszeit erbte Jordanien die ›weißen‹ Russen«, fuhr Levy fort; er wollte unbedingt noch eine Information beisteuern, die Cohen noch nicht bekannt war. »Und seit 1967 haben wir sie alle – die Roten, die Weißen, die äthiopischen Kopten und die ägyptischen Kopten. Welche Kirche Sie auch nennen, hier gibt's alle gleich doppelt. Weil sie alle gespalten sind.«

»Genau wie die Juden«, sagte Cohen leise und mehr zu sich selbst als zu Levy. Die beiden Männer schwiegen, bis die das Tal erreicht hatten, wo Levy kurz anhielt, bevor Cohen ihn in eine schmale Straße dirigierte, die an der Quelle vorbeiführte, der Ein Kerem – »die Quelle des Weinbergs« – seinen Namen verdankte.

Die Quelle hatte einst den Bauern des Dorfes zur Bewässerung ihrer Weingärten gedient. Diese waren terrassenförmig angeordnet und durch niedrige, mit großer Sorgfalt errichtete Mauern aus Kalksteinbrocken, wie sie in Jerusalem auf jedem freien Stück Land herumlagen, voneinander abgegrenzt. Das Wasser sprudelte aus einem Brunnenrohr in ein Becken und wurde einst durch ein Kanalsystem zu den weiter unten im Tal liegenden Bauern und Winzern geleitet. Bis in die Mitte der zwanziger Jahre war der Brunnen die einzige Süßwasserquelle im Dorf gewesen. Noch heute gab es dort ein paar Familien, die Pferdegespanne zum Gütertransport zwischen dem Dorf und der Stadt benutzten. In den meisten Häusern wohnten jetzt allerdings Akademiker, Freiberufler und Künstler, weshalb auf den Stellplätzen davor weit eher mit neuen Autos europäischer Herkunft als mit Pferd und Wagen zu rechnen war. Inzwischen ergoß sich das Quellwasser zwar nach wie vor in das Becken aus geschliffenem Marmor, wurde aber von dort aus durch ein Rohr dem städtischen Reservoir zugeleitet.

»Sonst noch was?« fragte Cohen, als Levy zurückschaltete, um die starke Steigung zu bewältigen. Die einspurige Straße war von Obstgärten, Baumgrüppchen und efeubedeckten Mauern gesäumt, hinter denen sich Häuser mit offenen Innenhöfen verbargen.

»Wie meinen Sie das?« fragte Levy zurück. Er mußte sich auf die Straße konzentrieren.

»Die beiden Kirchen – was wissen Sie sonst noch über sie?« fragte Cohen mit der Neugier eines Quizmasters.

»Sie liegen im Clinch miteinander«, erwiderte Levy schmunzelnd. »Wie mir zu Ohren kam, haben Sie selber einmal ein Handgemenge zwischen zweien ihrer Priester geschlichtet.« Levy riß das Steuerrad herum, weil die starke Steigung an ihrem oberen Ende in eine scharfe Rechtskurve mündete, auf die sofort die nächste Steigung folgte. Er mußte einen weiteren Gang zurückschalten. Ehe der Wagen langsam weiterkroch, drehten die Räder sekundenlang auf dem feuchten Laub durch, das auf der Straße lag.

»Archimandriten«, korrigierte Cohen seinen Assistenten. Die Erinnerung an die staubige Prügelei zwischen Nonnen und Priestern vor der Kirche der Nationen am Fuße des Ölbergs nötigte ihm ein verächtliches Lachen ab. Das war nach dem Krieg 1967 gewesen, eine Woche nach der Wiedervereinigung der geteilten Stadt. An der handgreiflichen Auseinandersetzung ließ sich damals ablesen, daß die gespaltene Kirche ihre ideologischen Querelen über Kommunisten, Zaren und Heilige wiederaufgenommen hatte.

»Wie dem auch sei«, fuhr Levy fort, »ein Kloster unter vielen. Gibt sie ja haufenweise in dieser Gegend. Nonnenklöster, Mönchsklöster. Talmudschulen für *Goyim*, oder?«

Cohen lächelte vor sich hin. Levy war Israeli, ein *Sabra*, der in die Realität des Staates Israel hineingeboren und durch die Rhetorik des Zionismus von der Religion freigesprochen war. Religion war für Levy ein Streit zwischen Politikern auf der einen Seite und ultraorthodoxen *Charedim* auf der anderen. Letztere verweigerten den Wehrdienst und studierten statt dessen die Thora; sie lebten von ihren Frauen oder der Fürsorge, was in Israel soviel bedeutete wie staatliche Almosen. Levy hatte nicht viel übrig für die *Charedim*. In ihrer Zurückstellung vom Wehrdienst sah er eine Art Erpressungsgeld, gezahlt von Politikern, die auf die politische Unterstützung der religiösen Parteien angewiesen waren. Religion war für Levy – wie für viele andere Angehörige seiner Generation – bestenfalls eine geheimnisvolle folkloristische Zeremonie. Der politische Einfluß der Religiösen war für ihn nur ein Grund mehr, der herkömmlichen Rhetorik der Politiker keinerlei Bedeutung beizumessen.

Cohen selbst war von jenen Leuten, die seine Eltern zwei Wochen vor seiner Bar-Mizwa aus dem Berliner Stadthaus, in dem er seine Kindheit verbracht hatte, abgeholt und auf einem Lastwagen abtransportiert hatten, sowie von deren Gesinnungsgenossen, die ihn später nach Dachau schickten, der Glaube an Gott gestohlen worden.

»Nein, nicht ganz«, sagte er, der nichtsdestoweniger den Unterschied zwischen einer *Jeschiwe* – einer Talmudschule – und einem Kloster kannte.

Nach einer letzten Kurve erreichten sie das breite, grüne Tor von Gorny. Cohen kurbelte das Seitenfenster herunter. Jenseits des geöffneten Tores standen zwei Männer. Levys theologische Wißbegier verflüchtigte sich rasch angesichts der bevorstehenden Arbeit.

»Da hinten ist Yaffe«, sagte der Inspektor mit Blick auf die lange, ungeteerte Zufahrt. In der Mitte eines mit Kies geschotterten Parkplatzes standen zwei Männer. Während der Wagen über den mit Schlaglöchern übersäten Weg den beiden entgegenholperte, faßte Cohen sie ins Auge. Meshulam Yaffe war, wie immer, tadellos gekleidet. Er trug einen beigefarbenen Anzug; sein weißes Haar war sorgfältig geschnitten.

»Ich frag' mich, wann *ich* mal die Zeit habe, zum Friseur zu gehen«, lästerte Cohen, den die holprige Fahrt aus seinen Gedanken gerissen hatte, und strich sich unwillkürlich sein graumeliertes Haar aus der Stirn.

Yaffe war Chef einer kleinen Polizeieinheit, die sich auf das delikate Verhältnis zwischen der Polizei auf der einen und den diplomatischen und kirchlichen Missionen in Jerusalem auf der anderen Seite spezialisiert hatte. In seine Zuständigkeit fiel praktisch alles – von Parkplatzproblemen und Vandalismus über Demonstrationen bis hin zum Terrorismus. Yaffe vermittelte zwischen der Ruppigkeit der israelischen Polizei und den öffentlichen Höflichkeitsritualen, wie die internationale Diplomatie sie einforderte. Er liebte seine Rolle ebenso wie die damit verbundenen Geheimnisse – und die Macht, zu der sie ihm Zugang verschaffte. Er liebte den Klatsch und fühlte sich wohl auf dem glatten Parkett der Cocktailpartys. Cohen neigte dazu, Yaffe für einen Dummkopf zu halten, doch selbst er mußte zugeben, daß in einer Stadt, die so klein war, daß ein Politiker und ein Klempner Schulkameraden sein konnten, die auf der anderen Seite aber weit über die Landesgrenzen hinaus eine magnetische Anziehungskraft auf Präsidenten, Regierungschefs und Päpste ausübte, ein leidenschaftlicher Schwätzer der Polizei durchaus von Nutzen sein konnte.

»Fahren Sie langsam an ihnen vorbei«, befahl Cohen. »Lassen Sie sich Zeit beim Parken.«

»Wer ist der Mann neben ihm?« fragte Levy. Cohens Auftrag folgend, schlug er einen weiten Bogen, als er auf den Parkplatz fuhr. »Ist das ein Priester?«

Der Mann war nicht nur erheblich jünger als Yaffe, sondern auch größer und stärker gebaut. Er hatte ziemlich langes, weizenblondes Haar, das seine Ohren verhüllte, den Kragen bedeckte und ihm in die Stirn fiel. Auf den ersten Blick hätte man ihn aufgrund seiner schwarzen Schuhe, der schwarzen Hose und des ebenso schwarzen Rollkragenpullovers tatsächlich für einen Geistlichen halten können. Doch die Hosen waren wie Jeans geschnitten, eng am Körper anliegend, und unter der schwarzen Jacke blitzte kein weißer Kragen hervor. Beim Näherkommen erkannte Cohen, daß es sich bei den schwarzen Schuhen um knöchelhohe Stiefeletten mit seitlichem Reißverschluß handelte. Die Haare waren modisch geschnitten, kaum von einem x-beliebigen Bahnhofsfriseur. Die kräftige Statur des Mannes und seine provokant vorgeschobene Hüfte hätten eher zu einem Dressman gepaßt als zu einem Mönch, der das Armutsgelübde abgelegt hat.

Cohen schüttelte langsam den Kopf. »Meshulam wird ihn uns als den Fahrer und offiziellen Dolmetscher und Übersetzer des Klosters vorstellen. Aber er ist weder ein typischer Chauffeur noch ein typischer Dolmetscher.« Levy stellte den Motor ab und sah Cohen überrascht an. »Ich hab' ihn seit seiner Ankunft in Jerusalem nicht mehr gesehen«, fuhr dieser fort, »und das ist schon sehr lange her. Aber er hat sich offenbar kaum verändert.«

Er hörte die beiden Männer näher kommen; ihre Schritte knirschten auf dem Kies. Levy hatte den Wagen im Schatten einer großen Zeder geparkt, die ein russischer Pilger vor hundert Jahren als Schößling aus dem Libanon mitgebracht hatte. »Das versteh' ich nicht«, sagte der Assistent und nahm das Walkie-talkie aus der Halterung am Armaturenbrett. »Wer ist denn das nun?«

»Der Bursche da draußen heißt Alex und ist der Babysitter des KGB für die rotrussische orthodoxe Kirchenmission im Heiligen Land«, erläuterte Cohen grinsend. »Kommen Sie! Sie werden gleich einen Spion kennenlernen – zwar keinen sehr wichtigen, aber immerhin doch einen Spion. Und denken Sie daran ...«, Cohen wandte sich von der Wagentür ab und drehte sich zu Levy um, »... er ist von den absoluten Spitzenleuten der Zunft ausgebildet worden. Unsere Aufgabe besteht nun darin, herauszufinden, wie es geschehen konnte, daß dieser ausgekochte Profi nicht imstande war, einen Doppelmord zu verhindern.« Wieder flackerte das kurze Grinsen auf – eine Marotte, die Levy längst vertraut war. Mit Humor hatte dieses Lächeln nichts zu tun; es diente der Bekräftigung einer Aussage, nicht der Hervorhebung einer Pointe.

Cohen öffnete die Beifahrertür und schüttelte die Hand, die Yaffe ihm entgegenstreckte. Noch ehe Cohen sich aus seinem Sitz herausgewuchtet hatte, stellte Yaffe die Herren förmlich einander vor. Cohen war »Chefinspektor Cohen« – und der Mann in Schwarz war Alex, »Fahrer und Dolmetscher« der Mission.

Lächelnd reichte Alex Cohen die Hand. »Ihr Ruf eilt Ihnen voraus«,

sagte er in elegantem Hebräisch, das Cohen sofort als herablassend empfand; es klang zu sehr nach dem bemühten Versuch, seine Dolmetscherfähigkeiten unter Beweis zu stellen.
Cohen erwiderte das Lächeln. »Mein Beileid«, sagte er mechanisch und fügte hinzu: »Wegen der Schwestern.« Er benutzte absichtlich die christliche Bezeichnung.
»Ich danke Ihnen für Ihr Mitgefühl«, sagte Alex nicht weniger formell und aufrichtig als Cohen.
Nach Beendigung der Formalitäten wandte sich Cohen an Yaffe und fragte ihn: »So, was haben wir denn schon?«
»Die beiden Nonnen waren Mutter und Tochter«, sagte Yaffe mit einem geringschätzigen Seitenblick auf Levy, der ein kleines gelbes Notizbuch in der Hand hielt, in das er für Cohen Eintragungen machte. »Die Mutter – bekannt unter dem Namen Miriam – lebte hier seit 1960. Sie war Witwe. Die Tochter – Helena – traf 1977 hier ein. Es sieht so aus, als sei die Mutter nach dem Tod des Mannes und der Geburt der Tochter streng gläubig geworden und schließlich hier im Kloster gelandet. Die Tochter folgte ihrer Mutter in den Orden. Wie dem auch sei – die beiden waren nicht zu den Morgengebeten erschienen. Eine Nonne sah nach ihnen und fand die Leichen. Wie Alex mir mitteilte, sagt sie, daß sie außer der Türklinke nichts berührt hat. Gleich vor der Tür mußte sie sich übergeben. Und dann schrie sie, die anderen Nonnen kamen angelaufen …« Yaffe wollte weiterreden, doch Cohen unterbrach ihn mit einer Handbewegung.
»Um wieviel Uhr war das?« fragte der Chefinspektor.
Yaffe setzte zu einer Antwort an, doch Cohen, der Alex angesprochen hatte, brachte ihn mit einem unmißverständlichen Blick zum Schweigen.
»Ich kam gegen Viertel nach fünf hier an«, sagte Alex. »Ich schlafe im Büro der Mission, unweit unserer Zentrale hinter dem Obersten Gerichtshof …«
»Ich weiß, wo das Büro ist«, warf Cohen ungeduldig ein.
»Ich muß gestehen, daß ich mich auf dem Weg hierher mehrfach über bestehende Geschwindigkeitsbeschränkungen hinweggesetzt habe«, fuhr Alex mit einem süßlichen Lächeln fort, das Cohen sofort als unpassend empfand.

»Ich wollte wissen, wann die Leichen gefunden wurden«, hakte er nach.
»Der Archimandrit informierte mich um fünf Uhr«, sagte Alex geradeheraus.
»Wieso habe ich dann erst so spät davon erfahren?« fragte Cohen. Sein Blick wanderte zwischen Yaffe und Alex hin und her.
In diesem Moment bog der blaue Jeep der Spurensicherung auf den Parkplatz ein und bremste neben Cohen, der den beiden Technikern in dem Fahrzeug mit einer Geste zu verstehen gab, sich einen Augenblick zu gedulden. »Können unsere Leute zum Tatort fahren?« fragte er. Yaffe sah Alex an – für Cohen ein Hinweis darauf, daß Alex Yaffe bisher an der Besichtigung des Schauplatzes gehindert hatte. Alex schüttelte den Kopf. Cohen winkte die Techniker auf den freien Parkplatz neben dem Streifenwagen und entschuldigte sich durchs offene Seitenfenster dafür, daß sie ihr schweres Gerät zum Tatort würden tragen müssen.
»Warum also wurden wir so spät informiert?« wiederholte er seine Frage, als der Jeep langsam an ihm vorbeifuhr. Er blickte auf seine Uhr und fügte, wobei er erst Yaffe und dann Alex streng ins Gesicht sah, hinzu: »Fast zwei Stunden später.« Yaffe wollte antworten, doch Cohen schnippte mit den Fingern und schnitt ihm dadurch das Wort ab. Fragend sah er den Russen an. Doch Alex wandte sich von ihm ab und machte ihn auf den Archimandriten aufmerksam, der im Schatten des ersten der aus Mörtel und rotem Balkenwerk errichteten Klostergebäude stand.
»Er wollte erst noch die Frauen beruhigen«, sagte Alex. »Sie wissen ja, wie Frauen sich anstellen können, besonders in so einer Situation.« Wieder schwang in seiner überraschend hohen Stimme die affektierte Hochnäsigkeit mit, die Cohen so mißfiel. Alex hatte die Arme über der Brust gekreuzt – eine Haltung, die nach Cohens Überzeugung mehr mit der Zurschaustellung seiner Oberarmmuskulatur zu tun hatte als mit der Abschirmung seines von keinem Mantel vor dem kalten Wind geschützten Körpers. Einen Augenblick erwog er, Alex auf der Stelle abzukanzeln. Yaffes besorgte Miene, aus der unmißverständlich hervorging, daß er genau dies fürchtete, ließ ihn jedoch davon Abstand nehmen. Zumindest formell wollte er Alex fürs erste so behandeln, als

wäre der Russe tatsächlich nur das, was zu sein er vorgab, nämlich Chauffeur und Dolmetscher. Mit seiner Zurückhaltung verdarb Cohen Yaffe auch das Vergnügen einer neuerlichen Beschwerde im vierten Stock des Polizeipräsidiums. Es war jetzt einfach nicht der richtige Zeitpunkt für einen Streit, über den Yaffe der Chefetage zweifellos Bericht erstatten würde. Dort oben trieben sich ohnehin schon zu viele Verschwörer herum, die, in der Hoffnung, Cohens Nachfolge antreten zu können, nur auf seinen Sturz warteten. Die Aufklärung der Granatenanschläge ging nur schleppend voran. Cohens Mitarbeiter hatten noch nicht einmal die erste Runde der Vernehmungen abgeschlossen; anstatt zu schrumpfen, wuchs die Liste der potentiellen Verdächtigen noch immer. Die Politiker suchten einen Sündenbock, und Cohens Kreditrahmen in der Polizeidirektion war nahezu ausgeschöpft. Obwohl der Konflikt mit Alex absehbar war, vermied Cohen vorerst noch die offene Konfrontation.

»Okay, gehen wir und sehen uns die Sache an«, bestimmte er. Geführt von Alex und in respektvoller Distanz gefolgt von dem Archimandriten und einer Frau, die Alex als Schwester Elisabeth und Mutter Oberin identifizierte, durchquerten sie das Klostergelände. Hinter den Vorhängen und in den Türen der kleinen Häuser standen Nonnen und beobachteten sie. In den Bereich jenseits der Klosterkirche, in der sich Touristen und Pilger gewöhnlich versammelten, drangen Männer nur sehr selten vor, insbesondere keine Laien und mit Sicherheit weder Juden noch Moslems männlichen Geschlechts. Die Touristen wollten sehen, wie Pilger den Gedenkstein berührten und küßten, der jene Stelle bezeichnete, an der einige Monate nach einer schicksalhaften Begegnung zwischen der Jungfrau Maria und Elisabeth, der Frau des Zacharias, Johannes der Täufer auf die Welt gekommen war.

Nach über hundert Jahren der Verehrung war der Stein von unzähligen Küssen glattpoliert. Nur drei Männer – Alex, der Archimandrit und der Klostergärtner – durften den Bereich jenseits von Kirche und heiligem Stein betreten.

Levy und die Techniker gingen hinter Alex, Yaffe und Cohen. Den Instruktionen Alex' folgend, wechselte die kleine Gruppe an Weggabelungen mehrfach die Richtung. Da der gepflasterte Pfad durch die

einfachen Gärten immer schmaler wurde, sah man sich nach einer Weile gezwungen, im Gänsemarsch weiterzugehen. Alex schritt voran, unmittelbar gefolgt von Cohen, dem das Selbstbewußtsein, das der Sicherheitsbeauftragte an den Tag legte, angesichts der Tatsache, daß er erst kurz zuvor die Ermordung zweier ihm anvertrauter Menschen hatte konstatieren müssen, recht merkwürdig vorkam. Seine Großspurigkeit ging Cohen dermaßen auf die Nerven, daß er, nachdem Alex sie zum Schauplatz des Verbrechens geführt hatte, froh war, endlich wieder das Heft in die Hand nehmen zu können.
Sie hatten das letzte Häuschen des Klosters erreicht. Es lag unmittelbar am Hang. Von der winzigen Terrasse aus bot sich Cohen ein weiter Blick bis hin zu den Wolken über der Küstenebene. Dahinter glaubte er sogar das Blau des Meeres zu erkennen, doch war es so dunstig, daß sich der genaue Verlauf der Linie, an der sich Himmel und Meer begegneten, nicht ausmachen ließ.
Cohen beendete das Schweigen, indem er zu Alex sagte: »Bevor wir hineingehen, möchte ich Sie noch etwas fragen.« Levy schloß zu ihnen auf, das Notizbuch bereits in der Hand.
»Bitte sehr«, antwortete der Russe. »Fragen Sie, was Sie wollen.«
Cohen war einen halben Kopf kleiner als der KGB-Offizier. Verglichen mit dem Russen war er, wie ihm plötzlich mit aller Schärfe bewußt wurde, untrainiert, übergewichtig, alt – viel zu alt sogar – und von daher mit großer Wahrscheinlichkeit auch entsprechend langsamer. Selbst Levy war vermutlich schon älter als Alex. »Haben Sie schon irgendwelche Tatortuntersuchungen vorgenommen?« fragte er. »Haben Sie Zeugen vernommen, irgend etwas berührt oder entfernt?« Er hegte nicht den geringsten Zweifel daran, daß Alex sich schon in der einen oder anderen Weise am Tatort zu schaffen gemacht hatte, doch war ihm daran gelegen, seine Fragen vor Zeugen zu stellen und beantwortet zu bekommen. Für die Akten. »Haben Sie Polizei gespielt?« hakte er nach, obwohl er sich seiner Sache sicher war.
Der böige Wind trug die Motorengeräusche eines Busses heran, dessen Fahrer auf der oberhalb des Klosters entlangführenden Straße zur Klinik gerade herunterschaltete. Alex ließ Cohen nicht aus den Augen. »Chefinspektor Cohen«, sagte er, die genaue Rangbezeichnung betonend, »ich habe mich erkundigt, was hier vorgefallen ist. Ich habe

hineingeschaut ...«, er deutete auf das Häuschen, in dem die toten Nonnen lagen, »... und daraufhin meinen Freund Yaffe angerufen. ›Polizei gespielt‹, wie Sie so plastisch formulierten, habe ich nicht.« Sein Hebräisch klang bewußt gewählt; er bediente sich obskurer Konjugationen, als wolle er die sprachlichen Fähigkeiten seiner Zuhörer auf die Probe stellen.
Cohen spürte, wie ihm das Blut in die Wangen stieg, doch verhinderten die geplatzten Kapillaren in seinem Gesicht, daß sein Zorn offen zutage trat. Yaffe legte ihm die Hand auf die Schulter, aber Cohen schüttelte sie reflexartig ab. Er erwiderte Alex' Blick und nickte erst ihm und dann Yaffe zu. Schließlich warf er einen kurzen Blick auf Levy, der ruhig und aufmerksam den Gang der Dinge verfolgte.
Cohen wandte sich unvermittelt wieder an den Russen: »Sie sind ebenfalls 1977 nach Israel gekommen, nicht wahr?« fragte er. »Also im gleichen Jahr wie die Tochter?«
Alex antwortete nicht, sondern beschränkte sich auf ein knappes Nicken. Doch ehe Cohen sich an die Arbeit machte, war er sicher, im Augenwinkel des Russen ein leichtes Zucken bemerkt zu haben.

4

MENSCHEN, DIE ROUTINEMÄSSIG MIT LEICHEN – und insbesondere mit Mordopfern – zu tun haben, entwickeln im Laufe der Zeit bestimmte persönliche Rituale. Manche holen tief Luft, um aufsteigender Übelkeit vorzubeugen. Manch einer ballt die Hand in der Tasche zur Faust oder tastet mit den Fingern über *Mesusahs*, jene auf Pergament geschriebene Bibelsprüche, die an Silberkettchen um den Hals getragen werden. Andere bewegen die Lippen in stummem Gebet, und wieder andere versetzen sich in eine Art Trancezustand und gewinnen auf diese Weise Distanz zu dem, was ihnen bevorsteht.

Cohen hatte es sich zur Gewohnheit gemacht, eine Weile auf der Türschwelle zu verharren, bedächtig über den Ausschlag auf seinem Arm zu streichen und sich vor der Aufnahme der Details um einen Gesamteindruck vom Schauplatz des Geschehens zu bemühen. Bevor er seine Augen mit dem Anblick der Leichen konfrontierte, ließ er den Blick aufmerksam über Wände, Fußboden und Fenster schweifen. Das Innehalten an der Tür war für ihn mehr als ein bloßes Sichvertrautmachen mit der Szenerie und ihren Einzelheiten; es war, hierin einem Gebet nicht unähnlich, eine Meditation, mit der er die Außenwelt auslöschte und sich ganz zur Konzentration auf das Unmittelbare zwang. Die langen Jahre als Halbwüchsiger in Dachau hatten ihn gelehrt, mit dem Tod zu leben, und fast vierzig Jahre Polizeidienst hatten ihm gründlich beigebracht, wie man eine Leiche untersucht. Doch trotz all der Leichen und aller Verbrechensschauplätze, die er im Laufe der Zeit gesehen hatte, stellte sich jedesmal – und wenn auch nur für einen Augenblick, der nicht länger war als der Flügelschlag eines Stars – die Erinnerung an den ersten Toten ein, den er in seinem Leben gesehen hatte: sein Großvater, wie er tot im Flur seines Berliner

Hauses gelegen hatte. Grölende Braunhemden stürmten ins Haus und machten sich über den Toten lustig.
Er hörte die Fliegen summen, als er sich die Chirurgenhandschuhe überstreifte. Vertraut mit der Methodik seines Lehrmeisters, versperrte Levy den Eingang und hinderte Alex und Yaffe am Betreten des Raums. Die beiden Leichen lagen auf dem Boden. Mit zwei Schritten war Cohen an ihnen vorbei, blieb vor dem hölzernen Kleiderschrank stehen, dessen Türen offenstanden, und schob behutsam die Ordenstrachten zur Seite. Er mußte an das Armutsgelübde der Nonnen denken und an ihre lange Reise von Rußland nach Jerusalem, an einen Ort, an dem sie fortan mit einem Paar Schuhe und einer einzigen Kleidergarnitur zum Wechseln ein Leben im Namen eines Gottes führten, der sie nicht beschützt hatte. Mit der Hand tastete er über die Ablage und lächelte, als er sah, daß an seinen Fingerspitzen keinerlei Staub klebte. Er dachte an die Reinlichkeit der Nonnen und an die Experten von der Spurensicherung, die in Kürze mit der Suche nach Fingerabdrücken beginnen würden. Dann fiel ihm unwillkürlich wieder Alex ein. Er ließ den Schrank außer acht und sah zur Tür, wo der Russe, Levy um Haupteslänge überragend und fast zwei Köpfe größer als Yaffe, mit Fuchsaugen sein Tun verfolgte. Cohen fragte sich, wie lange es noch dauern mochte, bis er von Alex die Fingerabdrücke verlangen mußte, und er versuchte sich die Reaktion Yaffes – und anderer Herrschaften in der vierten Etage – vorzustellen, wenn er Alex' Hand zum Stempelkissen bat.
Er wandte seine Aufmerksamkeit den beiden schmalen Betten zu, die Kopfende an Kopfende hintereinanderstanden. Die Decke auf dem einen Bett war verrutscht, die auf dem anderen straff gespannt und sichtlich unberührt. Cohen ging auf das unordentliche Bett zu und musterte den Faltenwurf auf der ausgeblichenen grauen Wolldecke. Dann drehte er sich um, senkte sich aus dem Stand in eine halb sitzende Position und betrachtete aus dieser Haltung, ohne sich tatsächlich auf dem Bett niederzulassen, das Zimmer. Danach bückte er sich und sah unter die Betten. An der Wand unter dem Bett lehnte aufrecht ein Bogen dünnen Papiers.
Von Anbeginn seiner Untersuchung hatte Cohen jedes Detail, das ihm auffiel, mit Worten beschrieben. Levy führte, auf Genauigkeit und

Leserlichkeit bedacht, Protokoll. Und von Anfang an waren Cohens Gedanken bei Mutter und Tochter gewesen. Er wägte die Sinnlosigkeit ihres Todes, falls sie tatsächlich unschuldig daran waren, gegen das Geheimnis ab, das ihren Tod im Falle des Selbstverschuldens umgab. Am meisten bekümmerte ihn jedoch ihre Torheit, in Jerusalem eine Stadt des Friedens gesehen zu haben. Die Leichen selbst sah er noch immer nicht an.

Er richtete sich schwerfällig wieder auf. Seine Oberschenkelmuskulatur schmerzte von der Anstrengung, die mit der unbequemen Haltung einhergegangen war. Er schlug nach der Fliege, die das Ekzem unterhalb seines Ellbogens entdeckt hatte, und zog den Jackenärmel wieder herunter, den er während des Fußmarsches durch den Garten in der Wärme der aufgehenden Sonne über den Ausschlag hinaufgeschoben hatte. Sein Blick wanderte über den Fußboden, der bis auf die Blutlachen, die sich um die beiden Toten herum gebildet hatten, blitzblank war, und blieb auf der zerschlagenen Ikone an der Wand gegenüber hängen.

»Wer sind die beiden Frauen auf dem Bild?« fragte er. Die Frage war an jeden gerichtet, der imstande war, sie zu beantworten, doch Cohen rechnete fest damit, daß Alex das Wort ergreifen würde.

»Die Mütter von Jesus und Johannes dem Täufer«, erwiderte die inzwischen bereits vertraute Stimme.

»Entschuldigen Sie bitte meine Unwissenheit«, sagte Cohen, den die Wahrung der höflichen Umgangsform Überwindung kostete, »aber welche von beiden ist welche?« Er sah zum Eingang, der nach wie vor von Levy blockiert wurde.

Der KGB-Mann schnaubte verächtlich. »Die linke ist Maria«, sagte er in einem Ton, dem Cohen unschwer entnehmen konnte, daß Alex diese Information im Rahmen der Ermittlungen für völlig irrelevant hielt. »Ihre Glaubensgenossen nennen sie Miriam. Die rechte ist Elisabeth, die bei Ihnen Elisheva heißt. Die Gründerin dieses Klosters nahm den Namen Elisabeth an, und alle Mütter Oberinnen nach ihr sind ihrem Beispiel gefolgt. Auch 1917 war eine Elisabeth im Amt. Sie war eine ausgezeichnete Leiterin und führte die Schwestern in die Revolution. Der hiesige Konvent war das erste der sogenannten ›rotrussischen Klöster‹.« Cohen hörte den Stolz in Alex' Stimme und grinste,

weil er sich fragte, wie Alex wohl zu Gorbatschow stehen mochte. Es dauerte einen Moment, bis Alex spürte, daß das Grinsen nicht als Jux zu verstehen war. Irritiert wandte er den Blick von Cohens gebleckten Zähnen ab.
Cohen richtete seine Aufmerksamkeit wieder auf die zerborstene Ikone. Wie ein Kunstexperte, der in einer Galerie den Pinselstrich eines Malers studiert, beugte er sich über das Bett. »War das Bild gestern schon kaputt?« fragte er laut und ohne seine Augen von der Ikone abzuwenden. Alex zuckte mit den Schultern.
Cohen reagierte auf das Schweigen mit einer Anordnung. »Fragen Sie eine der Nonnen da draußen«, sagte er. Alex warf ihm einen kurzen Blick zu und schrie dann auf russisch ein paar Worte in Richtung einer Gruppe von drei Nonnen, die sich bis zum Rand des kleinen Gartens vorgewagt hatten. Schwester Elisabeth antwortete ebenfalls auf russisch.
»Nein«, erklärte Alex. »Sie sagt, die Ikone war gestern noch heil.« Er machte eine Pause und fügte dann hinzu: »Sie ist sehr wertvoll. Es war also offensichtlich kein Raubmord.«
»Versichert war das Bild nicht, oder?« fragte Cohen. Sein Sarkasmus ließ Yaffe zusammenzucken.
Alex erwischte die Frage auf dem falschen Fuß. »Ich ... ja doch, ich denke schon. Ich muß das allerdings überprüfen, glaube ich.«
»Ja, das müssen Sie wohl, glaube ich.« Cohen äffte den Tonfall des Russen nach und bemühte sich gar nicht erst, es zu verbergen. Wieder zwang ihn das in Cohens Miene aufflackernde Grinsen, den Blick abzuwenden.
Cohen setzte seine eingehende Betrachtung der Ikone fort. Er hielt seinen Finger dicht an die Bruchstelle und ließ ihn über den Spalt im Holz gleiten. »Die Spurensicherung soll sich darum kümmern«, sagte er, obwohl er sicher war, daß Levy bereits eine entsprechende Notiz gemacht hatte. »Ich will wissen, womit das Bild zerschlagen wurde.«
Unvermittelt wandte er sich von der Ikone ab und richtete sein Augenmerk endlich auf die beiden auf dem Boden liegenden Leichen. Die Fallrichtung der Körper und die Position der Frauen zum Zeitpunkt der Tat interessierten ihn spontan am meisten. Er stellte sich Fo-

tosequenzen vor, Dutzende von Bildern aus jedem denkbaren Blickwinkel. Er würde die Abzüge mit einem Gitternetz versehen, diverse Detailvergrößerungen anfordern und wie ein Talmudstudent, der in einem alten Text eine neue Nuance sucht, stundenlang über den Fotos sitzen, um möglicherweise übersehene Unstimmigkeiten zu entdekken. Doch all dies kam später.

»Die Wunden befinden sich jeweils im Hals«, sagte Alex vom Eingang her.

»Ich dachte, Sie hätten hier nichts getan«, konterte Cohen scharf und sah den Russen an.

»Ich konnte das von hier aus sehen«, erwiderte Alex über Levys Kopf hinweg.

Cohen konzentrierte sich wieder auf die beiden Leichen. Die Köpfe berührten einander fast und waren von Blutlachen umgeben, die wie flache rote Heiligenscheine aussahen. Die Gesichter waren zur Zimmerdecke gerichtet, die Augen noch geöffnet, die Ränder der Stichwunden im Hals bleich und blutlos. Das Blut war so schnell aus den Körpern gewichen, daß die Austrocknung bereits eingesetzt hatte; die Gesichter mit den offenstehenden Mündern waren daher schon etwas aufgedunsen. Die Tracht der jüngeren Nonne war auf einer Seite hochgerutscht und enthüllte ein unerwartet wohlgeformtes Bein. Zu seinem eigenen Erstaunen mußte Cohen sich eingestehen, daß ihn die Preisgabe dieser Sinnlichkeit, die zugunsten der Unschuld völlig aufgegeben worden war, vorübergehend peinlich berührte.

Er hatte sich kniend über die Leichen gebeugt. Indem er den Oberkörper nun zurücknahm, verlagerte er sein Körpergewicht auf die Fersen. Die Hände der Toten umklammerten nichts, die Kleider waren nicht zerrissen. Cohen diktierte seine Beobachtungen in Levys Notizbuch. Dann war er plötzlich fertig. Er erhob sich unter Schmerzen. Der Knorpel, der sich in seinem linken Knie gebildet hatte, weckte Erinnerungen an die Knüppelhiebe der Wachmänner von einst.

»Sind Sie soweit?« fragte Levy vom Eingang her.

Cohen nickte. Alex trat zur Seite, um die beiden Techniker vorbeizulassen. Der eine hielt eine schußbereite Kamera in der Hand, der andere trug einen schweren Koffer, in dem sich die Geräte zur Feststellung von Fingerabdrücken und andere Utensilien zur Spurensicherung befanden.

Der Archimandrit blieb im Eingang stehen, in der Hand sein Kreuz, das an einer aus Silber und Halbedelsteinen bestehenden Halskette befestigt war, und murmelte auf russisch etwas vor sich hin. Draußen waren drei Nonnen fast bis zur Schwelle vorgedrungen und flüsterten miteinander, bis der Vorsteher sich umdrehte und sie zum Schweigen mahnte.

Nach einem letzten Blick auf die Leichen schritt Cohen zur Tür. Die im Eingang versammelten Menschen machten ihm Platz. Er ging hinaus in den Garten, reckte sich und sah auf. Hoch über dem Mittelmeer, sechzig Kilometer entfernt, entdeckte er die Kondensstreifen zweier Kampfflugzeuge im Übungsgefecht.

Die Morgensonne stand inzwischen merklich höher. Cohen fuhr mit der Hand über seinen Unterarm und schob den Ärmel der Windjacke hoch. Plötzlich tauchte Levy an seiner Seite auf und fing sofort an, ihm seine Aufzeichnungen vorzulesen, mit der letzten Eintragung beginnend. Es dauerte einige Minuten. Als er fertig war, reichte er das handtellergroße gelbe Büchlein seinem Vorgesetzten, der es in die Hemdtasche gleiten ließ. »Das hat uns gerade noch gefehlt«, murmelte Cohen. »Die Presse wird verrückt spielen. Das hat zur Folge, daß auch die Politiker durchdrehen, und ...«

Cohen spürte Yaffes After-shave näher kommen und verstummte. Doch ehe Yaffe ein Wort sagen konnte, sah Cohen Raoul, den amtlichen Leichenbeschauer, den Pfad zum Haus heraufsteigen. »Raoul!« rief er, und seine Stimme dröhnte fremd durch die Stille des Gartens, über den die Morgenbrise hinwegstrich. »Ich muß alles wissen, was Sie wissen!«

»Sie wollen immer alles wissen, was ich weiß«, erwiderte der Gerichtsmediziner lachend. »Warum sind Sie eigentlich Polizist geworden und nicht Pathologe?« Raoul stammte aus Argentinien. Anfang der siebziger Jahre war er aus Buenos Aires geflohen, nachdem sein Sohn und seine Schwiegertochter auf der Straße vor ihrem Haus von einer rechtsgerichteten Todesschwadron erschossen worden waren.

Cohen lachte. Der schwere spanische Akzent im Hebräisch des Arztes gefiel ihm ebenso wie dessen Bemerkung, die er als eine Art Kompli-

ment empfand. »Weil ich den Anblick von Leichen nicht ausstehen kann«, antwortete er.
Raoul lächelte. »Da spricht der Philosoph«, sagte er.
Cohen hob dankbar den Kopf und verharrte kurz in dieser Haltung. Über die Straße oberhalb des Klosters jagte das Geräusch einer heulenden Sirene in Richtung Klinikum. »Wie lange wird's dauern?« fragte er in freundlichem, aber insistierendem Ton.
Raoul kannte Cohens Ungeduld. Der Chefinspektor wollte am liebsten immer schon vorgestern Bescheid wissen. »Ein paar Minuten. Hier vor Ort kann ich Ihnen nur einige Grundinformationen geben. Aber Sie werden eine Autopsie haben wollen, und die braucht ihre Zeit.«
Cohen zählte die Punkte auf, die ihn vorrangig interessierten: »Zeitpunkt des Todes? Sexueller Mißbrauch? Ich habe die Leichen nicht berührt, aber es sieht so aus, als seien sie bis auf die Halswunden unverletzt.«
»Geben Sie mir ein paar Minuten, ich bitte Sie.« Raoul lächelte und zuckte hilflos mit den Schultern. »Lassen Sie mich wenigstens einen Blick auf die Toten werfen …«
Cohen hob abwehrend die Hände. »Selbstverständlich. Gehen Sie nur rein …« Er ließ Yaffe und Levy stehen und setzte sich auf einen Felsblock im lichtdurchwirkten Schatten eines knorrigen Ölbaums auf der nach Norden ausgerichteten Terrasse, von der aus sich ein weiter Blick über das Tal bis hin zum Militärfriedhof auf dem Herzlberg bot. Er zündete sich eine Zigarette an und bat Levy um das Walkie-talkie, weil er Abulafia, dem Jerusalemer Polizeichef, einen routinemäßigen Lagebericht durchgeben wollte. Abulafia, das wußte Cohen, würde danach den Kommandanten des Bezirks Süd informieren, der seinerseits den Generalinspektor über den Stand der Dinge in Kenntnis setzen würde.
Womit er allerdings nicht im entferntesten gerechnet hatte, war die Antwort, die eine Viertelstunde später eintraf: Er wurde zur Vorsprache ins Büro des Ministerpräsidenten zitiert – ein bisher beispielloser Vorgang. Cohens Verblüffung wich einer gewissen Selbstzufriedenheit, nachdem ihm klargeworden war, daß seine erste Reaktion in der Frage bestanden hatte, ob ihm noch genug Zeit bleiben würde, zurück

ins Büro zu fahren und die Uniform anzuziehen, die er nur bei zeremoniellen Anlässen trug. Normalerweise hing sie unter dem Plastiküberzug der Reinigung an einem Haken im Büro. Da er noch ein paar Worte mit dem Archimandriten und der Mutter Oberin, Schwester Elisabeth, wechseln wollte, beschloß er, das Uniformproblem noch einige Minuten auf sich beruhen zu lassen.
Cohen stellte Fragen über die beiden toten Nonnen; Alex dolmetschte. Der Archimandrit entschuldigte sich, weil er dem, was Yaffe bereits berichtet habe, nichts mehr hinzufügen könne. Die Nonne schwieg; ihre Blicke huschten zwischen Alex und Cohen hin und her.
»Wenn General Cohen vielleicht eines ermöglichen könnte ...«, sagte der Geistliche mit gesenktem Blick. »Eine Wache, ja eine Bewachung. Sie könnte die Ängste der Frauen lindern helfen ...«
Yaffe, der sich inzwischen zu ihnen gesellt hatte, nickte.
»Auch wir sind auf Hilfe angewiesen«, erwiderte Cohen, der auf einen Handel spekulierte. »Wir werden sämtliche Bewohnerinnen und Bewohner des Klosters vernehmen müssen.«
Der Archimandrit verzog das Gesicht, nachdem ihm durch die Übersetzung deutlich geworden war, was Cohen von ihm verlangte. »Sie nehmen doch nicht an, daß eine der Nonnen ...«
»Die Mittel unserer Polizei sind arg beschränkt«, sagte Cohen, um den Archimandriten unter Druck zu setzen. »Sie übersetzen das doch korrekt, Alex, nicht wahr?« fügte er hinzu, während sein Lächeln nach wie vor dem Priester galt. Seine Absicht und der Ton, in dem er sie vorbrachte, stimmten nicht überein.
Auch Alex' Antwort war eher eine verschlüsselte Botschaft: »Das ist mein Job, nicht wahr?« erwiderte er mit einem Lächeln, das zu Cohens paßte. »Ich nehme allerdings an, Sie wissen, daß die Mitglieder der Mission diplomatische Immunität genießen. Sie alle zu vernehmen ... Also, ich weiß nicht ... Zunächst wird der Erzbischof befragt werden müssen. Und angesichts des Umstands, daß diese Tat überhaupt geschehen konnte, bin ich mir nicht sicher, ob die israelischen Behörden, die schließlich hier für die Sicherheit verantwortlich sind, das volle Vertrauen unserer armen Schwestern genießen.«
»Es wundert mich, daß *Sie* ihr Vertrauen genießen«, sagte Cohen, noch immer lächelnd und noch immer nach möglichen Reaktionen in

der Miene des russischen Sicherheitsoffiziers suchend. »Für die Sicherheit auf dem Klostergelände sind schließlich *Sie* zuständig«, fügte er spitz hinzu.

»Ich bin Chauffeur und Dolmetscher«, erwiderte Alex aufgebracht.

Cohen zog es vor, diese Feststellung zu ignorieren, war aber froh darüber, das Thema offen angesprochen zu haben. »Wo ist denn der Erzbischof?« fragte er, obwohl ihm im Lichte der Antworten, die er bisher erhalten hatte, längst klar war, daß die Frage sinnlos war.

»In Damaskus natürlich.« Es klang so, als hätte der Russe gerne noch hinzugesetzt: »Weit außerhalb Ihrer Reichweite.«

Mit der ihm eigenen Beflissenheit trat Yaffe einen Schritt vor. »Lassen Sie mich einen Vorschlag machen«, sagte er konziliant, aber auch mit Autorität in der Stimme. »Ich bin sicher, Chefinspektor Cohen wird einen uniformierten Beamten finden, der eine Zeitlang das Gelände bewacht, und mein Freund, Seine Heiligkeit der Archimandrit, wird uns bestimmt bereitwillig bei unseren Ermittlungen helfen.« Während Alex mit monotoner Stimme für den Archimandriten dolmetschte, wandte sich Yaffe an Cohen. »Avram«, sagte er, »die Befragung Seiner Heiligkeit werde *ich* zu Ende führen.«

Dagegen war Cohen machtlos; Kontakte zu Diplomaten und Kirchenfunktionären fielen in Yaffes Zuständigkeit: Er würde ihm danach Bericht erstatten. Cohens Vertrauen in Yaffes Fähigkeit, Fakten von Spekulationen und brauchbare Informationen von haltlosem Geschwätz unterscheiden zu können, war allerdings nie sehr hoch gewesen. Der Chefinspektor fragte sich, ob Alex etwas von den unterschwelligen Spannungen zwischen den beiden ranghohen Polizisten mitbekam.

Doch Alex beschränkte sich aufs Dolmetschen, und soweit sich aus den Antworten des Archimandriten schließen ließ, erfüllte er seine Aufgabe akkurat. Salbungsvoll bedankte sich der Priester und sagte seine Mithilfe bei den Ermittlungen zu. Mit einer angedeuteten Verbeugung verabschiedete sich Schwester Elisabeth von Cohen und begab sich wieder zu den anderen Nonnen, die neugierig am Gartenrand vor dem Haus standen. Eine Zeitlang sprach keiner der vier Männer ein Wort, und jeder hoffte, einer der anderen würde das drückende Schweigen brechen.

Endlich sah Cohen Raoul aus dem Haus kommen. »Und?« fragte er. Froh darüber, dem säuerlichen Mundgeruch des nervösen Archimandriten zu entkommen, ging er auf den Arzt zu.
Raoul schüttelte den Kopf. »Zehn Stunden, vielleicht etwas weniger, vielleicht ein bißchen mehr. Wenn ich sie aufgeschnitten habe, kann ich's genauer sagen. Keinerlei Hinweise auf einen Kampf, sexueller Mißbrauch ebenfalls Fehlanzeige – aber auch hier gilt: Nach der Leichenöffnung sind wir klüger. Ja, und wie Sie schon vermuteten: pro Leiche nur eine Wunde.« Er klappte ein schwarzes Notizbuch zu und verstaute es in seiner schwarzen Arzttasche.
»Danke«, sagte Cohen. »Am Sonntagmorgen komme ich bei Ihnen vorbei ...«
»Inspektor Cohen ...«, sagte der Arzt flehentlich, was unmißverständlich bedeutete, daß er mehr Zeit benötigte.
»Entschuldigen Sie, Raoul, aber das gibt Ihnen doch fast achtundvierzig Stunden.«
»Ja, am Wochenende«, bemerkte der Arzt unglücklich, jedoch weder überrascht noch vorwurfsvoll. »Man soll sich doch am Freitagmorgen nie auf einen Job von Cohen einlassen«, murmelte er im Gehen. »Damit ruiniert man sich regelmäßig das Wochenende.«
Ehe Cohen sich seinerseits auf den Weg machte, wies er Levy an, auf die Spaniels zu warten, die die Spur des Mörders aufnehmen sollten. Die Experten von der Spurensicherung hatten im Garten einen Fußabdruck entdeckt, der den Hunden als Ansatz dienen mochte. »Der Regen wird wahrscheinlich alle Geruchsspuren fortgespült haben«, wandte Levy ein.
Cohen blieb unbeirrbar. »Für die Akten«, sagte er. Die Akten waren Cohens Kommentare; sie türmten sich in Mappen aus braunem Karton auf seinem Schreibtisch wie die Bücher des Talmud und dessen Kommentare auf dem Tisch eines Rabbinatsstudenten.
Cohen erklärte Levy auch, daß die Nonne, die die Leichen entdeckt hatte, von Yaffe vernommen werden würde. »Schreiben Sie mit«, sagte er.
»Und was ist mit Alex?« fragte Levy. Er begleitete Cohen ein kurzes Stück auf dem Pfad, der zum Parkplatz hinabführte.
In weiter Entfernung konnten sie das Rotorengeräusch eines von

Osten her anfliegenden Armeehubschraubers hören. Cohen blickte auf. Wahrscheinlich brachte der Helikopter ein weiteres Intifada-Opfer zur Notoperation ins Klinikum auf den Berg. Kurz darauf erschien der Hubschrauber über dem Tal und flog tatsächlich über ihre Köpfe hinweg auf das Krankenhaus zu.

»Alles zu seiner Zeit«, seufzte Cohen. »Irgendwann sind Sie dran, irgendwann er.« Dann schickte er Levy zurück zu dem unablässig knipsenden Fotografen, den summenden Fliegen und den blinden Augen der toten Nonnen.

5

SCHON OFT HATTE COHEN VOM DACH des efeubewachsenen Gebäudes aus politische Demonstrationen beobachtet. Doch im Büro des Ministerpräsidenten war er noch nie gewesen. Er sah eine kleine Sitzecke mit einem Sofa, das ebenso wie die vier bequemen Sessel mit beigem Wollstoff bezogen war. Die Vorhänge waren zugezogen, und auch die holzvertäfelten Wände trugen ihren Teil zur allgemeinen Düsternis im Raum bei. Einzige Lichtquelle war eine Lampe, die die Papiere beleuchtete, die auf dem großen Schreibtisch lagen. Vom Ministerpräsidenten selbst sah Cohen nur den kahlen Schädel. Der alte Herr beugte sich über ein Dokument, und seine Glatze schimmerte im Lampenlicht.

Der Regierungssprecher wies Cohen einen Stehplatz an der Wand gegenüber vom Schreibtisch zu. Von Yaffe wußte Cohen, daß Ya'acov Nussbaum, ein babygesichtiger Historiker, den man aus der Redaktionsstube der einzigen regierungsfreundlichen Tageszeitung des Landes geholt und zum Sprachrohr der Regierung gemacht hatte, seine Karriere der Intervention seiner Mutter verdankte: Sie hatte den neugewählten Regierungschef darauf hingewiesen, daß Ya'acov Sohn eines treuen Untergrundkämpfers gegen die britische Mandatsregierung war. Cohen lächelte, als Nussbaum ihn, indem er den Zeigefinger auf die Lippen legte, zum Schweigen anhielt und ihm förmlich einen Stehplatz neben Shmulik zuwies, seinem Gegenüber im Inlandsgeheimdienst Shabak.

»Willkommen«, flüsterte Shmulik, der in der Hauptstadt für die Bereiche Gegenterrorismus und Gegenspionage zuständig war. Der Shabak führte eigenständige Ermittlungen und Operationen durch, war aber nicht befugt, auf eigene Faust Verhaftungen vorzunehmen. Shmulik wandte sich daher des öfteren an Cohen mit der Bitte,

ihm Beamte zur Verfügung zu stellen, die diese Befugnis hatten. Cohen war fast zehn Jahre älter als Shmulik, der jedoch in der politischen Hierarchie Jerusalems einen höheren Rang einnahm als der Chefinspektor.
»Was will er?« erwiderte Cohen. Seine Stimme war noch leiser als das Summen der Klimaanlage, die ihn beim Eintreten leicht hatte frösteln lassen. Da der Geheimdienst dem Ministerpräsidenten direkt unterstellt war und da der ehemalige Guerillaführer die Geheiminformationen, die der Shabak für ihn sammelte, mit Vorliebe selbst verwertete, gehörte Shmulik hier zu den regelmäßigen Besuchern.
»Im Amt bleiben«, murmelte Shmulik. Cohens Reaktion beschränkte sich auf das Hochziehen einer Augenbraue. Schweigend sah er zu, wie *peu à peu* auch die anderen Geladenen eintrafen, während der Ministerpräsident unentwegt das ihm vorliegende Dokument studierte und die Männer, die den Raum betraten, gar nicht zu bemerken schien.
Niemand setzte sich. Alle warteten sie wie Schuljungen, von einem unberechenbaren Rektor zum Rapport bestellt. Cohen hatte einen säuerlichen Geschmack im Mund. Es widerte ihn an, daß er sich genauso benahm wie die anderen – ängstliche Speichellecker, die sie waren. Schon wartete er ungeduldig auf die erste Zigarette nach der Besprechung. Erfolglos bemühte er sich, wenigstens den Titel des Dokuments zu entziffern, das den Regierungschef so fesselte.
Schließlich sah Nussbaum auf die Uhr, ging zum Schreibtisch und redete mit leiser Stimme auf den dahinter Sitzenden ein. Dieser hob den Kopf, so daß sich, als er die vor ihm aufgereihten Männer musterte, das weiße Lampenlicht in seinen dicken Brillengläsern spiegelte.
»Herr Nussbaum meint, im Kabinettssaal wäre es vielleicht bequemer«, sagte er. »Ihr Wohlbefinden, meine Herren, liegt mir mehr am Herzen als mein eigenes – also bitte …« Seine mit Leberflecken übersäte Hand wies auf eine Tür zu seiner Rechten. Von den Umgangsformen des Ministerpräsidenten und seiner Lobhudelei gegenüber allen Staatsdienern in militärischen Funktionen hatte Cohen bereits gehört.
Der Generalinspektor, der Chef des Shabak, Shmulik, Cohen, Ehud – der für Jerusalem zuständige Verbindungsoffizier des militärischen Abwehrdienstes –, Nussbaum, ein Stenograph und der Bürochef des

Regierungschefs defilierten am Schreibtisch vorbei in den Kabinettssaal. Dort verteilten sie sich um den langen Tisch. Auf der blankpolierten Oberfläche spiegelte sich eine Doppelzeile fluoreszierender Dekkenleuchten, die sich hinter lichtdurchlässigen Paneelen verbarg. Die Herren suchten sich jeder einen Stuhl und blieben in Habtachtstellung daneben stehen.

Die Bewegungen des Premiers waren langsam. Er wirkt viel schmaler als im Fernsehen, dachte Cohen, der sich gleichzeitig mit den anderen erst setzte, nachdem sich der Regierungschef auf dem Sessel am Kopfende des langen Tisches niedergelassen hatte. Dieser Mann war fast zwanzig Jahre älter als Cohen, und sein Gesicht war, wie der Chefinspektor konstatierte, blaß und grau wie die von Abgasen verdreckten Kalksteinmauern der Geschäftshäuser in der Innenstadt. Das Bild der ausgebluteten Leichen in dunklen Plastiksäcken, die ein Lastwagen ins gerichtsmedizinische Labor nach Abu Kabir brachte, schoß ihm durch den Kopf.

»Meine Herren«, begann er. »Wie ich höre, hat man heute morgen zwei russische Nonnen ermordet aufgefunden. Ich würde gerne wissen, warum dies geschehen ist und wie lange es dauern wird, bis man den Mörder gefaßt hat. Bitte ...« Er sah den Mann an, der Cohen lediglich als Dovik, Leiter des Shabak, bekannt war. Dovik war von allen Eingeladenen der Ranghöchste.

Über seine einleitenden Bemerkungen hinaus verhielt sich der Premier während der gesamten Besprechung ausgesprochen wortkarg. Manchmal schloß er sogar die Augen, als döse er vor sich hin oder höre etwas ganz anderem zu. Cohen beobachtete ihn aufmerksam.

Die Unruhe steckte in seinen Händen. Er hatte lange, schlanke Finger, schmale Handflächen und kantige Handgelenke. Zu Beginn der Sitzung lagen die Hände flach vor ihm auf dem Tisch. Doch nach einer Weile begannen sie, sich zu verschränken und wieder zu öffnen; sie fingerten nervös an den Jackenaufschlägen herum, rückten die Krawatte zurecht, zogen sie straff, wieder und immer wieder. Cohen sah, wie er trotz laufender Klimaanlage schwitzte. Nussbaum gab vor, ihm sei zu warm, und machte den Vorschlag, die Klimaanlage höherzustellen. Cohen fragte sich, ob es klug gewesen war, Zeitungsberichten zu mißtrauen, denen zufolge ausländische Besucher in jüngster Zeit den

Gemütszustand des Regierungschefs als labil beschrieben hatten; er schwanke, hatte es geheißen, dauernd zwischen Euphorie und Depression. Doch Cohen verdrängte den Gedanken und konzentrierte sich wieder auf die Diskussion, eine *Tour de force* quer durch das gesamte politische Spektrum und sämtliche Kategorien möglicher Tatverdächtiger.

Bestimmte Gruppen jüdischer Eiferer, die sich religiösen oder nationalistischen Ideologien verschrieben hatten, wurden ebenso erwähnt wie muslimische Fundamentalisten und palästinensische Nationalisten, die im Sprachgebrauch der anwesenden Herren durchweg als »Terroristen« bezeichnet wurden. Cohen fiel auf, daß das Interesse des Ministerpräsidenten jedesmal, wenn eine neue Gruppierung erwähnt wurde, kurz aufzuflackern schien, um dann genauso schnell wieder abzuflauen.

»Chefinspektor Cohen?« fragte er unverhofft ins Gespräch hinein, als es um die Einstellung muslimischer Fundamentalisten zu Christen ging.

»Herr Ministerpräsident?« sagte Cohen überrascht. Denn seinen Lagebericht über die Situation im Kloster hatte er zuvor ebensowenig kommentiert wie Cohens Aufzählung möglicher Tatverdächtiger.

»Diese Ermittlungen, die Sie unter unseren jüdischen Mitbürgern anstellen – sind die wirklich unbedingt erforderlich?«

Der Ton, in dem die Frage gehalten war, mißfiel Cohen, der alles andere als glücklich darüber war, daß möglicherweise auch Juden für die Tat in Frage kamen. Dennoch antwortete er ohne Umschweife: »Bedauerlicherweise ja, Herr Ministerpräsident.«

Der Regierungschef seufzte. »Sie werden sehr diskret vorgehen«, befahl er. »Die andere Verleumdung war schon schlimm genug – ich meine diese Vermutung, Juden könnten für die Bombenanschläge verantwortlich sein …« Seine Stimme erstarb. Er schlug die Augen nieder und starrte auf seine Hände. Eine Zeitlang sagte niemand ein Wort. Cohen warf einen Blick auf Shmulik, der neben ihm saß, doch der Shabakoffizier machte sich eifrig Notizen auf einen der gelben Schreibblöcke, die vor ihnen auf dem Tisch lagen.

Die Vorladung ins Büro des Ministerpräsidenten war für Cohen völlig überraschend gekommen. Nach der Explosion vor dem Büro des

Regierungschefs war kein solches Treffen anberaumt worden und auch nach dem Granatenfund auf dem Tempelberg nicht. Dabei konnte nach Cohens Überzeugung kein Zweifel daran bestehen, daß diese beiden Ereignisse eine erheblich größere Gefahr für den Staat darstellten als der Doppelmord, selbst wenn dieser in einem »rotrussischen« Kloster geschehen war. Der Tempelberg war das Zentrum des Konflikts, die Quelle, die die fundamentalistische Glut in der Stadt speiste. Auf muslimischer Seite gab es immer eine Strömung, die dem *Dschihad*, dem »Heiligen Krieg« mit dem Ziel, alle Juden zu vernichten, zuneigte. Im jüdischen Lager gab es, wie Cohen wußte, Fanatiker und Verrückte, die auf die Errichtung des Dritten Tempels hinarbeiteten. Daß die *Charedim* die Anwesenheit des Messias als Voraussetzung für den Bau des Dritten Tempels ansahen, traf bei den Extremsten unter den extremen Nationalisten auf taube Ohren. Sie nutzten jede sich bietende Gelegenheit, die jüdische Oberhoheit über die alte Tempelstätte zu beweisen. Die fragile Koalition, der der Regierungschef vorsaß, war ein ausgeklügelter Kompromiß zwischen diesen beiden Strömungen des Judaismus. Auf jeden Knessetabgeordneten, der sich gern auf dem Tempelberg fotografieren ließ – und damit oft arabische Protestdemonstrationen provozierte –, kam ein anderer, der das Betreten des Berges für reine Blasphemie und eine Schändung des Allerheiligsten hielt.
Cohen dachte an eine Notiz, die ihm erst wenige Tage zuvor auf den Schreibtisch geflattert war. Es handelte sich um den Bericht über einen offiziellen Antrag einer Gruppe, die sich die »Organisation der Tempelbauer« nannte. Sie ersuchten um die polizeiliche Genehmigung einer Demonstration, bei der unter anderem ein Grundstein für den Dritten Tempel gelegt werden sollte. Cohen hatte sich dagegen ausgesprochen, weil zum Schutz der Demonstranten vor wütenden Muslimen, die hinter den Aktivitäten auf dem Tempelberg ein jüdisches Komplott vermuten würden, der Einsatz mehrerer Hundertschaften von Polizisten erforderlich wäre. Unterzeichnet war der Antrag von zwei Vorstandsmitgliedern, die dem zweitausendköpfigen Zentralkomitee der Partei des Ministerpräsidenten angehörten. Die Tempelbergbewegung hatte in jüngerer Zeit viel Zulauf. An jedem Feiertag versammelten sie sich vor dem Marokkanertor, schwenkten Fahnen,

bliesen Schofaroth und forderten Einlaß zum Tempelberg. Sollten tatsächlich Juden hinter den Granatenanschlägen stecken, so wäre dies, zumindest für Cohen, ein Beweis dafür gewesen, daß einige von ihnen sich nicht mehr mit Fahnenschwenken und Schofarblasen zufriedengaben. Dem Regierungschef bereitete die magnetische Anziehungskraft des Tempelbergs offensichtlich kein Kopfzerbrechen. Auf die Frage, wie er die Bewegung einschätze, veröffentlichte sein Pressesprecher eine Stellungnahme, in der es hieß, jeder Jude sehne sich nach der Wiedererrichtung des Tempels. Mit Hinweis auf die Religionsfreiheit der Muslime auf dem Tempelberg und die durch die Existenz einer Polizeistation zum Ausdruck kommende israelische Souveränität über das Gelände hieß es darüber hinaus, vorläufig gelte der *Status quo*.

Doch der *Status quo* beruht auf der Voraussetzung, daß die Gesetze der Vernunft weiterhin gelten, dachte Cohen. Es mehrten sich allerdings die Anzeichen dafür, daß diese Voraussetzung kein solides Fundament mehr hatte.

Und da gab es noch einen anderen Bericht, der unlängst auf Cohens Schreibtisch gelegen hatte. Er stammte vom Bezirkspsychiater, der darin ein, wie er sich ausdrückte, Syndrom beschrieb: In der Stadt, so der Facharzt, seien in jüngster Zeit gehäuft Fälle von individuellem Wahnsinn zu beobachten, namentlich unter Touristen. Ein dutzendmal hätten in weiße Gewänder gekleidete Touristen versucht, aus Bankfilialen in der Innenstadt »die Geldwechsler zu vertreiben«. Der Psychiater schätzte, im Laufe eines Jahres an die hundert Menschen gesehen zu haben, die unter der Zwangsvorstellung litten, der Messias zu sein oder ein Prophet, der von der unmittelbar bevorstehenden Ankunft des Messias kündete. Nun waren dergleichen Erscheinungen unter Pilgern alles andere als neu. Cohen hätte den Bericht wahrscheinlich *ad acta* gelegt, hätte der Psychologe nicht noch ein anderes, erheblich gefährlicheres Phänomen jenes Syndroms beschrieben. Das beste Beispiel, so der Bericht, sei jener australische Tourist, der 1968 versucht hatte, die Al-Aksa-Moschee auf dem Tempelberg niederzubrennen. Bei seiner Festnahme hatte er erklärt, er habe Platz schaffen wollen für den Dritten Tempel. Inzwischen, so am Ende des Berichts, infiziere das Syndrom nicht mehr bloß Touristen, die ihrer Enttäuschung darüber freien Lauf ließen, daß Jerusalem kein religiöses Dis-

neyland sei, in dem die Menschen noch genauso lebten wie vor zweitausend Jahren. »In Amerika«, formulierte der Psychiater, »gibt es psychosexuelle Verbrechen. Wir beobachten hier in zunehmendem Maße psychomystische Verbrechen.«
Der Erklärungsversuch des Psychologen für das Phänomen des Fundamentalismus, der durch die Stadt fegte wie ein Buschfeuer durch eine sommertrockene Dornenhecke, war einer von vielen und gewiß nicht schlechter als manch anderer, den Cohen gehört hatte. Der geheime Bericht war in dem kleinen Zirkel von Eingeweihten, die Zugang zu ihm hatten, sehr kontrovers diskutiert worden, hatte der Facharzt doch indirekt darauf hingewiesen, daß extremistische politische Sprücheklopferei bei gefährdeten Einzelgängern auf der Suche nach Lebenssinn durchaus »syndromauslösend« wirken könnte.
Shmulik stellte sich auf die Seite des Ministerpräsidenten und bezeichnete den Autor des Berichts abfällig als »wieder so einen Juden voller Selbsthaß, der die Regierung bloßstellen will«. Cohen war sich dessen nicht so sicher. Seine Antwort auf die Aufforderung des Regierungschefs, »diskret« vorzugehen – ein unmißverständlicher Hinweis darauf, daß er nicht die Absicht hatte, die wacklige Koalition mit der religiösen Rechten durch Aktivitäten der Polizei gefährden zu lassen –, mußte daher wohlbedacht sein.
Über den langen Tisch hinweg erwiderte er den von dicken Brillengläsern verborgenen Blick aus den tiefliegenden Augen des Premiers. »Wir ziehen bei unseren Ermittlungen alle denkbaren Optionen in Erwägung«, sagte er. »Dabei gehen wir so behutsam wie möglich vor. Natürlich hängt alles davon ab ...«
Cohen wollte fortfahren: »... in welche Richtung uns unsere Ermittlungen führen«, wurde jedoch durch das plötzliche Erscheinen des Mossadchefs unterbrochen, für den das strenge Protokoll offensichtlich keine Gültigkeit besaß. Vom Rang her stand er höher als alle anderen Anwesenden mit Ausnahme des Ministerpräsidenten, und dies entschuldigte die Verspätung – zumindest in seinen eigenen Augen. Der Ministerpräsident wandte seine Aufmerksamkeit dem Neuankömmling zu und stellte ihn lediglich als Nahum vor. Ohne ein Wort der Entschuldigung für seine Verspätung nahm der Mossadchef seinen Platz ein. Nussbaum reichte ihm die gleichen Unterlagen, die auch die

anderen Sitzungsteilnehmer erhalten hatten. Es handelte sich um die fotokopierten Visaanträge der beiden ermordeten Nonnen. »Das Innenministerium hat sie uns auf mein Ersuchen hin zur Verfügung gestellt«, erklärte Nussbaum, sichtlich darum bemüht, den Mossadchef mit seiner Gründlichkeit zu beeindrucken. Cohen hätte es für nützlicher gehalten, Alex' Visumantrag zu sehen – oder auch Shmuliks Shabakakte über den Russen. Aber er verhielt sich still und wartete auf eine neue Gelegenheit, den anderen zu erklären, daß es ihm unmöglich war, Juden von vornherein von seinen Ermittlungen auszuschließen. Nach der Sitzung wollte er Shmulik um die besagte Akte bitten. Schon jetzt fragte er sich, ob er die kompletten Unterlagen oder nur eine gereinigte Version zu Gesicht bekommen würde.

Nahum begann sofort mit seinem eigenen Bericht. »Es ist sehr wichtig, daß wir den Machtwechsel im Kreml im Auge behalten«, sagte er, nachdem er einen kurzen Blick auf die beiden Dokumente geworfen hatte. Die beiden Menschenleben, die diese Papiere repräsentierten, schienen ihn nicht sonderlich zu interessieren. Vor Cohens geistigem Auge tauchte erneut das Bild der beiden Leichen in den Plastiksäcken auf, die der Lastwagen nach Abu Kabir abtransportiert hatte. Der Geheimdienstchef schwätzte einige Minuten über die verschlungenen Kreise der Verschwörungen, die gegenwärtig das Verhalten der Sowjetunion in aller Welt prägten. Das Interesse des Ministerpräsidenten an diesem Teil der Diskussion erlahmte weniger rasch als zuvor, vor allem als sein oberster Spion auf Einzelheiten wie den Rückzug aus Afghanistan, Glasnost und Perestroika oder die nationalistischen Unruhen in verschiedenen Landesteilen der Sowjetunion zu sprechen kam.

Was Cohen betraf, so fand er den Vortrag zwar durchaus interessant, aber nicht zum Thema gehörig. Als der Mossadchef erneut die beiden Visaanträge betrachtete, sah er mit wachsender Ungeduld zu. »Wir brauchen sicherlich noch genauere Informationen über die beiden«, sagte Nahum schließlich. »Diese hier ...«, sein Ton klang so abschätzig, daß Cohen über Nussbaums Betroffenheit am liebsten gelacht hätte, »... diese hier sagen uns herzlich wenig.« Nahum ließ die beiden Dokumente vor sich auf den Tisch fallen. Das Abkanzeln war erledigt.

Cohen brach das Schweigen. »Mit Verlaub«, bemerkte er, »die Dokumente sagen uns schon etwas. Es ist vielleicht noch zu früh, um zu erkennen, was, aber sie sagen uns durchaus etwas.«
»Was soll das heißen?« wollte Nahum wissen. Der Widerspruch überraschte ihn, besonders da er von einem Polizisten kam.
Cohen betrachtete die Fotokopien. »Nun ja«, sagte er, »es ist immerhin merkwürdig, daß Miriam, die ältere der beiden Nonnen, in ihrem ursprünglichen Antrag auf Aufenthaltsgenehmigung überhaupt nicht erwähnt, daß sie eine Tochter hat.« Papiere raschelten, als sich die allgemeine Aufmerksamkeit den beiden Dokumenten zuwandte. Der einzige, der sich nicht anschloß, war der Regierungschef, dessen Blick Cohen auf sich ruhen spürte.
»Was könnte das denn bedeuten, Chefinspektor Cohen?« fragte er.
»Ich weiß es nicht, Herr Ministerpräsident. Vielleicht ist es völlig irrelevant, und die beiden Frauen waren reine Zufallsopfer. Aber es kann sein, daß es doch etwas bedeutet. Vielleicht sollte die Verwandtschaft der beiden Frauen geheimgehalten werden, und sie war nicht nur uns, sondern auch den sowjetischen Behörden zum Zeitpunkt der Antragstellung unbekannt. Im Kloster wußte man allerdings schon seit langem Bescheid. Als ich heute morgen am Tatort war, hat niemand versucht, daraus einen Hehl zu machen. Bedauerlicherweise stammen sämtliche Informationen, die wir bisher über die Frauen haben, von der Klosterverwaltung.«
»Ganz schön viele ›Vielleichts‹«, bemerkte der Mossadchef.
»Lassen Sie ihn ausreden«, sagte der Ministerpräsident sowohl zu des Angesprochenen als auch zu des Chefinspektors Überraschung.
»Nun ist es ja so«, fuhr Cohen fort, bemüht, sich an die Liste mit Argumenten zu halten, die er sich im Geiste zurechtgelegt hatte, »daß Nonnen beim Eintritt in ein Kloster – genauso wie Menschen, die zum jüdischen Glauben konvertieren – ihren Namen wechseln. Doch was zwei Frauen dazu bewegt, den Behörden zu verschweigen, daß sie Mutter und Tochter sind ...«, Cohen wandte sich an den Mossadchef, der mit versteinerter Miene dasaß, »... das ist etwas, das vielleicht nur Ihre Leute herausfinden können. Und Sie ...«, er richtete das Wort nun an Shmulik, »... Sie könnten uns zum Beispiel mit Ihren Unterlagen über den Chauffeur behilflich sein ...«

»Wir wissen, daß er beim KGB ist«, warf Dovik, Shmuliks Vorgesetzter, ein, so daß Cohen sich sogleich fragte, welche Geheiminformationen der Shabak ihm vorenthalten wollte. »Aber er ist nichts weiter als ein ruhmreicher Klosterwächter, ein Sicherheitsapparatschik. Wir haben keine Hinweise auf irgendwelche signifikanten Spionageaktivitäten. Er ist ihr Babysitter, sonst nichts.«

Der Mossadchef schlug sich auf Cohens Seite. »Immerhin hat er eine KGB-Ausbildung hinter sich«, sagte er.

Nussbaum meldete sich zu Wort. »Gesetzt den Fall, er spioniert doch«, sagte er, sichtlich darauf erpicht, seinen Scharfsinn in Sachen Geheimdienstarbeit unter Beweis zu stellen, »festnehmen würden Sie ihn doch nicht, oder?«

»Er könnte uns auf die Spur anderer führen«, bestätigte Dovik.

»Oder angezapft werden«, ergänzte der Mossadchef trocken. »Wir könnten ihn umdrehen und für uns arbeiten lassen.«

Cohen war durchaus an Alex interessiert, doch war der Russe nur eines von mehreren Problemen, die ihm im Zusammenhang mit dem Fall Kopfzerbrechen bereiteten. In gewisser Hinsicht übertraf der Doppelmord alles, was er in Jerusalem bislang erlebt hatte. Cohen kannte sich aus mit Eiferern und Terroristen. Auch der Fanatismus war ihm vertraut, der Menschen den Märtyrertod suchen ließ oder sie dazu trieb, ihn anderen zuzufügen. Er wußte Bescheid über Bandenkriege und Revierkämpfe, in deren Verlauf gelegentlich Bomben in Autos von Größen der Unterwelt explodierten.

Doch im vorliegenden Fall trugen die grausame Einfachheit der Tat, die wahrscheinliche Unschuld der Opfer sowie das Interesse der Regierung dazu bei, daß Cohen die Angelegenheit als schwere persönliche Belastung empfand.

Die Begleitumstände bedeuteten Druck – Druck von seiten der Presse, die sich mit Vorliebe auf mysteriöse Fälle wie diesen stürzte, und Druck von seiten der Politiker. Für die Reporter war der Doppelmord ein schlagzeilenträchtiges Spektakel. Der Polizeisprecher wartete bereits verzweifelt auf Informationen. Die Journalisten hatten wegen der hektischen Aktivitäten im Polizeifunk Lunte gerochen. Der führende Polizeireporter des israelischen Fernsehens bestand darauf, seine Zuschauer hätten ein Recht, in den Abendnachrichten Bilder vom Tatort zu sehen. Innerhalb der nächsten Stunde war eine offizielle Verlautbarung fällig, und bisher wußte Cohen nichts Zweckdienliches zu sagen. Damit war den wildesten Spekulationen Tor und Tür geöffnet. Für Juden, dachte Cohen, sind Nonnen allemal etwas Geheimnisvolles. Nonnen aus dem Lande der Kosaken und Pogrome, aus Moskau, das mit den Feinden Israels verbündet war, waren besonders exotisch und forderten die Einmischung seitens der Politiker geradezu heraus. Das außergewöhnliche Interesse des Ministerpräsidenten war für Cohen ein ebenso großes Rätsel wie der Doppelmord selbst. Die Geheimnisse, die diesen Fall umgaben, gingen weit über das hinaus, was die Augen der Nonnen in jenem kurzen Moment, bevor die ewige Dunkelheit über sie hereinbrach, gesehen hatten.

Cohen war aus all diesen Gründen klar: Seine Ermittlungen standen von Anfang an unter dem Druck der verschiedenen Seiten. Niemand würde von ihm verlangen, den Mord einem Unschuldigen in die Schuhe zu schieben, doch durfte er nicht mit großer Geduld rechnen, wie sie die Ermittlungen im Fall der SIDRA-13-Granaten begleitete. Im Kabinettssaal blieb all das natürlich unausgesprochen. Als der Regierungschef schließlich die Hände hob, um den Anwesenden damit zu verstehen zu geben, die Sitzung sei beendet, hatte Cohen das Gefühl, er müsse dem alten Herrn noch vor Abschluß des Falles erklären, was er kurz vor der verspäteten Ankunft des Mossadchefs zu erklären versucht hatte: In einer Heiligen Stadt können selbst Heilige verdächtig sein.

6

AN JENEM FREITAGABEND hörte Richterin Ahuva Meyerson Cohen zu wie ihren Zeugen vor Gericht. Den Kopf in die Hände gestützt, verriet ihr Blick gleichermaßen kritische Aufmerksamkeit wie Mitgefühl. Allerdings befand sie sich nicht im Gerichtssaal.

Ahuva Meyerson war der einzige Mensch, dem Cohen absolut vertraute, und Cohen war der einzige Mensch, bei dem Ahuva nie das Gefühl hatte, sie müsse ein Urteil über ihn fällen. Um ihrer beider Karrieren willen und zur Vermeidung beruflicher Interessenkonflikte waren sie gezwungen, ihr Verhältnis geheimzuhalten. Allen Auseinandersetzungen, die sich daraus hätten ergeben können, daß sie die Repräsentantin einer unvollkommenen Justiz war, während er eine absolute moralische Ordnung forderte, gingen sie tunlichst aus dem Wege. Es wäre zu einem unlösbaren Konflikt gekommen, und genau aus diesem Grund blendeten sie ihre berufliche Tätigkeit aus ihrem ansonsten leidenschaftlichen Verhältnis aus.

»Wenn wir zusammen sind«, hatte sie einmal zu ihm gesagt, »komme ich mir vor wie auf einer einsamen Insel oder in einer wunderschönen Oase inmitten einer großen Wüste.«

Cohen sah in ihrem Verhältnis ein gemeinsames Refugium, das ihnen einen Ausweg bot aus der Einsamkeit ihrer jeweiligen beruflichen Position. Freitagabend und die Nacht zum Samstag verbrachten sie immer gemeinsam. Cohen hatte das Kochen übernommen und versuchte, Ahuva jede Woche mit einem neuen Gericht zu überraschen, das er entweder selbst erfunden oder aber irgendwo in seiner Kochbuchsammlung entdeckt hatte. War er in besonders romantischer Stimmung, so bemühte er sich, eine jener Mahlzeiten nachzukochen, die ihnen in ihrem jährlichen Sieben-Tage-Urlaub in Florenz wäh-

rend der sommerlichen Gerichtsferien besonders gut geschmeckt hatten.
Normalerweise war er in der Küche, wenn Ahuva kam. Doch an diesem Abend fand sie ihn im Wohnzimmer. Mit der schlafenden Katze Suspect auf seinem Schoß saß er im Sessel, von dem aus sich der Garten überblicken ließ. Er sagte nichts, als Ahuva die Wohnung betrat, und im ersten Moment fürchtete sie schon, all ihre Ängste bezüglich seiner Gesundheit seien plötzlich wahr geworden. Rasch ging sie zu ihm, legte ihm die Hand auf den Hals, tastete nach dem Puls.
Cohen öffnete die Augen und lächelte sie an.
»Du hast mir Angst eingejagt«, sagte sie fast ärgerlich, aber doch erleichtert.
»Das tut mir leid«, antwortete er.
»Was ist denn passiert?« fragte sie und sah ihm in die müden Augen.
»Nichts, nichts«, erwiderte er, schubste die Katze von seinem Schoß und erhob sich, um Ahuva in die Arme zu schließen. »Ich habe auf dich gewartet.«
»Du bist deprimiert«, sagte sie. Die Katze schmiegte sich an ihre Beine. Ahuva nahm das Tier auf den Arm, drückte es an ihre Brust und streichelte es.
»Unsinn.« Auf dem Weg in die Küche blieb er kurz vor der Karte aus der Zeit der Kreuzzüge stehen und betrachtete sie aufmerksam; vor zwei Jahren hatte Ahuva ihm den Druck geschenkt. Sie ließ die Katze aufs Sofa plumpsen, durchmaß leichtfüßig das Zimmer und war bei ihm. »Ich habe dich noch nie so deprimiert gesehen«, sagte sie und umarmte ihn. Ihre Gesichter berührten sich.
»Die Lage ist sehr ungewöhnlich, so etwas hatte ich noch nie«, gab er zu, ohne den Blick von der Karte zu nehmen. Er genoß den Hauch ihres Atems an seinem Ohr. »Aber deprimiert bin ich nicht.« Mit einem Schritt zurück befreite er sich aus ihrer Umarmung und sah Ahuva in die Augen. Die Vehemenz seiner Beteuerung verblüffte ihn selbst; es hatte geklungen, als versuche er, sich zu verteidigen.
»Was meinst du damit?« fragte Ahuva. »Was für eine Lage?«
Cohen versuchte, ihre Frage zu ignorieren, von der er wußte, daß sie

einen Punkt berührte, den sie seit langem mieden. »Einen Drink?« fragte er statt dessen.

Mit einem Kopfschütteln lehnte sie ab. Cohen füllte sich selbst ein halbes Glas mit der blaß bernsteinfarbenen Flüssigkeit. Dann wandte er sich wieder an Ahuva, streckte ihr die Flasche entgegen und fragte: »Wirklich nicht?«

Erneut schüttelte sie den Kopf und verharrte schweigend in jener erwartungsvollen Haltung, die ihm vor zehn Jahren erstmals aufgefallen war. Ahuva war damals eine brillante junge Juristin gewesen, deren verhaltene Sinnlichkeit ihn ebenso angezogen hatte wie ihre scharfsinnige Argumentation.

»Wir können darüber nicht reden«, sagte er und entschwand durch die Küchentür, die sich hinter dem Eßtisch befand, wobei er hinzusetzte: »Berufliches, du weißt schon.« Das war das magische Wort in ihrer Beziehung, die Grenze, die weder sie noch er überschreiten durfte. Ahuva blieb im Wohnzimmer und betrachtete die beiden brennenden Kerzen auf dem Tisch, der, wie stets am Freitagabend, bereits gedeckt war. Anderswo in der Stadt wurden am Freitagabend Kerzen entzündet, um den Sabbat zu begrüßen. In ihrer Oase brannten sie, um eine romantische Stimmung zu schaffen. Porzellan und Tafelsilber waren ausgelegt. Das Geschirr hatte Cohens Frau vor Jahren als Mitgift in die Ehe gebracht. Ein knappes Jahr nach der Hochzeit, kurz nachdem Cohen seine Ausbildung an der Polizeiakademie abgeschlossen hatte, war sie bei einem Terroranschlag ums Leben gekommen.

Mit einer raschen Drehung wandte sich Ahuva vom Tisch ab und ging zu dem Einbauregal, das vom Fußboden bis an die Decke der fensterlosen Wand gegenüber der Küchentür reichte. Auf einer der unteren Etagen war die Stereoanlage mit Schallplatten und Kassetten untergebracht. Ahuva ließ ihre Finger über das Kassettendeck gleiten und lächelte über den gleichmäßigen Fluß seiner Handschrift auf den Etiketten, mit denen Cohen all seine Aufnahmen aus dem Radio oder von Langspielplatten versehen hatte. Sie traf jedoch keine Auswahl, sondern warf einen heimlichen Blick in die winzige Küche, wo Cohen sich der Vorbereitung des Essens widmete und geschäftig zwischen Kühlschrank und Gasherd hin und her eilte.

Als ihre Blicke sich trafen, ging sie zur Küchentür. »Avram, wir haben uns vor vielen Jahren versprochen, in der wenigen Zeit, die wir für uns haben, nichts Berufliches zwischen uns kommen zu lassen. Zehn Jahre lang haben wir uns an dieses Versprechen gehalten. Aber nun ist irgend etwas geschehen, offenbar etwas sehr Ernstes. Vielleicht ist es an der Zeit, das Versprechen zu brechen. Um was geht es?«
Ihr rotes Haar schimmerte im flackernden Licht der Kerzen hinter ihr. Cohen mußte an die Heiligenscheine der beiden Frauen auf der zerbrochenen Ikone im Kloster denken. Einen Augenblick lang hörte man nur die Geräusche der Stadt jenseits der Fenster. Aus der kleinen Synagoge gleich hinter Cohens Wohnung drangen merkwürdige Balkanmelodien zur Begrüßung der Sabbatkönigin. Ahuva kam zu ihm und streckte die Hand aus, um sanft seine breite Brust zu berühren. In der einen Hand einen Kochtopf, in der anderen einen Servierlöffel, blieb Cohen stehen. Die Sauce war blaßorange und duftete kräftig nach Zitrusfrüchten. »Mir geht es gut, ehrlich«, sagte er. »Warum legst du uns nicht eine schöne Platte auf? Ich bin gleich fertig und komme. Es gibt was ganz Köstliches! Echtes Kalbsschnitzel, keine Hühnerbrust, dazu gedämpften Blumenkohl mit dieser Sauce hier ... Probier mal!« Er hielt ihr den Löffel entgegen. Ahuva spitzte die Lippen und blies auf die dampfende Sauce. Cohen forschte in ihren blaßgrünen Augen nach einer Reaktion und grinste, als er sah, wie sie sich vor Freude weiteten.
»Grapefruit und Kurkuma«, sagte sie. Cohen lächelte und wandte sich wieder dem Herd zu. Sie hatte den Geschmackstest glänzend bestanden.
Ahuva ließ sich nicht ablenken. »Und?« fragte sie seinen Rücken mit der gleichen Hartnäckigkeit, die die Richterin auszeichnete. »Willst du wirklich ein vielversprechendes Abendessen wegen Berufskram ruinieren?«
Er drehte sich um und atmete tief durch. Dann stellte er die Herdflamme niedriger; es war ein Ausweichmanöver, um ihrem Blick zu entgehen.
»Schon gut, schon gut«, sagte sie. »Ich verstehe. Du willst nicht darüber reden. Also reden wir nicht darüber.« Sie verschwand im Wohnzimmer. Kurz darauf hörte er, wie sie eine Kassette aus dem

Regal nahm, und lächelte, als er die ersten Takte der Musik hörte, für die Ahuva sich entschieden hatte.

»Komplizierte Musik für eine komplizierte Situation«, sagte er, als er mit zwei hübsch angerichteten Tellern aus der Küche kam.

»Bach zeigt uns auf seine Art, daß es für alles eine Lösung gibt«, erwiderte Ahuva heiter.

»Vielleicht sollten wir doch darüber reden«, sagte Cohen, stellte die Teller auf den Tisch und setzte sich auf den Platz ihr gegenüber. Er sprach erst wieder, als er den Wein eingeschenkt hatte. »Trinken wir den ersten Schluck auf unseren Ministerpräsidenten!« sagte er. »Möge er noch viele Jahre in der Erdumlaufbahn kreisen ...« Er leerte sein Glas.

»Avram, also wirklich ...« Ahuvas Tadel klang leicht spöttisch.

»Ich war heute bei ihm«, erklärte Cohen, »ja, tatsächlich.« Sie war überrascht. »Es ist lange her, daß ich ihn so aus der Nähe gesehen habe. Das letzte Mal war er noch in der Opposition und ging noch selber einkaufen.«

»Was wollte er?«

»In einem Kloster in Ein Kerem sind zwei Nonnen ermordet worden.«

»Ja, das habe ich im Radio gehört. Schrecklich, wirklich ganz schrecklich. Aber weshalb hat er dich kommen lassen?«

»Nun ja«, sagte Cohen und rieb sich die Augenbraue, »das ist ja der springende Punkt. Es ist das erste Mal, daß er über ein bestimmtes Verbrechen hier in der Stadt informiert werden will.«

»Was wollte er denn im einzelnen wissen?« hakte Ahuva nach.

»Nicht viel eigentlich. Er will nur, daß wir möglichst bald einen Verdächtigen finden, und würde es, wie du dir denken kannst, sehr begrüßen, wenn dieser Verdächtige kein Jude wäre.«

»Das klingt nach Einmischung in ein schwebendes Verfahren«, sagte Ahuva.

»Nein, nicht direkt. Er war sehr vorsichtig und hat nichts dergleichen gesagt. Es ging ihm lediglich darum, daß die Ermittlungen nichts Peinliches zutage fördern. Er wünscht Diskretion. Wir sollen *diskret* ermitteln.« Cohen räusperte sich unwillig bei dem Gedanken. Ob die im vierten Stock überhaupt die Bedeutung dieses Wortes kennen? fragte er sich.

»Peinlich für wen?«
Cohen hob die Schultern. »Für ihn. Für uns. Für die Juden.« Er spürte, wie der Wein die Farben dämpfte und das Kerzenlicht heller erscheinen ließ. »Als die Granate in die Menge geworfen wurde, hat er uns nicht rufen lassen«, sagte er und konnte die Bitterkeit in seiner Stimme nicht mehr unterdrücken. »Nach dem Granatenfund auf dem Tempelberg auch nicht. Vielleicht hält er das für normal. Aber zwei ermordete Nonnen – *deswegen* bestellt er uns zu sich.«
»Er wird sich schon was dabei gedacht haben«, sagte die Richterin.
»Er denkt sich dies, ich denk' mir das. Das Problem ist, daß es ihm offenbar nicht gutgeht. Und die Leute in seiner Umgebung tun so, als fehle ihm nichts.«
»Was soll das heißen, es geht ihm nicht gut?« fragte Ahuva besorgt.
»Er sieht älter aus denn je.«
»Er geht auf die Achtzig zu. Er *ist* alt.«
»Du liest doch, was in den Zeitungen steht«, versuchte Cohen zu erklären. »Du weißt doch, was immer wieder vermutet wird. Er hat Depressionen, heißt es. Er sei apathisch ...«
»Zeitungen ...« Ihr Ton verriet eine generelle Geringschätzung des Berufsethos der Journalisten. »Du kennst sie doch ...«
»Das war auch mein Gedanke«, gab Cohen zu. »Aber ich habe ihn heute ja gesehen. Ich lasse mir da nichts vormachen. Er ist ... er ist nicht präsent, ja, das ist das einzige Wort, das mir zu seinem Zustand einfällt. Abgesehen von ein paar Fragen, die er mir stellte – es ging um die Vernehmung von Juden –, und einem gewissen Interesse an den Absichten der Sowjets scheint er den größten Teil der Sitzung verschlafen zu haben.«
»Er steht unter immensem Druck«, gab Ahuva zu bedenken. »Vielleicht ist er bloß erschöpft.«
»Dachte ich auch. Doch nachher habe ich Shmulik gefragt, und der meinte, er sei schon seit Wochen so.«
»Ich sehe nicht ganz, inwieweit das deine Arbeit beeinflussen soll«, sagte sie. »Das ist doch nicht das erste Mal, daß du unter politischem Druck arbeitest.«
»Ja, merkst du denn nicht, worum es geht?« Er erschrak über die Heftigkeit seines Ausbruchs. »Die Dinge geraten außer Rand und

Band, aber unser Regierungschef versinkt in einer Scheinwelt, als ob ihn das alles gar nichts mehr anginge. Er verliert den Überblick, die Kontrolle ...«

»Aber du nicht!« erwiderte Ahuva mit Nachdruck.

Bevor Cohen antwortete, schenkte er sich noch ein Glas ein. »Diese Konferenz heute bedeutet nichts anderes, als daß er mir von jetzt an permanent im Nacken sitzen wird.«

»Eben hast du noch behauptet, er verliert die Übersicht und die Kontrolle. Jetzt sagst du, er wird dir bei allem, was du tust, auf die Finger sehen. Nun entscheide dich mal.« Ihre Worte klangen sehr bestimmt und verlangten nach Klarheit.

»Nicht er persönlich. Der vierte Stock. Wenn der Ministerpräsident sich für einen Fall interessiert, interessiert es die da oben auch. Sie giepern nach einer Etaterhöhung, und er kann sie ihnen verschaffen. Also tun sie alles, was er von ihnen verlangt.«

»Das schaffst du schon«, sagte Ahuva. »Du hast es bisher immer geschafft.«

Zum erstenmal fragte er sich, ob ihr Vertrauen in seine Fähigkeit, sich schadlos durch die Minenfelder der politischen Landschaft Jerusalems zu lavieren, berechtigt war. Ehe er jedoch seine Zweifel in Worte fassen konnte, überraschte Ahuva ihn mit einer plötzlichen Ankündigung, die sie selbst betraf.

»Du, ich muß dir was erzählen«, sagte sie strahlend. »Ich fliege nach New York.«

Verblüfft legte Cohen die Gabel nieder, mit der er gerade ein Stück Kalbsschnitzel aufgespießt hatte. »Wann?« fragte er.

»Übermorgen«, sagte sie. »Ich weiß, das kommt sehr plötzlich. In New York findet eine Konferenz über Frauen und Recht statt. Du kennst doch Rachel Glazer, die Knessetabgeordnete, nicht wahr? Ursprünglich sollte sie hinfliegen. Aber ihr Mann erlitt einen Herzinfarkt, und so mußte sie ihre Teilnahme absagen. Sie schlug den Veranstaltern vor, mich an ihrer Stelle einzuladen.«

»Wie lange wirst du weg sein?« fragte er unwirsch. Die Reise war ihm zuwider, und er war eifersüchtig auf Ahuvas Karriere, die ihre Zweisamkeit störte.

»Die Konferenz beginnt am Mittwoch und dauert bis Sonntag nachmittag. Ich habe heute den ganzen Tag damit verbracht, meine Termine zu ändern, damit ich den Urlaub gleich anhängen kann. Mit meiner Schwester in Chicago hab' ich auch schon gesprochen. Wir haben uns seit zwei Jahren nicht gesehen. Und dann will ich Einkäufe machen, nach Herzenslust ...«

Sie hielt unvermittelt inne. Cohen spürte, daß seine Miene jenes Gefühl des Verlassenseins preisgegeben haben mußte, das ihn unmittelbar nach der Enthüllung ihres Reiseplans befallen hatte.

»Ja, freust du dich denn gar nicht für mich?« fragte sie.

»Doch, doch, sicher«, sagte er. »Das ist natürlich eine Ehre für dich. Nur ...«

»Nur was?«

»Ich weiß nicht«, sagte er aufrichtig. »Ich hab' irgendwie das Gefühl, du läßt mich sitzen.«

»Armer Avram«, spöttelte sie liebevoll. »Du könntest mich natürlich begleiten ...«

Es war ein Jux, doch Cohen nahm ihn im ersten, ein wenig zu langen Augenblick ernst. Er musterte ihr Gesicht. Ahuva ging auf die Vierzig zu, hatte jedoch die Haut einer zehn Jahre Jüngeren. Sie trug nur wenig Make-up auf ihrem leicht sommersprossigen Gesicht, und ihre blaßgrünen Augen strahlten im Kerzenlicht noch heller als sonst. Die Augen waren das erste gewesen, was ihn an ihr fasziniert hatte; sie waren stets hellwach und lebendig. Ahuva ergriff seine Hand, und die Wärme der Berührung entflammte unvermittelt jene Leidenschaft in ihm, die er von der allerersten Begegnung an für sie empfunden hatte. Es hatte fast ein halbes Jahr gedauert, bevor er sie zum erstenmal gebeten hatte, mit ihm auszugehen. Und als er sich endlich überwunden hatte, fragte sie ihn, warum er sich so lange Zeit gelassen hätte. Feigheit, hatte er mit einem verlegenen Lächeln geantwortet. Ihr schallendes Lachen zeigte, daß sie die Ironie der Situation voll erfaßt hatte: Da stand der Starermittler der Jerusalemer Polizei vor ihr und bezeichnete sich selbst als Feigling ...

»Vielleicht ist es wirklich an der Zeit jetzt, Avram«, sagte Ahuva plötzlich. »Altersmäßig hättest du schon im vergangenen Jahr den Dienst quittieren können. Wir könnten endlich ein gemeinsames Leben führen, endlich aufhören mit dieser Heimlichtuerei, die Insel

verlassen. Wir könnten zusammenleben wie zwei ganz normale Menschen. Das König-David-Hotel würde dich liebend gerne als Sicherheitschef einstellen, das weißt du ja. Du bekämst ein gutes Gehalt – und wir könnten zusammensein, wirklich zusammen.«
»Ich habe eine Aufgabe zu erfüllen«, sagte er nüchtern. »Ich kann nicht Knall auf Fall aufhören – und jetzt schon gar nicht.«
»Warum nicht?« Die einfache Frage traf ihn wie ein Stich.
Mit gequälter Miene sah er sie an. »Ich durchschaue, was da vorgeht, und ich habe das Gefühl, der einzige zu sein, der den Durchblick hat. Die Granaten. Dieser Doppelmord. Der Aufruhr. Dieser Haß. Da draußen herrscht der schiere Wahnsinn ...«
»Das ist doch schon seit Jahren so, Avram, seit Jahren. Es wird weder schlimmer noch besser. Und trotz allem wissen wir, daß das System auch ohne uns zwei funktionieren würde.«
»Kann ich dich darum bitten, deinen Beruf aufzugeben?« fragte er mit der gleichen Heftigkeit, die ihn zuvor schon überrascht hatte. Er korrigierte seinen Ton. »Kann ich zu dir sagen: Nein, flieg nicht nach New York, bleib hier, laß das Gericht Gericht sein und bekomme ein Kind von mir? Jetzt wäre es noch möglich – in ein paar Jahren ist es vorbei. Kann ich das von dir verlangen?« Er suchte in ihren Augen nach einer Antwort, halb in der Hoffnung, daß sie ja sagen und ihre Karriere an den Nagel hängen würde, und doch in dem Wissen, daß es ihr völlig unmöglich war, seine Bitte zu erfüllen. »Nein, das kann ich nicht von dir verlangen«, fuhr er fort. »Wieso verlangst du es dann von mir? Weil ich älter bin als du? Das Argument zieht nicht, nicht genug jedenfalls.« Er war nicht wütend, sondern traurig. Aber seine Worte hatten Ahuva tief getroffen, und er bereute sie sofort, als er den schmerzvollen Zug in ihrem Gesicht sah. »Es tut mir leid«, fügte er eilig hinzu, griff über den Tisch und drückte ihre Hand. »Entschuldige bitte.« Im ersten Augenblick war ihre Hand weich und schlaff, doch dann spürte er den Gegendruck.
»Du hast ja recht. Du kannst mich nicht bitten, meinen Beruf aufzugeben, und ich kann dir das umgekehrt auch nicht antun. Doch denk während meiner Abwesenheit ruhig noch einmal darüber nach.« Sie lächelte und fügte hinzu: »Und für die verlorenen Tage wirst du voll entschädigt. Ab heute nacht.«

Später erwachte er neben ihrem schlafenden Körper. Glänzend schimmerte ihrer beider Schweiß im Mondlicht auf Ahuvas Haut. Er lag da, still, und dachte daran, wie er mit all seiner Liebe und Kraft erstarkt und in sie eingedrungen war. Ihre Augen hatten sich zuerst weit geöffnet und dann, wie die seinen, in vertrauter Lust geschlossen. Doch als er sie wieder aufgeschlagen hatte, da war es nicht Ahuva, seine Geliebte, seine Freundin, gewesen, die er vor sich sah, sondern das blasse, alabasterfarbene Gesicht der jungen Nonne im Kloster. Es sah ihn an, im starren Blick lag der Schrecken des Erkennens.

7

Cohens Schatten fiel wie eine T-förmige Silhouette über den Tisch. Es war am frühen Sabbatmorgen in Jerusalem, und die Sonne stand kaum höher als die Mauern der Altstadt drei Straßenzüge vom russischen Viertel entfernt. Die jüdische Stadt jenseits der Fenster bot sich, noch schlaftrunken, von ihrer friedlichsten Seite. Das arabische Jerusalem am anderen Ende der Stadt war dagegen bereits zu einem neuen Arbeitstag erwacht. Um zwölf Uhr mittags würde der tägliche Intifadastreik die arabischen Geschäfte und Schulen schließen, und eine Stunde später würde das Walkie-talkie auf dem Regal neben Cohens Schreibtisch die ersten Intifadaberichte plärren.

Die Mitglieder der Sonderkommission hatten ihre Plätze um den Tisch herum eingenommen. Sie waren – obwohl heute normalerweise ihr freier Tag war – zu einer Sitzung einberufen worden, und keiner hatte sich beschwert. Die Zeiten waren eben nicht normal.

Levy saß an seinem gewohnten Platz. Zu seiner Rechten hatte sich Shvilli, Cohens Rußlandexperte, niedergelassen, ein georgischer Einwanderer, den nicht die Mythen der Stadt, sondern die jungen Touristinnen in der Ben-Yehuda-Straße nach Jerusalem gelockt hatten. Levy gegenüber saß Yaffe, und am Ende des Tisches – durch zwei leere Stühle von Yaffe getrennt und am weitesten von Cohen entfernt – hatten die Zwillinge Platz genommen. Allein schon die Wahl der Sitzplätze verrieten Cohen ihre Selbsteinschätzung. Niemals vergaßen sie ihren Sonderstatus als Shabakagenten. Daß Shmulik ausgerechnet sie für die Sonderkommission abgestellt hatte, gefiel Cohen zwar nicht, kam aber auch keineswegs überraschend für ihn. Er hatte sich in der Vergangenheit schon einmal bei Shmulik über die Verhörtechniken der Zwillinge beschwert. Sie verließen sich zu sehr auf Drohungen und wandten Methoden an, die sich vor Gericht oft als nutzlos

erwiesen. Solche Methoden mochten zwar erfolgreiche Geständnisse hervorbringen, garantierten aber, wie Cohen wußte, längst nicht immer, daß auch tatsächlich die Wahrheit herauskam.
Sein erster Gedanke, als er von der Entscheidung des Shabakchefs erfahren hatte, war gewesen: Entweder er schickt mir die beiden, um sie reinzulegen, oder er hat sie mir geschickt, um mich reinzulegen … Shmulik war gleichermaßen Konkurrent und Freund, Gegenspieler wie Partner in Cohens Bestreben, Jerusalem bei Sinnen zu halten.
Cohen preßte die Fingerspitzen an die Stirn und beobachtete, wie die Zwillinge mit gehässigem Grinsen Larrybird zusahen. Dieser, ein ungewöhnlich kurz geratener Polizist, zu dessen Aufgaben es gehörte, die gesamte Polizeidirektion im russischen Viertel mit Tee und Kaffee zu versorgen, war ein fanatischer Basketballanhänger. Seinen Spitznamen verdankte er Cohen, den der Sport und die langen, komplizierten Wettkampfschilderungen des kleinen Polizisten langweilten. Cohen unterbrach zwar manchmal den endlosen Redefluß, behandelte Larrybird aber niemals gönnerhaft oder herablassend. Im Augenblick mühte sich Larrybird damit ab, eine Schiefertafel aufzustellen, die doppelt so hoch war wie er selbst. Cohen machte Levy mit einem Achselzucken darauf aufmerksam, worauf sich der Inspektor seufzend erhob und dem kleinen Mann half, das unhandliche Gestell an den sich ringsum stapelnden Kartons und Aktenordnern vorbeizubugsieren. Im Aktenmeer von Cohens Büro sammelten sich die Beweisstücke wie Jordanwasser.
Als die Tafel stand, machte Larrybird sich davon. Cohen rief ihm hinterher, er solle zusehen, ob er nicht ein Aspirin auftreiben könne, und es dann mit dem Kaffee bringen. Levy sah den Chefinspektor fragend an, sagte aber kein Wort. Cohen hielt seine Beschwerden stets vor ihm geheim.
Er zündete sich die zehnte Zigarette an diesem Tag an, erhob sich unter Schmerzen und ging zur Tafel. Die Kreide quietschte, als er die folgende Liste an die Tafel schrieb:

- *ein Verrückter*
- *rechte Nationalisten*
- *arabische Terroristen: wollen Israel bloßstellen*
- *Gegner der Mission*

– *Gegner der Sowjets*
– *persönliche Motive?*
– *ausgewählte Zielscheiben: Irgendwer hatte es speziell auf die beiden Frauen abgesehen*

Darunter schrieb er:

– *irgend etwas in ihrer Vergangenheit: Wußten sie etwas, hatten sie etwas als Zeuginnen miterlebt?*
– *KGB-Spioninnen?*
– *Doppelagentinnen?*

»Sehen Sie sich diesen Katalog von möglichen Motiven für die Ermordung der beiden Nonnen genau an«, sagte Cohen, als er sich von der Tafel abwandte. »Es wäre viel einfacher, wenn Avi Hakatan und Gidi Hagadol dahintersteckten.« Die Anspielung bezog sich auf die beiden Gestalten, die derzeit in der Jerusalemer Unterwelt den Ton angaben.
»Niemand hat uns ein leichtes Leben versprochen«, sagte Shvilli.
Cohen lächelte und setzte sich wieder auf seinen Platz.
»Es ist wohl klar«, sagte er, seine bohrenden Kopfschmerzen ignorierend, »daß wir das Motiv erst bekommen, wenn wir den Mörder haben. Wir brauchen also Glück.«
Mit den Laborberichten über den Fußabdruck und die Fingerabdrücke aus dem Zimmer der Nonnen war erst am folgenden Tag zu rechnen. Mit Fingerabdrücken – selbst wenn es sich tatsächlich um die des Mörders handelte – ließ sich ohnehin nur dann etwas anfangen, wenn man einen Verdächtigen mit übereinstimmenden Abdrücken hatte. Der Gipsabdruck des Fußabdrucks in der weichen Gartenerde unweit der Mauer war möglicherweise hilfreich. Man konnte die Schuhgeschäfte abklappern, um die Marke herauszufinden; je ungewöhnlicher der Schuh, desto vielversprechender die Spur. Vielleicht brachten die Experten von der Spurensicherung ja sogar heraus, womit die Ikone zerschlagen worden war.
»Erstens: der Rattenfänger.« In der Öffentlichkeit hätte Cohen den in den Vereinigten Staaten gebürtigen Rabbiner Eliahu Ben-Yehoshua, der sich in seiner rechtsextremen, mit rassistischen und totalitären

Elementen durchsetzten Politik stets auf die Bibel berief, niemals so bezeichnet. Obwohl diese Methoden selbst den Ministerpräsidenten davon abschreckten, sich um Ben-Yehoshuas Unterstützung für seine brüchige Koalitionsregierung zu bemühen, schickte es sich für einen Stellvertreter des Rechtssystems nicht, einen Knessetabgeordneten mit derartigen Schimpfwörtern zu belegen.

»Den haben Sie sich verdient, meine Herren«, sagte Cohen zu den Zwillingen und fügte grinsend hinzu: »Und er sich Sie.« Levy kicherte, während Yaffe mit einem strengen Blick Shvillis wieherndes Gelächter im Ansatz erstickte.

Cohen erläuterte seinen Auftrag. »Keine Handgreiflichkeiten!« befahl er. »Ich will keine Gewalt.« Er gab seiner Stimme einen drohenden Unterton und fragte sich, ob die Zwillinge sich an das Verbot halten würden. Für den Rattenfänger und seine Gefolgsleute hatten die beiden ebensowenig übrig wie für arabische Terroristen. Mehr als einmal hatte Cohen ihre Verhörmethoden als ausgesprochen abstoßend empfunden. Doch nach einer Entscheidung des obersten Gerichtshofs war es dem Shabak gestattet, beim Verhör mutmaßlicher Terroristen »ein vernünftiges Maß an Gewalt« einzusetzen, sofern das Leben Unschuldiger unmittelbar bedroht war. Cohen hoffte, diese Gerichtsentscheidung niemals in die Tat umsetzen zu müssen.

»Seine Leute haben schon öfter kirchliche Delegationen belästigt«, sagte er. »Vielleicht ist einer von ihnen durchgedreht. Vielleicht hat Goldstein aber auch auf eigene Faust gehandelt.« Nahum Goldstein war der Operationschef des extremistischen Politikers. Er leitete die politische Organisation und war bei Handgemengen und Selbstjustizübergriffen, bei Angriffen auf Araber, Demonstrationen der Friedensbewegung und wen immer sonst er für einen »Araberfreund« hielt, meist an vorderster Front zu finden. Auf der Tagesordnung der Gruppe stand der Christenhaß gleich nach dem Araberhaß an zweiter Stelle. Das Kloster versuchte zwar nicht, andere Menschen zu bekehren, doch solche feinen Unterschiede zu treffen war nicht gerade eine Stärke Goldsteins und seiner Mitstreiter. Hinzu kam, daß trotz der Ausreisefreiheit, die Glasnost den Juden in Rußland verhieß, antisowjetische Ressentiments unter Israels extremen Nationalisten noch weit verbreitet waren.

Goldstein war wegen der Granaten vorgeladen und vernommen worden, aber das war eine reine Formalität gewesen. Er hatte an jenem Abend vor dem Amtssitz des Ministerpräsidenten eine Gegendemonstration angeführt. Hätte er von dem Granatenanschlag gewußt, so hätte er sich zur Tatzeit kaum in einem Radius von hundert Metern Entfernung um den Explosionsort herumgetrieben.
Obwohl die Zwillinge versprachen, Goldstein behutsam zu behandeln, blieb Cohen skeptisch. Dennoch schickte er sie los. Er erwarte in spätestens achtundvierzig Stunden ihren Bericht, sagte er.
»Es ist Sabbat«, bemerkte einer der beiden. »Sollen wir noch abwarten?«
Cohen wußte, daß die Festnahme eines religiösen Juden am Sabbat zu politischen Kontroversen führen konnte. Er wußte, daß Ben-Yehoshua sich als direkter Erbe der ursprünglichen Ideologie des Regierungschefs sah und diesem vorwarf, er verkaufe sich an das machtpolitische Establishment; zudem hegte der Ministerpräsident keine allzu großen Sympathien für ihn. Ihm war aber auch bekannt, daß sich die religiösen Reihen zu einer Front schließen würden, wenn jemand – und sei es Goldstein – am Sabbat festgenommen würde. Er dachte einen Augenblick über das Dilemma nach.
»Die Rettung eines Lebens verschiebt sogar den Sabbat«, sagte er schließlich. Die Ironie des Talmudzitats gefiel ihm.
»Also?« fragte der Zwilling.
»Wenn Sie ihn heute finden, vernehmen Sie ihn auch heute«, bestimmte Cohen und fragte sich insgeheim, ob er diese Entscheidung der Nonnen wegen oder um seiner selbst willen getroffen hatte.
Levy wollte widersprechen, doch Cohen brachte ihn mit einer Handbewegung zum Schweigen. Kichernd verließen die Zwillinge das Büro.
Auch Yaffe bekam schon bald für den Rest des Tages frei. Cohen bat ihn um einen ausführlichen schriftlichen Bericht über die Spannungen zwischen rotrussischer und weißrussischer Kirche. Yaffe war mit seinem Auftrag sehr zufrieden. Solche Aufgaben waren ihm wie auf den Leib geschnitten. Nie wäre der kleine Mann darauf gekommen, daß Cohen mit der Arbeit lediglich bezweckte, ihn zu beschäftigen und für eine Weile aus dem Verkehr zu ziehen. Je weniger Yaffe sich in

die Ermittlungen einmischte, desto weniger würden die Politiker und die diplomatische Cocktailpartyszene über Cohens Treiben erfahren. Jetzt war Alex an der Reihe, und Cohen wandte sich an Shvilli. »Ich brauche Sie«, sagte er, »deshalb hören Sie mir gut zu. Zuallererst muß ich aber von Ihnen etwas wissen. Kennt Alex Sie? Sind Sie ihm je begegnet? Vielleicht in jenem russischen Restaurant, in das Sie mich immer wieder abschleppen wollen?«
Shvilli dachte einen Augenblick nach und runzelte die Stirn. Dann schüttelte er den Kopf und sagte: »Ich habe ihn ein einziges Mal gesehen. Er ging auf der anderen Straßenseite, und irgend jemand machte mich auf ihn aufmerksam. Aber ich glaube eigentlich nicht, daß er mich kennt oder weiß, daß ich bei der Polizei bin. Mit Sicherheit kann man das natürlich nicht sagen. Sie wissen eine Menge über uns. Meinen Sie nicht, daß die Organe ...«, mit diesem wenig schmeichelhaften Wort bezeichnete er wie viele ehemalige Russen Mitarbeiter der sowjetischen Sicherheitsorgane, »... zusammen mit uns auch als Einwanderer getarnte Spione nach Israel geschickt haben? Organe gibt es jetzt wahrscheinlich sogar hier bei der Polizei, vielleicht sogar in Ihren Diensten.« Mit einem Lächeln, das eine Reihe Goldzähne entblößte, fügte er hinzu: »Vielleicht sogar die da!« und deutete grinsend auf die leeren Sitze der Zwillinge. Die Vorstellung, bei den beiden Shabakoffizieren – typischen *Sabre* – könne es sich um sowjetische Maulwürfe handeln, nötigte sogar Cohen ein Lächeln ab. Cohen mußte aber auch an Alex' Einsamkeit denken – die Einsamkeit des KGB-Offiziers, dem ein schwerer beruflicher Schnitzer unterlaufen war, und dies in einer Zeit, in der seine vorgesetzte Behörde von den Wirren der Glasnost erschüttert wurde. Er hatte allen Grund, sich zu fürchten, und Cohen wußte nur zu gut, wie schnell Einsamkeit, gepaart mit Angst, zu Wahnvorstellungen führen konnte.
Er hielt Shvilli als eine Art Joker zurück. Daß er den Russisch sprechenden Detektiv brauchen würde, stand außer Frage – er wußte nur noch nicht, wann. »Ich brauche Sie später«, sagte er zu ihm. »Vorerst achten Sie darauf, daß Alex Sie nicht sieht, das ist das Wichtigste. Halten Sie sich von ihm und allen anderen Russen fern. Vor allem aber, Shvilli, lassen Sie sich unter keinen Umständen in Ein Kerem blicken.« Ehe er den jungen Inspektor entließ, bat er ihn noch, ihm einen in

zierlicher, femininer Handschrift gehaltenen Text zu übersetzen. Die Zeilen standen auf dem Papier, das Cohen unter einem der Betten im Kloster gefunden hatte.
»Nächster Punkt«, sagte er, »die Verrückten.«
Alle Nervenkliniken des Landes sollten nach Cohens Willen angesprochen werden. Wer war entlassen worden? Wer war geflohen? Wer hatte Freigang oder Urlaub? – »Uns interessiert jeder, der in irgendeiner Weise einmal gewalttätig geworden ist, vor allem gegen Christen«, dozierte Cohen, während Levy die Punkte an der Tafel abhakte. »Vielleicht sollten wir auch alle Strafentlassenen der letzten Zeit unter die Lupe nehmen«, schlug Levy vor, »und die Daten psychiatrisch behandelter Sträflinge per Computercheck auf seltsame politische oder religiöse Ansichten und Verhaltensweisen überprüfen.« Cohen nickte, und der Inspektor begann, sich Notizen zu den Fragekatalogen zu machen, die er an staatliche und private Krankenhäuser schicken wollte.
So arbeiteten sie die Liste durch. Cohen rieb sich beim Nachdenken unentwegt die Schläfen. Zum Kaffee hatte er insgesamt vier Aspirin eingenommen; dazu fingerte er sich eine Zigarette nach der anderen aus der zerknitterten grünen Schachtel, die auf dem Schreibtisch lag. Der Rauch bildete im Sonnenlicht, das durch die waagerechten Verstrebungen der Jalousie fiel, eine blaßblaue Treppe. Larrybird war den ganzen Nachmittag auf den Beinen, um Levy mit Pfefferminztee und Cohen mit türkischem Kaffee zu versorgen. Sie listeten zwanzig Polizisten auf, die, falls nötig, von anderen Fällen abgezogen werden konnten. Hatten die Medien den Doppelmord im Kloster erst einmal publik gemacht, würden die Telefone heißlaufen: Zahllose Menschen würden beichten oder berichten, daß ihr Nachbar sich in der Mordnacht höchst verdächtig benommen habe. Jeder Anruf würde auf seinen Wahrheitsgehalt überprüft werden müssen, genauso wie jeder Meldung über Personen mit verdächtigen Gegenständen, bei denen es sich möglicherweise um Bomben handeln konnte, nachzugehen war. Lange zerbrach sich Cohen darüber den Kopf, ob er im Dorf unterhalb des Klosters Fahnder von Haus zu Haus schicken sollte. Eine solche Maßnahme in Ein Kerem hätte auch die Medien ins Dorf gebracht und das Interesse der Politiker an der Vorgehensweise der

Polizei verdoppelt – ein Risiko, das zu groß war, als daß Cohen es sich gegenwärtig hätte leisten können. Er brauchte bei seiner Arbeit Ruhe, nicht das Gebrüll einer Zuschauermenge. Jede auffällige Polizeiaktion hätte jedoch die Ränge mit ungeduldigem Publikum gefüllt, dessen Vertrauen in die Schlagkraft der Polizei ohnehin schon erschüttert war, weil sie die Intifada nicht von Jerusalem hatte fernhalten können und auch der ständig steigenden Zahl von Eigentumsdelikten hilflos gegenüberzustehen schien.

Er zeichnete Karten und Tabellen, erstellte Namenslisten, die überprüft, und Fragenkataloge, die beantwortet werden sollten. Auf den Karten trug er seine Spuren ein, die Pfade, die bisher alle im Dunkeln endeten. Ein Pfad war der in Gips gegossene Fußabdruck im Garten, ein anderer die nationalistischen Randgruppen, ein dritter Daniel, Cohens V-Mann in Mea Shearim, ein vierter Shvillis Russischkenntnisse. Es waren durchweg unbekannte Gebiete, deren Pläne bislang nur in Cohens Phantasie existierten. Levy kopierte die fertigen Seiten auf eine große Plastikfolie – Landkarten einer Phantasiewelt, die sie erforschen mußten. Als die letzte Seite kopiert war, befestigte er den Plan mit Klebeband an der Tür. Dabei hob er den Arm hoch über den Kopf, merkte, wie spät es war, und stieß einen verhaltenen Fluch aus. »Es ist schon drei! Ich habe mein Spiel verpaßt.« Levy stand jeden Samstagnachmittag im Tor einer Fußballmannschaft, deren Mitglieder sich seit gemeinsamen Volksschultagen kannten.

»Tut mir leid«, sagte Cohen. Sein Kater war abgeklungen, der Rheumatismus des Geistes, mit dem er am Morgen aufgewacht war, abgewehrt. Erschöpft lehnte er sich in seinem Chefsessel zurück, dem die Kugellager fehlten und dessen Schlagseite nur Cohen bequem finden konnte. Mit ausgestrecktem Arm kritzelte er etwas auf einen Zettel. Den Füllfederhalter hatte ihm Ahuva anläßlich seiner Beförderung zum Kripochef geschenkt. »Die Sache hat natürlich den Vorteil, daß Sie mich nach Ein Kerem fahren könnten«, fügte er nach einer Denkpause hinzu, ohne von seinem gedankenlosen Gekritzel aufzublicken. Es stellte zwei Messer dar, die zu einem Kreuz geformt waren.

»Zu Alex?« fragte Levy, der sehr darauf erpicht war, mehr über den KGB-Offizier zu erfahren.

»Nein, nicht zu Alex. Noch nicht. Alex ist ein komplizierterer Fall. Bevor wir was gegen ihn unternehmen können, brauchen wir noch mehr Informationen über ihn.«

»Und die soll uns Shvilli beschaffen, nicht wahr?« fragte Levy.

»Alles zu seiner Zeit«, erwiderte Cohen. »Wir beide gehen heute bergsteigen.«

»Ist das nicht zuviel für Sie, heute nachmittag?« fragte Levy freundlich, um noch im selben Augenblick einzusehen, daß er die Frage lieber unterlassen hätte.

»Was soll das Geschwätz?« fuhr Cohen seinen Mitarbeiter an.

»Ich weiß nicht ... Ich war heute morgen etwas besorgt, als ich Sie sah. Das Aspirin. Vielleicht können wir die Bergtour verschieben. Oder ich fahre allein hin. Sie sehen aus, als hätten Sie letzte Nacht nicht gut geschlafen.«

»Ich hab' schon schlecht geschlafen, als Sie noch gar nicht geboren waren«, erwiderte Cohen in einem autoritären Ton, der Levy unmißverständlich in seine Schranken wies.

»Tut mir leid, tut mir leid«, erwiderte der, »ich wollte nicht neugierig sein.«

»Dafür gibt es auch nicht den geringsten Anlaß«, knurrte Cohen und fügte in geschäftsmäßigem Ton hinzu: »Ich komme gleich runter.«

Levy verstand die Botschaft und machte sich auf den Weg zum Parkplatz.

Schon im nächsten Augenblick bereute Cohen seinen Ausbruch. Als er unten ankam, wartete sein Assistent bereits auf ihn. Levy saß am Steuer, der Motor des Wagens lief. »Nissim«, sagte Cohen versöhnlich, »wenn das alles vorüber ist, brauchen wir alle ein wenig Erholung.« Er wußte, Levy begriff, was damit gemeint war: Es grenzte an eine Entschuldigung und war das höchste, was man von Cohen in dieser Hinsicht erwarten konnte.

8

ES WAR EIN HAUS, dessen Dach weit über die aus Steinquadern gefügten Mauern herausragte und einen Schatten warf, in dem der Efeu gedieh. Ein niedriger Dschungel aus Wildblumen und winterharten Gewächsen säumte den Pfad und nahm begierig die erste frühlingshafte Wärme in sich auf. Noch bevor sie die Haustür erreicht hatten, wurde sie von einer jungen bebrillten Frau in einem langen Kleid geöffnet. Cohen stellte sich und Levy vor, worauf die Frau vorübergehend im Innern des Hauses verschwand, um die anderen Bewohner des stattlichen Gebäudes oberhalb des Klosters zusammenzurufen.

Die sechs Studenten – drei Männer und drei Frauen – versammelten sich im Garten. Sie boten Cohen einen von Wind und Wetter gebleichten Korbstuhl an und beantworteten seine Fragen mit der Freude von Menschen, die von ihrem Glauben beseelt sind und gerne die Gelegenheit wahrnehmen, über sich und ihr Anliegen zu sprechen. »Wir sind keine Paare«, sagte Uri, der älter war als die anderen fünf. »Wir sind Futuristen.« Sie hätten ihren Separatfrieden mit der Welt gemacht und schmiedeten nun Pläne für bessere Zeiten. »Wir meditieren jeden Tag«, erklärte Uri, »und wenn mehr Menschen meditieren würden, käme das dem Frieden nur zugute.«

Levy zog eine Braue hoch. Cohen quittierte die Bemerkung mit einem Lächeln und lenkte das Gespräch in eine Richtung, die ihn mehr interessierte.

In der Mordnacht, erklärten sie übereinstimmend, hätten sie Mozarts *Requiem* gehört. Cohen, der Mozart liebte, erkundigte sich nach der Aufnahme. »Bernstein dirigiert in New York«, sagte der Student Yehuda und ging ins Haus, um die Schallplatte zu holen.

Sie warteten schweigend auf seine Rückkehr.

»Wie laut war es?« fragte Levy unvermittelt.
»Nun ja«, sagte Yehuda lächelnd und strich sich über seinen Schnurrbart. Seine Augen schimmerten. »Einer der Gründe, warum es uns hier draußen so gut gefällt, ist, daß wir die Musik in der richtigen Lautstärke spielen lassen können.«
»Und wie laut ist die richtige Lautstärke?« hakte Levy nach.
»So laut«, erwiderte Yehuda, nahm Cohen die Platte aus der Hand und verschwand hinter der Hausecke. Cohen sah ihm nach. Wieder warteten sie schweigend. Als Cohens Blick wieder in den Garten zurückkehrte, bemerkte er die beiden Lautsprecher, die unter dem vorspringenden Dach angebracht waren.
Einen Augenblick später wurden die Lautsprecher lebendig und bliesen die schwellenden Töne der Eröffnungstakte in den Garten. Im ersten Moment schien es Cohen, als rolle die Musik lawinengleich ins Tal unter ihnen. Yehuda kam aus dem Haus und rief: »So laut!« Doch die Musik übertönte seine Stimme.
»Sind die Lautsprecher hier draußen immer angestellt?« fragte Cohen mit erhobener Stimme.
»Wie gesagt, das ist ein Grund, warum wir hier oben leben«, erklärte Uri. »Es gibt hier keine Nachbarn, die sich über den Lärm beschweren.« Ja, auch in der Mordnacht seien die Lautsprecher angestellt gewesen. Mit einem Handzeichen forderte er Yehuda auf, die Musik leiser zu stellen. Cohen nahm sich vor, sich die gleiche Version des *Requiems* zu besorgen. Er wollte hören, was der Mörder gehört hatte.
Vom Garten aus konnte Cohen die roten Ziegeldächer des Klosters überblicken. Auf der anderen Seite des Tals war das bewaldete Gelände des nationalen Soldatenfriedhofs zu erkennen. Er lobte die schöne Aussicht, erkundigte sich nach den Nonnen und fragte, ob Alex jemals Kontakt zu den Studenten aufgenommen habe. Dabei bezeichnete er Alex lediglich als »den Fahrer des Klosters« und enthielt sich jeglichen Kommentars über ihn.
»Ich fand ihn ganz in Ordnung«, sagte Uri. »Wir sind uns da drüben einmal begegnet.« Er deutete auf den bewaldeten Hang im Westen. »Ich hatte gerade meditiert, als er mir auf dem Pfad entgegenkam. Wir wechselten ein paar Worte miteinander. Als er erfuhr, daß wir hier

oben wohnen, wollte er wissen, was wir studierten, und stellte noch ein paar andere Fragen in dieser Richtung. Ich erzählte ihm, wir seien eine Kommune, und das schien ihn besonders neugierig zu machen. Sein Interesse ließ allerdings rasch nach, als ich ihm erklärte, daß wir an der kommunistischen Partei nicht interessiert seien.« Nach einer kurzen Pause setzte Uri noch hinzu: »Ach ja, ich habe ihn dann eingeladen, uns mal zu besuchen. Aber er ist nie gekommen.«

Levy schrieb mit, und Cohen hakte nach. Seine nächsten Fragen bezogen sich nicht mehr auf Alex, sondern auf andere Besucher.

»Gibt es Leute, die regelmäßig hier vorbeikommen? Bergwanderer oder so?« Ihm fiel auf, daß Yehuda bei dieser Frage aufblickte und den bärtigen Uri ansah.

»Nein«, sagte der Mann mit der randlosen Brille und ließ weder Yehuda noch einen der anderen zu Wort kommen.

Aufmerksam musterte Cohen Uris Miene. Dann überraschte er Levy mit der Bemerkung, sie müßten jetzt gehen. Er stand von seinem Stuhl auf und bat Uri, einen Blick auf die Schallplattensammlung der Studenten werfen zu dürfen. Der Angesprochene nickte. Ehe die beiden Männer im Haus verschwanden, wies Cohen Levy an, am Wagen auf ihn zu warten.

Auch Levy war Yehudas Reaktion auf Cohens Frage nach Wanderern und regelmäßigen Besuchern nicht entgangen. Von Yehuda begleitet, ging er durch den Garten zum Fußweg, der zum Parkplatz führte.

»Sie wollten vorhin noch etwas sagen«, begann er.

»Nicht daß ich wüßte.«

»Mein Boß fragte nach Wanderern, die regelmäßig hier vorbeikommen. Ihr Boß meinte, nein, solche Leute gebe es nicht. Und da wollten Sie etwas sagen, haben es aber dann hinuntergeschluckt.« Er sprach sachlich und nüchtern wie ein Mann, der zuviel zu tun hat, zu einem Kollegen, der ebenfalls überarbeitet ist.

»Bei uns hier gibt's keine Bosse«, erwiderte Yehuda, sichtlich empört über die Unterstellung.

»Na, dann eben Ihr Zugführer«, sagte der Inspektor, wobei er sich des Akronyms *Mem-kaf* bediente, das jedem ehemaligen Armeeangehörigen vertraut war.

Yehuda lächelte. »Ja, manchmal benimmt er sich wie der Leithammel im Zelt. Will ständig der Beste sein und den Ton angeben.«
»Wir kennen uns doch, oder?« Levys Frage kam völlig unerwartet. Der Student zuckte mit den Schultern.
»Wo haben Sie gedient?« fragte Levy.
»Siebte Brigade.«
»Na also. Ich war dort Regimentskommandeur der Reserve. Wer war denn Ihr *Mem-Peh*?« Das war die in der Armee gebräuchliche Kurzform für Regimentskommandeur.
»Zvika Apfelbaum«, antwortete der Student.
»Ja, natürlich«, sagte Levy. »Wir waren zusammen in der Ausbildung. Grüßen Sie ihn von mir bei der nächsten Reserveübung. Ich bin schon seit einiger Zeit nicht mehr dabei – wegen meines Jobs.«
Der Student nickte.
»Hören Sie mal«, sagte Levy, »wir sind echt auf Ihre Hilfe angewiesen. Gibt es nun Leute, die sich hier öfter mal blicken lassen, oder gibt es sie nicht?«
Sie waren am Rande eines Weingartens stehengeblieben. An den Reben zeigten sich die ersten jungen Triebe. Die Sonne schien für die Jahreszeit ungewöhnlich kräftig. Levy spürte die Hitze auf seine Kopfhaut brennen.
»Ja, da kommen hin und wieder schon ein paar Leute vorbei. Ich denke da an niemand Bestimmten. Normale Wanderer eben. Wochenendausflügler, Familien und so. Es gibt ja eine ganze Reihe historischer Sehenswürdigkeiten hier oben, dazu Kirchen und Legenden. Manchmal klopfen auch Touristen bei uns an, weil sie glauben, sie könnten auch uns besichtigen wie ein Museum. Wir beachten sie nicht weiter, es sei denn, sie trampeln in unserem Garten herum oder stehen plötzlich im Wohnzimmer.«
»Ist Ihnen vielleicht mal zu ungewöhnlichen Tageszeiten jemand aufgefallen? Spätabends oder so?«
»Tja, das ist so eine Sache … Es geht um einen Mord, nicht wahr? Deshalb möchte ich Ihnen gerne helfen – und nicht nur ich, wir alle möchten das. Da gibt es in der Tat jemanden. Ich weiß leider nichts Näheres über ihn. Er kommt nicht direkt zu uns, aber wir sehen ihn gelegentlich.«

»Auf welchem Weg kommt er hierher?«
»Weiß ich nicht. Er ist einfach plötzlich da – und verschwindet dann wieder, mal in dieser, mal in jener Richtung, irgendwo ... Ein bestimmtes Ziel scheint er nicht zu haben.«
»Und was ist das Besondere an ihm?«
»Na ja, er ist Ausländer. Was wahrscheinlich nichts zu besagen hat. Ich meine, ich habe nichts gegen Ausländer ...«
»Haben Sie je mit ihm gesprochen?«
Die Augen des Studenten flackerten. Nervös mied er Levys Blick und sah sich nach den anderen um.
»Nein. Keiner von uns. Niemand von uns redet mit ihm. Er hält sich von unserem Gelände fern.«
»Niemand dreht Ihnen einen Strick, wenn Sie nichts ausgefressen haben«, sagte Levy.
»Ich meine ...« Yehuda zögerte. »Es wäre vielleicht besser gewesen, wenn Uri das nicht verschwiegen hätte ...«
»Was hat er denn verschwiegen?«
Sie blickten beide den Plattenweg entlang, an dessen Ende Uri und Cohen miteinander redeten. Plötzlich wandte sich Uri von Cohen ab und blickte zu Levy und Yehuda hinauf.
»Schon gut«, sagte Levy. »Ich frag' ihn selbst.«
»Warten Sie!« sagte der Student, als Levy den ersten Schritt tat. »Die Sache ist sehr wichtig, oder? Viel wichtiger als andere Sachen, meine ich? Ich meine, wenn ich Ihnen jetzt sage, daß wir ein bißchen ... am Rande der Legalität ...«
»Der Ausländer ist ein *Nafas*-Kurier, wie?« Die Vermutung, daß der Student auf Haschisch anspielte, lag nahe.
Mit einem hilflosen Schulterzucken bestätigte Yehuda Levys Eingebung. Nun blieb ihm nichts anderes übrig, als auch den Rest zuzugeben. »Er hat offenbar immer *Nafas*. Aber wir suchen ihn nicht extra auf. Es passiert nur, wenn er zufällig mal wieder auftaucht. Keiner von uns weiß, wo er wohnt und wo man ihn finden kann. Aber irgendwann läßt er sich hier wieder in den Hügeln blicken, und dann geht einer von uns rüber und holt sich bei ihm etwas *Kef*, nur so ein *Piece*, rein zum Vergnügen ...«
»Können Sie ihn beschreiben?«

»Lange Haare. Mickriger Bart. So ’n Bart, der nur am Kinn und über den Lippen wächst. So ’n Überbleibsel aus den sechziger Jahren, Sie kennen den Typ. Davon gibt’s heutzutage ja ’ne ganze Menge.«

»Schon klar«, sagte Levy. »Haben Sie sich mal mit ihm unterhalten? Irgend jemand von euch? Wie heißt er?«

»Weiß ich nicht. Die anderen, glaube ich, haben auch keine Ahnung. Uri ist ihm mal über den Weg gelaufen, weiter oben am Hang. Da war er gerade am Rauchen. Die beiden sind ins Gespräch gekommen, schätze ich. Seitdem – nun ja, das sagte ich Ihnen ja schon ... Wenn wir ihn fragen, gibt er uns was.«

»Hat er irgendwann mal das Kloster erwähnt? Oder haben Sie ihn jemals dort hinuntergehen sehen?«

»Nein«, antwortete Yehuda. »Als ich ihn das letztemal sah – das ist bestimmt schon über zwei Wochen her –, da trieb er sich da oben herum.« Er deutete auf einen Bergrücken, an dessen Flanke sich in endlosen Kehren und Windungen die Straße nach Hadassah ins Tal hinabschraubte.

»Kommt er aus dem Tal herauf, oder steigt er ins Tal hinunter?« fragte Levy.

»Weiß ich nicht«, sagte der Student.

»Hat er irgendwelche besonderen Kennzeichen? Eine Narbe? Eine Gehbehinderung?«

»Nur den Bart, glaube ich. Sie kennen doch diesen Knessetabgeordneten mit dem Rasierpinsel am Kinn, oder? So ein Bart ist das.«

Levy lachte. »Sonst noch was?«

»Nicht daß ich wüßte«, erwiderte Yehuda.

Levy wandte sich ab und ging zu Cohen. »Moment mal!« sagte Yehuda. »Haben Sie vor, daraus ’ne Staatsaffäre zu machen? Ich meine, weil wir *Nafas* rauchen ...«

Levy sah ihm in die Augen. »Wie hoch ist denn euer Bedarf? Einmal im Monat? Einmal in der Woche? Täglich?«

»Sehr wenig.«

»Wieviel ist ›sehr wenig‹?«

»Ein paar Joints im Monat.«

Levy lachte. »Das klang ja anfangs so wie drei Sack in der Woche. Wenn wir uns um jeden Menschen in dieser Stadt kümmern wollten, der ab und zu mal einen Joint raucht – glauben Sie, uns bliebe dann noch Zeit, einen Mord aufzuklären?«

Als Levy sich in den Wagen setzte, mußte er immer noch schmunzeln.

»Was ist denn so komisch?« fragte Cohen.

»Ich hatte meine Studentenzeit ganz vergessen. Ich meine, der eine da, mit dem ich mich unterhalten habe ... Mir war aufgefallen, daß er etwas sagen wollte, als Sie die Frage nach den Besuchern stellten und Uri behauptete, sie hätten nie zweimal dasselbe Gesicht gesehen ... Na, wie dem auch sei, auf jeden Fall gibt es da jemanden ...«

»Einen Hippie«, unterbrach ihn Cohen nüchtern. Levy war verblüfft und beendete seinen Kampf mit dem Lenkrad.

»Woher wissen Sie das?« fragte er.

»Uri hat es mir erzählt«, sagte Cohen, dem vollauf bewußt war, daß er Levy wieder einmal den Wind aus den Segeln genommen hatte.

»Hat er Ihnen auch erzählt, daß sie von diesem Hippie manchmal *Nafas* bekommen?«

»Natürlich«, sagte Cohen.

»Haben Sie auch rausgekriegt, wie er heißt?« fragte Levy drängend. Cohen notierte sich etwas auf der Rückseite eines Briefumschlags, wobei er das Armaturenbrett als Unterlage benutzte. Nach einer kurzen Pause schüttelte er den Kopf.

»Yehuda sagte, er hat einen komischen Bart«, bemerkte Levy. »Wie dieser Knessetabgeordnete, sagte er. Einen Ziegenbart.« Er schlug den gleichen nüchternen Ton an wie zuvor Cohen.

»Gut«, sagte der Chefinspektor, »sehr gut.«

»Ich wollte halt auch das Gefühl haben, was Sinnvolles zu tun«, murmelte Levy.

Cohen lächelte und lehnte sich in seinem Sitz zurück, während Levy die nächste Kurve schnitt. Sein Versuch, den Wagen möglichst auf einer Geraden zu halten, hatte zur Folge, daß erst die linken und dann die rechten Reifen übers ungeteerte Bankett rumpelten. Cohen wartete auf Levys nächste Frage.

Sie erreichten den kleinen Dorfplatz mit dem Brunnen. »Halten Sie ihn für glaubwürdig?« fragte Levy.

Cohen nickte. »Diese Stadt ist doch recht klein. Ich kenne Uri, und ich glaube ihm.«
»Warum haben Sie nichts gesagt?«
»Die anderen wissen nicht, daß wir uns kennen. Es lag an ihm, sie auf unsere Bekanntschaft aufmerksam zu machen. Da er es nicht tat, mußte ich davon ausgehen, daß er mich unter vier Augen sprechen wollte. Das ist alles. Er ist in Ordnung. Wie der Hippie heißt, weiß er auch nicht. Wüßte er's, hätte er mir den Namen genannt.«
»Wenn Sie mich fragen – der spinnt«, sagte Levy. »Ein Separatfrieden, Futurismus, Meditation ... totaler Blödsinn. Haschköpfe, verdrehte! Und er ist der Oberspinner von der Bande ...«
»Es ist sein gutes Recht, einen Separatfrieden mit der Welt zu schließen«, sagte Cohen wissend. »Wie alt ist er Ihrer Meinung nach?«
»Schwer zu sagen. Ungefähr so wie die anderen, Mitte Zwanzig.«
»Er ist älter als Sie.«
»Sie machen Witze!« sagte Levy.
»Seine rechte Hand ist Ihnen nicht aufgefallen?«
Levy schluckte. »Nein.«
Cohen schüttelte den Kopf; er war sichtlich unzufrieden mit seinem Assistenten. »Drei Finger zu einem verschmolzen. Daran habe ich ihn erkannt. Vor Jahren war er bei der Polizei, beim Bombenentschärfungskommando. Kann froh sein, daß ihm ein Bart gewachsen ist. Das Gesicht darunter ist entstellt. Er kann von Glück sagen, daß er mit dem Leben davongekommen ist.«
»Das wußte ich nicht.«
»Es hätte Ihnen auffallen müssen«, erwiderte Cohen scharf. »Genaues Beobachten gehört zu Ihrem Job.«
»Er hatte die Hände im Schoß verschränkt. Ich dachte nicht ...«
»Beobachten«, sagte Cohen und fügte hinzu: »Zuhören ...« Was als nächstes kam, konnte Levy voraussagen.
»Denken«, sagte der Chefinspektor und wiederholte es gleich noch einmal: »Denken.« Er lächelte und lehnte sich wieder zurück. Sein Blick wanderte über die terrassenartig angelegten Weingärten und Haine.
»Und jetzt?« fragte Levy. Sie hatten den Fuß des Berges erreicht und das im Tal liegende Dorf durchquert. Auf der anderen Seite ging es

wieder bergan, hinauf zur Hauptstraße nach Jerusalem. »Wie finden wir jetzt den Hippie mit dem komischen Bart?«
»Wie viele Hippies treiben sich denn zur Zeit in der Stadt herum?« fragte Cohen.
»Wer kann das schon sagen?« erwiderte Levy. »Tausend? Ein paar tausend? Vielleicht ist er längst über alle Berge. Und wie soll man einen Hippie definieren? Als Langhaarigen? Als Bärtigen? Komische Klamotten zieht hier jeder an.«
»Wie viele Touristen kommen zu Pessach hierher?« fragte Cohen. »Was schätzen Sie?« Bis zu dem hohen Feiertag war es nur noch ein knapper Monat.
»Wenn es vorher keine größeren Unruhen gibt? Wenn die internationale Presse brav bleibt und nicht soundso viele Besucher in letzter Minute absagen, weil sie gehört haben, daß in Jerusalem dauernd Bomben hochgehen? Eine Viertelmillion vielleicht. Wenn allerdings was passiert – und zur Zeit muß man ja mit allem rechnen –, vielleicht nur ein Viertel davon.«
Cohen dachte einen Augenblick nach. »Wir können nicht alle Ausländer festnehmen, die wie Hippies aussehen oder einen komischen Bart haben. Und wenn wir's könnten – was hätten wir davon? Wir wissen lediglich, daß ein ziegenbärtiger Ausländer gelegentlich in den Bergen spazierengeht und dabei hin und wieder *Nafas* verhökert. Ich sag' Ihnen was: Schicken Sie eine schriftliche Anfrage rüber zu Shahar.« Shahar war der Chef des Jerusalemer Rauschgiftdezernats. »Er soll uns umgehend mitteilen, welche Hippies in letzter Zeit mit Drogen erwischt wurden. Und welche Ausländer ihm ins Netz gegangen sind. Er soll sich beeilen.«
»Wir könnten oben in den Bergen jemanden auf Patrouille schicken«, schlug Levy vor. »Wenn wir wen im Kloster stationieren, können wir auch einen für da oben finden.«
Cohen räusperte sich vernehmlich. »Ich hab' schon im Kloster 'ne ausgestopfte Uniform postieren müssen – Yehamiel, Sie haben es ja gesehen.« Es handelte sich um einen älteren Polizisten, der eigentlich schon im Ruhestand war, dessen Ehefrau jedoch fest davon überzeugt war, daß ihn eine erzwungene Pensionierung umbringen würde. Yehamiel wurde immer dann eingesetzt, wenn die Präsenz einer Uniform

das einzige war, was von der Polizei erwartet wurde. Die Vorstellung, das Gebirge in der Umgebung des Klosters rund um die Uhr von kompetenten Fahndungsbeamten patrouillieren zu lassen, war ebenso unrealistisch wie Uris und Yehudas futuristische Träumereien. Schon für die aktuellen Ermittlungen fehlten Cohen an allen Ecken und Enden Leute. Im Gebirge nach einer Person zu suchen, von der nur eine vage Beschreibung vorlag, hätte mindestens ein halbes Dutzend Mitarbeiter erfordert. Und jede Operation, die nicht perfekt getarnt war, hätte jeden Verdächtigen vergrault und die ganze Aktion zum Scheitern verurteilt.

»Wen soll ich denn da oben hinstellen?« fragte Cohen seinen Assistenten unverblümt. »Larrybird? Oder Verkehrspolizisten in Uniform? Wen? Und aus welchem Grund? Nein, was diesen Hippie angeht, können wir nur eins tun: Shahar einschalten und ihm sagen, hinter wem wir her sind. Uri meinte, der Bursche trägt manchmal eine Weste. Das ist immerhin schon etwas.«

Oben auf der Paßstraße bat Cohen Levy anzuhalten. Die Aussicht war klar bis hinab zum Meer, über dem die Sonne zu hängen schien wie an einem purpurfarbenen Wolkenband. Cohen stieg aus und überquerte den Asphalt. Auf der Westseite der Straße blieb er stehen, die Arme über der Brust verschränkt. Eine leichte Brise zerzauste sein ergrauendes Haar.

Levy drehte den Lautsprecher des Polizeifunks an und hörte zu, wie die Stadt am Ende des Sabbat und kurz vor Beginn einer neuen Woche allmählich wieder in Fahrt kam. Das Entschärfungskommando überprüfte einen verdächtigen Gegenstand, der in einer Gasse hinter einem Café an der Ben-Yehuda-Promenade gefunden worden war. Eine Grenzpolizeistreife berichtete über Steinwürfe am Damaskustor. Zwei Teenager waren festgenommen worden.

Cohen blieb auf dem Bergkamm stehen, bis die abgestuften Purpurtöne am Rand der Wolken so düster geworden waren, daß man kaum noch etwas sehen konnte. Dann kehrte er zum Wagen zurück.

Auf der Fahrt durch die Straßen Jerusalems beorderte Cohen per Funktelefon Shvilli zurück ins Büro und erinnerte ihn daran, die Übersetzung des Textes mitzubringen, der auf dem dünnen Blatt

Papier stand, das Cohen im Zimmer der Nonnen unter dem Bett gefunden hatte.
Shvilli übergab ihm seine eigene handschriftliche Übersetzung.

> ... Wohnung und dort einziehen, aber es gibt Probleme. Natürlich gibt es Probleme. Gibt es denn hier nichts als nur Probleme? Ich denke immer an Dich und das Zusammensein mit Dir und wie wir es irgendwie organisieren können. Ich habe mit dem Vater gesprochen, und er meint, es ließe sich machen, aber es könnte ziemlich lange dauern, nicht nur wegen des Papierkrams, sondern wegen der Entscheidung. Nicht meiner oder seiner Entscheidung, sondern ihrer ...

»Wer ist ›der Vater‹?« fragte Cohen.
»Na ja«, sagte Shvilli. »Vielleicht der Vater des Mädchens. Es kann aber auch ein Priester sein.«
»Und die ›Entscheidung‹?« fuhr Cohen fort.
Shvilli hielt es für möglich, daß damit Helenas Entschluß, nach Jerusalem zu ziehen, gemeint war. »Oder vielleicht auch ihr Entschluß, sich dem Orden anzuschließen, um nach Jerusalem zu kommen.«
Shvilli erläuterte den Text. Cohen hörte ihm aufmerksam zu und akzeptierte Shvillis Interpretation ohne Widerspruch. Mit dem Dossier des Innenministeriums über Alex war am kommenden Vormittag zu rechnen, und Shmulik hatte versprochen, die entsprechenden Unterlagen des Shabak lägen bis spätestens Sonntag abend bei Cohen auf dem Schreibtisch. Cohen gab sich nicht der Illusion hin, daß die beteiligten Bürokratien die gegebenen Zusagen einhalten würden. Er brauchte auch zusätzliche Informationen über das Vorleben der beiden Frauen. Sie konnten genauso wichtig sein wie Hinweise auf ihre Persönlichkeit nach dem Eintritt in den Orden. Doch er durfte sich nicht ausschließlich auf Dokumente verlassen, die mühsam den Mühlen der Bürokratie entrungen werden mußten – sei es denen seiner eigenen Behörde, der Shmuliks, Nussbaums oder der des Mossad. Nachdem er Shvilli noch einmal eindringlich davor gewarnt hatte, sich in Ein Kerem oder in Alex' Nähe blicken zu lassen, ließ er ihn nach Hause gehen.

Wieder allein, dachte Cohen erneut über den KGB-Mann nach. Alex hatte sich arrogant und herablassend verhalten, seltsam ungerührt von dem Doppelmord. Doch als Cohen erwähnt hatte, daß er ja 1977, also im gleichen Jahr wie die jüngere der beiden Nonnen, nach Israel gekommen sei, hatte Alex irgendwie anders, betroffener reagiert.
»Er hat versprochen, uns zu helfen, aber getan hat er gar nichts«, hatte Levy im Wagen gepoltert. »Man könnte meinen, daß er eigene Ermittlungen anstellt, irgend etwas …« Cohen mußte ihm im nachhinein zustimmen. Aber es war größte Vorsicht geboten. Jeder Schritt in Sachen Alex war auch ein Schritt auf Shabakterritorium, denn alles, was man gegen Alex unternahm, war strenggenommen Gegenspionage und fiel damit unter Shmuliks Verantwortung.
Unter diesen Voraussetzungen konnte Cohen unmöglich voraussagen, welchen Lauf die Dinge nehmen würden. Er mußte an die Worte des Mossadchefs denken: »Wir könnten ihn umdrehen …« Er traute ihnen ohne weiteres zu, daß sie sich auf einen Kuhhandel mit Alex einließen. Cohen selbst interessierte dagegen nur eines: Wenn Alex der Mörder war, so sollte er auch dafür büßen.

9

AM SONNTAG MORGEN fuhren Cohen und Levy von Jerusalem zum gerichtsmedizinischen Institut nach Jaffa-Abu Kabir, wo die Obduktion vorgenommen worden war.

»Zwei Messer, ein Mörder«, sagte Raoul, bevor Cohen auch nur Platz nehmen konnte. Das winzige Büro befand sich auf halber Höhe eines Korridors zwischen Obduktionssaal und Leichenschauhaus, wo die Toten in Kühlfächern aus Edelstahl lagerten. Oft schon hatte Cohen mit Raoul in dem kalten Raum gestanden. Jedesmal war ihm die Lautlosigkeit aufgefallen, mit der die Fächer aus dem Kühlschrank glitten, und jedesmal mußte er an die Zigarette denken, die er sich hinterher anzünden würde, um den allesdurchdringenden Chemiegeruch aus seiner Nase zu vertreiben.

In Raouls Büro stapelten sich Bücher, Formulare und internationale medizinische Fachzeitschriften. Hie und da standen große Glasbehälter, in denen in Chemikalien eingelegte Teile menschlicher Körper schwammen. Aneinandergelehnt in einer Ecke standen zwei lebensgroße anatomische Modellpuppen.

»Was für Messer?« fragte Cohen. Er hielt eine nicht angezündete Zigarette in den Fingern und spielte geistesabwesend mit ihr wie ein Falschspieler mit einem Kartenspiel in den Händen.

»Läßt sich nicht genau sagen«, antwortete Raoul. »Auf jeden Fall hatten sie gerade Klingen.« Cohens Blick fiel auf die Puppen und den eleganten Schwung ihrer Plastikhälse. »Vielleicht fünfzehn Zentimeter lang«, fuhr Raoul fort und rief in Cohen die Erinnerung an die tiefen Halswunden der beiden Nonnen wach. »Vielleicht ein bißchen länger oder ein bißchen kürzer. Sehr scharf und auch sehr schmal. Der Stich ist nur eineinhalb Zentimeter breit.« Cohen sah wieder den Gerichtsmediziner an.

Der Täter müsse »aufs äußerste erregt gewesen« sein, meinte Raoul.
»Es gab eine emotionale Beziehung zwischen ihm und seinen Opfern!« fiel Levy ein.
»Keine voreiligen Schlußfolgerungen!« Mit erhobener Hand brachte Cohen seinen Assistenten zum Schweigen. An Raoul gewandt, präzisierte er: »Der Mörder war stark, seine Motorik aufs beste koordiniert.« Nach einer kurzen Pause fügte er noch hinzu: »War er high?«
»Ja, richtig«, bestätigte Raoul. »Wie er es geschafft hat, die beiden Frauen nahezu gleichzeitig zu treffen. Der Tod trat in beiden Fällen fast augenblicklich ein, obwohl das Herz der jüngeren etwas länger schlug. Sie hat auch mehr Blut verloren als die ältere. Aber ob der Täter unter Drogeneinfluß stand, kann ich leider nicht feststellen.«
»Sie wurden also gleichzeitig getötet«, sagte Cohen nachdenklich. »Es geschah in einem einzigen Bewegungsablauf, ohne Kampf.«
»Stimmt«, sagte Raoul und nickte heftig mit dem Kopf. »Beide standen, als er zustach. Beide waren kleiner als der Mörder.«
Im folgenden beschrieb Raoul mit großer Ausführlichkeit die physiologischen Folgen von Messerstichen, die in die Haut eindringen, die Kehle durchtrennen und die Wirbelsäule treffen. »Am vierten Halswirbel der älteren Frau ist ein Kratzer. Davon abgesehen sind die Stiche fast identisch. Als sie umfielen, waren die Frauen praktisch schon tot. Schauen Sie, ich zeig's Ihnen.« Er nahm zwei Lineale von seinem Schreibtisch, hielt sie in einer Hand und versuchte mit der anderen, eine der beiden Demonstrationspuppen in die Zimmermitte zu bugsieren.
»Helfen Sie ihm!« sagte Cohen zu Levy, der in lässiger Haltung an einem Bücherregal lehnte. Levy zuckte mit den Schultern und holte die zweite Puppe aus der Ecke. Schließlich sah sich Raoul, in jeder Hand ein Lineal, mit den beiden Puppen konfrontiert. »Passen Sie auf«, sagte er. »Er stand vor ihnen und muß die Arme – ungefähr so – gehoben haben ...« Cohen und Levy, die links und rechts neben den Puppen standen, sahen, wie Raoul die Arme hoch und weit über seinen Kopf erhob und die Lineale genau auf jene Stellen niederfahren ließ, wo Hals und Schulter einladend ineinander übergingen.

»Sehen Sie?« sagte der Pathologe und lächelte. »Es wäre also durchaus möglich.« Levy nahm Raoul die beiden Lineale ab und versuchte seinerseits, den Bewegungsablauf nachzuvollziehen.
»Möglicherweise ist er Linkshänder«, sagte Raoul plötzlich. »Die ältere Frau stand doch links, und bei ihr drang der Stich tiefer ein und traf sie einen ganzen Wirbel weiter unten. Das heißt, er hatte im linken Arm mehr Kraft als im rechten.«
»War es Glück – oder kannte er sich aus?« fragte Cohen. »Ich meine, hat er gezielt zugestochen?«
»Ich würde sagen, dazu gehört Übung«, erwiderte Raoul.
Cohen dachte nach. Raoul wollte noch etwas hinzusetzen, doch Cohen brachte ihn mit erhobener Hand zum Schweigen. »Sekunde«, sagte er. »Ich muß mir kurz was aufschreiben.«
Er zog eines seiner handgroßen gelben Notizbücher aus der Tasche, schraubte die Kappe des Füllfederhalters ab, der in seiner Hemdtasche steckte, und machte ein paar Eintragungen. Dann blickte er auf und sah wieder den Gerichtsmediziner an. Levys neugieriger Blick entging ihm nicht.
»Sonst noch was?« fragte Cohen.
»Sie waren Mutter und Tochter«, bemerkte Raoul in fragendem Ton, der nach Bestätigung verlangte.
Cohen nickte.
»Nun ja, was die ältere betrifft, ist dann alles klar. Aber ich muß Ihnen eines sagen: Da, wo ich herkomme, geht man von der Unberührtheit der Nonnen aus.«
Cohen war überrascht. »Was wollen Sie damit sagen?«
»Die jüngere war keine Jungfrau mehr. Kein Anzeichen für Geschlechtsverkehr unmittelbar vor ihrem Tod, aber Jungfrau war sie definitiv nicht.« Raoul bemerkte die Verblüffung in Cohens Miene und fügte schnell hinzu: »Das kann ja auch irgendwie anders passiert sein.«
»Läßt sich das feststellen?«
Raoul schüttelte langsam den Kopf und ließ Cohen mit einem weiteren Rätsel allein.
Während der gesamten einstündigen Rückfahrt nach Jerusalem zerbrach sich Levy darüber den Kopf, was Cohen in sein Notizbuch

eingetragen haben mochte. Wäre es für mich bestimmt, hätte er was gesagt, dachte er. Es ärgerte ihn, daß Cohen ihm immer wieder bestimmte Dinge vorenthielt. An der Stadtgrenze wechselte er in die linke Spur, da der kürzeste Weg zum Polizeipräsidium durch die religiösen Stadtviertel führte.
»Lassen Sie mich an der Emek Refa'im raus«, befahl Cohen.
»Ich dachte ...«
»Ich muß noch was besorgen.«
Wütend riß Levy das Lenkrad wieder nach rechts. Unmittelbar darauf sah er sich zu einer Vollbremsung genötigt, um nicht mit einem Taxi zusammenzustoßen, der auf der rechten Fahrspur aufgeschlossen hatte. »Idiot!« brüllte der Taxifahrer. Levy hob beschwichtigend die Hand und rief: »Meine Schuld!« Der Taxifahrer gab etwas Unverständliches von sich und zog auf der Spur, die Levy freigegeben hatte, vorbei.
Cohen blickte über seine Schulter zurück. »Jetzt ist frei, Sie können rüber«, sagte er ruhig.
An der Emek Refa'im bat er Levy, ihn an dem kleinen Einkaufszentrum einen Straßenzug vor seinem Haus aussteigen zu lassen. Im Erdgeschoß einer mehrstöckigen Wohnanlage waren fünf kleine Läden untergebracht. »Ich arbeite eine Weile zu Hause«, sagte er. »Behalten Sie den Wagen. Ich brauche ihn vorerst nicht.«
Levy hielt am Straßenrand, und Cohen stieg aus. Bevor er sich auf den Weg machte, gab er seinem Assistenten noch einen Auftrag: »Lassen Sie sich von Yaffe sagen, um wieviel Uhr die Nonnen morgen bestattet werden. Und sorgen Sie dafür, daß mindestens einer von unseren Fotografen zur Stelle ist.«
Levy fuhr wieder an und sah Cohen im Rückspiegel nach. Seine Neugier verwandelte sich in Eifersucht auf die Freizeit, die der Chef sich jetzt genehmigte.
Cohen betrat unterdessen Moises Schlachterei, in der er Stammkunde war. An der Wand hing ein Ventilator, der sich an einem Scharnier von links nach rechts und wieder zurück drehte und den ganzen Laden mit einem kühlen Luftschwall bestrich. Cohen ließ sich auf einem darunter stehenden Holzstuhl nieder und wartete, bis die drei anwesenden Kunden den Laden wieder verlassen hatten.

»Avram Cohen!« sagte Moise. »Sie waren ja schon lange nicht mehr hier. Was kann ich Ihnen anbieten? Ich habe Ente da – Sie mögen doch Ente, nicht wahr? Eine gute Ente habe ich da. Wirklich gut …«
»Moise«, sagte Cohen, »ich habe ein Problem. Vielleicht können Sie mir helfen.«
»Gerne! Um was geht es denn? Der Polizei helfe ich immer gerne.«
»Wie präzise kann man mit einem Messer umgehen?«
»Was meinen Sie damit?« fragte Moise.
»Wie genau kann man bestimmte Stellen treffen?« Cohen deutete auf die Hühnerhälse, die sich hinter der Glaswand der gekühlten Auslage in einer Ecke stapelten. »Sie kennen doch die Wirbel?«
»Sie brauchen ein paar Hühnerhälse für Ihre Katze, hab' ich recht?«
»Ja, natürlich, packen Sie mir ein paar ein. Aber deswegen bin ich nicht hier. Passen Sie auf, ich erklär's Ihnen: Angenommen, Sie wollen mit einem Stich den Hals treffen, genau zwischen den Knochen. Würden Sie die Stelle finden?«
Moise kratzte sich mit dem Griff seines Messers an der Wange, legte den Kopf schief und runzelte die Stirn.
»Da, sehen Sie!« sagte Cohen und deutete auf ein großes Rippenstück vom Rind, das hinter Moise an einem Haken hing. »Zwischen den einzelnen Rippen befinden sich Zwischenräume, stimmt's? Auch die Halswirbel sind durch kleine Zwischenräume voneinander getrennt. Würden Sie es auf Anhieb schaffen, den Hals zu durchtrennen, und zwar mit einem ganz normalen Messer, nicht mit einem Beil?«
»Ja, sicher«, erwiderte der Metzger. Er öffnete die Edelstahltür des Kühlschranks, griff hinein, holte ein großes Stück Rindfleisch heraus und legte es auf den Holzblock der Verkaufstheke. Dann nahm er ein langes, scharfes Messer aus einem Wandblock und fragte: »Welchen Wirbel?«
»Egal«, sagte Cohen.
»Sehen Sie!« Moise hob das Messer und stach zu. Die Klinge fuhr durchs Fleisch ins darunterliegende Holz. »So, und jetzt passen Sie auf!« sagte er, nahm ein großes Hackmesser zur Hand und teilte mit einer Bewegung, die so schnell war, daß Cohen ihr nicht folgen konnte, den Fleischbrocken senkrecht zur Stichrichtung des Messers

in zwei Teile. Auf der rechten Seite hatte die Messerklinge genau in den Zwischenraum zwischen zwei Wirbeln getroffen. Jetzt erst erkannte Cohen, daß es sich um einen Rindernacken handelte.

»Das sind der vierte und der fünfte Wirbel«, sagte der Metzger. »Soll ich es Ihnen noch einmal zeigen?« Er wollte wieder zum Messer greifen, doch Cohen unterbrach ihn.

»Schon gut, ich glaube Ihnen«, sagte er. »Aber ich habe noch eine andere Frage.«

»Ja?« erwiderte Moise erwartungsvoll.

»Würden Sie das auch bei einem kleineren Hals schaffen? Ungefähr ... diese Größe?« Cohen bildete ein Oval, indem er die Spitzen von Daumen und Zeigefinger beider Hände aneinanderlegte.

Moise verfolgte die Geste nachdenklich. Dann sagte er: »Sie meinen beim Hals eines Menschen?«

»Ja«, sagte Cohen, »beim Hals eines Menschen. Würde ein erfahrener Metzger das schaffen?«

Moise dachte einen Augenblick nach, ehe er antwortete: »Ja, durchaus. Das wäre möglich. Warum nicht? Ein guter Metzger, ein kräftiger Mann, ja. Vielleicht trifft er nicht hundertprozentig genau und rutscht ein wenig ab. Aber schaffen müßte er's, jedenfalls mit einem guten, scharfen Messer – einem sehr guten und sehr scharfen Messer, wohlgemerkt. Und er müßte sehr kräftig sein, der Mann. Arbeiten Sie an einem solchen Fall? Kennen Sie jemanden, der so was Schlimmes getan hat?«

Cohen überhörte die beiden letzten Fragen. »Sie haben mir sehr geholfen, Moise«, sagte er. »Und was ist jetzt mit der Ente? Kann ich sie haben?«

Cohen ergänzte die Liste der möglichen Verdächtigen um den Berufsstand der gelernten Metzger. Die einen arbeiteten in Schlachthöfen, andere führten ihre eigenen Läden. Cohen wollte sie alle überprüfen lassen, allen voran diejenigen, die in Ein Kerem lebten oder dort arbeiteten. Und da er ohnehin schon dabei war, forderte er auch gleich noch eine Liste aller Demonstranten an, die während der vergangenen zehn Jahre bei antisowjetischen Kundgebungen festgenommen worden waren. Allzu lang würde diese Liste allerdings nicht sein, denn hinter den meisten antisowjetischen Demonstrationen in Israel stan-

den offizielle Organisationen, die freie Auswanderung für Juden aus der Sowjetunion verlangten.
Und da war noch etwas, das er von Raoul erfahren hatte und das ihm jetzt erhebliches Kopfzerbrechen bereitete: Der Mörder hatte seinen Opfern Aug' in Aug' gegenübergestanden, aber es war nicht zu einem Kampf gekommen. Vielleicht hatten sie ihren Mörder gekannt. Cohen fragte sich, wie gut Alex mit Messern umgehen konnte.

10

DIE BEERDIGUNG DER BEIDEN NONNEN sollte am Nachmittag im Rahmen einer privaten Trauerfeier auf dem Klostergelände stattfinden. Eines Tages würde man dort ihre sterblichen Überreste wieder ausgraben und in einen Kellerraum umbetten, in dem die Gebeine aller Nonnen ruhten, die je dem Herrn an diesem Ort gedient hatten. Vor der Überführung ins Kloster allerdings stand eine öffentliche Trauerfeier an, die im Portal der glänzend weißen Kathedrale der russisch-orthodoxen Mission im Herzen des russischen Viertels abgehalten werden sollte.

Cohen stand am Rand des Platzes und hielt sich von allen fern, denen es vielleicht in den Sinn kommen mochte, ihn nach dem Fortgang der Ermittlungen zu befragen. Statt dessen sah er schmunzelnd zu, wie Yaffe sich in seiner Lieblingsrolle als offizieller Repräsentant der Polizei gefiel, ein Bad in der Menge nahm, jedem anwesenden Würdenträger die Hand schüttelte und bei jeder sich bietenden Gelegenheit für die Kameraleute und Fotografen posierte. Die Polizei- und Pressefotografen ließen sich keinen Gast entgehen, weder den Archimandriten in seinen staubigen schwarzen Gewändern, dessen Atem arg nach Cognac roch, noch die diversen Vertreter der Ministerien und anderer Behörden. Der vom ständigen Hin und Her der vielen Menschen auf dem Parkplatz aufgewirbelte weiße Kalkstaub wurde vom böigen, warmen Ostwind fortgeblasen und überzuckerte nicht nur die schwarzen Talare der versammelten Geistlichkeit, sondern auch die schwarzen Roben der Anwälte auf ihrem Weg zum nahegelegenen Gericht. Cohen fiel auf, daß die Kleriker dem puderigen Staub keine Beachtung schenkten, während die Juristen sich ihn von den Gewändern zu klopfen versuchten.

Die Delegation der rotrussischen Kirche nahm vollzählig an der

Trauerfeier teil. Aber auch die Vertreter anderer Glaubensgemeinschaften waren erschienen, einschließlich – und zur Überraschung all jener, die sich ein wenig in den schwierigen Gefilden der Kirchenpolitik auskannten – der Mutter Oberin des weißrussischen Klosters. Der Bürgermeister sah in der öffentlichen Zeremonie und der eindrucksvollen Gästeschar einen PR-Erfolg, der demonstrativ die in Jerusalem herrschende Religionsfreiheit unter Beweis stellte.
Die trauernden Nonnen des Klosters Gorny verhielten sich still, als die Särge durch den Seiteneingang eines kleinen, von hohen Tannen beschatteten Gebäudes hinter dem Obersten Gerichtshof aus dem Missionsbüro herausgetragen wurden. Priester aus dem russisch-orthodoxen Kloster bei Tiberias trugen sie quer über den überfüllten Parkplatz auf die Terrasse vor dem Portal der weißen Kathedrale. Da der Mission das Geld zum Erhalt der Kirche fehlte, sprach der Archimandrit die Gebete auf den Marmorstufen gegenüber dem Eingang zum Polizeipräsidium. Am Rande des Geländes stand eine Gruppe arabischer Frauen und Kinder und verfolgte die Trauerfeier. Normalerweise waren sie die einzigen Menschen, die die Kirche nutzten: Auf den Treppen sitzend, warteten sie auf den Beginn der täglichen Besuchszeit für die Gefangenen in den polizeilichen Arrestzellen auf der anderen Straßenseite.
Die Nonnen – zwei Dutzend an der Zahl – standen dicht beieinander. Lautlos bewegte der heiße Wind ihre dunklen Habite. Ihre Mühe war vergeblich, im gleißenden weißen Licht der Morgensonne den indiskreten Linsen der Fotografen zu entkommen. Es gab keine Tränen, keine hysterischen Weinkrämpfe, kein unterdrücktes Schluchzen. Ihre Gesichter waren ernst und feierlich, respektvoll und gefaßt. Doch als Cohen, während sie an ihm vorbeidefilierten, in ihre Augen sah, erkannte er auch ein tiefes Mißtrauen gegenüber allem, was um sie herum vorging. Er war ganz andere Begräbnisfeiern gewohnt: Beerdigungen von jungen Kriegsgefallenen, von unschuldigen Terroropfern, von Verbrechern, die von Verbrecherhand getötet worden waren, von Polizisten, die der Tod auf die eine oder andere polizistenübliche Weise geholt hatte. Er war geräuschvolle Beerdigungen voller Gefühlsausbrüche gewohnt, hatte mehr als einmal erlebt, wie trauernde Mütter, Väter, Söhne oder Ehefrauen sich ins offene Grab stürzen wollten, den

Himmel lauthals um Erbarmen anflehten und Racheschwüre gegen all jene ausstießen, die ihrer Überzeugung nach für den Tod der Verstorbenen verantwortlich waren.

Den Nonnen, die den beiden Särgen folgten, war dagegen keinerlei Gemütsbewegung anzumerken. Schweigend sahen sie zu, wie die Kisten in einen schwarzen Kleinlaster verladen wurden, der sie zu dem kleinen Friedhof am äußersten Westrand des Klostergeländes bringen sollte.

Alex trug Schwarz, doch Cohen war inzwischen klargeworden, daß er immer Schwarz trug. Aus der Ferne beobachtete er, wie der Russe sich im Fahrersitz räkelte und sichtlich gelangweilt auf das Ende des Händeschüttelns und der Beileidsbezeigungen wartete.

Cohen ging zu ihm hin, legte die Hand ins offene Fenster des schwarzen, mit feinem Staub überzogenen Fahrzeugs und sagte: »Kooperation. Ich rechne immer noch fest mit Ihrer Kooperation.«

»Aber gewiß doch«, erwiderte Alex und sah von dem erhöhten Sitz des Kleinlasters auf Cohen herab. »Nur bin ich dieser Tage leider außerordentlich beschäftigt, das werden Sie doch sicher verstehen. Die Beerdigung, alles muß geplant und arrangiert werden ... Ich habe Herrn Yaffe schon gesagt, daß ich mich ihm, sobald es geht, zur Verfügung stellen werde.«

»Berichte schreiben ...«, ergänzte Cohen. »Ja, daß Sie zur Zeit alle Hände voll zu tun haben, kann ich mir vorstellen.« Sein Blick wanderte über die Menge der Trauergäste, und er lächelte, als er den Bürgermeister von einem kirchlichen Würdenträger zum anderen schreiten sah – hier sein Mitgefühl bekundend, dort ein wenig politisierend und unermüdlich darauf bedacht, glimmende Lunten auszutreten. »Tja«, fuhr er mit leiser Stimme fort, »Sie werden sicher einiges zu erklären haben, was die Sicherheitsvorkehrungen im Kloster betrifft.«

»*Ihr* seid die Behörden«, erwiderte Alex. Er zog einen Streifen Kaugummi aus einem Päckchen, das auf dem Armaturenbrett lag, wickelte ihn langsam und bedächtig aus und betrachtete ihn eingehend, ehe er ihn sich in den Mund schob. »Die Verantwortung für die Sicherheit liegt bei *euch.*« Er blickte in den Rückspiegel und strich sich das Haar über den Ohren zurück. Dann wandte er sich wieder Cohen zu und grinste ihn an.

»Außerhalb des Klosters«, sagte Cohen. Er lehnte das Kaugummi, das Alex ihm anbot, ab und fügte hinzu: »Innerhalb des Geländes sind Sie verantwortlich.«
»Wenn Sie schon kein Kaugummi von mir annehmen«, sagte Alex grinsend, »dann vielleicht einen guten Rat?«
»Ich höre«, sagte Cohen, der wieder mit kritischem Blick die Menge beobachtete.
»Machen Sie nicht die gleichen Fehler wie die Politiker.«
»Welche meinen Sie? Die machen so viele ...«
»Gehen Sie nicht von falschen Voraussetzungen aus.«
»Und die wären?«
»Daß ich in dieser Angelegenheit Ihr Gegner bin.«
»Dann beweisen Sie's mir! Erklären Sie mir, warum Sie uns erst so spät informiert haben! Sagen Sie mir, was Sie wissen ...«
»Es tut mir leid«, sagte Alex, »es tut mir wirklich leid. Aber da gibt's nichts mehr, was ich Ihnen noch erzählen könnte. Ich habe Ihnen alles gesagt, was ich weiß.«
Der vertraute Duft von Yaffes Rasierwasser hing in der Luft. Der Verbindungsoffizier kam von hinten auf Cohen zu. »Was wollten Sie denn wissen, Avram?« fragte er.
»Ich wollte von Alex wissen, wann er sich mit uns zusammensetzt und uns etwas über das Kloster, über die Nonnen und vielleicht sogar über sich selbst erzählt«, sagte Cohen.
»Bin ich vielleicht in Haft? Als Tatverdächtiger?« Der KGB-Mann lächelte Cohen an. »Die Frauen sind noch nicht einmal unter der Erde, und Sie haben nichts außer einem Fußabdruck – und schon bin ich dran, wie?« Sein Ton klang vorwurfsvoll, aber nicht feindselig. Cohen verzog das Gesicht, als der Russe seine für Yaffe bestimmte Masche fortspann. »Ich kannte diese beiden Frauen. Vielleicht verdiene auch ich ein wenig Rücksicht für meine persönliche Betroffenheit.«
»Natürlich, natürlich ...«, stammelte Yaffe. »Avram wollte Ihnen bestimmt nichts vorwerfen ...«
Cohen ignorierte Yaffe. »Los jetzt, Alex, raus mit der Sprache! Warum haben Sie zwei Stunden gewartet, bis Sie uns über den Doppelmord informierten?«
»Das habe ich Ihnen doch schon im Kloster gesagt! Der Archimandrit

wollte noch ein paar Gebete sprechen, um die Schwestern zu beruhigen.« Alex wandte sich in forderndem Ton an Yaffe. »Muß ich diese Fragen hier und jetzt beantworten? Ich nehme gerade an einer Beerdigung teil ...«

Langsam löste sich die Schar der Trauergäste auf. Cohen fiel auf, daß der Archimandrit und Schwester Elisabeth ihn, Yaffe und Alex beobachteten.

Entnervt wandte sich Yaffe Cohen zu, der Alex noch immer streng ins Gesicht blickte. »Wenn Sie jetzt nicht reden wollen, dann vielleicht ein andermal«, drängte Cohen. »Die Situation wäre natürlich eine andere, wenn ich den Eindruck hätte, daß Sie tatsächlich zur Zusammenarbeit bereit sind. Aber bisher haben Sie mir so gut wie gar nichts gesagt, nicht wahr?«

»Er muß fahren, Avram ...«, sagte Yaffe.

»Schon gut«, sagte Cohen. »Ich gehe davon aus, daß er das Land – oder vielleicht sogar die Stadt – vorerst nicht verlassen wird. Es sei denn, seine *Kirche* versetzt ihn – nach Hause, möglicherweise ...« Cohen suchte in Alex' Miene nach einer Reaktion auf die Betonung, die er auf das Wort »Kirche« gelegt hatte. Das einzige, was ihm auffiel, war, daß der Russe, bevor er sich vorbeugte, um den Motor anzulassen, kurz die Zähne zusammenbiß. Yaffe trat einen Schritt zurück, doch Cohen nahm die Hand noch nicht von der Fensteröffnung. »Ich werde das über kurz oder lang herausfinden müssen, Alex«, sagte er. Alex verlor die Beherrschung. »Ich bin nicht Ihr Mörder!« brüllte er, rammte den ersten Gang rein und setzte den Kleinlaster ruckartig in Bewegung. Unter der offenen Handfläche ließ er das Lenkrad herumwirbeln und fuhr vom Parkplatz auf die Straße hinaus.

Cohen machte auf dem Absatz kehrt und entfernte sich mit strammen Schritten. »Sie sind ein Vollidiot«, sagte er zu Yaffe, »und Sie wissen's auch.«

Der weißhaarige Polizeioffizier hatte Mühe, mit ihm Schritt zu halten. »Avram, Avram!« rief er. »So warten Sie doch!«

Mitten auf dem Parkplatz blieb Cohen stehen. »Was gibt's noch?« fragte er ungeduldig.

»Es tut mir leid, aber sehen Sie, da gibt es Dinge, von denen Sie keine Ahnung haben. Gott weiß, daß ich der letzte bin, der Ihnen bei Ihren

Ermittlungen Knüppel zwischen die Beine werfen will. Und Gott weiß, daß ich diesen Fall so schnell wie möglich aufgeklärt haben möchte. Aber da sind Dinge im Gange …«

»Nun?« fragte Cohen. »Was ist da im Gange?«

»Wenn ich könnte, würd' ich's Ihnen sagen, das wissen Sie.«

»Sagen Sie mir eines, Meshulam«, erwiderte Cohen. »Waren Sie schon so, bevor Sie diesen Job bekamen, oder sind Sie erst durch den Job so geworden?«

Yaffe brauchte eine Weile, bis ihm darauf eine Antwort einfiel. »Passen Sie bloß auf, Cohen, das ist alles! Seien Sie vorsichtig. Sie können mit einem Diplomaten nicht in diesem Ton reden. Als Kirchenfunktionär genießt er diplomatischen Status. Der Mann läßt sich von Ihnen und Ihren Leuten nicht mit Drohungen und schönen Worten zu einem Geständnis zwingen wie ein dahergelaufener Straßenjunge.«

»Ich habe nie behauptet, daß ich ihn für einen Tatverdächtigen halte«, sagte Cohen. »Ich will bloß wissen, ob er bereit ist, uns zu helfen, das ist alles. Und da kommen Sie daher und …«

»Kommen Sie mir nicht auf die Tour!« unterbrach ihn Yaffe, der seinen Standpunkt nun vehement verteidigte. »Ich habe genau gehört, was Sie gesagt haben. Wirklich, Avram, diese Dinge sind äußerst heikel. Und ich bin auf Ihrer Seite.«

Cohen war keineswegs davon überzeugt, daß Yaffe ihm tatsächlich helfen wollte – zumal dann nicht, wenn diese Hilfe eine zusätzliche Komplizierung der Beziehungen zwischen der Polizei, dem diplomatischen Korps und den Religionsgemeinschaften bedeutete. Fest stand für ihn nur: Yaffe verfolgte seine eigenen Interessen. Soweit Cohen es beurteilen konnte, würde er sich mit jeder Lösung zufriedengeben, die weder Aufsehen noch Unruhe erregte und dazu beitrug, daß alles so weiterlief wie bisher. Da Yaffe jedoch die politischen Minenfelder des Landes besser kannte als Cohen und darüber hinaus über ein beachtliches Insiderwissen verfügte, konnte er ihm durchaus gefährlich werden.

»Schwamm drüber«, sagte Cohen. »Erzählen Sie mir irgendwas, das ich nicht weiß, irgendwas, das mir weiterhilft.« Gemeinsam setzten sie ihren Weg zum Polizeipräsidium fort, das auf der anderen Seite des

Parkplatzes lag. An der verkehrsreichen, quer durch das russische Viertel verlaufenden Straße, die das Rathaus mit der Straße der Propheten verbindet, mußten sie stehenbleiben und warten. »Erzählen Sie mir was über das Kloster«, schlug Cohen vor.
Yaffe lächelte und setzte zu einem ausführlichen historischen Vortrag an, in dessen Verlauf er erwähnte, daß orthodoxe Nonnen, die nach Jerusalem geschickt wurden, Israel nur in seltenen Fällen wieder verließen.
»Wollen Sie damit sagen, daß sie nie hier wegkommen? Fahren sie nie nach Hause?« fragte Cohen, als sie endlich das efeuumrankte Polizeipräsidium erreicht hatten und die breite, ausgetretene Treppe zum Eingang emporstiegen.
»Ja, genau. Sind sie erst einmal da, so bleiben sie auch«, bestätigte Yaffe.
»Wie Emigranten«, sagte Cohen, »wie Flüchtlinge.«
»Nicht direkt – sie betrachten eben das Kloster als ihre Heimat. Ihr Aufenthalt ist von vornherein auf Dauer angelegt. Sie sind hier, um sich um die Pilger zu kümmern.«
»Es gibt doch gar keine Pilger mehr«, widersprach Cohen, »jedenfalls keine russischen.«
»Nun, es muß sich ja auch jemand um das Kloster kümmern und um die anderen Liegenschaften. In einem Bericht, der mir vorlag, hieß es, daß der Grundbesitz auf dem Immobilienmarkt mindestens eine halbe Milliarde US-Dollar wert ist.«
»Wieviel?« fragte Cohen verblüfft.
»Eine halbe Milliarde US-Dollar. Der einzige Privatstrand am See Genezareth und die Hälfte aller Parkplätze in der Innenstadt gehören ihnen. Doch was rede ich da? Das Polizeipräsidium samt Ihrem eigenen Büro befindet sich in russischem Besitz. Die Regierung hat es nur gemietet. Das war Ben Gurions Idee. Die Engländer hatten die Liegenschaften enteignet, doch als Moskau uns diplomatisch anerkannte, gab Ben Gurion alles zurück.«
Cohen nahm jeweils zwei Stufen auf einmal. Yaffe folgte ihm auf dem Fuße. »Das ist mir alles längst bekannt«, sagte er. »Erzählen Sie mir doch endlich mal was Neues.«
»Seit 1967«, fuhr Yaffe fort, »überweisen wir die Miete auf ein Treu-

handkonto. Geschieht ihnen natürlich recht, warum brechen sie auch die Beziehungen zu uns ab? Und inzwischen ist nicht mehr viel übrig …« Er lachte. »Die Inflation hat alles aufgefressen. Aber in Parlamentskreisen kursiert ein Gerücht …«, Cohen horchte bei diesem Wort auf und verlangsamte seinen Schritt, »… dem zufolge die Russen an einer Verbesserung der Beziehungen interessiert sind, unter anderem deshalb, weil sie sich von ihren hiesigen Liegenschaften Deviseneinnahmen versprechen. Das Interesse des Ministerpräsidenten an der Angelegenheit ist also …«

»Ja, ich weiß, daß er sich für die Sache interessiert. Ich weiß es verdammt gut!«

Sie erreichten Cohens Büro. Yaffe setzte sich an den T-förmigen Schreibtisch, während Cohen einen Stoß Hauspost durchzublättern begann, den Rutie ihm beim Betreten des Büros in die Hand gedrückt hatte. Rutie war die Sekretärin, die er sich mit Schwartz teilen mußte. Schon bald verzog er angewidert das Gesicht: Es handelte sich um lauter Hausmitteilungen der Verwaltung, in denen es ausschließlich um Finanzfragen ging. Er ließ den ganzen Papierkram in Levys Ablage plumpsen.

»Hören Sie«, sagte er und wandte sich wieder an Yaffe, »wenn ich mit Alex reden muß, dann rede ich mit ihm. Solange er sich in meiner Stadt befindet, kann ich mich mit ihm unterhalten – diplomatische Immunität hin, KGB her. Wenn ich herausfinde, daß er mir Informationen vorenthält, die ich unbedingt haben muß, dann werde ich alles daransetzen, um diese Informationen auch zu bekommen. Und was Sie betrifft, Yaffe, da kann ich nur sagen: Wenn Sie etwas wissen, was ich wissen müßte, dann rücken Sie am besten jetzt gleich damit raus – und nicht erst, wenn ich es von Dritten schon erfahren habe.«

Yaffe erhob sich, ging zur Tür und spähte hinaus auf den breiten Flur der ersten Etage. Dann schloß er die Tür wieder und kehrte zum Tisch zurück. »Der Ministerpräsident«, flüsterte er, »arbeitet an einem brisanten Coup. Er hat was vor mit den Sowjets, ganz dicker Knüller. Das ist alles, was ich weiß. Mehr kann ich Ihnen nicht sagen.«

Cohen verdrehte die Augen. »Das soll das große Geheimnis sein? Daß der Ministerpräsident an einem großen Coup sitzt, steht jeden Tag in der Zeitung. Nur ist bei der Sache bisher offenbar noch nicht allzuviel herausgekommen, oder? All seine großen Pläne verwandeln sich schließlich in endlose Streitereien um ein Komma hier und ein Wort da. Ausreden gibt es immer. Diesmal sind es also die Sowjets. Und?«

»Und deshalb ist es zur Zeit unklug, einen großen Wirbel zu veranstalten. Und ebenso unklug ist es, Alex in die Mangel zu nehmen ...«

Cohens Grimasse ließ Yaffe zusammenzucken. »Meshulam, Meshulam, eines nach dem anderen. Ich nehme Alex nicht in die Mangel, sondern habe ihm lediglich ein paar Fragen gestellt. Und wenn Sie sich nicht eingemischt hätten, hätte er mir vielleicht die eine oder andere beantwortet. Ich möchte mit ihm reden, das ist alles, und Sie haben mir in die Suppe gespuckt. So, und was nun die Pläne des Herrn Ministerpräsidenten betrifft: Diplomatie geht mich nichts an, darüber zerbreche ich mir nicht den Kopf. Was mich bewegt, sind zwei tote Nonnen – unter anderem, wohlgemerkt. Sehen Sie ...« Er schlug mit der Hand gegen einen von drei Stapeln mit Dokumentenmappen, die sich hüfthoch auf dem Schreibtisch türmten. »Über all das hier muß ich mir den Kopf zerbrechen.«

Yaffe wußte, um welche Akten es sich handelte: Es waren die ungelösten Fälle. Die meisten gehörten in den Bereich der üblichen großstädtischen Kleinkriminalität. Doch die Farben der kartonierten Mappen verrieten unterschiedliche Prioritätsstufen. In einem Stapel überwogen zum Beispiel die gelben, welche die Unterlagen über »schwere Delikte« – Verbrechen gegen Leib und Leben, Drogenkriminalität und illegaler Waffenbesitz – enthielten. Von manchen, wenngleich nicht vielen Menschen in Jerusalem wurden einige dieser Verbrechen als richtiger Ansatz zur Lösung nationaler oder religiöser Probleme durchaus begrüßt. Obenauf lag eine Mappe, auf der in Blockbuchstaben »SIDRA 13« stand.

»So, und nun lassen Sie mich bitte allein«, sagte Cohen. »Ich habe zu tun.«

Yaffe ging, und Cohen blieb allein in seinem Büro zurück. Er saß in seinem Sessel, studierte Seite um Seite Ermittlungsakten, las Berichte seiner Mitarbeiter und kommentierte sie mit Randbemerkungen, sortierte einige, die Sofortmaßnahmen erforderten, aus und legte andere wieder auf die Stapel zurück. Er öffnete die erste SIDRA-13-Akte und las sie – zum hundertsten Male, wie ihm schien – von A bis Z durch. Die Vernehmungen potentiell Tatverdächtiger hatten bisher nichts gebracht. Spuren, die zunächst recht vielversprechend ausgesehen hatten, waren ausgetrocknet wie Wadis im Sommer. Für annähernd elftausend der insgesamt zwölftausend Granaten jener Produktionsreihe konnte die Armee einen Verwendungsnachweis vorlegen: Mehr als die Hälfte von ihnen war zu Übungszwecken verwendet worden. Ein paar tausend lagerten noch in den Munitionsdepots der einzelnen Brigaden. In einer streng vertraulichen Notiz an Cohen wies Ehud vom militärischen Abwehrdienst darauf hin, es sei sehr schwer, den Verbleib der restlichen Granaten aufzuklären. Sie waren vor drei Jahren per Lastwagen in den Libanon verlegt worden, kurz nach Beginn der Invasion. »Wie Sie wissen«, hieß es in der Notiz, »war in dem dort herrschenden Chaos alles möglich.« Die Mitteilung war mit Schreibmaschine geschrieben worden. Handschriftlich hatte Ehud noch hinzugefügt: »Wir suchen weiter. Aber wir brauchen Glück.«

Am Nachmittag kam der Polizeifotograf aus der Dunkelkammer und legte Cohen einen dicken Stapel Fotos vor, auf denen sämtliche Trauergäste abgebildet waren. Viele Gesichter waren Cohen und seinem Team bekannt. Es handelte sich um Vertreter des Ministeriums für religiöse Angelegenheiten, zwei Attachés der rumänischen Botschaft, die in Israel die diplomatischen Interessen der Sowjetunion vertrat, sowie um verschiedene Osteuropaexperten des Außenministeriums. Alle Fotos der siebenundneunzig Nonnen und Priester wurden mit denen auf den Visaanträgen verglichen. Siebenundvierzig Gesichter unter den über fünfhundert Gästen, die an der Trauerfeier teilgenommen hatten, konnten von keinem der anwesenden Polizeioffiziere identifiziert werden; all diese Unbekannten mußten jetzt ermittelt und befragt werden.

Sie teilten die Bilder in zwei verschiedene Stapel auf. Auf den einen kamen die auswärtigen, auf den anderen die einheimischen Gäste. In manchen Fällen ließ sich die Zugehörigkeit problemlos bestimmen, in anderen mußte Cohen sich auf seine Intuition verlassen. Dunkler Teint und lockiges Haar bedeutete Einheimischer. Ein zottiger Bart verriet entweder den Touristen oder besondere Religiosität; den frommen

Menschen kennzeichnete zudem noch eine Kopfbedeckung, ein Hut oder eine Schädelkappe.
Zwei Ermittlungsbeamte wurden mit postkartengroßen Abzügen der Fotos in die Ben-Yehuda-Passage und zum Jaffator geschickt, um dort die Touristen in Augenschein zu nehmen. Sie sollten die Bilder beim Empfangspersonal von Jugendherbergen, in Gaststätten mit regem Touristenverkehr und unter den Straßenmusikanten, die alljährlich im Frühling aus Europa anreisten, herumzeigen. Am Jaffator würden sie sich in die Cafés setzen, in denen der Haschischhandel florierte, und die Gesichter der Gäste studieren. Außerdem mußten sie mit ihren Fotos sämtliche Hotels, von der Luxuskategorie bis zur billigen Absteige, abklappern.
Levy fuhr mit einem ähnlichen Stapel Fotos zu den Studenten in den Bergen von Ein Kerem, doch erkannten Uri, Yehuda und ihre Mitbewohner nicht eine einzige Person auf den Bildern.
Zwei andere Fahnder nahmen sich die Altenheime, die kleinen Boulevards und Parks vor, in denen viele alte Leute auf den Bänken saßen. Cohen traute einem alten Menschen die Tat nicht zu, da sie enorme Körperkräfte erfordert hatte. Aber er interessierte sich für alle Personen, die an der Beerdigung der Nonnen teilgenommen hatten, und wollte jede einzelne identifiziert haben.
Jerusalem ist ein Mosaik aus geschlossenen Gesellschaften, deren Mitglieder einander sofort erkennen. Araber erkennen Araber, *Charedim* erkennen *Charedim*, nichtreligiöse Universitätsangehörige erkennen vertraute Gesichter von den beiden Hochschulen, und Regierungsbeamte kennen einander aus dem Regierungsviertel Hakirya. Es würde eine Zeitlang dauern, doch am Ende, davon war Cohen überzeugt, würde jedem Foto ein Name zugeordnet werden können. Bis dahin gab es trotz der vielen Rennerei keine Gesamtstrategie für die Fahndung. Cohen arbeitete noch immer an den Fundamenten seiner Ermittlungen. Dennoch waren inzwischen die ersten ungewöhnlichen Anrufe eingetroffen.
»Der Generalinspektor persönlich ist an dem Fall interessiert«, sagte der Leiter der nationalen Kriminalpolizei in einem Anruf vor der Trauerfeier.
»Kommen Sie mir nicht mit *dem* Blödsinn«, erwiderte Cohen auf-

gebracht. »Das einzige, was ihn seit seiner Beförderung zum G. I. persönlich interessiert hat, war seine Pensionierung. Wenn ich in diesem Fall Mist baue, bekommt er danach keinen Posten als Botschafter, so einfach ist das. Er steht unter Druck, und ich weiß genau, wer dahintersteckt.«

Der Ministerpräsident, verborgen hinter den Vorhängen der amerikanischen Limousine, die ihn zwischen seinem Büro und seiner offiziellen Residenz in Talbieh hin- und hertransportierte, enthielt sich jeder öffentlichen Äußerung. Von Nussbaum kam die übliche formale Stellungnahme, in der es hieß, daß die Polizei das volle Vertrauen des Ministerpräsidenten und der Regierung genieße. Cohen hatte da allerdings seine Zweifel.

»Die Öffentlichkeit sieht einen Fernsehkrimi und bildet sich ein, wir könnten unsere Fälle auch innerhalb von fünfundvierzig Minuten lösen«, murmelte er vor sich hin, als die ersten Hinweise auf mögliche Unzufriedenheit in der Presse erschienen. Er spürte, daß es nicht mehr lange dauern würde, bis die Meute ihm auf den Pelz rückte und in der Knesset die ersten kritischen Fragen gestellt wurden. Die Linke würde fragen, ob die Regierung überhaupt an einem Fortschritt der Ermittlungen interessiert sei, und den Vorwurf erheben, der Ministerpräsident und seine Kettenhunde behinderten die Fahndung, weil wahrscheinlich Juden an der Tat beteiligt waren. Die Rechten würden alle Schuld den Arabern zuschieben und behaupten, das Gerede über mögliche jüdische Terroristen sei nichts weiter als das Geschwätz von rückgratlosen Zionisten und Juden, die an Selbsthaß litten. Alle größeren Polizeiaktionen hätten sich gefälligst gegen die Intifada zu richten. Das war der Druck, mit dem Cohen von seiten der verdammten Politiker fertig werden mußte. Sie wollten einen Tatverdächtigen haben, und zwar schnell. Cohen wollte die Wahrheit herausfinden, sonst nichts. Wie lange er dazu brauchte, war ihm gleichgültig.

11

ZU LEVYS OFFENER und Cohens heimlicher Erleichterung konnten die Zwillinge Goldstein an jenem ersten Sabbat nirgendwo auftreiben. Sie suchten ihn in den eintönigen Wohnblocks von Kiryat Arba, der ersten jüdischen Siedlung jenseits der grünen Linie im Westjordanland. Dann bekamen sie einen Tip, daß er sich irgendwo auf den mit Stacheldraht gesicherten Hausdächern im jüdischen Viertel der Altstadt von Hebron aufhalten solle. Sie unternahmen eine lange Autofahrt zu einer aus drei Wohnwagen bestehenden provisorischen Siedlung, die am Ende einer steinigen und staubigen Piste hoch oben auf einem Berg in der Wüste von Judäa lag, und sie rasten zu einer politischen Veranstaltung in einer in einem Keller untergebrachten Talmudschule beim Josephsgrab in Sichem, der arabischen Stadt Nablus. Sie probierten es auch in drei von der Regierung finanzierten Talmudschulen, die man im Namen der Sicherheit und des Nationalismus im Herzen des muslimischen Viertels von Jerusalem eingerichtet hatte. Doch wo immer sie hinkamen – Goldstein entwischte ihnen überall, schien ihnen überall um eine Nasenlänge voraus zu sein.

Ihre Decknamen waren Rafi und Danny. Gemeinsam waren sie aus ein und derselben Armee-Einheit in den Polizeidienst übernommen worden, gemeinsam hatten sie ihre Lehrgänge absolviert, und gemeinsam lebten sie in einer geräumigen Wohnung in der Straße der Propheten, nur ein paar Häuserzeilen vom Polizeipräsidium im russischen Viertel entfernt. »Die Zwillinge« wurden sie genannt, weil sie einander sehr ähnlich sahen – untersetzt, rostblond, dunkelbraune Augen. Nach jahrelanger gemeinsamer Arbeit hatten sie sogar den gleichen Gang und die gleiche Haltung, und bei beiden verrieten leichte Narben verheilte Nasenbeinbrüche.

»Er ist wie Arafat«, sagte Rafi am Ende der langen sonntäglichen Verfolgungsjagd zu Danny. »Pennt nie zweimal hintereinander im selben Bett.«
»Behauptet wahrscheinlich, aus Sicherheitsgründen. Denke eher, daß es kein Mensch länger als einen Tag mit ihm aushält«, erwiderte Danny.
Am Dienstag morgen rief Shmulik Cohen im Büro an. »Meine Jungs haben Goldstein bisher nicht gefunden«, meldete er. »Wie sie mir sagten, erwarten Sie heute einen Bericht von ihnen. Ich soll Ihnen ausrichten, daß sie noch immer auf der Suche sind.«
»Haben sich wahrscheinlich nicht getraut, mir das persönlich zu sagen«, brummte Cohen. »Sagen Sie ihnen, sie sollen es im ›Volkswacht‹-Museum in Nahlaot probieren.«
»Dort wollten sie als nächstes nachsehen«, bestätigte Shmulik. »Sie sprachen davon.«
»Da hätten sie mal als erstes nachsehen sollen«, erwiderte Cohen nicht ohne Vorwurf.
»Juden zu jagen, sind sie nicht gewöhnt.«
»Sie werden sich, fürchte ich, daran gewöhnen müssen«, gab Cohen in scharfem Ton zurück und fügte boshaft hinzu: »Aber ich bin sicher, sie werden bald merken, daß es auch nicht anders ist, als Araber zu jagen.« Ohne Shmuliks Antwort abzuwarten, legte er auf.
Die Volkswacht besaß eine Vierzimmerwohnung in Nahlaot, einem Stadtbezirk mit ausgedehnten Hinterhöfen und vielen bereits um die hundert Jahre alten Gebäuden. Ein Teil des Viertels schien kurz vor dem altersbedingten Verfall zu stehen, während der andere seit einiger Zeit von Jerusalemer Yuppies wieder salonfähig gemacht wurde. Das Museum der Volkswacht, dessen genaue Bezeichnung »Museum künftiger jüdischer Opfer« lautete, war im Erdgeschoß eines zweistöckigen Wohnblocks an der Grenze zwischen dem ärmsten Teil Nahlaots und dem wohlhabenden Stadtteil Rehavia untergebracht. Von der verglasten Veranda auf der Rückseite bot sich ein weiter Blick über das Tal des Kreuzes. Die »Büros« des Museums und der Volkswacht bestanden aus zwei Schreibtischen, einer importierten Rolodex-Adreßkartei mit den Anschriften der vierhundert offiziellen Mitglieder und mehreren Stapeln von Flugblättern und Broschüren, die verhei-

ßungsvoll versprachen, die arabischen Villen in Ost-Jerusalem würden eines Tages den armen Juden der Stadt gehören.
Die Wände waren schwarz gestrichen, das erste Zimmer mit antisemitischen Plakaten ausgeschmückt. Auf Flohmarktklapptischen stapelte sich antisemitische Literatur aus aller Herren Länder. Im zweiten Zimmer waren die Wände mit Seiten aus den Zeitschriften amerikanischer Neonazis tapeziert. Man sah Hitlerbilder, Ku-Klux-Klan-Pamphlete und Poster, auf denen hakennasige Juden und Schwarze mit wulstigen Lippen von Weißen niedergetrampelt wurden.
Im dritten Zimmer befand sich ein Mahnmal für »die Juden, die sterben werden, wenn sie die Bedrohung nicht erkennen«. Es war wie ein kleiner Altar gestaltet. Das berühmte Foto von dem kleinen Jungen bei der Räumung des Warschauer Ghettos – die Arme erhoben, darüber das Gewehr eines SS-Manns – war auf eine Holzplatte geklebt worden. Das Bild stand neben einer großen Bibel, aufgeschlagen auf jener Seite, die von den Heerscharen des Pharaos berichtet, die von den über ihnen zusammenstürzenden Fluten des Roten Meeres verschlungen werden.
Rafi und Danny schlenderten durch die drei Ausstellungsräume und erreichten schließlich die verglaste Veranda im rückwärtigen Teil des Gebäudes, wo zwei junge Männer damit beschäftigt waren, Broschüren in Briefumschläge zu stecken. Auf einem üppigen Sessel mit schadhafter Polsterung hatte sich eine junge Frau niedergelassen, die selbst im Sitzen groß und plump wirkte. Sie trug einen langen Jeansrock und einen grauen Pullover, der einmal weiß gewesen war. Ihr Haar war zu einem Pferdeschwanz zusammengebunden. Die Frau häkelte ein Schädelkäppchen und ließ auch nicht von ihrer Arbeit ab, als sie zu den beiden Fremden aufblickte. Unter ihren flinken Fingern drehte sich der kreisrunde Häkelflecken unablässig in ihrer Hand und wurde bei jeder Umdrehung größer.
Die beiden anderen Volkswachtaktivisten musterten argwöhnisch die Zwillinge. Der eine steckte in einer Armeeuniform, der andere trug ein großes Schädelkäppchen, auf das jemand – vielleicht das Mädchen – abwechselnd Uzi-Maschinenpistolen und Davidsterne gestickt hatte. Nach der langen vergeblichen Suche kreuz und quer im ganzen Land fehlte den Zwillingen jede Geduld für einleitende Formalitäten. »Gold-

stein!« verlangte Danny wie ein Kunde im Laden, der genau weiß, was er will. Die beiden Männer und das Mädchen sahen einander an und schienen ein geheimes Signal auszutauschen. Keiner von ihnen sprach ein Wort.
»Wo ist Goldstein?« brüllte Rafi, der jetzt ebenfalls den Raum betrat und Danny, der sich inzwischen den Tischen mit den Broschüren, Flugblättern und Briefumschlägen genähert hatte, Feuerschutz gab. Auch er bekam keine Antwort. Nervös blickte die Frau auf eine Reihe grüner Schließfächer, die eine Art Trennwand bildeten. Danny ging einen Schritt darauf zu.
»Was wollt ihr von ihm?« Hinter den Schließfächern kam ein kleiner, dicker Mann hervor. Sein weißes Hemd wies Kaffeeflecken auf, seine Hosen waren von ausgeblichenem, farblosem Grau. Der Atem des Dicken ging schwer, rasselnd und asthmatisch.
»Sie dürfen mich Rafi nennen«, sagte der Zwilling. »Wir würden uns gerne mit Ihnen unterhalten. Unter sechs Augen, sozusagen ...«
»Shabak«, sagte Goldstein und grinste.
Danny ließ den uniformierten Soldaten nicht aus den Augen. Der junge Mann erwiderte störrisch seinen Blick.
»Kommen Sie, Goldstein, gehen wir«, sagte Rafi.
»Was wollen Sie von ihm?« fragte der Soldat. Sein Hebräisch hatte einen schweren amerikanischen Akzent.
»Ich wiederhole mich, Goldstein«, sagte Rafi, der von dem Soldaten nach wie vor keine Notiz nahm. »Ich denke, Sie sollten uns nun begleiten.«
Der dicke Mann trat vor. »Sie können sich hier mit mir unterhalten. Vorausgesetzt, Sie weisen sich vorher aus.«
»Nein«, sagte Rafi, »hier geht das wohl kaum.« Er stand jetzt nahe genug vor dem Tisch, um seine Hand auf einen Stoß Flugblätter zu legen. »Ich glaube ...«, fuhr er fort und stieß mit einer raschen Handbewegung sämtliche Broschüren, Flugblätter und Umschläge vom Tisch, »ich glaube, es ist ein bißchen unordentlich hier. Nicht gerade die richtige Atmosphäre für ein Gespräch, meinen Sie nicht auch?«
»You can't do that!« rief der Volkswachtmann in Zivil auf englisch. *»We have rights!«* Er trat auf Rafi zu. Doch da lag plötzlich Dannys Hand

auf seiner Schulter und riß ihn mit solcher Heftigkeit zurück, daß er zu Boden ging.
»Jetzt hören Sie mir mal gut zu!« sagte Rafi und sah auf den Zivilisten hinab. »Wir sind hier nicht in Amerika. Und wir spielen auch nicht Theater. Und Sie …« Er deutete mit ausgestrecktem Zeigefinger auf den Soldaten. »Ihren Namen und Ihre ID-Nummer! Sie tragen Uniform, und das heißt, daß Sie hier nichts zu suchen haben! Nichts!«
»Und ich möchte Ihren Ausweis sehen«, sagte Goldstein.
Doch Rafi beachtete ihn gar nicht. Der Soldat schluckte.
»Die dürfen gar nicht so mit dir reden«, sagte der junge Mann auf dem Boden. »Dies ist ein freies Land. Du hast nichts Ungesetzliches getan.«
»Erklären Sie's ihm!« befahl Rafi.
»Solange ich Soldat bin, darf ich mich politisch nicht betätigen«, sagte der Uniformierte betreten.
»Und wennschon. *Ich* bin kein Soldat, und mich dürfen sie nicht so behandeln.« Der Zivilist rappelte sich auf und fragte die Zwillinge: »Darf ich jetzt Ihre Dienstausweise sehen?«
Mit einem Seufzer zog Danny seine Brieftasche aus der Jacke, klappte sie auf und präsentierte eine Kennkarte, die ihn als Staatsbediensteten auswies. Rafi war weniger höflich. »Sie würden sich wundern, wenn Sie wüßten, wie wir Sie behandeln können«, sagte er. »Scheren Sie sich nach Amerika zurück, Junge. Sie haben ja keine Ahnung, in welcher Scheiße Sie hier stecken.«
Danny führte Rafis Gedanken zu Ende: »Fahren Sie nach Hause, und bekämpfen Sie dort den Ku-Klux-Klan oder wie diese Kerle da drüben heißen. Treiben Sie Ihre eigenen Teufel aus.«
Goldstein nahm ein Sportsakko von der Stuhllehne, über der es hing. »Gehen wir«, sagte er resigniert zu Rafi.
Danny blieb auf der Veranda, bis Goldstein sich an ihm vorbeigezwängt hatte. Der Soldat und der Zivilist standen mitten im Zimmer und beobachteten die Szene mit starrem Blick. Das Mädchen hatte inzwischen unentwegt weitergehäkelt und kein Wort von sich gegeben. »Sie renken sich dabei noch die Finger aus, Schätzchen«, sagte Danny grinsend und verschwand.

»Normalerweise werde ich ins russische Viertel gebracht«, sagte Goldstein mit leichter Beunruhigung in der Stimme, als Rafi, anstatt in die zum Polizeipräsidium führende Jaffastraße einzubiegen, mit hoher Geschwindigkeit geradeaus fuhr.

»Oh, wir sind eben nicht normal«, sagte Danny, »ganz und gar nicht normal.«

»Wo bringen Sie mich hin?« fragte der Dicke.

Sie hatten die Ausfallstraße erreicht, die am Ölbergfriedhof vorbei nach Jericho und zum Toten Meer führt. »Wir machen einen *Tiul*, einen kleinen Tagesausflug«, antwortete Danny. »Damit Sie das Land ein bißchen besser kennenlernen. Es gibt da ein wunderschönes Fleckchen draußen auf dem Land.«

Die Zwillinge kurbelten ihre Fensterscheiben herunter. Der warme Fahrtwind kühlte ihre Gesichter. Goldstein bemerkte, daß im Fond des Wagens die Fensterkurbeln entfernt worden waren, und geriet schon bald heftig ins Schwitzen. Der Schweiß lief, dunkel vom Schmutz, über seine Stirn. Gegen Mittag war es in den Wüstenbergen schon sehr heiß, und der östliche Horizont verschwamm im Sonnenglast. Auf einer Hochebene kamen sie an einem Armeestützpunkt und in einem Tal an einem Beduinenlager vorbei. Dann passierten sie die Abzweigung einer neuen Schnellstraße, die gebaut worden war, um die Entfernung zwischen Küste und Jordantal zu verringern.

Kurz nach einem Markierungsstein, auf dem in englischer und arabischer Sprache MEERESHÖHE stand – er war ein Überbleibsel aus der Zeit, als der jordanische König noch im Sportwagen von Amman nach Jerusalem raste –, bog Rafi von der Hauptstraße ab.

Die Piste war nicht gepflastert, aber doch deutlich erkennbar: Jahrhundertelang hatten hier Beduinen ihre Herden entlanggetrieben, und jahrzehntelang waren hier britische, jordanische und israelische Armeejeeps in die Berge hinaufgefahren. Der Ford schaukelte und holperte durch die Schlaglöcher. Als der Auspuff zum erstenmal über den Boden schrammte, sagte Danny: »Daran ist Goldstein schuld. Er müßte unbedingt abnehmen.« Beim zweitenmal schlug Rafi vor, Goldstein für alle Schäden zur Kasse zu bitten.

»Was wollen Sie von mir?« wimmerte Goldstein. Sein weißes Hemd war jetzt dunkel vom Schweiß. In der Hand hielt er ein weißes

Taschentuch. Nach einer halben Stunde Fahrt durch die Berge war es grau.

Beide Seiten des Wadis waren von alten, turm- und kettenlosen Panzern gesäumt.

»Wo sind wir?« fragte Goldstein. Sein säuerlicher Körpergeruch hing im Wagen wie der Gestank ungewaschener Frotteesocken.

»Auf'm Panzerschießplatz«, sagte Rafi. »Keine Bange, die Knallerei geht erst in einer Stunde los ...« Wenig später fügte er hinzu: »Hier stinkt's. Gehen wir ein wenig Luft schnappen.«

Er hielt an. Sie befanden sich in einem ringsum von Bergen flankierten ausgetrockneten Tal, dessen Boden mit kleinen kraterartigen Granateinschlägen übersät war. Es gab keinen Horizont. Nach keiner Richtung konnte man mehr als zweihundert Meter weit sehen. Danny öffnete Goldstein die Tür. »Raus jetzt, kommen Sie!« sagte der Shabakagent und packte den auf seinem Sitz Kauernden am Hemd. Rafi hielt eine Wasserflasche in der Hand. Goldstein zwängte sich mühsam aus dem Wagen.

»Wir wissen, daß Sie sich nicht ganz wohl fühlen«, sagte Rafi, »und da dachten wir, daß Ihnen vielleicht ein kleiner Spaziergang an der frischen Luft guttun könnte. Stimmt's?« Die Frage war an Danny gerichtet und klang absolut vernünftig. Danny nickte.

»Was wollen Sie von mir wissen?« greinte Goldstein.

Die Zwillinge überhörten seine Frage, was Goldsteins Nervosität nur noch verstärkte. Unvermittelt schlug er einen anderen Ton an: »Der Tag wird kommen, an dem wir dafür sorgen werden, daß der Staatsdienst von Leuten wie Ihnen gesäubert wird! Wieso sind Sie nicht unterwegs und jagen Terroristen?« Er spuckte das Wort geradezu aus. »Linke!«

»Bist du ein Linker?« fragte Danny Rafi.

»Kommunist«, erwiderte Rafi in vertraulichem Ton und kicherte. »Ich wähle immer kommunistisch.«

»Ich wähle die Aguda«, sagte Danny im Brustton der Überzeugung. »Das sind doch die einzigen, die genau wissen, was sie wollen.« Die Aguda war die Partei der *Charedim*, die sich ihre Regierungsunterstützung mit Sonderetats für Religionsschulen bezahlen ließ.

»Los jetzt!« sagte Rafi und zerrte Goldstein am Hemd mit sich. Sie trieben ihn auf den Berghang zu, der im Osten den ausweglosen Wadi begrenzte.
»Wo gehen wir hin?« fragte Goldstein.
»Ein *Tiul*, das ist alles«, sagte Danny, »ein kleiner Spaziergang. Kommen Sie nur mit, das wird lustig.«
»Ich soll mich nicht überanstrengen«, sagte Goldstein kleinlaut.
»Spazierengehen ist gesund, sehr gesund«, gab Rafi zurück.
Über ein Geröllfeld, vor Äonen von Erdbeben geschaffen und den abfließenden Wassern, die einst das ganze Jordantal erfüllt hatten, stiegen sie den Hang hinauf. Steine kullerten hinab und lösten winzige Geröllawinen aus. Ansonsten hörte man nur die schweren Atemzüge Goldsteins. Sein weißes Polyesterhemd glänzte im Sonnenlicht und klebte an seiner Haut und den Fettwülsten seines Bauches. Immer wieder stolperte er. In seinen Augen standen Tränen.
»Ich geh' nicht weiter«, keuchte er. »Ich kann nicht mehr. Was wollen Sie von mir? Was?«
Rafi hatte den Kamm des Berges erreicht. »Wir warten hier oben auf Sie, Goldstein.« Danny befand sich auf halbem Wege zwischen den beiden und sah sich nach Goldstein um. »Nun kommen Sie schon, das ist doch gar nicht so weit. In der Armee hat man Sie doch ganz anders rangenommen, oder? Und wenn ich mich recht entsinne, sind Sie einmal die ganze Hauptstraße von Ramallah entlangmarschiert, mehr als einen Kilometer! Das ist viel weiter als der kurze Fußmarsch heute. Und damals hatten Sie einen Hammer dabei und schlugen die Scheiben parkender Autos ein. Heute müssen Sie gar nichts tragen – nur sich selbst.«
Goldstein sah zu Danny hoch. Der Shabakagent stand mit dem Rücken zur Sonne. Goldstein kniff die Augen zusammen, um die Zwillinge zu erkennen. »Ich brauche einen Schluck Wasser. Geben Sie mir was zu trinken, bitte!«
»Goldstein«, sagte Danny wie ein Vater zu seinem Sohn, doch seine Stimme klang nicht liebevoll, sondern drohend. »Goldstein, Goldstein, Goldstein! Was soll nur aus Ihnen werden? Wie wollen Sie je ein Held werden und gegen die Araber kämpfen, wenn Sie nicht einmal auf einen so kleinen Hügel hochkommen? Nun geben Sie sich mal ein

bißchen Mühe, und kommen Sie zu uns. Wir warten hier oben auf Sie. Und wenn Sie's dann geschafft haben, kriegen Sie auch einen guten Schluck kühles Wasser von uns.«
Danny drehte sich wieder um und kletterte die letzten zwanzig oder dreißig Meter zum Gipfel empor. Rafi empfing ihn mit der Wasserflasche. Danny nahm einen tiefen Zug. Zum Schluß goß er sich ein wenig Wasser in die hohle Hand und rieb es sich ins Gesicht.
Goldstein sah ihnen zu. Dann drehte er sich nach dem Wagen um, der weit unter ihnen am Fuß des Hanges parkte, rappelte sich auf und begann, so schnell er konnte, den Hang hinunterzustolpern.
Ein scharfer Knall hallte durch die Luft. Ein paar Meter schräg links vor Goldstein zersprang ein großer Stein in zwei Teile. Goldstein stürzte zu Boden. Die Berge warfen das Echo des Schusses dreifach zurück.
»Gold-stein!« rief Rafi, während er ungerührt seine Pistole inspizierte. »Sie sollten jetzt wirklich zu uns kommen.«
»Was wollen Sie von mir?« brüllte Goldstein.
»Kommen Sie rauf, und wir sagen's Ihnen«, erwiderte Danny.
Erneut rappelte sich der Dicke auf und begann wieder den Hang hinaufzusteigen. Alle paar Schritte blieb er, nach Luft schnappend, stehen. Als er die Zwillinge endlich erreicht hatte, waren seine Augen rot, und seine Beine zitterten. Rafi streckte ihm die Wasserflasche entgegen, händigte sie dem korpulenten Mann jedoch nicht aus. »Ich halte, Sie trinken.« Goldstein hatte gerade ein kleines Schlückchen erwischt, als Rafi die Flasche wieder zurückzog.
»Okay, Goldstein«, begann er langsam und ruhig. »Wir wollen Ihnen ein paar Fragen über Nonnen stellen. Mögen Sie Nonnen, Goldstein? Haben Sie schon mal eine Nonne gevögelt?« Mit jeder Spitze wurde Rafis Stimme lauter. Zum Schluß schrie er aus voller Kehle. »Haben Sie schon mal eine Nonne vögeln *wollen*, Goldstein? Eine russische Nonne?« Danny hatte sich auf den Boden gesetzt. Mit seinen halbgeschlossenen Lidern und dem aufwärts gerichteten Gesicht erinnerte er ein wenig an eine Eidechse, die sich sonnt.
»Die Nonnen ...«, sagte Goldstein, dem jetzt endlich aufging, warum sie ihn geschnappt hatten. »Sie glauben also, wir hätten was mit diesen beiden Nonnen zu tun ...« Er schwieg einen Augenblick lang. »Ich

sage Ihnen eines: Als ich das in der Zeitung las, fand ich es gar nicht schlecht. Geschieht ihnen recht. *Goyim.* Russische *Goyim.* Kosaken ...« Er verstummte wieder.
Rafi lachte laut und lang. »Kosaken! Das ist gut, Goldstein, echt gut!«
Rafi erhob sich. Goldstein sah zu ihm auf und sagte: »Jawohl, beschissene Kosakenhuren.« Er spuckte auf den Boden und grinste Rafi von unten herauf an. Seine Zähne waren schief.
Rafi hörte auf zu lachen. Seine Stimme nahm einen anderen Tonfall an. »Das ist nicht komisch, Goldstein, überhaupt nicht komisch.« Sein Fuß traf Goldstein in den Bauch. Der dicke Mann kugelte ein paar Meter den Abhang hinunter. Rafi wandte sich an Danny. »Das war wirklich nicht komisch«, sagte er, und es klang, als wolle er sich entschuldigen.
Danny begab sich zu der Stelle, an der Goldstein flach auf dem Rücken liegengeblieben war. Der Schatten des Zwillings fiel dunkel über Goldsteins Gesicht.
»Hören Sie, Goldstein«, sagte Danny. »Machen wir es uns doch nicht so schwer. Sie wissen ja, was mit Ihren Verrückten los ist. Sie sind selber verrückt, wir wissen das. Aber unter diesen Verrückten sind Sie die große Nummer. Sie sind der Goldstein, und alle Spinner hören auf Sie. Sogar dieser wahnsinnige Rabbiner. Ich weiß auch nicht, warum, beim besten Willen nicht. Aber so ist es nun einmal, und Sie wissen genau, was die Kerle aushecken. Ich sag' Ihnen was: Sie flüstern uns, wer die Nonnen abgemurkst hat, und wir bringen Sie wieder heim. Bis vor Ihre Haustür.«
»Erzählen Sie uns aber nichts«, rief Rafi von oben herunter, »dann müssen wir Sie selbstverständlich hierlassen.« Er sah auf seine Uhr. »Die Wasserflasche lassen wir Ihnen natürlich da, aber was uns betrifft – wir müssen bald weg. In zwanzig Minuten beginnt das Übungsschießen.«
»Und wenn dann die Panzerschützen kommen und nachsehen, wie gut sie getroffen haben«, ergänzte Danny, »dann wird man Sie finden und sagen: ›Oh, das ist ja der Goldstein, der große Freund des Landes Israel! Sicher ging er hier spazieren, um der Stimme Gottes und des Gelobten Landes zu lauschen.‹ Natürlich kann's auch sein, daß Sie das

Schießen überleben. Wie Sie dann allerdings zu Fuß hier rauskommen wollen, kann ich mir kaum vorstellen. Betrachten Sie's also am besten als Märtyrertod. Ihre Freunde werden sagen, die Araber waren's, und es zum Anlaß nehmen, ein paar Jungs zu verprügeln, die bloß halb so groß sind wie sie. Als nächstes gibt's dann ein Messerattentat und damit wieder Arbeit für mich. Also, Goldstein, unter diesen Umständen ein Vorschlag zur Güte: Sie verraten uns jetzt, was wir wissen wollen.«

Goldstein starrte den Shabakagenten an. Dann sah er zu Rafi hoch, der sich die Wasserflasche an die Stirn hielt. Schließlich wanderte sein Blick über die Hänge ringsum, auf denen überall zerschmetterte Jeep- und Lastwagenwracks herumlagen.

»Na gut«, sagte er nach einer längeren Pause. »Na gut. Passen Sie auf. Wir haben nur ein paar Hauswände beschmiert, einer von den Jungs. Graffiti. Und dann waren da noch ein paar Briefe. Wir haben ein paar Briefe verschickt.«

»Wem haben Sie diese Briefe geschickt, Goldstein?« fragte Danny. »Und was für Briefe waren das?«

»Na, Sie wissen schon: ›Verschwinde!‹, ›Russen raus!‹, so in dem Stil. Aber von dem Doppelmord habe ich erst aus der Zeitung erfahren. Das ist alles, ich schwöre es. Ich schwör's Ihnen.«

»Uns brauchen Sie nichts zu schwören, Goldstein!« rief Rafi. »Schwören Sie's Ihrem Gott, wer immer das sein mag!«

In der trockenen Hitze verdunstete der Schweiß fast ebenso schnell, wie er aus den großen Poren auf Goldsteins Nase austrat. »Ich schwöre es. Ich schwöre es bei Gott und beim Grabe meines Vaters. Ich schwöre es. Keiner von uns hat mit der Sache was zu tun, keiner. Ich schwöre es Ihnen. Ich hab' davon in der Zeitung gelesen ... Messer! Das ist nicht unsere Art, so etwas tun wir nicht. Nicht mit dem Messer.« Er schauderte und schlotterte vor Angst. »Wasser, bitte!« bettelte er. »Bitte etwas Wasser!« Danny sah auf ihn herab und begann, langsam und bedächtig mit dem Kopf zu nicken. Er glaubte dem Dicken und war angewidert von dessen Geständnis.

»Wissen Sie, was, Goldstein?« sagte er schließlich. »Ich nehme Ihnen das sogar ab. Keiner von Ihren Typen hätte den Mumm, jemanden umzubringen und zuzusehen, wie er stirbt. Dazu fehlt euch einfach

der Mut. Aus der Entfernung, ja, das traue ich euch zu – Schüsse aus dem Hinterhalt, Bomben ... Aber man braucht euch ja nur anzusehen – vor allem Sie, Goldstein. Sie sind ja nicht ernst zu nehmen. Was können Sie mir denn über die Granaten erzählen? Was wissen Sie über die Geschichte?«
Goldsteins Augen weiteten sich vor Angst.
»Sie wissen ja«, ließ Rafi sich vernehmen, »die Granaten auf dem Tempelberg. Sie demonstrieren doch dauernd dort. Irgend etwas wissen Sie bestimmt darüber.«
Goldsteins hohles Schluchzen verwandelte sich in eine Art Reizhusten. »Ich weiß nichts!« rief er. »Überhaupt nichts!«
Danny erhob sich und gab Rafi oben auf dem Bergkamm einen Wink. Rafi machte sich an den Abstieg. Als er an Goldstein vorbeikam, ließ er die Wasserflasche fallen. Der dicke Mann grapschte sie sich und trank die wenigen Schlucke, die Rafi ihm übriggelassen hatte, gierig aus. Dann drehte er sich nach den beiden Shabakagenten um. Sie hatten die Talsohle schon erreicht.
»Warten Sie!« schrie er und sprang auf. »So warten Sie doch auf mich!« Er stolperte den Hang hinunter, torkelnd, fallend, sich immer wieder aufrappelnd. Als er die beiden Shabakagenten einholte, hatten diese gerade den Wagen erreicht.
»Glück gehabt, Goldstein«, sagte Rafi. »Diesmal haben Sie Glück gehabt. Aber es wäre uns sehr unangenehm, wenn wir uns noch einmal sehen müßten, Goldstein. Nicht wahr?« Der Shabakagent wandte sich an seinen Partner.
»Ja, du hast recht, wir wollen von Goldstein nichts mehr hören«, bestätigte Danny.
Als sie wieder in die Hauptstraße einbogen, ertönte weit hinter ihnen ein dumpfer Knall, die erste einschlagende Panzergranate. Rafi und Danny lächelten. Goldstein sah zum Rückfenster hinaus und zitterte.
Auf der gesamten Fahrt zurück in die Stadt sagte der dicke Mann kein einziges Wort. Als der Wagen vor dem »Museum künftiger jüdischer Opfer« anhielt, öffnete er die Tür.
»Denken Sie dran, Goldstein«, sagte Danny, »wir wollen nichts mehr von Ihnen hören.«

»Und Sie auch nicht wiedersehen«, fügte Rafi hinzu.
»Versprochen«, sagte der Dicke, »versprochen!«
»Können wir ihm trauen?« fragte Danny Rafi.
»Eigentlich können wir niemandem trauen, oder?« erwiderte Rafi.
»Doch, Sie können mir trauen«, sagte Goldstein, »ich gebe Ihnen mein Wort. Ich bin Jude, Sie sind Juden. Also können Sie mir vertrauen.«
»Um ehrlich zu sein, ich betrachte mich eher als Israeli«, sagte Danny.
Rafi schaltete in den ersten Gang, und sie fuhren davon.

12

ES GAB KEINE FREIE MINUTE MEHR. Wie ein Winterregen, der über Nacht die trockenen Wadis füllt, war eine Papierflut über ihn hereingebrochen und überschwemmte seinen Schreibtisch. Jeder Vorgang, so belanglos er auch sein mochte, wurde pflichtgemäß protokolliert. Fleischer wurden verhört – bisher ohne Ergebnis. Auch bei der Untersuchung des Gipsabgusses der Fußspur war nichts Brauchbares herausgekommen. Der Schuh stammte vielleicht aus Amerika, vielleicht aus Italien oder war möglicherweise im Schuhviertel hinter dem Busbahnhof in Tel Aviv geklaut worden. Auch die Protokolle der Telefonanrufe, die nach Bekanntwerden des Nonnenmords eingegangen waren, erwiesen sich durchweg als uninteressant und wanderten zu den Akten.

Da von bahnbrechenden Entwicklungen nicht die Rede sein konnte, stürzten sich die Medien in ihrer Berichterstattung auf die gespaltene russische Kirche und kramten alte Meldungen über die antisowjetischen Graffiti wieder hervor, die man auf der Klostermauer gefunden hatte. Daß sich der Ministerpräsident für den Fall interessierte, wußten die Reporter noch nicht, und auch Alex war ihrer Aufmerksamkeit bisher entgangen. Cohen hoffte, es möge noch eine Weile so bleiben, war aber nicht besonders optimistisch.

Trotz des Papierkrams – die Unterlagen füllten fünf Tage nach dem Doppelmord bereits zweieinhalb gelbe Mappen – nahm sich Cohen zweimal die Zeit, vom Dorf aus den Berg zu besteigen.

Das eine Mal machte er sich so früh auf den Weg, daß er noch den Bäckereilastwagen einholte, der die beiden Dorfläden täglich mit warmen Brotlaiben versorgte. Der Nebel hatte sich durch den frühmorgendlichen Temperaturwechsel in einen Nieselregen verwandelt, der den ganzen Tag über anhielt.

Cohen trug, wie üblich, seine Sneakers, eine Hose aus graugestreifter Baumwolle und unter seiner Windjacke ein weißes Baumwollhemd. Er parkte seinen Wagen am tiefstgelegenen Punkt des Dorfes und notierte sich nach einem Blick auf die Armbanduhr die genaue Zeit. Dann holte er tief Luft, schaltete seinen Walkman an und begann zu den Klängen von Mozarts *Requiem* zum Kloster hinaufzuwandern. Er ging nicht direkt auf der Serpentinenstraße, hielt sich aber dicht daneben und geriet schon bald arg ins Schnaufen. Seine Beine begannen zu schmerzen, und plötzlich verspürte er einen Stich in der Seite. Er wollte sich bücken, um ihn zu vertreiben, und warf sich vor, daß er zu langsam, viel zu langsam vorankam. Ich werde zu alt für so was, sagte er zu sich selbst. Er hörte seine Stimme, die aus dem Kopf zu kommen schien, und merkte, daß er laut gesprochen und die Musik übertönt hatte. Er nahm den Kopfhörer ab, um den Geräuschen des Waldes zu lauschen, aber er hörte nur den Klang seines schweren Atems und das Echo von Ahuvas Stimme, die ihm am Abend ihrer Abreise vom Flughafen aus ein Versprechen abgenötigt hatte. »Versuch doch, das Rauchen ein bißchen einzuschränken, während ich fort bin«, hatte sie gesagt und dann noch hinzugefügt: »Und das Trinken.«
Normalerweise hätte er bei der Erinnerung an Ahuvas Anruf in letzter Sekunde vor dem Abflug gelächelt, doch der Schmerz in seiner Seite verzerrte sein Gesicht. Er wartete ein paar Minuten, bis sein Atem sich wieder beruhigt hatte. Dann setzte er seinen Marsch fort. Der Kopfhörer saß wieder an Ort und Stelle.
Endlich war er oben. Gleich hinter dem grünen Klostertor saß Yehamiel, der pensionierte Polizist, auf einem Stuhl. Als Cohen näher kam, sprang er auf. »Avram, wie geht es Ihnen?« fragte er mit in dreißig Jahren gewachsener Vertrautheit. »Meine Frau läßt Ihnen die allerherzlichsten Grüße übermitteln. Sie hat mir einen ausgezeichneten Honigkuchen als Proviant mitgegeben. Wie wär's mit einem Stückchen?« Der Polizist tappte zurück und zog einen Plastikbeutel unter dem Holzstuhl hervor.
Cohen, dem schon wieder der Atem knapp wurde, war sprachlos. Wütend auf sich selbst, weil er einsah, daß er Schindluder mit seiner Gesundheit getrieben hatte, mußte er dennoch über das Geschwätz des Polizisten lachen. »›Yehamiel‹, sagt sie zu mir, ›vergiß ja nicht,

Avram Cohen zu sagen, daß er stets willkommen ist in unserem Hause! Und sollte er je um ein Abendessen verlegen sein ...‹ Nun, ich sage zu ihr, Avram Cohen ist ein vorzüglicher Koch – ein Gourmet, sagt man, nicht wahr? Worauf sie sagt ...«

»Das ist sehr freundlich von Ihrer Frau, mich einzuladen«, unterbrach ihn Cohen, als er endlich wieder sprechen konnte. »Bitte empfehlen Sie mich bei ihr. Aber Kuchen möchte ich jetzt keinen, vielen Dank.«

Allein schon der Gedanke an trockene Speisen rief einen Brechreiz in ihm hervor. »Aber vielleicht haben Sie einen Schluck Wasser für mich?« fragte er.

»Sogar was Besseres«, sagte der alte Polizist und schraubte den Deckel einer Thermosflasche ab. »Tee. Hier, bitte. Ist Ihnen nicht wohl? Kommen Sie, setzen Sie sich ...«

Cohen, den Deckel der Thermosflasche noch an den Lippen, schüttelte den Kopf. Mit gierigen Schlucken trank er den süßen Tee und gab Yehamiel den Becher zurück. »Nein, ich muß wieder runter ins Dorf.«

»Wir sind nicht mehr die Jüngsten, Avram, was?« sagte der Mann in Uniform. »Wir müssen lernen, auf uns aufzupassen. Sie sollten sich ein wenig schonen.«

Cohen nickte und lächelte, schenkte Yehamiel aber kaum Beachtung. Fünfundzwanzig Minuten hatte er für den Aufstieg gebraucht. Ein jüngerer Mann hätte die Strecke ohne weiteres in der Hälfte der Zeit bewältigen können. Es ekelte ihn vor sich selbst.

Beim zweitenmal saß Levy am Steuer. Cohen dirigierte ihn an der Abzweigung zum Dorf vorbei auf die Straße zum Hadassah-Klinikum. Auf dem kurzen Stück Hauptstraße hoch über dem Dorf sagte er: »Halten Sie an.« Die Straße fiel steil ab in den dichtbewaldeten Hang.

»Ich bin weder kriegsversehrt noch ein alter Mann«, gab er zurück, als Levy vorschlug, an seiner Stelle den Berg hinabzusteigen.

»Sagen Sie mir, was Sie dort suchen«, sagte Levy, doch diese Bemerkung erregte Cohen nur noch mehr.

»Wenn ich wüßte, was ich dort suche, müßte ich wohl kaum persönlich hingehen, um es zu holen, oder?« Er sah die Enttäuschung in

Levys Gesicht. »Hören Sie, Levy, es tut mir leid«, schränkte er ein. »Ich wollte Sie nicht anblasen. Tun Sie einfach, was ich Ihnen sage.«

»Ich möchte ja nur ein bißchen mehr tun als immer nur Formulare ausfüllen und Notizen machen. Ich möchte das Gefühl haben, etwas zu tun, was die Ermittlungen voranbringt.«

»Sie wollen ein Cowboy sein«, knurrte Cohen verächtlich, änderte aber rasch wieder seinen Ton. »Wenn Sie mir helfen wollen, Nissim, dann tun Sie bitte, was ich Ihnen sage.« Den Vornamen benutzte er immer, wenn er Levy loben wollte. Und ehe sein Assistent antworten konnte, hob Cohen den rostigen Stacheldraht hoch, der einst das ganze Waldstück umzäunt hatte, bückte sich und kroch hindurch.

Levy betrachtete die Aussicht durch ein Fernglas.

Es dauerte fast eine halbe Stunde, bis er Cohen unten im Dorf auf dem Platz vor dem Brunnen auftauchen sah. Er stieg wieder ins Auto und fuhr über die Kammstraße zum Calder-Stabile hoch über dem Tal. Er brauchte noch ein paar Minuten, bis er den Brunnen erreichte, wo Cohen sich gerade mit einem kleinen Jungen unterhielt, der einen mit Schulbüchern vollgepackten roten Rucksack trug.

»Inspektor Levy«, sagte Cohen in streng offiziellem Ton, der Levy ein Lächeln entlockte, »ich möchte Ihnen Herrn Shuki Mizrahi vorstellen, der mir soeben in großer Ausführlichkeit erklärt hat, daß sich hinter der Quelle ein verborgener Gang befindet. Herr Mizrahi hat ihn schon mehrmals aufgesucht.«

Levy streckte dem Jungen, der gerade halb so groß war wie er, die Hand entgegen. Mit großen Augen bewunderte der Knabe die Beretta 22, die Levy am Hosenbund seiner gebügelten Jeans in einem Pistolenhalter trug.

»Freut mich, Ihre Bekanntschaft zu machen«, sagte Levy, nicht minder ernst und offiziell als Cohen. Der Junge streckte ihm stolz die Rechte entgegen, und sie schüttelten einander die Hände.

»Herr Mizrahi war mir bei meinen Ermittlungen behilflich«, sagte Cohen. »Er berichtete mir nämlich, daß er in diesem Gang schon des öfteren verschiedene Gegenstände gefunden hat, darunter auch einmal ein altes Messer.«

»Tatsächlich?« fragte Levy beeindruckt. »Na, dann sollten wir uns diesen Gang aber mal ansehen.« Levy kletterte die Mauer hoch, die den Brunnen umgab, und hangelte sich um das Becken herum. Schließlich erreichte er eine Stelle, von der aus er seinen Kopf über den Marmorsims stecken konnte, der in eine Höhle hinter der Mündung des Brunnenrohrs führte. Er sprang leichtfüßig wieder hinunter, ging zum Wagen und holte eine Taschenlampe. Cohen und der Junge sahen ihm zu.

Dann sahen sie für kurze Zeit den Lichtschein auf dem dunklen Wasser des Beckens reflektieren. Weiter hinten mußte der Tunnel in einer Kurve verlaufen, denn plötzlich war das Licht verschwunden.

»Ich gehe da nur mit meinem Vater rein«, bemerkte der Junge sachlich.

»Das kann ich durchaus verstehen«, meinte Cohen. »Muß ja richtig unheimlich sein.«

»Ja, ein bißchen. Ein bißchen unheimlich. Aber wenn mein Vater dabei ist, macht es mir nichts aus.«

Nach fünf Minuten kam Levy wieder ans Tageslicht. »Ich kam ungefähr dreißig Meter voran. Danach wird der Gang zu eng für Personen meiner Größe.« Seine Sneakers und die Hose waren dunkel vor Nässe. »Es gibt ein paar Felsvorsprünge. Und ein paar Gegenstände habe ich auch gefunden: eine Puppe, eine leere Zigarettenschachtel. Außerdem sind einige Namen in den Fels geritzt, in verschiedenen Sprachen übrigens. Messer hab' ich keine gesehen.«

Cohen wandte sich wieder an den Jungen, der für einen Augenblick den Eindruck hatte, der Polizist sei kurz vor dem Durchdrehen.

»Nun, man kann nicht immer so ein Glück haben, nicht wahr?« sagte Cohen, lächelte und reichte dem Jungen zum Abschied die Hand.

»Einmal habe ich zwölf Ergebnisse im Fußballtoto richtig vorausgesagt«, verkündete der Junge. »Da hab' ich Glück gehabt! Mein Vater hat das Geld zur Bank gebracht. Nach dem Wehrdienst werde ich auf die Universität gehen können.«

»Ja, da haben Sie wirklich Glück gehabt«, bestätigte Cohen. »Mehr als fünf oder sechs Treffer habe ich nie.« Nach einer kleinen Pause nahm der Junge die dargebotene Hand und schlug ein, um sich kurz danach auch von Levy mit Handschlag zu verabschieden.

»Wir müssen jetzt leider fahren«, sagte Cohen. »Ich danke Ihnen für Ihre Hilfe.«
»Nichts zu danken«, erwiderte der Junge mit einer Selbstgefälligkeit, die Levy unwillkürlich zum Lachen reizte.
Sie stiegen in den Wagen und fuhren davon. Der Junge sah ihnen nach und schlenderte dann auf ein großes Dreifamilienhaus zu, in dem er zu Hause war. Nur wenige Häuser weiter befand sich einer der beiden Dorfläden.
Weder der Junge noch Cohen oder Levy hatten den ziegenbärtigen Mann mit der grün-golden bestickten Samtweste über der nackten Brust sehen können. Er stand hinter dichten, weiß und rosa blühenden Oleanderbüschen, die das neben dem Brunnen gelegene Hotel von Ein Kerem wie eine Mauer umschlossen, und hatte sie die ganze Zeit beobachtet.

13

DEN REST DES TAGES sowie den Abend verbrachte Cohen an seinem Schreibtisch und arbeitete. Zunächst las er in den Akten und studierte das kümmerliche Dossier über Alex, das Shmulik endlich geschickt hatte. Es enthielt keine besonderen Enthüllungen. Interessant war lediglich ein Datum, das Cohen veranlaßte, noch einmal die erste Dokumentenmappe herauszusuchen, in denen sich die Visaanträge der Nonnen mit den Aufenthaltsgenehmigungen befanden. Das Mädchen war nicht nur im gleichen Jahr wie Alex eingetroffen, sondern auch mit dem gleichen Flugzeug. Doch die Information war nicht viel wert, handelte es sich doch offenbar um nichts weiter als ein bürokratisches Arrangement.

»Moskau bekam vom Reisebüro ein Koppelungsgeschäft«, hatte Shmulik auf einen angehefteten Zettel gekritzelt, der als »PS« eine Entschuldigung für die verzögerte Überstellung der Dokumente enthielt.

Mißmutig riß Cohen den Zettel ab und vertiefte sich in die Dokumentation. Gegen Mitternacht wurde er noch einmal munter und setzte das Studium der Ermittlungsakten mit frischer Kraft fort. Er unterschrieb, was zu unterschreiben war, versah die Berichte seiner Detektive mit Anmerkungen und schickte sie mit neuen Anweisungen zurück. In der unteren linken Schreibtischschublade bewahrte er eine Flasche Cognac auf. Gegen zwei Uhr morgens hatte er drei Gläschen geleert und das dritte Päckchen Zigaretten an diesem Arbeitstag geöffnet.

Gegen drei Uhr morgens ruhte er in seinem Schreibtischsessel mit der schräg nach hinten gekippten Lehne und schlief.

Das Telefon klingelte auf die Minute genau um 5.45 Uhr, was Cohen sofort, nachdem er den Inhalt der Meldung registriert hatte, notierte.

»Noch ein Messerattentat«, sagte Rotem, der diensthabende Beamte in der Telefonzentrale im Keller des Polizeipräsidiums.
»Wo?«
»Bei einem Antiquariat in der Dorot-Rishonim-Straße, gleich hinter der Ben-Yehuda-Passage.«
»Ich kenne den Laden«, polterte Cohen. Er hatte die Stimme gehoben, um den Schlaf zu vertreiben. »Schicken Sie eine Streife hin, und holen Sie mir Levy an die Strippe!« befahl er. »Ich bin auf Kanal vier.« Er nahm das Walkie-talkie vom Ladegerät, das neben seinem Schreibtisch auf einem Regalbrett stand. »Ich fahre sofort hin.«
Die Fahrt dauerte nicht länger als drei Minuten – und dies einschließlich der Zeit, die dazu erforderlich war, den kalten Automotor zu starten. Die Eigentümerin des Buchladens, eine weißhaarige Frau, erwartete ihn bereits.
»He, Sie da!« rief sie im Befehlston, kaum daß er die Tür geöffnet hatte. »Sind Sie von der Polizei?«
»Ja, das bin ich«, antwortete Cohen.
»Außerordentlich«, sagte die Frau. »Seit Jahren erzählen mir alle Leute, daß unsere Polizei nicht besonders schnell ist. Dann muß ich selber die Polizei rufen, und in Null Komma nichts ist sie da. Phantastisch!«
»Wie ich höre, ist …«
»Ja, gleich da drüben, kommen Sie, sehen Sie selbst«, sagte die Frau. »Ich habe schon viele Menschen auf furchtbare Art und Weise sterben sehen. Aber so etwas wie das hier noch nie. Sie müssen wissen, daß ich die Schlacht um England mitgemacht habe. Wir hatten Glück gehabt und noch rechtzeitig aus Polen fliehen können. Und dann hier, all die Kriege hier. Erinnern Sie sich an die Fahrradbombe? Das war genau dort drüben …« Sie deutete wie ein Touristenführer auf das Café am Ende der Straße, vor dem vor drei Jahren ein Fahrrad mit Sprengstoff im Rahmen explodiert war. »Das war auch ganz furchtbar. Aber nicht so furchtbar wie das hier. Wirklich außergewöhnlich …«
Ihr Geplapper erschreckte Cohen nicht. Vielen Menschen in Jerusalem war die Konfrontation mit Gewalt und Tod nicht unbekannt. Doch Cohen fehlte die Zeit für die Lebenserinnerungen der Frau.
Er wählte eine formelle Anrede, von der er intuitiv wußte, daß sie ihr

gefallen würde. »Gnädige Frau«, sagte er, »wenn Sie nun die Güte hätten, mir zu zeigen ...«

»Aber ja doch, natürlich«, sagte die Frau. Der Respekt, den ihr der Polizist entgegenbrachte, schmeichelte ihr, zumal ihr der leicht ironische Unterton völlig entgangen war.

»Selbstverständlich. Bitte kommen Sie.« Sie führte ihn zur Tür hinaus und wies mit dem Zeigefinger den Weg. Cohens Blick wanderte in die angegebene Richtung.

Man hätte die Leiche ohne weiteres übersehen können. Ein Haufen alter Kleider, hätte man denken können, abgelegt neben Müllcontainern in einem schmalen Durchgang zwischen zwei Jerusalemer Häusern. Ein alter Mantel, daneben zwei Plastikbeutel, die mit anderen Plastikbeuteln vollgestopft waren. Doch als Cohen näher kam, sah er das Blut, und als er sich über das formlose graue Bündel beugte, war ihm sofort klar, warum selbst eine Frau, die die *Battle of Britain* und ein Bombenattentat mit sechs Toten überlebt hatte, von dieser Entdekkung beeindruckt gewesen war.

Schnittwunden entstellten das gesamte Gesicht. Die Nase war nahezu abgeschnitten, die Kehle durchtrennt, die Augen waren durchbohrt. Auch der Mantel war zerstochen und aufgeschlitzt. Doch obwohl Cohen die Leiche nicht berührte, erkannte er, daß keine der Wunden besonders tief war. Wahrscheinlich verblutet, dachte er.

»Jeden Tag«, sagte die Frau, »habe ich ihm ein Sandwich mit Schwarzbrot und gelbem Käse gegeben – jeden Tag, und das schon seit Jahren. Und dabei wußte ich nicht einmal, wie er heißt. Ich weiß nichts über ihn, überhaupt nichts. Wirklich erstaunlich ...«

Cohen hörte alles und nichts. Seine Augen nahmen die Szenerie auf, seine Ohren hörten die Frau sprechen, aber seine Gedanken wanderten zurück in jene verlorenen Jahre, da er miterlebt hatte, wie Menschen nur um einer Suppe aus verfaulten Kartoffeln willen unvorstellbar brutale Morde begangen hatten. Er stand da, starrte in das zerschnittene Gesicht und blickte in seine eigene Vergangenheit.

Das Heulen der Sirene des Streifenwagens brach sich mehrfach in den Häuserschluchten. Sein Näherkommen rief Cohen in die Gegenwart zurück. Er hörte, wie sich in den wenigen Wohnungen des überwiegend gewerblich genutzten Viertels Fenster öffneten.

Kurz nach dem Streifenwagen tauchte auch Levy auf. Er trug einen Trainingsanzug und wollene Hausschuhe mit einem Reißverschluß über dem Rist.

»Er war ein Bettler«, sagte die Frau, »und Sie wissen ja, was das bedeuten kann. Ich weiß nicht, warum er sich ausgerechnet meine Gasse hier ausgesucht hat ...« Ihre Plapperstimme ging Cohen unvermittelt auf die Nerven.

»Ich möchte, daß die Leiche so schnell wie möglich entfernt und noch heute nachmittag obduziert wird«, sagte er. »Wenn Raoul nicht innerhalb einer Stunde hier sein kann, soll einer der Krankenhauspathologen ran.«

»Die berechnen uns das extra«, warnte Levy. »Die Rechnung läuft über die vierte Etage, und dabei ist noch nicht einmal die Hälfte des Finanzjahrs vorüber ...« Cohen an die Fallstricke und Zwänge der Bürokratie zu erinnern gehörte zu seinen wichtigsten Aufgaben.

Cohen blieb hartnäckig. »Ich möchte den Obduktionsbericht um vier Uhr nachmittags auf meinem Schreibtisch haben«, sagte er. »Treffen Sie alle dazu erforderlichen Maßnahmen.« Dann wandte er sich an die Frau, die gerade dem Streifenbeamten erklärte, man habe ihr erzählt, die Polizei käme nie, wenn sie gebraucht werde. Er stellte ihr Levy vor und sagte: »Er wird Ihre Aussage zu Protokoll nehmen.«

Mit einem knappen Lächeln, wie es seine Art war, verabschiedete er sich von Levy und ging zu Fuß zurück ins Büro. Hätte ihn jemand in diesem Moment gefragt, woran er gerade denke, so hätte er lediglich sagen können: »Ich bin völlig durcheinander.«

Messerattentate kamen in Jerusalem relativ selten vor.

Vor einem Jahr hatte in der Altstadt ein Messerstecher sein Unwesen getrieben. Es war ein Araber gewesen, der aus schierem Haß von hinten auf religiöse Juden oder Touristen eingestochen hatte. Drei Menschen waren ihm zum Opfer gefallen, ehe er von Mitarbeitern Shmuliks gefaßt wurde, die gerade einen Fall bearbeiteten, in dem es unter anderem um eine Gruppe islamischer Fundamentalisten ging. Und jetzt waren innerhalb weniger Tage wiederum drei Menschen erstochen worden – die Nonnen mit zwei einzelnen, kräftigen Messerstichen von vorn und der Bettler ebenfalls mit einem Messer. Allerdings war Cohen schon nach oberflächlicher Betrachtung der

Leiche sicher, daß die Person, von der die Wunden im Gesicht des Bettlers stammten, erheblich schwächer sein mußte als der Mörder der Nonnen.

Weder gefühlsmäßig noch vom Augenschein her paßten die beiden Morde zueinander. Doch weil in beiden Fällen Messer im Spiel waren, konnte Cohen nicht umhin, sie gedanklich miteinander in Verbindung zu bringen.

Er legte eine neue gelbe Mappe an. Eine Tatsache war klar, und die hielt Cohen in seinem ersten Eintrag fest: »Der Mörder des Bettlers wollte sicherstellen, daß niemand den Toten identifizieren kann.«

Stunden später – Levy hatte ihm inzwischen den von einem Pathologen des Shaare-Zedek-Krankenhauses verfaßten Obduktionsbericht vorgelegt – schickte er seinen Assistenten zur Holocaust-Forschungsstätte von Yad Vashem, die von Norden her das Tal von Ein Kerem überblickt. Das einzige Kennzeichen, das vielleicht zur Identifikation des Toten beitragen konnte, war eine in die Haut eintätowierte KZ-Nummer. Die Seriennummer unterschied sich um 10 000 von Cohens eigener. Andere Holocaust-Überlebende wären möglicherweise imstande gewesen, das Geheimnis der Zahl zu entschleiern. Sie hätten den Code erkannt und sagen können, wann und wo die betreffende Person von den Nazis registriert worden war. Was Cohen betraf, so hatte er nie den Wunsch verspürt, mehr über die Lager und ihre Verwaltung zu erfahren, als er während seiner eigenen Gefangenschaft mitbekommen hatte.

In Yad Vashem setzte sich Levy mit einer dänischen Konvertitin zusammen, die den Namen Rachel angenommen hatte und nach süßem Parfüm duftete. Sie brüteten über dicken Bänden mit Namen und Zahlen, über Computerausdrucken und handschriftlichen Listen. Als sie endlich herausgefunden hatten, daß der Bettler wahrscheinlich im Konzentrationslager Birkenau inhaftiert gewesen war – eine Spur, die sich bei den Organisationen der KZ-Überlebenden weiterverfolgen ließ –, traf Levy eine Entscheidung: Das dänische Bauernmädchen, das sein Land verlassen hatte, um Jüdin und Israelin zu werden, interessierte ihn viel mehr als die Lager.

14

EINER DER NAMENLOSEN BETTLER aus Mea Shearim verließ auf leisen Sohlen das Viertel und begab sich auf den Weg zur Klagemauer. Er unterschied sich in nichts von den vielen armen Männern, die die Gassen des kleinen Suk hinter dem Agadot Shlomo bevölkerten. Hier war die Bastion der militantesten *Charedim* Jerusalems, der strenggläubigsten orthodoxen Juden und eifrigsten Hüter ihrer Traditionen. Der schwarze Mantel des Bettlers war staubig, und seine schwarze Hose hielt ein um die Taille geschlungener Strick. An den Füßen trug er nach Art der religiösen Juden, die sich am Jom-Kippur-Tag aus Bußfertigkeit den Luxus von ledernen Kleidungsstükken versagen, leichte Segeltuchschuhe. Den Hut weit zurück auf den geschorenen Hinterkopf geschoben, ging er mit schnellen Schritten die Straße der Propheten entlang und betrat durch das Damaskustor die Altstadt. Für die Jerusalemer Bürger, denen er begegnete, war er nur einer von vielen frommen Männern auf dem Weg zum Gebet am Fuße der Überreste des alten Tempels.

Doch der Bettler war niemand anderes als Daniel, Cohens Spion in Mea Shearim. Er war aufgewachsen in der *Charedim*-Welt der Mystikerstadt Safed in Galiläa und gehörte zu den wenigen Menschen, die die Sicherheit der absoluten Religion, in die er hineingeboren war, aufgegeben hatten. Im Heiligen Land strebten viel mehr Menschen zu Gott hin als von ihm fort. Als Cohen erfahren hatte, woher der neue Rekrut stammte, adoptierte er ihn sogleich als Student und Jünger. Seine väterliche Einstellung verband sich mit der Überzeugung, daß Daniel der ideale V-Mann war, den man in die Welt der *Charedim* einschleusen konnte.

Neubekehrte wurden in dieser Welt mit Wärme und Herzlichkeit empfangen, und man wies ihnen den Weg. Für jene aber, die die religiöse Welt verließen, konnte das Leben einsam sein, da ihre Familien sich von den Skeptikern abwandten. Cohen war daher sehr darauf bedacht, daß Daniel sich bei der Polizei anerkannt fühlte, und kümmerte sich persönlich um ihn, anstatt ihn einem anderen hochrangigen Beamten zu unterstellen.

Daniels Aufgabe bestand darin, Cohen über das, was sich in seiner Nachbarschaft tat, auf dem laufenden zu halten. Seine Berichte waren immer kurz und bündig und bezogen sich meist auf geplante Demonstrationen oder auf neue Konflikte zwischen einer oder mehrerer Splittergruppen innerhalb des Viertels. In Mea Shearim war es fast schon eine Tradition, daß zweihundertjährige theologische Diskussionen irgendwann in handfeste Auseinandersetzungen und Straßenschlachten zwischen den Anhängern verschiedener Rabbiner ausarteten, die ein und dasselbe Talmudzitat unterschiedlich auslegten.

Daniel konnte Cohen manchmal rechtzeitig vor bevorstehenden Krawallen warnen. Gelegentlich berichtete er auch über einen der seltenen Momente, da sich die Gemeinschaft der *Charedim* – die im übrigen schneller wuchs als alle anderen Gruppen im demographischen Mosaik der Stadt – tatsächlich einmal einig war. Es ging dann meistens darum, die Reihen zum Zweck einer gemeinsamen Demonstration gegen die weltlichen Kräfte in der Heiligen Stadt zu schließen. Daniel erzählte von Protesten gegen Restaurants, die am Freitagabend geöffnet hatten; von Aktionen gegen Boutiquen, die in bedrohlicher Nähe von Mea Shearim unzüchtige Frauenkleider verkauften, und von Attacken gegen Kinos, in denen nach Meinung der *Charedim* die biblischen Verdikte gegen Götzenbilder und Ehebruch unverfroren und in aller Öffentlichkeit mißachtet wurden. Es reichte aus, daß ein greiser Rabbiner etwas von »Schändlichkeiten« dieser Art murmelte, und schon kam es zu Brandstiftungen; es wurden Schaufensterscheiben eingeschlagen, oder Hunderte von wütenden Talmudstudenten gingen spontan auf die Straße. Oft konnte Daniel angeben, welche Einzelpersonen hinter der Aktion steckten – wenngleich nicht damit zu rechnen war, daß, solange die Agudat politische Macht ausübte, je ein Rabbiner wegen Aufwiegelung oder Verschwörung verhaftet wurde. Cohen erreichten die Informationen aus der verschwiegenen Gemeinschaft, die sich in ihren eigenen Stadtvierteln versteckte, an jedem

zweiten Sonntag, wenn er sich mit Daniel am gewohnten Ort traf – einem winzigen Treppenabsatz in einer Sackgasse auf halbem Wege zwischen dem Damaskustor, das von allen Altstadttoren Mea Shearim am nächsten lag, und dem *Kotel*, dem letzten Überbleibsel des Ersten und des Zweiten Tempels.
Cohen und Levy warteten fast zwanzig Minuten, bis der Bettler endlich am Treffpunkt auftauchte. Normalerweise lächelte er, wenn er Cohen und Levy warten sah. Doch an diesem Sonntagmorgen wirkte seine Miene beunruhigt, und tiefe Schatten unter seinen Augen verrieten, daß er lange nicht geschlafen hatte.
»Ihr müßt mich da rausholen«, sagte Daniel, noch ehe er den Treppenabsatz erreicht hatte, wo Cohen und Levy auf ihn warteten.
»Immer mit der Ruhe«, sagte Cohen. »Was ist denn passiert?«
»Mein Vater ... mein Vater ist in Mea Shearim«, antwortete Daniel mit gepreßter, angespannter Stimme. Als Daniel seine Schläfenlocken abgeschnitten und damit für jedermann sichtbar kundgetan hatte, daß er die aus seinen Zweifeln resultierenden Spannungen nicht mehr in einen tieferen Glauben an die Existenz Gottes transformieren konnte, hatte sein Vater sieben Tage lang getrauert und seinen Sohn im Geiste zur letzten Ruhe gebettet. Cohen begriff sofort, warum Daniel so besorgt war.
»Hat er Sie schon gesehen?«
»Nein. Aber ich habe ihn gesehen und will raus da. Jetzt. Wenn er mich sieht, wird er niemals verstehen können ...«
»Warum ist er nach Jerusalem gekommen?«
»Weiß ich nicht. Aber er ist da. Er studiert an der *Jeschiwe Ungrin Kollel.*«
Cohen kannte die Talmudschule, ein großes, weitläufiges Gebäude, das die wichtigste Straßenkreuzung von Mea Shearim überragte. Wegen der vielen Demonstrationen und Krawalle, die die *Charedim* dort aus Protest gegen die von den weltlichen Behörden der Stadt gestatteten oder geduldeten Verletzungen der Sabbatruhe veranstaltet hatten, hieß der Platz im Volksmund nur »Sabbatplatz«.
Cohen sah Daniel einen Moment lang an und wandte sich dann an Levy, der eine Stufe unterhalb des Treppenabsatzes stand. Der Vorfrühlings-*Hamsin*, ein warmer, trockener Ostwind, machte seine Lip-

pen spröde. »Nissim«, bat er, »würde es Ihnen was ausmachen, uns etwas Kaltes zu trinken zu besorgen?« Er wußte, daß es Levy sehr wohl etwas ausmachte, ignorierte jedoch den Zorn, der in den Augen seines Assistenten aufblitzte. Er wollte ein paar Minuten mit Daniel allein sein.

»Sagen Sie«, er wandte sich wieder an Daniel, »wird er Sie denn überhaupt erkennen?«

»Ja. Nein. Ich weiß es nicht. Es reicht ja völlig, daß ich ihn erkannt habe. Wenn er mich sieht, ich weiß nicht ... Wenn er mich sieht und erkennt ... Nicht der Job bereitet mir Kopfzerbrechen, sondern ich mache mir Sorgen um Vater. Er wird ja glauben, daß ich wieder zurückgekehrt bin. Daß ich ein Bettler bin, ist da schon schlimm genug, doch daß ich zurückgekehrt bin, ohne ihm etwas davon zu sagen ...«

Daniel liefen die eigenen Worte davon. Seine Stimme hob und senkte sich in einem bestimmten Rhythmus, der fast an den Tonfall eines Vorbeters erinnerte.

Es sieht fast so aus, als bete er, dachte Cohen und sagte: »Gut, gut, beruhigen Sie sich erst einmal. Erzählen Sie mir, was Sie bedrückt.«

»Sie merken es, nicht wahr?« sagte Daniel. »Sie merken, was läuft. Ich weiß nicht mehr, wer ich bin. Was ist bloß los mit mir?«

»Sie schaffen das schon«, antwortete Cohen. »Sie leisten doch hervorragende Arbeit, ganz hervorragende.« Er mußte den Mann unbedingt auf seinem Posten halten – und mehr noch, er mußte dafür sorgen, daß dessen Motivation erhalten blieb. »Ein bißchen länger noch, Daniel«, sagte er, wobei er sich sehr bemühte, daß es sich nicht wie eine flehentliche Bitte anhörte. »Nur noch ein bißchen länger.« Er sprach bewußt leise und entspannt wie ein Trainer mit einem Vollblut. »Eine Sonderaufgabe noch, ein einziger Fall, das ist alles.«

In diesem Augenblick erschien Levy am Fuß der Treppe, in den Händen drei Flaschen Orangeade. Mit einer knappen Handbewegung gab Cohen ihm zu verstehen, daß seine Anwesenheit vorerst noch nicht erwünscht war.

»Ich kann das nicht«, sagte Daniel. »Ich habe Angst um meinen Vater. Wenn er mich sieht ...«

»Haben Sie irgend etwas über die Nonnen gehört?« fragte Cohen.

»Die Nonnen?«

»Die russischen Nonnen, ja«, erklärte Cohen geduldig. »Vielleicht die *Keshet*?«
»Ich habe Ihnen doch von den *Keshet* erzählt«, erwiderte Daniel ärgerlich. »Das ist ein Haufen Kinder. Kinder, wie ich eines war, vom Glauben mitgerissen. Sie hassen die Zionisten, die Blasphemie eines Staates ohne den Messias, und deshalb besprühen sie Herzls Grab mit Farbe. Sie haben auch ein paar Bushaltestellen angezündet. Aber jemanden umbringen? Es tut mir leid, daß ich Ihnen das sagen muß, Cohen, aber Jungs wie die dürften sich nicht einmal mit zwei Nonnen im selben Zimmer aufhalten. Das wäre eine Todsünde.«
»Sie haben immerhin diesen Kiosk in die Luft gejagt«, sagte Cohen. Jahrelang hatte ein alter Mann in Mea Shearim einen Zeitungsstand betrieben. Vor ungefähr einem Jahr war der Kiosk dann durch einen Molotowcocktail schwer beschädigt worden. Tags darauf wurde auf Anschlägen verkündet, daß fortan jeder, der es wage, gotteslästerliche zionistische Zeitungen zu verkaufen, mit derselben Strafe zu rechnen habe. Die Plakate waren mit *Keshet* unterzeichnet gewesen, einem Akronym, das nicht einmal Daniel mit absoluter Sicherheit erklären konnte.
»Vielleicht haben Sie ja recht, ich weiß es nicht«, gab Daniel zu, noch immer gereizt durch das Dilemma, in dem er steckte. »Ich versuche es, wirklich, ich bemühe mich.« In diesem Augenblick wußte Cohen, daß Daniel – zumindest vorerst – auf seinem Posten bleiben würde.
»Wir wollen Sie mittendrin haben«, sagte er. »Wir brauchen Sie. Dort draußen sind Sie der Boß. Aber warten Sie noch ein Weilchen. Es kann durchaus sein, daß Sie das eine oder andere herausbekommen. Vielleicht hören Sie etwas über Ein Kerem. Über tote Nonnen in Ein Kerem. Gerüchte. Geflüster. Was auch immer.«
Levy öffnete eine Flasche für Daniel und reichte Cohen die zweite. »Trinken Sie«, sagte Cohen, »das lockert Sie auf.« Einen Augenblick lang herrschte Schweigen, da alle drei Männer das überzuckerte Getränk in ihre Kehlen rinnen ließen. Die Stille brachte es mit sich, daß der geschäftige Lärm des nur wenige Schritte entfernten Basars plötzlich viel näher klang.
Daniel hatte seine Flasche geleert und drückte sie an die Stirn, als wolle er ein Fieber kühlen. »Es gibt Gerüchte«, sagte er unvermittelt. »Oder

nein, nicht direkt. Die Leute reden über Propheten – falsche Propheten, echte Propheten.«
»Wer sind diese Propheten?« fragte Cohen.
Doch Daniel konnte nur mit den Schultern zucken. »Ich weiß es noch nicht. Aber die Prophetie ist nicht des Sterblichen Reich, seit dem Tempel nicht mehr. Aber es wird geredet. Von Propheten und Sühneopfern.«
»Die rotbraune Färse«, sagte Cohen wissend.
»Was is'n das?« fragte Levy.
»Die Asche einer rotbraunen Kuh, die noch nicht gekalbt hat, wird zur Reinigung von Priestern herangezogen«, erklärte Daniel. »Das war seit den Tagen des Tempels verboten.«
Levy verdrehte die Augen, doch Cohen verstand die Bedeutung solcher Läuterungsbestrebungen. »Nur die Reinen können den Tempel errichten«, sagte er, aber es war, als denke er nur laut. »Sie haben den Tempel im Sinn. Wer immer sie sein mögen, sie wollen auf den Tempelberg ...«
»Ich weiß nicht ...«, sagte Daniel.
»Das finden Sie schon noch heraus«, sagte Cohen aufmunternd und in der Hoffnung, Daniel Zuversicht zu vermitteln, ohne seine eigene Unsicherheit zu verraten. »Sie sind der einzige, der uns weiterhelfen kann, der einzige.«
»Na gut«, sagte Daniel nach längerer Denkpause. »Aber eines schwör' ich Ihnen ...«, er umklammerte die Flasche in seiner Hand wie eine Waffe, »... wenn mein Vater mich sieht und erkennt und wenn ihm dann irgend etwas zustößt, dann schwöre ich Ihnen, daß Sie mich zum letztenmal gesehen haben! Ich nehme sofort meinen Abschied vom Polizeidienst. Ich bin noch nicht soweit, daß ich es ohne weiteres verkrafte.«
»Irgendwann werden Sie doch mit ihm reden müssen«, sagte Cohen freundlich. »Zumindest versuchen sollten Sie es.«
»Kann ja sein, kann durchaus sein. Wahrscheinlich haben Sie recht. Aber ich bin einfach noch nicht soweit.«
»Das müssen Sie selber entscheiden. Doch fürs erste horchen Sie sich mal in Ihrem Viertel um. Achten Sie auf den geringsten Hinweis, auf alles und jedes, was in irgendeiner Weise von der Norm abweicht.«

15

VON ANFANG AN hatte Levy nicht lockergelassen und von Cohen immer wieder einen eigenständigen Ermittlungsauftrag gefordert. »Ich brauche das Gefühl, einen sinnvollen Beitrag zu leisten«, war seine stehende Rede gewesen, »das Gefühl, etwas zu tun, was die Ermittlungen voranbringt.«

Cohen hatte sich diesem Wunsch seines Assistenten zunächst hartnäckig widersetzt. »Ich brauche Sie hier«, sagte er und warf einen weiteren Stapel Hausmitteilungen in Levys Ablage. »Ich brauche Sie zum Mitdenken.« Mißmutig fügte sich Levy der Autorität seines Vorgesetzten. Er jonglierte mit Einsatzplänen und Fahrbereitschaften und las alles Beschriebene und Bedruckte, das ins Büro kam, durch, ehe er es an Cohen weitergab. Er war in alles eingeweiht – außer in jene Informationen, die Cohen seinen persönlichen Notizbüchern anvertraute und vor jedermann geheimhielt. Levys wichtigste Aufgabe bestand jedoch – nach Cohens Verständnis – in einer Art Mittlerfunktion zwischen seinem Chef und den Politikern im vierten Stock. Levy war Cohens Verwaltungsfachmann und leistete in diesem Job hervorragende Arbeit. Der Zeitpunkt, da er Levy würde ziehen lassen müssen, war abzusehen; sein Aufstieg in höhere Ränge der Bürokratie war vorgezeichnet. Cohen hingegen war inzwischen, nach fünfjähriger Zusammenarbeit, mehr denn je auf die Unterstützung seines Assistenten angewiesen.

Nach dem Treffen mit Daniel ließen sich Levys Forderungen nach einem eigenen Ermittlungsauftrag nicht länger zurückweisen. Eines Morgens, kurz nach Arbeitsbeginn, gab Cohen schließlich nach. »Na gut«, sagte er, nachdem Levy ihm dargelegt hatte, daß sämtlicher Papierkram für die kommende Woche bereits erledigt und er, Levy, keineswegs gewillt sei, auf seine Forderungen zu verzichten. »Hier ist

eine Liste mit den Schlachthäusern, die noch überprüft werden müssen«, fuhr Cohen fort und warf einen Bogen Papier auf Levys Tisch. »Übernehmen Sie das. Doch sobald Sie fertig sind, möchte ich Sie wieder hier an diesem Schreibtisch sehen!«
»Und was ist, wenn ich unseren Mann finde?« fragte Levy grinsend.
»Raus mit Ihnen!« brüllte Cohen, doch als der Inspektor schon auf dem Weg zur Tür war, schickte er ihm ein kurzes Lächeln hinterher.
Levy begann mit den südlichsten Schlachthäusern auf der Liste; sie lagen im Industriegebiet Shuafat im Norden Jerusalems, nicht weit von einem Flüchtlingslager an der Straße nach Ramallah. In den ersten beiden ergaben sich keinerlei greifbare Ergebnisse. Nur wenige der dort Beschäftigten hatten überhaupt schon von dem Mord an den beiden Nonnen gehört, und diejenigen, die davon gehört hatten, konnten sich kein Mordmotiv vorstellen, geschweige denn einen möglichen Verdächtigen nennen. Es war schon spät am Nachmittag, als Levy das dritte Schlachthaus erreichte.
Mit dem Eigentümer einer Fleischverpackungsfabrik wanderte er durch die Kühlhalle. An einem Ende der Fabrik hingen die mit riesigen Elektrosägen halbierten kopf- und schwanzlosen Rinder an verschiedenen Fleischerhaken, mit deren Hilfe sie über ein an der Decke angebrachtes Schienennetz quer durch die ganze Halle verschoben werden konnten. Bei den Schlachthofarbeitern handelte es sich fast ausnahmslos um Araber, die zum größten Teil aus dem benachbarten Lager stammten. Zwanzig Jahre Erfahrung mit der israelischen Polizei und anderen Behörden hatten ihre Instinkte geschärft.
Levy war keineswegs besonders auffällig gekleidet – Sneakers, Jeans, ein kariertes Flanellhemd und ein weißer Baumwollkittel, den der Fabrikbesitzer ihm vor Beginn ihres Rundgangs zur Verfügung gestellt hatte. Der Kittel verbarg seine Beretta 22 mit acht Kugeln im Magazin, die er hinten in seinen Hosenbund gesteckt hatte. Dennoch verbreitete sich in Windeseile das Gerücht, daß ein Fremder, vielleicht ein Polizist oder ein Shabakagent, zusammen mit dem Chef die Halle inspizierte.
Das an den Haken hängende Fleisch wurde am anderen Ende der Halle zusammengeführt und wartete dort darauf, durch den Mittelgang an die Verarbeitungsplätze geschoben zu werden, die in zwei langen Reihen beide Seiten der Halle säumten. Mit Äxten und Elektro-

sägen und zuletzt auch mit langen, scharfen Messern zerlegten und tranchierten die Arbeiter das Fleisch, bis die Portionen klein genug waren, um verpackt werden zu können.
Levy und der Direktor kamen an einem langen Tisch vorbei, an dem drei Männer Steaks aus großen Klumpen rohen Fleisches schnitten. Die Schlachter mit ihren langen, dünnen Messern arbeiteten flink und durchaus mit einer gewissen Grazie. Ihre Schnelligkeit, das präzise Auf und Ab der schimmernden Klingen, die Kälte und die dröhnenden Erklärungen des Direktors lenkten Levy ab, so daß er den hochgewachsenen Araber, der ihn vom nächsten Tisch aus entgegenstarrte, gar nicht bemerkte. Während Levy neugierig beobachtete, wie die Steaks aus den Händen der Schlachter auf die Plastikschälchen flogen, in die sie dann eingeschweißt wurden, verließ der Mann am nächsten Tisch seinen Arbeitsplatz und machte sich mit schnellen Schritten durch den Mittelgang davon.
»Abed!« rief ihm einer seiner Kollegen am Tisch hinterher. »Komm sofort zurück! Du bist noch nicht fertig!« Abed deutete mit dem gestreckten Daumen auf seinen Mund, um anzudeuten, daß er etwas trinken wolle. Der Fabrikdirektor drehte sich nach dem Rufer um, und Levy tat es ihm nach.
In diesem Augenblick geriet Abed in Panik und fing an zu rennen. Levys rechte Hand fingerte bereits nach der Pistole. »Rufen Sie die Polizei!« schrie er und nahm die Verfolgung auf. »Lassen Sie sich mit Chefinspektor Cohen verbinden!« Abed war hinter einer Reihe von der Decke herabhängender Rindertorsos verschwunden. Der Mann war groß, viel größer als Levy, der seinerseits schlank und beweglich war. Doch der Schlachter hatte von Beginn der Verfolgungsjagd an das Überraschungsmoment und eine genaue Ortskenntnis auf seiner Seite. Nach einem kurzen Slalomlauf durch die Fleischkolonne mußte Levy feststellen, daß der große Mann mit dem Messer in der Hand verschwunden war. Nachdem er einen schweren Kadaver beiseite geschoben hatte, entdeckte Levy eine Tür, die aus drei dicken Vinylfolien bestand. Er drückte sie auf und schlüpfte hinaus ins helle Sonnenlicht. Die Hitze traf ihn wie ein Schlag. Von Abed war nirgends etwas zu sehen. Dann spürte er etwas und drehte sich um. Seine Beute duckte sich hinter einem großen Schuppen am Ende der Laderampe.

Mit gezückter Pistole lief Levy über die leere Rampe. Sein Atem ging schwer und schmerzhaft. Nach wenigen Sekunden hatte er den Rand des Schuppens erreicht und schob sich zentimeterweise um die Ecke, doch Abed war längst im anschließenden Gelände verschwunden, einem langen, steil ansteigenden Hang voller Gebüsch und Geröll. Auf der anderen Seite des Bergrückens lag, wie Levy wußte, das Flüchtlingslager, ein Labyrinth aus Wellblech- und Lehmziegelhütten, in dem der Schlachter problemlos untertauchen konnte. Levy rannte los.

Zweimal stolperte Abed, und jedesmal konnte Levy ein Stückchen aufholen. Auf dem Kamm des Berges, unmittelbar vor dem Steilhang auf der anderen Seite, standen sie schließlich einander gegenüber. Levy konnte bereits das Lager sehen. Er sah auch das Messer in Abeds Hand. Er selbst hatte seine Beretta, eine handliche, kleinkalibrige Waffe. Hinter Abed am Hang sah er ein paar Kinder spielen. Sie schossen mit Steinschleudern auf einen einsamen Baum. Levy erkannte die Gefahr: Wurde er zum Gebrauch der Waffe gezwungen, konnte eine verirrte Kugel eines der Kinder treffen.

»Warum – sind – Sie – weggelaufen?« Levy keuchte so sehr, daß ihm jedes seiner Worte einzeln über die Lippen kam.

Tief unter ihnen bogen ein Streifenwagen und ein Jeep der Grenzpolizei auf den Parkplatz ein. Der Schlachthofdirektor deutete zur Anhöhe hinauf und rief irgend etwas.

»In Blut und Feuer räche ich Falastin!« schrie Abed und ging zum Angriff über. Der Polizist feuerte drei Schüsse in Abeds Bauch, aber den Schlachter hielt das nicht auf. Levy wich ein paar Schritte zurück, zielte auf das Bein des Arabers und drückte ab, doch noch immer kam Abed mit erhobenem Messer auf ihn zu.

Levy, nun fast rückwärts rennend, feuerte erneut, wobei er diesmal das Knie des Schlachters anvisierte. Dann stolperte er, und Abeds Schatten fiel über sein Gesicht. Der Inspektor schoß ein letztes Mal. Im gleichen Moment, da er den Boden berührte, versuchte er, sich seitwärts abzurollen.

Noch ein Schuß fiel. Abeds Kopf zerbarst. Sein Körper stürzte direkt auf Levy, und das Messer bohrte sich, nur wenige Zentimeter vom Hals entfernt, tief in Levys Schulter.

Er erwachte im Krankenhaus. Cohen saß auf einem Stuhl neben seinem Bett. Auf Cohens Schoß lag eine gelbe Dokumentenmappe.
»Wie lang war ich weg?« fragte Levy.
»Ein paar Stunden«, antwortete Cohen und fügte mit einem grimmigen Lächeln hinzu: »Sie brauchen eine größere Pistole.«
»Erzählen Sie schon«, sagte Levy und zuckte bei dem Versuch, sich aufzusetzen, vor Schmerzen zusammen. »Was war da bloß los? Ich habe auf ihn geschossen – aber er kam trotzdem immer näher. Ich dachte, ich müßte sterben. Warum ist er weggelaufen? Wer war das überhaupt? War er der Mann, den wir suchen? Was ist da eigentlich passiert?«
Cohen überhörte die vielen Fragen fürs erste. »Verstehen Sie jetzt, warum es mir lieber ist, wenn Sie an Ihrem Schreibtisch sitzen?« fragte er.
»Das war nicht meine Schuld«, erwiderte Levy mit defensivem Zorn. »Ich habe dreimal auf ihn geschossen.«
»Viermal«, korrigierte Cohen seinen Assistenten automatisch.
»Dreimal, viermal, was spielt das schon für eine Rolle? War er's? War er unser Mann?«
Cohen schüttelte den Kopf.
»So? Und warum ist er dann weggerannt?«
»PFLP, Palästinensische Befreiungsfront. Er war Mitglied einer ihrer Zellen – zumindest sagt das Shmulik. Er geriet in Panik, weil er Sie für eine Art Cowboy hielt. Er wußte ja nicht, daß Sie weit besser mit einem Kugelschreiber umgehen können als mit einer Pistole.«
Einmal mehr von Cohen enttäuscht, schloß Levy die Augen.
Nach kurzem Schweigen fuhr Cohen fort: »Einer der Grenzpolizisten gab ihm den Rest. Nur ist der Mann dann direkt auf Sie draufgefallen.«
Levy öffnete die Augen und sah Cohen finster an. »Es war nicht meine Schuld«, wiederholte er trotzig. »Er lief plötzlich davon, und da nahm ich an …«
Cohen nickte. »Da ›nahmen Sie an‹, ja, genau darum geht es. Das versuche ich ja die ganze Zeit Ihnen beizubringen. Sie dürfen eben nicht einfach irgendwas ›annehmen‹.«
Erneut setzte Levy zu einer Entgegnung an, doch Cohen hob die

Hand. »Es war ja schon richtig, was Sie gemacht haben. Es war schon gut. Aber jetzt fallen Sie eine Weile aus. Und ich brauche Sie.« Das Geständnis fiel Cohen nicht leicht. »Ja, ich hätte Sie schon gebraucht – im Büro, nicht im Krankenhaus. Aber Sie mußten ja den Helden spielen. Den Cowboy. Cowboys brauche ich keine, davon hab' ich genug. Zu viele, wenn Sie mich fragen. Ich brauche Ihren Grips, Ihre Ideen, Ihre ...«

»... administrativen Fähigkeiten«, ergänzte Levy sarkastisch.

»Genau, die auch«, sagte Cohen ärgerlich. Er hielt inne, überlegte einen Augenblick und fügte dann, halb an sich selbst und halb an Levy gerichtet, hinzu: »Ich weiß, daß ich Sie nie hätte dahin schicken dürfen. Schon gar nicht alleine.«

»Ich beschwere mich nicht«, sagte Levy.

»Das weiß ich«, erwiderte Cohen freundlich. Mit dieser Bemerkung kam er dem Geständnis, daß Levy ihm persönlich sehr ans Herz gewachsen war, näher als je zuvor. Er bewunderte die Leistung des jungen Beamten, obwohl er den kalkulierten persönlichen Ehrgeiz, der dahintersteckte, verabscheute. Cohen selbst hatte seine Beförderungen nie angestrebt. Sie waren die Folge seiner Leistungen gewesen, aber nicht sein Ziel. Levy dagegen gehörte einer anderen Generation an. Seine Laufbahn war eine Karriere, keine Berufung. Manchmal dachte Cohen: Genau dieser Unterschied zwischen meiner und Levys Einstellung erklärt sowohl den Erfolg als auch das Scheitern des Zionismus.

Mühsam versuchte Levy sich aufzurichten. Seine Schulter war straffverbunden, der Arm lag in einer Schlinge. Jede Bewegung rief schmerzhafte Zuckungen im Gesicht des Verletzten hervor, die Cohen nicht entgingen. Er beugte sich vor, um ihm zu helfen.

»Ich schaff' das schon«, beharrte Levy, sichtlich darum bemüht, seine Würde zu wahren.

»Sitzen Sie still!« befahl Cohen.

»Ich muß hier raus«, widersprach Levy entschlossen und fügte verbittert hinzu: »Es gibt 'ne Menge zu tun. Alles Papierkram.«

Cohen hätte am liebsten laut aufgelacht. Levys Hartnäckigkeit gefiel ihm. Statt dessen wiederholte er jedoch seine Aufforderung, Levy möge still sitzen. Er hätte nicht sagen können, ob es der Schmerz oder

der dienstliche Befehl war, der Levy diesmal veranlaßte, sich zu fügen. Wahrscheinlich, dachte er, ist er insgeheim dankbar für die Order … Die Ärzte hatten Cohen erklärt, daß Abeds Messer am Schulterbein entlanggeschrammt war, und Cohen wußte aus eigener Erfahrung, welche Schmerzen verletzte Knochen verursachten.
Er stand auf und ging zum Kopfende des Bettes. Auf einem niedrigen Tisch außerhalb von Levys Blickfeld lag ein Blumenstrauß, den er in der Eingangshalle des Krankenhauses erstanden hatte. Verlegen die Schultern hebend, präsentierte er Levy das Mitbringsel und sah sich nach einer Vase oder einem ähnlichen Gefäß um.
Levy schüttelte den Kopf, nur um festzustellen, daß der Schmerz bei dieser Bewegung von der Schulter bis hinauf in den Hals fuhr. »Die Schwester soll sie irgendwem geben, der keinen Besuch bekommt«, sagte er mit schwacher Stimme.
Cohen grinste. »Gut. Warum nicht? Hören Sie, ich muß jetzt gehen. Die allwöchentliche Intifadakonferenz.« In dieser Sitzung besprachen die führenden Sicherheitsbeamten Jerusalems Strategie und Taktik für die nächsten Einsätze gegen die Aufständischen. Normalerweise schickte Cohen Levy als seinen Stellvertreter in die Konferenz. Er selbst hatte die endlosen Sitzungen von Anfang an gehaßt. Sie endeten unweigerlich mit einer Rede Abulafias, in der es hieß, die Unruhen hätten bei entsprechend hartem Durchgreifen der Armee von vornherein im Keim erstickt werden können. Cohens Teilnahme an der Konferenz war nicht unbedingt erforderlich, bot sich aber als ideale Ausrede an, um endlich das Krankenzimmer verlassen und der peinlichen Bloßstellung seiner persönlichen Sympathien für Levy entfliehen zu können.
Lächelnd wies Levy Cohen darauf hin, daß sich die Aufzeichnungen von der letzten Intifadakonferenz in der rechten oberen Schublade seines Schreibtischs befanden. Cohen spürte, daß Levy das Täuschungsmanöver mit der Konferenz durchschaute und ihn sogar dabei unterstützte.
»Zerbrechen Sie sich darüber jetzt nicht den Kopf«, sagte Cohen, »sondern erholen Sie sich. Ich komme morgen wieder vorbei.«
»Tun Sie mir einen Gefallen«, sagte Levy, als sein Chef bereits an der Tür stand. Cohen rechnete mit einem Witz, doch Levys Miene war

ernst. »Rufen Sie bei mir in der Wohnung an, und sagen Sie Rachel, wo ich bin.«

»Ich wußte gar nicht, daß sie bei Ihnen wohnt«, erwiderte Cohen überrascht.

»Auch ich habe eben meine Geheimnisse«, sagte Levy und strahlte über das ganze Gesicht, bevor er endlich die Augen schloß, um sich auszuruhen.

16

COHEN ERFAND EINE AUSREDE, um die Intifadakonferenz vor Abulafias Brandrede verlassen zu können. Eine Stunde später traf er sich in einem hinter einer Steinmauer verborgenen Gartenlokal in Talbieh, nur einen Häuserblock von der Privatwohnung des Ministerpräsidenten entfernt, mit Shmulik. Sie hatten schon oft hier beim Kaffee zusammengesessen, Informationen ausgetauscht und gemeinsam geklagt über das, was sie wußten beziehungsweise nicht wußten. Shmulik, der, als Cohen eintraf, seinen Kaffee bereits bestellt hatte, gab dem Barmann ein Zeichen, noch einen zweiten *Longo* zu bringen. *Longo* war die lokale Bezeichnung für einen doppelten Espresso.

»Wie geht's Ihrem Mitarbeiter?« fragte Shmulik, der natürlich längst wußte, was in Shuafat vorgefallen war.

»Harter Bursche«, sagte Cohen. »Er ist ernster zu nehmen als die Verletzung.« Das war das höchste Kompliment, das in den Sicherheitsdiensten vergeben wurde. Schlimmste Beleidigung war es, als »nicht ernst zu nehmen« bezeichnet zu werden.

»Und Ihnen?« fragte Shmulik.

»Blendend, danke«, erwiderte Cohen automatisch.

Der Kellner brachte den Kaffee.

»Ich wollte Ihnen nur zeigen, daß sie effektiv arbeiten«, fuhr Shmulik fort, und Cohen war sofort klar, daß er über die Zwillinge sprach.

Er wollte protestieren.

»Moment, verstehen Sie mich nicht falsch«, sagte Shmulik. »Ich bin nicht für Folterungen. Ich will keine Geständnisse herausprügeln oder kalte Duschen mitten im Winter. Ich will meine Leute nicht wie Kolonialherren vor einer Reihe am Boden kauernder Eingeborener stehen sehen. Aber die Verhältnisse sind nicht mehr die gleichen wie früher. Seit zwanzig Jahren sind wir jetzt dort draußen ...« Er hob den

Arm und deutete durch die offenstehende Cafétür nach Osten in Richtung der Altstadtmauer und der besetzten Gebiete. »Außerdem sind wir im Libanon gewesen und haben uns wieder zurückgezogen. Die Zeiten haben sich geändert – und wir uns auch.«

Wumm – Cohens Hand krachte auf den Tisch. »Halten Sie mir keine Vorträge!« befahl er. Shmulik erschrak über Cohens Reaktion. »Erzählen Sie mir nichts über die Veränderungen. Ich kenne sie nur zu gut. Heute haben wir's auch mit jüdischen Terroristen zu tun.«

»Das läßt sich doch noch gar nicht mit Bestimmtheit sagen.«

»Machen Sie sich nichts vor, Shmulik«, polterte Cohen. »Machen Sie sich bloß nichts vor.«

Shmulik seufzte. »Auch Sie haben sich verändert«, sagte er.

»Was soll denn das schon wieder?« fragte Cohen unwirsch.

»Ich weiß nicht, aber irgend etwas an Ihnen hat sich verändert. Zum Beispiel schimpfen Sie auf die Politiker. Das war auch früher so – Sie beschimpften sie, sprachen nur negativ von ihnen. Aber inzwischen tun Sie so, als seien die Politiker die eigentlichen Verbrecher. Und da ist noch was anderes. Ich glaube, Sie fürchten sich vor etwas. So kenne ich Sie überhaupt nicht.«

Da Cohen nicht widersprach, legte Shmulik gleich nach: »Das ist es, hab' ich recht? Sie fürchten sich vor etwas. Aber wovor nur? Wovor?«

»Ich fürchte mich vor uns«, brummte Cohen, »davor, was aus uns wird. Abulafia will einen Panzer. Können Sie sich das vorstellen? Er möchte einen Panzer vor das Damaskustor stellen. Aber ich weiß gar nicht, warum mich das so überrascht. Ich habe ja den Ministerpräsidenten gesehen. Bei einem Ministerpräsidenten in diesem Zustand braucht man sich nicht zu wundern, wenn sich der Polizeichef von Jerusalem plötzlich einbildet, er könne seine Probleme mit einem Panzer lösen. Und Sie – Sie wissen, was mit dem Ministerpräsidenten los ist, verraten es aber niemandem. Sie sind mir der rechte Geheimnisträger. Sie kennen alle Staatsgeheimnisse, einschließlich der allergrößten. Der Ministerpräsident leidet an Spannungsirresein, an Katatonie.«

»Ich warne Sie, Avram. Der Mann ist noch nicht weg vom Fenster, keineswegs. Wenn Sie so weitermachen, werden Sie das bald zu spüren bekommen.«

»Wenn ich was weitermache?«

»Weiter toben. Weiter Amok laufen gegen die Politiker.«
Cohen verzog das Gesicht. »Warum? Sie reißen sich ja nicht gerade darum, mich in den vierten Stock zu befördern, oder?«
»Nicht, wenn Sie wieder anfangen, von jüdischen Terroristen zu reden. Aber wie dem auch sei, Sie würden eine solche Beförderung ja nicht einmal annehmen, selbst wenn man sie Ihnen auf einem Silbertablett überreichte.« Spott und Respekt hielten sich in Shmuliks Stimme die Waage.
Cohen hielt ein Lächeln zurück. »Darum geht es nicht. Tatsache ist, daß sie keineswegs alles tun, was in ihrer Macht steht, um die Situation zu beruhigen.«
»Sie sind unsere Vorgesetzten.«
Cohen schwieg einen Augenblick. Am anderen Ende des Restaurants hielt ein junges Touristenpärchen – Cohen nahm an, daß die beiden jung verheiratet waren – quer über den Tisch Händchen. Er mußte an Ahuva und ihre Konferenz in New York denken und hoffte, sie würde ihn bald anrufen.
Der Shabakoffizier unterbrach seine Gedanken. »Sie kaufen diese Syndromgeschichte, als wären wir daran schuld«, sagte er.
Cohen schloß die Augen und lehnte sich zurück. »Jeder will die Stadt besitzen, und niemand ist damit zufrieden, daß es momentan die Juden sind, in deren Besitz sie sich befindet. Die Kirchen mögen das nicht, die Amerikaner ebensowenig, die Araber und die Russen natürlich auch nicht – niemandem paßt es, daß die Juden diese Stadt besitzen.« Er öffnete die Augen. »Unsere Vorgesetzten! Ha! Eher ließen sie diese Stadt in die Luft fliegen, als daß sie auf ihre Ideologien oder ihre Kabinettsposten verzichteten.«
»Wer hält hier Vorträge?« fragte Shmulik.
Cohen akzeptierte Shmuliks Tadel und lenkte das Gespräch auf seinen eigentlichen Zweck – einen Handel. »Wie ich gehört habe, wollen die Russen den Fall der beiden Nonnen im Weltsicherheitsrat zur Sprache bringen.« Es war die bloße Andeutung einer Information, von der er zudem annahm, daß sie Shmulik längst bekannt war. Doch Andeutungen dieser Art legten die Vermutung nahe, daß Cohen noch mehr wußte – und in ihrem Verhältnis zueinander waren Informationen die wichtigste Form der gegenseitigen Hilfestellung bei einer Aufgabe, die

sie beide nach wie vor als gemeinsames Ziel betrachteten – die Wahrung des Friedens in der Stadt.
Shmulik dachte einen Augenblick nach und machte dann sein Gegenangebot: »Ich darf es Ihnen eigentlich nicht sagen. Aber wir glauben nicht, daß es der KGB war. Wir haben sie beschattet. Es gibt nicht den geringsten Hinweis darauf, daß sie einen Anlaß gehabt hätten, den Nonnen etwas anzutun. Wir konzentrieren uns daher auf die Cousins ...« Der Begriff stammte aus der biblischen Geschichte von Abraham und seinen Söhnen und bezeichnete die Araber. »Vielleicht Fundamentalisten, vielleicht die PLO. Aber nicht die Russen, glauben Sie mir.«
Cohen seufzte. »Glauben ohne Wissen«, murmelte er vor sich hin.
»Wie bitte?« fragte Shmulik.
»Nichts, nichts«, sagte Cohen und schüttelte den Kopf.
»Ich habe Ihnen mein Dossier über Alex zukommen lassen«, sagte Shmulik versöhnlich.
»Hilft mir nicht viel weiter«, erwiderte Cohen. »Es handelt sich lediglich um eine Dokumentation des Innenministeriums über seine Einreise und ein paar Berichte über frühere Beobachtungen. Den Rest kann man praktisch vergessen ...« Nach einer kurzen Pause fügte er hinzu: »Zufällig weiß ich, daß Sie ein paar Beobachter auf ihn angesetzt haben und mir etwas erzählen wollten ...« Er lächelte Shmulik an. Die Karten waren aufgedeckt.
Aber Shmulik blieb hartnäckig. »Es gibt nichts zu erzählen«, sagte er. »Er scheint nicht allzuviel zu tun. Hat sich seit den Morden genauso verhalten wie vorher, also in keiner Weise außergewöhnlich. Er beobachtet verschiedene sowjetische Staatsbürger hier im Land, die Angehörigen des Klerus zum Beispiel und noch ein paar andere, die wir ebenfalls im Auge behalten. Vielleicht hat er Kontakt mit Agenten unter den russischen Einwanderern – aber die Betonung liegt wirklich auf dem ›Vielleicht‹. Beweise haben wir dafür keine. Aus den besetzten Gebieten hält er sich im übrigen heraus; östlich der grünen Linie ist er noch nie gesehen worden. Ich sag' Ihnen ja, die KGB-Ängste werden hier ein bißchen zu sehr aufgeblasen. Die Russen haben von den Amerikanern gelernt. Sie verlassen sich mehr und mehr auf die Technik – Schiffe, Satelliten. Zugegeben, sie hatten immer ein paar Maul-

würfe im Land, aber irgendwie haben wir es bisher immer geschafft, sie zu enttarnen. Manchmal rechtzeitig, manchmal zu spät, aber entdeckt haben wir sie allemal. Nein, ich glaube nicht, daß sie Alex als Spion einsetzen. Er ist ein Babysitter, das ist alles – für seine Schutzbefohlenen vielleicht ein gefährlicher Babysitter, aber eben nur ein Babysitter. Die meisten Aktivitäten in Richtung Spionage entwickeln hierzulande ohnehin die Amerikaner. Sie treiben sich überall herum, und wenn sie irgendwas Bestimmtes herausfinden wollen, schmeißen sie eine Party und sorgen dafür, daß sich ein paar Minister vollaufen lassen … Und Alex? Seit den Morden hielt er sich entweder im Kloster oder im Missionsbüro auf, nirgendwo sonst.«

»Und warum ist der Ministerpräsident dann so hinter der Sache her?« fragte Cohen nach. »Da muß doch mehr dahinterstecken als diplomatische Spiegelfechterei.«

Shmulik hob die Schultern. Zum zweitenmal innerhalb einer Woche fragte sich Cohen, ob Shmuliks Schweigen auf Unwissenheit beruhte oder ob er ein Geheimnis hütete, von dem Cohen nichts erfahren sollte.

Cohen beugte sich über den Tisch. Er wirkte jetzt sehr ernst und entschlossen. »Irgend etwas an diesem Alex stimmt doch nicht! Sie wollen mir doch nicht weismachen, daß ein KGB-Offizier, allein auf einem Auslandsposten, in einem solchen Fall keine eigenen Ermittlungen anstellt? *Das* ist verdächtig, wenn Sie mich fragen. Und ich sage Ihnen noch etwas: Wenn die Regierung sich – aus welchen Gründen auch immer – über den KGB Gedanken macht, dann mache auch ich mir Gedanken über den KGB.«

Shmulik lachte. »Und Sie sind derjenige, der immer sagt, die verdammten Politiker können mich kreuzweise …«

»Ja, das können sie auch«, erwiderte Cohen. »Bevor sie's von mir verlangen.« Er ließ den letzten Rest Kaffee seine Kehle hinunterrinnen. »Hören Sie, Shmulik, ich bitte Sie lediglich darum, mir alles zu überlassen, was Ihnen über russisch-arabische Konflikte vorliegt, die in irgendeiner Weise relevant sein können. Ich biete Ihnen ein Gegengeschäft an. Das klappt doch zwischen uns immer noch am besten, nicht wahr, Shmule?« Ein bissig-ironischer Ton lag in seiner Stimme. »Also, hier mein Angebot: Sie und Ihre Leute verschaffen uns einen *Shtinker*,

der uns was zu sagen hat – selbst wenn es beweist, daß weder Abed noch ein anderer Araber oder Russe mit der Sache etwas zu tun hat. Dann stehe ich in Ihrer Schuld.«
»Was können denn Sie für mich schon tun?« unterbrach ihn Shmulik zynisch. Cohens Berichte wurden den Geheimdiensten ohnehin automatisch zugestellt, während es umgekehrt von der Großzügigkeit Shmuliks abhing, ob er für Cohen interessante Berichte aus seinem Bereich an die Polizei weiterleitete.
Cohen hatte noch einen Trumpf, den er ausspielen konnte. Aber er mußte vorsichtig sein. »Ich kann zum Beispiel bestimmte Dinge *nicht* tun.«
Eine Weile lang sagte Shmulik kein Wort. Cohen, der ihn aufmerksam beobachtete, wußte, was in seinem Kopf vorging. Die Drohung bestand darin, daß er, Cohen, den Schleier des Geheimnisses, der die gesamte Tätigkeit des Shabak umgab, hätte lüften können. Und nichts wäre Shmuliks Behörde unangenehmer gewesen als dies. Die Militärzensur und das für alle Geheimdienste bezeichnende Mißtrauen gegen die Presse sorgten dafür, daß über den Shabak fast nie etwas in den Zeitungen stand.
Shmulik führte langsam seine Kaffeetasse zum Mund, merkte, daß sie leer war, und verzog das Gesicht. »Sie spielen ein gefährliches Spiel, Avram«, sagte er. »Sie sind drauf und dran, uns bloßzustellen. Warum nur? Wegen zwei toten Nonnen? Avram Cohen setzt die Sicherheit des Staates aufs Spiel! Das will mir einfach nicht in den Kopf ...«
»Ich will das überhaupt nicht, Shmule«, erwiderte Cohen aufrichtig, »aber ich brauche Hilfe und tue alles, um diese Hilfe auch zu bekommen. Davon abgesehen weiß ich einige Dinge, die mit der Sicherheit des Staates nicht das geringste zu tun haben. Sie wollen ein Beispiel? Hier ist es: Was hat die Sicherheit des Staates damit zu tun, daß der Shabak seine schützende Hand über den größten Haschischproduzenten im Südlibanon hält?«
Shmulik konterte sofort: »Er ist mächtig. Und seine Feinde sind unsere Feinde. Er ist hervorragend informiert, und wir brauchen Informationen. So einfach ist das. Früher verstanden Sie solche Dinge ...«
»Nein!« sagte Cohen mit Nachdruck. »Solche Dinge hat es früher nicht gegeben. Es bestand keinerlei Veranlassung, sie zu verstehen.«

»Sie spielen ein gefährliches Spiel«, wiederholte Shmulik.
»Wir spielen doch schon seit Jahren gefährliche Spiele, Shmule, meinen Sie nicht auch?« Cohen drückte die fünfte Zigarette aus, die er seit dem ersten Schluck Kaffee geraucht hatte, und wartete auf Shmuliks Antwort.
Der Shabakoffizier lenkte schließlich ein. »Na gut«, sagte er. »Ich kümmere mich um den Spionageaspekt. Zwar habe ich mir eingebildet, daß wir längst allen Sowjetagenten hier im Lande auf die Finger schauen, aber es kann natürlich sein, daß uns irgend etwas entgangen ist. Diese Dinge brauchen jedoch ihre Zeit. Und sie verlangen enormes Fingerspitzengefühl.«
»Lassen Sie das meine Sorge sein«, antwortete Cohen und erhob sich. »Helfen Sie mir, wenn ich Hilfe brauche, das genügt. Sie wissen, es beruht auf Gegenseitigkeit. Wozu sonst hat man Freunde?«
Shmulik lächelte. Einen Augenblick lang mußte Cohen an Shmuliks erstes Dienstjahr als Jerusalemer Shabakchef denken. Sie hatten viele Stunden miteinander verbracht – Cohen als Lehrer, Shmulik als Schüler. Diese Zeiten sind längst vorbei, dachte Cohen. Draußen vor dem Café lehnte er Shmuliks Angebot, ihn im Wagen mitzunehmen, ab. Er ging lieber zu Fuß – durch die mit schattenspendenden Bäumen bestandenen Straßen Talbiehs, den sonnenüberfluteten Garten der Freiheitsglocke und wieder in den Schatten der kleinen Seitenstraße der Emek Refa'im, wo er in der deutschen Kolonie lebte.
Er brauchte Schlaf. Eine Stunde, vielleicht zwei, dachte er, als er die Wohnung betrat. Er legte die Platte mit dem *Requiem* auf und ging ins Schlafzimmer. Er war sich nicht sicher, ob er tatsächlich den Duft von Ahuvas Parfüm wahrnahm; es konnte auch die Erinnerung daran sein. Auf jeden Fall träumte er davon, als er im tiefen Dunkel der Nacht erwachte, allein in seiner Wohnung, und nur eine ferne Sirene untermalte den Schlag seines rasenden Herzens.

17

BEI VOLLMOND gibt es besondere Gebete, in denen man dem Herrn für den Kreislauf der Jahreszeiten dankt. Doch für eine kleine Gruppe von Menschen in Gewändern aus reinem Leinen und Sandalen aus Schafsleder bedeutete der Vollmond mehr als nur besondere Gebete.
Die Lehren des Rabbiners waren verheißungsvoll und versprachen ihnen die Aufnahme in die Priesterschaft des Tempels. Sie waren die Auserwählten, und sie folgten ihm, dem Blinden, dem sie blind vertrauten.
Seit Jahren schon war er ihr Lehrer, und sie prägten sich seine Lektionen ein – es gab ja auch nicht viel anderes zu tun in den Gefängniszellen. Die Zeit, die er dort verbracht hatte, bezeichnete er inzwischen als seine »Jahre des Aufblühens in der Wüste«. Einige seiner Gefolgsleute waren mit ihm in jener Wüste gewesen und kannten seine Worte auswendig.

»Ich war blind, obwohl ich Augen hatte, bevor ich gefangengenommen wurde. Und obwohl ich an jenem Ort mein Augenlicht verlor, lernte ich sehen.«

Andere hatten dort zu ihm gefunden, hatten ihr Spiegelbild in seinen erloschenen Augen gesehen und in seinen Litaneien tieferen Sinn erkannt.
Mittlerweile waren sie fast zwanzig an der Zahl, und alle kannten seine Direktiven:

»Jenseits der Quelle des Weinbergs, unter der Kelterei der Pilger, über dem Hain des Propheten, hinter dem Ast des Lorbeerbaums …«

So beschritten sie ihren Weg. Mal führte der eine, mal der andere die Ziege, und sie stiegen hinauf auf ihren Berg, um zu beten und seinen Gebeten und Gebetsauslegungen zu lauschen, um – erst stehend und dann sitzend, erst gemeinsam und dann getrennt – zu hören, wie er ihnen künftigen Ruhm verhieß.

Wie immer begann der Abend mit einem Freudenfeuer vor der Höhle, die ihre größten Geheimnisse barg. Der Lehrer sprach von der Schande, die die Herabkunft des Palasts des Herrn verhinderte. Er sprach vom Boten des Herrn und seiner Heilsbotschaft. Und als die Zeit gekommen war, zog er zum Zeichen, daß die Stunde der Ziege geschlagen hatte, einen gekrümmten Dolch aus einer verborgenen Tasche in seinem Gewand.

Es war kurz vor Sonnenaufgang. Die Ehre, die Ziege dem Messer des Propheten darbieten zu dürfen, war diesmal einem jungen Mann mit pockennarbigem Gesicht und mit vom Rauchen gelben Zähnen zugefallen. Als die blökende Ziege vor ihm in die Knie gezwungen wurde, nahm der Lehrer das Messer in die eine Hand und reckte die andere himmelwärts.

»Sehet her!« rief er in jenem Augenblick, da über dem fernsten Gipfel das erste Sonnenlicht erschien und die Stadt auf der Anhöhe in schimmerndem Glanz erstrahlte. Im gleichen Aufruhr des Lichts blitzte das Messer auf, das Blut spritzte aus der durchtrennten Kehle, und das Blöken verwandelte sich in ein Gurgeln. Der Lehrer stand auf, zwei Männer packten das tote Tier und warfen es in die Flammen. Schon bald stieg mit der Rauchwolke der Geruch von verbranntem Fleisch empor.

»Ihr seht jetzt die Beständigkeit jenes Lichts, und ihr werdet sie eines Tages von diesem Ort her wiedersehen. Denn der Tempel wird Gottes Heimstatt, und ihr werdet in jenem unendlichen Glanz seine Diener sein. Wir sind die Auserwählten, die den Weg weisen werden. Und so nehmt dieses Tier zum Symbol der Opfer, die wir für diesen heiligen Zweck darzubringen bereit sind.«

Es war ein Gebet, das sie in ihren Herzen bewahren, ein Geheimnis, das sie hüten würden. Denn er hatte sie gelehrt, daß Fürbitten in

Erfüllung gingen und Blinde sehend gemacht werden konnten. Der neue Monat hatte begonnen. Die Gesichter von Kapuzen verhüllt, damit ihre Augen nicht in die wiedergeborene Sonne sahen, traten sie den Rückweg in die Stadt an.
Kurz nachdem sie gegangen waren, trat ein Mann in einer grüngoldenen Weste und mit einem leeren Sack über der Schulter auf die Lichtung, auf der sie gebetet hatten. Er stieß mit dem Fuß gegen den aufgedunsenen Kadaver in der ersterbenden Glut, und die schwarze, unförmige Masse zerfiel zu Asche.
Dann drehte er sich um und überquerte die Lichtung, die auf einer Ölbaumterrasse unterhalb des Bergkamms lag. Er schob den großen, dicken Ast eines Lorbeerbaums beiseite und legte dadurch den Eingang zu einer Höhle frei. Ein paar Minuten später kam er wieder heraus, und nun war der Sack voll und schwer.

18

DIE LAST WURDE SCHWERER und schwerer. Nacht für Nacht studierte Cohen bis zum Morgengrauen die Dokumente in den gelben Mappen. Inzwischen enthielten die Akten den Bericht der Zwillinge über Goldstein; einen dicken Stapel dünner Formulare mit Kurzbeschreibungen potentiell verdächtiger Strafentlassener und ehemaliger Psychiatriepatienten, soweit sie bereits überprüft waren. Hinzu kamen Fotos von der Trauerfeier, Obduktionsberichte, Tatortfotos, die Pässe der Nonnen, eine Fingerabdruckkarte, Fotos von dem verdammten Fußabdruck und das Brieffragment, das Cohen unter dem Bett gefunden hatte.

Auch die anderen Akten auf Cohens Schreibtisch wurden immer dicker. Viele Bögen Papier, ein jeder so dünn wie sein Informationsgehalt dürftig, ließen die verschnürten Mappen mit der Aufschrift SIDRA 13 anschwellen. Cohens Detektive hatten nahezu dreihundert Personen befragt, und noch immer trafen Memos von Ehud ein, auf denen die Namen weiterer zu Befragender standen.

Auf jeder einzelnen Seite in jeder Mappe standen unten in der Ecke Cohens Initialen sowie das Eingangsdatum der betreffenden Information. Andere Seiten waren von oben bis unten mit Cohens strenger Handschrift bedeckt, in schwarzer Tinte ausgeführt mit dem Füllfederhalter, den Ahuva ihm vor Jahren geschenkt hatte. Sie war seine Geliebte, seine Freundin, und sie war noch immer weit, weit weg. Er vermißte sie, ihre tröstlichen Berührungen und sehnte sich nach ihrer gemeinsamen Oase in der Nacht.

Wenn die langen, einsamen Nächte im Morgengrauen zu Ende gingen und die handschriftlichen Akten immer mehr wie Sanskrit und immer weniger wie Hebräisch aussahen, gestattete sich Cohen ein wenig

Schlaf. Er wußte, daß Rutie, seine Sekretärin, ihn aufwecken würde, wenn sie morgens das Büro betrat.

Papier war der große Rationalisierer des Systems, das an allen Ecken und Enden ächzte und stöhnte, ein bürokratischer Morast voller Umständlichkeiten und Fallen. Doch während Cohens Geduld für das Papier der Ermittlungsakten schier unerschöpflich war, fehlte ihm für Verwaltungsangelegenheiten jede Muße.

Er klopfte an die Tür einer Wohnung im dritten Stock eines unauffälligen Mietshauses in Kiryat Yovel. Hier lebte sein Assistent.

»Auch mit einem Arm in der Schlinge können Sie arbeiten«, sagte er ruppig und hielt Levy, der ihm geöffnet hatte, eine Plastiktüte entgegen.

Levy kicherte und nahm Cohen die Tüte ab, ohne sich nach deren Inhalt zu erkundigen. »Ich bin bis morgen krankgeschrieben«, sagte er.

»Wollen Sie mich nicht hereinbitten?« fragte Cohen mit gespielter Empörung über Levys Mangel an Gastfreundschaft.

Levy trat einen Schritt zurück, gab den Wohnungseingang frei und deutete auf ein altes Feldbett mit durchhängender Federung, über das eine indische Batik gebreitet war. »Wenn es bequem genug für Sie ist …«, sagte er.

Sie stichelten sich immer gegenseitig, doch geschah dies mit einer heimlichen Zuneigung, zu der sich keiner von beiden jemals offen bekannt hätte.

»Ich bin seit Ihrem Einzug noch nie hiergewesen«, gestand Cohen und versuchte, es sich auf dem Feldbett bequem zu machen.

»Schon gut«, erwiderte Levy, den dieselbe Entdeckung schon versöhnlicher stimmte. »Dann ist das ja jetzt ein ganz besonderer Besuch.«

Cohen grinste ihn kurz an und sah sich dann schweigend im Zimmer um.

»Wann schnappen wir uns denn nun diesen Alex?« fragte Levy und legte Cohens Plastikbeutel auf eine rotgestrichene Holzkiste, die als Kaffeetischchen diente.

»*Sie* lassen auf jeden Fall die Finger von Alex! Fürs erste sind Sie nämlich ausschließlich am Schreibtisch stationiert.«

Levy zog einen Schmollmund. Dann fiel sein Blick auf den Plastikbeutel.
»Der Papierkram macht mich wahnsinnig«, gestand Cohen.
Levy lachte. Cohen zog einen Stapel kopierter Hausmitteilungen aus dem Polizeipräsidium aus dem Beutel. Dann setzten sie sich auf das Sofa. An der Wand gegenüber hingen billige Drucke von israelischen Künstlern.
Ein Bücherbord, auf dem in Reih und Glied die Lehrbücher für Levys immer wieder unterbrochenes Jurastudium standen, verlief in Augenhöhe rund ums Zimmer. Eine Studentenbude, dachte Cohen, und war überzeugt, daß der Kühlschrank nicht mehr als die Milch für den schlechten Instantkaffee enthielt, den Levy ihm angeboten hatte.
Mühsam erhob er sich von dem niedrigen Sofa, um zur Toilette zu gehen. Vom engen Flur aus warf er einen kurzen Blick in Levys Schlafzimmer, dessen Tür offenstand. Auf dem Rückweg machte er einen Abstecher in die Küche, um sich ein Glas Wasser zu holen – und den Kühlschrank zu inspizieren.
Als er wieder ins Wohnzimmer kam, lächelte er. »Sie hat also nicht nur ihren BH hiergelassen. Im Kühlschrank liegt ja tatsächlich was zu essen.«
Levy sah von den Papieren auf und errötete. »Ist das ein Wink mit dem Zaunpfahl? Haben Sie Hunger?«
»Ich ließe Sie selbst dann nicht für mich kochen, wenn Sie sich bester Gesundheit erfreuen würden.« Cohen lachte. »Sie brauchen nicht rot zu werden, dafür gibt es keinen Anlaß.«
»Ich weiß nicht. Ich mag sie. Sie meint es ernst.«
»Ja, das kenne ich«, erwiderte Cohen. Er war sich darüber im klaren, daß in seiner Stimmung eine gewisse Traurigkeit mitschwang, für die er sich vor Levy nicht rechtfertigen wollte. Der Inspektor wußte Bescheid über sein Verhältnis mit Ahuva, redete aber niemals darüber. »Ich muß jetzt gehen«, sagte Cohen plötzlich in geschäftsmäßigem Ton. »Sie können mir die Unterlagen morgen früh ins Büro mitbringen.«
Levy spürte den veränderten Ton und erkannte, daß Cohen dahinter seine persönliche Betroffenheit zu verbergen suchte. »Heute abend bin

ich damit fertig«, sagte er. »Da ist nichts Problematisches dabei. Die Personalabteilung fragt an wegen der Überstundenregelung, die technische Abteilung möchte einen Bericht über Gerätereparaturen, und die Asservatenkammer will von Ihnen jede Woche schriftlich bestätigt haben, daß sich bestimmte Beweisstücke noch in Ihrem Safe befinden. Hier ist die Liste – ich schätze, das werden Sie selbst erledigen müssen.« Er reichte Cohen die Hausmitteilung. »Aber der Rest ist, wie gesagt, unproblematisch.«

»Danke«, sagte Cohen.

»Schon gut. Das ist ja mein Job.«

Cohen war verlegen. »Sehen Sie ...«

»Nein, nein, das ist schon in Ordnung. Aber ich wollte Sie etwas fragen.«

Cohen nickte.

»Haben Sie vor, Shvilli als Spitzel ins Kloster einzuschleusen?«

Cohen lachte laut auf. »Jetzt weiß ich, warum ich ohne Sie an meiner Seite nicht zurechtkomme«, sagte er. »Sie wissen immer schon im voraus, was ich vorhabe.«

»Ich hätte den Job gerne selber übernommen.«

»Wie wollen Sie uns da weiterhelfen? Erstens können Sie kein Russisch, und zweitens kennt Alex Sie inzwischen. Es wäre eine absolute Schnapsidee, Sie dorthin zu schicken.«

»Ja, gut, das weiß ich. Das sehe ich ein. Ich wollte Sie nur wissen lassen, daß ich weiß, worum es geht.«

»Lassen Sie's gut sein, Nissim. Warten wir ab, wie sich die Dinge entwickeln. Vielleicht kommen Sie ja doch noch zu Ihrem Außeneinsatz – vielleicht. Aber fürs erste ...«

Levy hielt die Unterlagen hoch. »Ja, ich weiß«, sagte er, »heute abend um sieben. Kommen Sie einfach noch mal vorbei, und holen Sie sich den Papierkram ab. Und dann essen wir gemeinsam zu Abend. Zu dritt. Rachel kocht ausgezeichnet.«

»Ja, Sie haben ein paar schöne Avocados im Kühlschrank«, gab Cohen zu, ohne sich indessen festzulegen. »Ich muß abwarten, wie es heute abend aussieht. Ehud hat mir eine Liste von den Einheiten versprochen, die mit den restlichen tausend Granaten im Libanon waren. Ich möchte die Liste noch durchsehen.«

»Rufen Sie an, wenn Sie's trotzdem schaffen. Auf jeden Fall hab' ich die Unterlagen heute abend um sieben fertig.«
»Das heißt also, wenn Rachel von der Arbeit kommt«, spekulierte Cohen.
Levy lächelte noch immer, als der Chefinspektor die Tür hinter sich schloß.

19

DIE UNDICHTE STELLE befand sich irgendwo im Polizeipräsidium. Die seriösen Zeitungen brachten seriös, die Boulevardpresse schlecht recherchierte Berichte. In einem Artikel hieß es, der Generalinspektor habe bereits eine neue, in der vierten Etage angesiedelte Fahndungskommission ernannt, die fortan den Fall übernehmen solle. Cohen mußte sich seinen eigenen Reim auf die Zeitungsberichte machen, denn weder war die Direktion persönlich an ihn herangetreten, noch hatte man ihn neuerlich zum Ministerpräsidenten zitiert. Doch hinter allem, das wußte er, steckte die Absicht, den Druck auf ihn zu verstärken – und hinter jeglichem politischen Druck im Lande stand der Regierungschef.

Natürlich – und auch das war Cohen bekannt – existierte keine direkte Anweisung des Ministerpräsidenten an den Generalinspektor. Vielmehr gab es eine Art Kreislauf: Der Verkehrsminister, von dem man wußte, daß er zu jenen Politikern der jüngeren Generation zählte, die sich der besonderen Gunst des Ministerpräsidenten erfreuten, verkündete unvermittelt, sein Ministerium plane zur Bekämpfung der steigenden Verkehrsunfälle die Gründung einer unabhängigen Fernstraßenpatrouille. Das letzte, was man sich im vierten Stock wünschte, war eine weitere Polizeitruppe, die im Kampf um die knapp bemessenen Mittel des Finanzministeriums unweigerlich zur Rivalin werden würde. Also forderte man zunächst einmal Ergebnisse. Alle untergeordneten Stellen sollten zeigen, daß sie ihren Pflichten ordnungsgemäß nachkamen. Was man brauchte, war eine sensationelle Verhaftung, und der Mann, der einen sensationellen Fall bearbeitete, war Cohen. Man setzte ihn also unter Druck, und die Zeitungsartikel waren ein Teil dieser Kampagne. Cohen sah in den Presseberichten so etwas wie Vorzimmergeflüster. Er wußte, daß es unter normalen Umständen schwer wäre, eine Flüsterkampagne gegen ihn in Gang zu setzen, doch der vorliegende Fall schuf eine veränderte Situation. Er war so völlig anders als alles, was er in der Vergangenheit bearbeitet hatte. Durch die Begleitumstände – Nonnen, Russen, Nationalismus – hatte der Fall von Anfang für Schlagzeilen gesorgt und stellte den Granatenanschlag, dem Cohen am liebsten seine gesamte Aufmerksamkeit gewidmet hätte, eindeutig in den Schatten. Unterdessen pries sich Cohen glücklich, daß es ihm bisher gelungen war, der Presse aus dem Weg zu gehen. Auf diese Weise kreisten die Berichte um das Reich in der vierten Etage, was zur Folge hatte, daß die Reporter sich auf die Gerüchteküche konzentrierten, statt Cohen bei seiner Arbeit allzu genau auf die Finger zu sehen. Inzwischen plante Cohen seinen bislang wichtigsten Schachzug.

Am zweiten Tag nach Levys Rückkehr waren sie gerade dabei, eine Liste von Mitarbeitern durchzugehen, die man, um die Vernehmungen im SIDRA-13-Fall zu beschleunigen, gegebenenfalls von anderen Fällen abziehen konnte, als plötzlich ein schlanker, hochgewachsener Mann mit graumeliertem Bart, gestricktem Schädelkäppchen und wölfischem Grinsen ins Büro marschierte.

»Sie sind Cohen?« fragte der Mann. Cohen nickte, worauf der Mann verkündete: »Ich bin Eliahu Ben-Yehoshua, Abgeordneter der Knesset« – ganz so, als hätte Cohen dies nicht längst gewußt.

»Na, auf jeden Fall ist Ihr Besuch unüberhörbar«, sagte Cohen. Unten auf der Straße beschimpfte ein halbes Dutzend von Ben-Yehoshuas Gefolgsleuten den wachhabenden Polizisten am Haupttor. Ihr Wortführer war Goldstein.

»Warum verfolgt ihr meine Leute?« fragte Ben-Yehoshua in forschem Ton.

Cohen musterte den Knessetabgeordneten mit einem verächtlichen Blick.

»Was wollen Sie von uns?«

»Ich möchte wissen, ob Ihre Leute etwas mit der Ermordung zweier russischer Nonnen zu tun haben«, antwortete Cohen, der Wahrheit entsprechend.

Ben-Yehoshua lachte. Seine Augen, von breiten dunklen Halbmonden gezeichnet, waren wäßrig, als wäre er stark erkältet. »Gut, Sie wissen

jetzt, daß das nicht der Fall ist. Also hören Sie mit Ihren Nachstellungen auf.«
Cohen hatte keine weiteren Mitarbeiter auf die »Volkswacht« angesetzt. Shmulik hatte ihm zwar versichert, sie weiter im Auge behalten zu wollen, doch Cohen war der Meinung, dies ginge Ben-Yehoshua nichts an. Er sagte bloß: »Ich tue, was ich tun muß.«
»Gut, dann tue auch ich, was ich tun muß«, erwiderte Ben-Yehoshua drohend und wandte sich zum Gehen.
»Halt!« rief Cohen.
»Stehe ich etwa unter Arrest?« fragte Ben-Yehoshua.
»Noch nicht«, sagte Cohen.
»Ich verlange einen Anwalt«, gab der Knessetabgeordnete zurück.
Cohen lachte.
»Worüber lachen Sie?« rief Ben-Yehoshua aus. »Es ist mein Recht, einen Anwalt zu konsultieren.«
Bei diesen Worten hieb Cohen mit der Faust auf den Tisch und stand auf. Sein Körper schien auf einmal größer und breiter zu werden. Er begann mit leiser Stimme zu sprechen, die mit jedem Wort lauter zu werden schien und doch am Ende seiner Rede die Lautstärke eines normalen Gesprächs nicht übertraf.
»Wir sind hier nicht in Amerika, das versichere ich Ihnen! Sie sind zwar Abgeordneter, aber ich kann jeden einzelnen Ihrer Leute achtundvierzig Stunden lang einsperren. Ich kann sie siebenundvierzig Stunden einsperren, eine Stunde lang auf freien Fuß setzen und dann wieder siebenundvierzig Stunden lang einsperren. Ich kann sie in eine Zelle sperren mit nichts weiter drin als einem Wasserhahn und einem Loch im Boden. Ich kann das ganz nach meinem eigenen Gutdünken entscheiden. Und eines kann ich Ihnen sagen: Ich warte schon darauf. Ich warte auf die erstbeste Gelegenheit, genau so zu verfahren – und zwar nicht mit Ihren Leuten, sondern mit Ihnen selbst. Ohne Anwalt. Sobald Sie eine Rede halten, die mir in irgendeiner Weise nach Anstiftung zur Gewalt klingt, lass' ich Sie herholen und schreibe dem Generalstaatsanwalt, er möge bei der Knesset einen Antrag auf Aufhebung Ihrer Immunität stellen. Sobald ich einen von Ihren Leuten dabei erwische, wie er einen Araber oder eine andere Person, die er nicht mag, zusammenschlägt, wandert er in eine meiner Hotelsuiten hier –

wegen Verschwörung, Mordversuch oder Mord. Sie sind sich bestimmt darüber im klaren, daß sich eine ganze Reihe Ihrer Abgeordnetenkollegen ins Fäustchen lachen würden, wenn solche Vorwürfe auch gegen Sie erhoben werden könnten. Sie warten nur auf einen Anlaß, um Ihnen mit dem größten Vergnügen Ihre Immunität abzuerkennen. Nein, wir sind hier nicht in Amerika. Keine Anwälte – noch nicht. Die kommen später, viel später.«

Als Cohen seine Rede beendet hatte, grinste Ben-Yehoshua nicht mehr. Er blieb jedoch wie angewurzelt stehen und starrte Cohen an.

»Alles schön und gut, Herr Ordnungshüter«, sagte er, »aber jetzt werde ich Ihnen mal was erzählen: Ihre Polizeibeamten, Ihre eigenen Leute, sind auf meiner Seite. Ich spreche nur das aus, was sie längst denken. Ich frage sie, warum sie Araber beschützen, die ihnen am liebsten ein Messer zwischen die Rippen jagen würden. Ich spreche nur das aus, was Ihre Leute am liebsten sagen würden, wenn Sie, Cohen, sie nur ließen. Die Wahrheit ist auf meiner Seite, und das werden selbst Sie eines Tages einsehen müssen.«

Cohen ging um seinen Schreibtisch herum und baute sich unmittelbar vor Ben-Yehoshua auf, der automatisch einen Schritt zurücktrat.

»Verlassen Sie sich nicht darauf«, sagte Cohen. »Und jetzt verschwinden Sie. Wenn Sie das nächstemal hier auftauchen, lasse ich Sie festnehmen.« Er wandte sich an Levy. »Führen Sie Mr. Lifshitz hinaus«, sagte er, den Namen benutzend, auf den Ben-Yehoshuas amerikanischer Reisepaß ausgestellt war.

»Ich bin Rabbi Eliahu Ben-Yehoshua«, sagte der Mann, der Cohen noch immer gegenüberstand.

»Für mich sind Sie ein Rattenfänger«, gab Cohen zurück. »Raus!«

Ben-Yehoshua grinste Levy an und ging. »Sie werden's schon sehen«, sagte er, an Levy gewandt. »Sie auch.«

Kaum hatte Ben-Yehoshua das Büro verlassen, da riß Cohen die untere linke Schublade seines Schreibtischs auf und entnahm ihr eine Flasche Brandy, die er dort für Notfälle deponiert hatte. Er füllte das leere Teeglas auf seinem Tisch zur Hälfte und stürzte den Inhalt hinunter. Als er den Alkohol im Hals brennen spürte, verzog er das Gesicht zu einer Grimasse.

Er verdrängte seine Wut und zwang sich zur Konzentration auf Alex.

Der russische Sicherheitsagent hatte die Drohbriefe nie erwähnt, zu denen Goldstein sich vor den Zwillingen bekannt hatte. Da muß doch etwas dahinterstecken, dachte Cohen. Warum protestieren die Russen nicht gegen diese Drohbriefe? Sie nutzen doch auch sonst jede Gelegenheit, die Regierung zu blamieren. Warum nicht auch in diesem Fall? Lag es an Glasnost, an einer Verbesserung der Beziehungen, an geheimen Absprachen? Irgendeinen Grund mußte es geben. Es mußte System dahinterstecken …

Alex' Schweigen. Das ist das System. Oder es sieht zumindest danach aus. Streng dein Gedächtnis an, Avram, erinnere dich. Geh noch einmal deine Aufzeichnungen durch. Denk nach. Denk nach …

Alex' Tagesablauf hatte sich nicht geändert. Nach wie vor pendelte er zwischen dem Missionsbüro und dem Kloster hin und her, Tag für Tag um die gleiche Zeit. Jeden dritten Tag belud er seinen Kleinlaster mit dem billigsten Gemüse, das er auf dem Basar erstehen konnte, und brachte die Lebensmittel zum Kloster. Shmuliks Leute überwachten ihn rund um die Uhr, doch ihre Berichte blieben nichtssagend.

Cohen war fest davon überzeugt, daß der KGB-Agent etwas verheimlichte, und hielt den Zeitpunkt für Shvillis Einsatz gekommen. Levy entdeckte den russischen Detektiv in der Kantine, wo er gerade einer vollbusigen Verkehrspolizistin den Hof machte.

»Stets zu Diensten, Boß«, sagte Shvilli, als er Cohens Büro betrat.

Er war groß, wirkte aber untersetzt und muskulös, was nicht zuletzt daran lag, daß er engsitzende Kleidung trug, die seine kräftige Figur noch hervorhob. Seine langen schwarzen Haare fielen ihm in die Stirn, und beim Lächeln entblößte er einen Goldzahn. Die großen Hände endeten in abgekauten Fingernägeln.

In seiner Jugendzeit war er Boxer in Eriwan gewesen, gleich hinter der türkischen Grenze beim Berg Ararat, auf dem man angeblich die versteinerten Überreste der Arche Noah gefunden hatte. Der jüngste von zwölf Söhnen einer jüdischen Familie aus Georgien war im Alter von zehn Jahren mit seinen Angehörigen in die Sowjetrepublik Armenien gezogen und sieben Jahre später nach Jerusalem ausgereist. Dort war er schließlich bei der Militärpolizei gelandet. Er fand Gefallen an dem Job, meldete sich später freiwillig zum Polizeidienst und gehörte inzwischen schon fast zehn Jahre dazu.

Shvilli verfügte über die seltene Begabung, die eigene Identität der jeweiligen Sprache anzupassen, die er gerade sprach. Cohen hielt ihn für einen ausgezeichneten Schauspieler, also bestens geeignet für Spitzelaufgaben.
Die beiden Männer – der ehemalige Boxer, der sieben Sprachen fließend beherrschte, und der alternde Inspektor, der wie kaum ein anderer die Sprache der Geduld beherrschte – bereiteten den Einsatz in stundenlanger Zweisamkeit vor. Levy saß unterdessen als Wächter vor der Bürotür, ein stiller Getreuer, der das Allerheiligste beschützte. Außer diesen dreien war niemand in den Plan eingeweiht. Cohen brauchte Shvillis absolutes Vertrauen, und Shvilli war auf Cohens absoluten Schutz angewiesen.
»Verzichen Sie auf alles, was Sie in irgendeiner Form kompromittieren könnte«, schärfte Cohen ihm ein. »Und beschränken Sie sich aufs Zuhören. Keine Fragen, keine großen Reden, kein Flirt. Sie gehen hin und sperren die Ohren auf. Vor allem aber – und das ist das Wichtigste – müssen Sie nach spätestens achtundvierzig Stunden wieder verschwinden, damit wir uns die Einschaltung des Gerichts ersparen.« Zwei Tage lang durfte er einen Verdächtigen festhalten, ohne ihn dem Untersuchungsrichter und damit der Öffentlichkeit vorführen zu müssen.
»Was ist, wenn ich herausfinde, daß …« Mehr als einmal im Laufe ihres Gesprächs leitete Shvilli einen Satz mit diesen Worten ein.
Und jedesmal fiel ihm Cohen ins Wort und sagte: »Nein. ›Was ist, wenn …‹ gibt es nicht. Für mich gibt's nur ein einziges Wenn: Wenn irgend etwas schiefgeht oder Sie auch nur das geringste Gefühl haben, es könnte Schwierigkeiten geben, dann verschwinden Sie, und zwar sofort.«
Cohen wünschte in diesem Punkt absolute Klarheit. Beging Shvilli auch nur einen einzigen Fehler, so brach die ganze Konstruktion in sich zusammen, und die Trümmer flogen ihnen um die Ohren. »Und denken Sie an die achtundvierzig Stunden, Shvilli. Nur eine Minute länger, und Sie fliegen auf. Egal, was geschieht, Sie verschwinden. Achtundvierzig Stunden, denken Sie daran! Mehr Zeit haben Sie nicht. Sind Sie dann nicht draußen, geht's uns an den Kragen – uns allen beiden!« Mit diesem Zeitlimit stand und fiel die gesamte Opera-

tion, denn Cohens Plan stellte bereits eine Übertretung seines Zuständigkeitsbereichs dar. Schlug die Aktion fehl, würden sich die Pressespekulationen über Umbesetzungen in der Fahndungskommission unweigerlich bewahrheiten.

So saß denn Levy stets vor der Tür Wache, wenn Shvilli sich in Cohens Büro aufhielt, und war die Besprechung vorüber und wollte Shvilli wieder gehen, so sorgte Levy dafür, daß niemand ihn gehen sah. Das Raster, in das Cohen seinen Plan für Shvilli einfügte, durfte keine undichten Stellen haben. Levy flirtete mit den Sekretärinnen und schwatzte mit den vorbeikommenden Ermittlungsbeamten. Den größten Teil seiner Zeit jedoch verhielt er sich still. Eine Mappe lag auf seinem Schoß, und er studierte Seite um Seite die Akten eines Falles, stets auf der Suche nach der fehlenden Verbindung zwischen zwei Indizien. Wenn Larrybird erschien, klopfte Levy an die Tür, öffnete sie einen Spalt weit, sagte kurz Bescheid und nahm dem Boten das Tablett ab, um es persönlich ins Büro zu tragen. Gleich darauf erschien er mit den geleerten Gläsern vor der Tür und gab Larrybird das Tablett zurück. Dann, drei Tage nachdem Cohen Shvilli erstmals in sein Vorhaben eingeweiht hatte, traten die beiden Männer vor die Bürotür. Es war kurz vor zwei Uhr morgens.

Cohen schlug Levy auf die Schulter »Kommen Sie«, sagte er, und Levy folgte Cohen und Shvilli über die breite, ausgetretene Steintreppe, die in die Eingangshalle des Gebäudes hinunterführte. Hinter dem Wachhäuschen am Ende der Einfahrt schimmerte im Mondlicht das weiße Mauerwerk der Kathedrale. »Shvilli lädt uns zu einem Drink ein«, erklärte Cohen, als sie nicht auf den Parkplatz, sondern auf die Straße hinausgingen.

Sie wandten sich nach rechts, Richtung Jaffastraße, und tauchten in einen Bogengang ein, der sich zwischen einem Kellerrestaurant für Grillspezialitäten und einem Zeitungs-und-Zigaretten-Kiosk erhob. Innerhalb des Ganges hörten sie Musik: Rock 'n' Roll konkurrierte mit orientalischen Melodien; daneben vernahm man Stimmengewirr und Gläserklirren. Die kleine abschüssige Gasse, die als Abkürzung zwischen der Jaffastraße und dem Presseamt der Regierung diente, bestand aus drei nebeneinanderliegenden Kneipen. Die dritte nannte sich *Wodkalowsky*. Dorthin lenkten die drei Männer ihre Schritte.

Grobman, ein russischer Jude aus Moskau, hielt in seinem Kühlschrank siebzehn verschiedene Wodkasorten bereit. Einige davon waren mit Knoblauchzehen und Zitronenschalen gewürzt, in anderen trieben Petersilie oder kleine Chilipfefferschoten auf dem Boden. Auf der Speisekarte standen Gerichte mit Räucherfisch, rohen Zwiebeln und grünem Pfeffer. Auf jedem Tisch lag ein Laib Schwarzbrot mit einem großen Brotmesser, das sich alle Tischgäste teilten. Viele der russisch-jüdischen Intellektuellen, die in den siebziger Jahren nach Jerusalem gekommen waren, hatten die Kneipe mitsamt der Bar zu ihrem kollektiven Wohnzimmer erhoben.

Weder in Moskau noch in Leningrad gab es ein vergleichbares Lokal, und dennoch war es mit seinen schweren Sesseln und den dunklen Wänden durch und durch russisch. *Sabre* und Touristen verirrten sich nur in seltenen Fällen hierher; die Sprache, die ihnen hier in Rufen und plötzlichen Seufzern entgegenschlug, war ihnen allzu fremd. Manchmal ging es recht merkwürdig zu an diesem Ort, besonders dann, wenn Grobman sich nicht an seine selbstgesetzte Vorschrift hielt, während der Arbeit auf Alkohol zu verzichten. Hatte er entsprechend viel getrunken, so kam es gelegentlich vor, daß er auf einen Tisch kletterte und auswendig futuristische Gedichte aus den zwanziger Jahren rezitierte.

Als sie das Lokal betraten, war der letzte Gast bereits gegangen. Grobman stand am Tresen und sortierte Quittungen. Shvilli verwies Cohen und Levy auf einen Ecktisch und ging zu seinem russischen Freund. Grobman wußte bereits von ihrem Kommen. Er hatte seine Frau Irka, die sowohl Barkeeperin als auch Kellnerin war, instruiert, eine Flasche, drei Gläser und eine Platte Räucherfisch vorzubereiten.

»Wo warst du so lange?« fragte Grobman und begrüßte Shvilli. »Wir haben schon wochenlang nichts mehr von dir gehört!« Die beiden sprachen Russisch.

»Ich hab' zu tun«, sagte Shvilli, »furchtbar viel zu tun.«

»So, so. Wer hat das denn nicht? Wer kann denn schon auf der faulen Haut liegen?«

»Du!« erwiderte Shvilli mit gespieltem Erstaunen und voller Spott. »Du kannst das, Grobman, du geborener Schmarotzer! Du säufst Tag und Nacht und nennst das dann ›viel zu tun haben‹, hab' ich recht?«

Doch dann kam Shvilli rasch zur Sache und fuhr mit gesenkter, vertraulicher Stimme fort: »Hör zu, mein Freund, lassen sie sich jemals hier blicken?«
»Sie?« fragte Grobman und sah Shvilli an.
»*Tibushniks*, die Schweigenden. Von zu Hause, du weißt schon. Gleich da hinten ist doch diese Kirche, und da ...«
»Ach so, die!« sagte Grobman und warf einen Blick auf Cohen und Levy an ihrem Ecktisch. Die beiden hatten sich so gesetzt, daß sie sowohl die Bar als auch den Durchgang zum Hof überblicken konnten. Grobman verschwand einen Augenblick hinter dem Tresen. Als er wiederauftauchte, hielt er eine Flasche in der Hand. Auf dem Boden dümpelte eine große Knoblauchzehe in der wasserklaren Flüssigkeit. Shvilli sah sich nach Cohen und Levy um. Cohen redete, und Levy nickte.
»Ja«, bestätigte Grobman. »Zweimal. Sehr groß, spricht nur sehr wenig. Versuchte sogar, sein Essen auf hebräisch zu bestellen. Manchmal stellen sie sich ja wirklich furchtbar dumm an und bilden sich ein, wir würden sie nicht erkennen. Aber selbst hier, wo alles anders riecht, riechen wir sie. Ich nehme ihren Gestank quer durchs Zimmer wahr. Ich kam hierher, um ihnen zu entkommen, doch sie haben mich auch hier aufgestöbert. Nur – hier können sie mir nichts anhaben. Hier dürfen sie mir nichts tun, aber ich kann Ihnen auf die Pfoten klopfen. Will ich das? Nein, mir liegt gar nichts daran. Sie können mir nichts mehr anhaben.« Grobman schenkte sich ein, stürzte den Wodka hinunter und stellte sein Glas so heftig auf den Tisch, daß es krachte. Dann bot er Shvilli ein Glas an.
»War er allein?« fragte Shvilli.
»Beim erstenmal ja. Das war vor ungefähr einem Jahr, sehr spät am Abend. Ich hab' nichts gesagt. Die Frau am Nebentisch – Maya, die Schriftstellerin, du kennst sie ja, sie war mit einem ihrer Jungs da –, sie bemerkt ihn, steht auf und setzt sich an einen anderen Tisch. Alle Gäste wußten sofort Bescheid. Er hat seinen Wodka getrunken und ist dann bald gegangen.«
Grobman schenkte eine weitere Runde aus und fuhr fort: »Beim zweitenmal war er mit einem Mädchen da. Langes dunkles Haar, gutaussehend, jung aussehend, aber altersmäßig schwer einzuschät-

zen. Vielleicht fünfundzwanzig, vielleicht fünfunddreißig. Wirklich gutaussehend, weißt du. Hübsche Titten.« Grobman streifte seine Frau mit einem Seitenblick. »Du weißt ja, daß ich auf solche Dinge achte.« Er lächelte. »Und ich merke sie mir. Aber meiner Irka bleibe ich treu, immer ... Selbst wenn ich betrunken bin und einer anderen Frau nachsteige – meiner Irka bleibe ich treu ...«

»Wie sah sie aus?« hakte Shvilli nach. »Wie benahm sie sich? Und wann war es genau?«

Grobman setzte seine eigenen Prioritäten. »Ich erinnere mich an all das, weil mir dieser Mistkerl so auffiel. Es regnete, also war es wohl so vor drei, vier Monaten, zu Beginn des Winters. Wie dem auch sei, auf jeden Fall war die Frau nervös. Sehr nervös. Sah immer wieder auf seine Uhr. Sie blieben nicht lange. Ich hab' sie nie wiedergesehen.«

»War das Mädchen Jüdin? Oder Russin?« fragte Shvilli. »In welcher Sprache haben sich die beiden unterhalten?«

Grobman dachte einen Augenblick nach. »Vielleicht Jüdin, ja. Schönes dunkles Haar, ovales Gesicht ...« Doch dann fügte er hinzu: »Aber vielleicht auch Russin – sie war ja sehr fügsam ihm gegenüber. Er hat für sie bestellt. Sie hat auch getrunken. Nicht wie ein israelisches Mädchen ...«

Shvilli ließ nicht locker. »Welche Sprache haben sie gesprochen?« fragte er seinen Freund noch einmal.

»Ich weiß es nicht. Er beugte sich zu ihr und flüsterte, vielleicht Russisch, vielleicht Hebräisch – wer weiß?« Grobman zuckte mit den Schultern.

»Sie hatte keine eigene Uhr?«

»Nein, ich erinnere mich, daß sie immer auf seine schaute.«

Shvilli drehte sich zu Cohen und Levy um. Sie beobachteten seine Unterhaltung mit Grobman, und er nickte ihnen zu – vermutlich zu überschwenglich, denn Cohen schüttelte leicht den Kopf und hob einen Finger, als wolle er ihn an etwas erinnern. Shvilli nickte noch einmal, diesmal jedoch äußerst knapp, so daß man seine Kopfbewegung kaum wahrnahm; es war nicht viel mehr als die Andeutung eines Nickens.

»Nun komm schon, Shvilli«, sagte Grobman, »du bist doch mein Freund. Hierzulande hab' ich einen Bullen zum Freund. Wenn du mir das drüben gesagt hättest, daß ich einmal einen Bullen zum Freund haben werde – ich hätt' dir ins Gesicht gelacht. Aber hier haben wir jüdische Bullen. Unsere eigenen.« Grobman lachte. »Nun sag schon, warum bist du hinter ihm her? Kümmert sich nicht die Geheimpolizei um solche Leute?«

Shvilli ignorierte die Frage. »Paß jetzt gut auf, Grobman«, sagte er, und sein starrer Blick sprach von einer Gefahr und einer Gewißheit, die selbst Grobmans natürliche Jovialität außer Gefecht setzten. »Vielleicht kommt er wieder. Vielleicht wird er dir sogar ein Foto von mir zeigen. Und jetzt hör mir gut zu: Du kennst mich nicht, verstanden? Er stellt dir irgendwelche Fragen über mich, zeigt dir vielleicht sogar ein Bild von mir und fragt dich, ob du was von einem russischen Bullen weißt. Und dann sagst du: ›Nein, keine Ahnung, russische Bullen kenn' ich keine.‹ Und dabei bleibt's, kapiert?«

»Werdet ihr ihn verhaften?«

»Kann sein, daß wir ihn verhaften müssen, ja. Aber ich weiß es noch nicht. Vielleicht. Aber egal – was dich betrifft, so sagst du zu niemandem ein Wort, verstehst du? Für Irka gilt dasselbe. Kein Wort. Ihr kennt mich nicht.« Jetzt erst hob Shvilli das Wodkaglas, das Grobman ihm vorgesetzt hatte, leerte es in einem Zug und hielt sich an der Barkante fest, als sich die Wärme, vom unteren Rücken ausgehend, die Wirbelsäule hinauf ausdehnte und seinen Kopf überzog wie eine Schneedecke.

»Irka!« rief Grobman. Seine Frau wischte sich die Hände an einem Handtuch ab und trat zu ihnen. »Hör zu – siehst du den hier? Gut. Du kennst ihn nicht.«

Irka sah Shvilli an. Er nickte. Ihr Blick wanderte zurück zu Grobman. Dann nickte sie ebenfalls, beugte sich über den Tresen und küßte Shvilli auf die Wange. Shvilli errötete und sagte: »Denkt dran, ihr kennt mich nicht. Erst wieder, wenn ich euch sage: Okay, der Spuk ist vorbei.« Irka nickte ihm noch einmal zu und ging wieder zurück an ihre Arbeit; sie spülte die schmalen Wodkagläser.

»Und da ist noch etwas«, fuhr Shvilli fort. »Siehst du da hinten die beiden Männer, die mich begleitet haben? Der junge Mann wird von jetzt an jeden Tag hier draußen an deiner Kneipe vorbeigehen. Wenn jemand kommt und dich fragt, ob du einen russischen Bullen kennst, tust du erst mal gar nichts. Aber wenn du dann den jungen Mann dort wiedersiehst, nickst du ihm zu. Dann kommt er herein und unterhält sich mit dir. Wenn sich niemand nach mir erkundigt, schüttelst du einfach den Kopf; er wird dann gleich wieder verschwinden. Hast du begriffen?«

Grobman sagte ja und schenkte Shvilli noch einen Wodka ein. Shvilli nahm das Glas in die Hand und trug es hinüber zum Ecktisch, wo Cohen und Levy auf ihn warteten.

»Es geht alles in Ordnung«, sagte Shvilli. »Aber hören Sie: Alex hat ein Mädchen. Oder hatte zumindest eines. Ein junges, gutaussehendes Ding. Was für ein Mädchen das war, steht noch nicht in Ihren Akten, oder?«

Cohen schenkte drei Gläser Wodka aus, hob das seine und stützte den erhobenen Unterarm auf den Ellbogen. »Das herauszufinden bleibt Ihnen überlassen«, sagte er und brachte einen Toast auf Shvillis Mission aus.

Cohen stürzte den Wodka hinunter und senkte langsam den erhobenen Arm. Wie ein kurzer, magerer Ballon schwebte das Glas in elegantem Bogen auf die Tischplatte. »Auf zur zweiten Etappe!« sagte Cohen und hustete, während der Wodka in seinem Körper weiterwirkte. Shvilli lachte. Levy stand auf. Shvilli griff nach Levys unberührtem Wodkaglas, leerte es und winkte den Grobmans einen Abschiedsgruß zu.

Levy verließ als letzter die Kneipe. Auf der Schwelle drehte er sich nach Grobman um. Der Russe nickte, dann rief ihn seine Frau, und er sah kurz weg. Als er sich wieder umdrehte, war der junge Kriminalbeamte in der Dunkelheit verschwunden, und an seiner Stelle stand ein hagerer Mann, der über einem T-Shirt eine goldgrüne Weste trug. Der Mann sah sich in der Bar um. Seine Miene verriet Neugier und Verwunderung. Grobman hielt ihn für einen Touristen, der neu in der Stadt war. »Wir schließen«, rief er auf hebräisch, und der ziegenbärtige Fremde wuchtete seinen Sack auf die Schulter und trollte sich.

20

EIN JEEP MIT GRENZSCHUTZSOLDATEN hielt vor dem Häuschen des Klostergärtners am nördlichen Stadtrand von Bethlehem.
Ein Offizier stieg aus, und zwei Soldaten folgten ihm. Der Fahrer blieb am Steuer sitzen und wartete. Ein dritter Soldat rannte um das Haus herum. Der Offizier führte die anderen beiden zum Haupteingang und kopfte heftig an die Tür.
Ein langes nächtliches Schweigen folgte. Die Lichter von Jerusalem erhellten matt den nördlichen Himmel und ließen das abgeschliffene Profil der uralten Hügel erkennen. Wieder und wieder hämmerte der Offizier mit der Faust gegen die Tür, bis endlich ein Lichtschein durchs Fenster fiel.
»Polizei!« schrie er auf arabisch.
»Moment, Moment«, rief eine Männerstimme zurück. »Ich komme. Ich komme ja schon.«
Der Offizier zählte bis zehn und nickte dann den beiden Soldaten zu, die sich daraufhin gemeinsam gegen die Tür stemmten. Als das Schloß nachgab, stürmten sie in ein Wohnzimmer, das mit einfachen Sofas und Stühlen möbliert war. Der Fußboden war nackt.
Rechts von ihnen konnten sie vier Kindergesichter sehen, die sie aus einem dunklen Zimmer heraus anstarrten.
Der Offizier lächelte die Kinder an. »Wo ist George Hamdiya?« fragte er mit lauter Stimme. Die Kinder glotzten ihn voller Furcht und Haß an.
Ein kurzgewachsener, schlanker Mann kam durch den Korridor herbeigeeilt. »Ich bin George Hamdiya«, sagte er. Die Angst stand ihm ins Gesicht geschrieben. Wie eine Frau hatte er die Aufschläge seines Bademantels zusammengerafft. Seine Füße waren bloß, und er schien zu zittern.

»Ziehen Sie sich an«, sagte der Offizier. »Wir nehmen Sie mit.«
»Warum?« fragte Hamdiya. »Was habe ich denn getan? Ich hab' doch nichts getan, gar nichts.«
»Ich habe Order, Sie mitzunehmen. Wenn die Kollegen wollen, werden sie Ihnen schon sagen, warum.«
»Darf ich mir noch was überziehen? Und wann komme ich zurück? Wo bringen Sie mich hin?«
»Ja, ziehen Sie sich an«, erwiderte der Offizier und bedeutete einem seiner Leute, dem Araber den Weg frei zu machen. Die anderen beiden Fragen ignorierte er.
»Wie wird meine Familie erfahren, wo ich bin?«
»Sie wird informiert werden.«
Eine halbe Stunde später befand sich Hamdiya im russischen Viertel in Polizeigewahrsam. Der wachhabende Polizist rauchte und füllte die notwendigen Formulare aus. Cohen sah ihm über die Schulter. Als ein langes Aschestück von der Zigarette des Wachhabenden fiel, blies Cohen dagegen, bis es sich in Staubpartikel auflöste, die durch die Luft flogen.
»Geben Sie mir die Papiere, und bringen Sie ihn her«, sagte Cohen.
»Die Papiere sind für den Sergeanten der Frühschicht bestimmt«, sagte der Mann von der Nachtschicht.
»Ich kümmere mich schon drum«, sagte Cohen. »Holen Sie jetzt den Mann.« Er nahm sich eine Zigarette aus dem Päckchen des Wachhabenden, das auf dem Tisch lag.
Schlüssel rasselten. Als die Eisentür aufgeschoben wurde, kratzte Metall quietschend über Metall. Cohen verzog das Gesicht zu einer Grimasse. Alle diese Geräusche waren ihm vertraut wie der Klang seiner eigenen Stimme – vertraut durch seinen Beruf und vertraut aus den Jahren, lange bevor er seinen Beruf ausübte.
Hamdiyas Schritte und die routinemäßigen Verwünschungen des Wachhabenden gegen Araber und Kriminalbeamte vertrieben die Erinnerungen.
»Nehmen Sie ihm die Handschellen ab«, befahl Cohen. Der wachhabende Polizist zog eine Augenbraue hoch. »Araber sollen immer Handschellen tragen«, sagte er.
»Nehmen Sie sie ihm ab!« wiederholte Cohen heftig. Seine ruppige

Autorität ließ den Polizisten einlenken. Er nahm ein Schlüsselbund aus der Schreibtischschublade und zog Hamdiya mit einem heftigen Ruck an den Handschellen näher zu sich heran.
Hamdiya rieb sich die Handgelenke.
»Kommen Sie mit!« befahl Cohen dem Gärtner. Sie verließen das Arrestgebäude und überquerten den Hof. »Ich weiß, daß Sie Hebräisch sprechen«, sagte Cohen. »Das erleichtert die Sache. Kommen Sie. Ich mache Ihnen eine Tasse Kaffee.«
Hamdiya nickte heftig. Er war noch nie festgenommen worden, obwohl er schon viele Male bei Sonnenschein oder Regen, im Morgengrauen oder in der Abenddämmerung zusammen mit anderen Arabern vor Straßensperren der Polizei oder der Armee gestanden hatte, die die Zufahrt nach Jerusalem blockierten. Manchmal konnte er wegen der Ausgangssperren nicht zur Arbeit gehen, und manchmal hinderten ihn abendliche Straßensperren an der Rückkehr nach Hause.
»Ich bin kein Terrorist«, sagte er zu Cohen, als sie über den Parkplatz gingen. »Ich werfe keine Steine, und meine Kinder werfen auch keine Steine.«
Cohen lachte kurz auf. »Ich weiß, George, ich weiß. Sie sind ein guter Mensch, George, ein wirklich guter Mensch. Waren noch nie in Schwierigkeiten. Ich hab' mich erkundigt. Nie irgendwelche Probleme. Ihr Vetter in Dahaisha, das ist eine andere Geschichte, nicht wahr, George?«
»Ich weiß nicht, was er tut. Ich bin nicht ... wie sagen Sie?« Hamdiya machte eine Pause und suchte nach dem passenden hebräischen Wort. »Ich bin nicht verantwortlich für ihn.«
Cohen führte ihn in ein kleines Büro auf der anderen Seite des Hofes, wo er bereits einen Kessel Wasser aufgesetzt sowie zwei Gläser mit Kaffee und eine Zuckerdose bereitgestellt hatte.
»Wie mögen Sie Ihren Kaffee, George?« fragte er. »Viel Zucker? So mag ich ihn, aber mein Arzt sagt, der viele Zucker ist nicht gut für mich. Die Zigaretten, der Zucker – nichts ist gut für mich. Mein Beruf auch nicht, ganz im Gegensatz zu Ihrem. Sie haben doch wirklich einen gesunden Beruf, nicht wahr, George?« Cohen wußte, daß er soviel redete, um sich selbst zu beruhigen und dem Araber die Angst

zu nehmen. »Sie führen ein reines Leben«, fuhr er fort und bemühte sich, alles Gönnerische aus seiner Stimme fernzuhalten. »Ich sage nicht, daß es ein leichtes Leben ist. Aber es ist ein gutes, ein einfaches Leben.«

Hamdiya verstand nicht alles, was Cohen auf hebräisch zu ihm sagte. Doch damit hatte Cohen gerechnet. Er testete Hamdiyas Hebräisch, um herauszufinden, welchen sprachlichen Schwierigkeitsgrad er dem Araber zumuten konnte.

»Hören Sie, George«, sagte Cohen. »Ich habe da ein Problem, und Sie sind der einzige, der mir helfen kann. Furchtbar, was mit den beiden Schwestern geschehen ist, nicht wahr?« Hamdiya sah ihn mit ausdruckslosem Gesicht an. Cohen hatte das Gefühl, ihn nicht erreicht zu haben. »Die Frauen aus dem Kloster, George«, verdeutlichte er ihm so freundlich, wie es ihm möglich war, »die beiden Frauen ...«

Der Gärtner bekreuzigte sich. »Schlimm, schlimm, ja. Sehr schlimm«, sagte er und starrte, Cohens Blick ausweichend, auf seinen Kaffee. An der Oberfläche des heißen Wassers trieben kleine Brocken Kaffeesatz. Hamdiya zog ein Zündholz aus der Tasche und rührte den Satz in den Kaffee. Cohen nahm ebenfalls ein Zündholz zur Hand und tat es ihm nach.

Plötzlich sah George Hamdiya auf. »Ich war es nicht«, sagte er. Seine Stimme zitterte, aber seine Augen strahlten Zuversicht aus. Vorübergehend erkannte Cohen im Blick des Mannes eine heitere Gelassenheit, um die er ihn beneidete.

»Nein, ich halte Sie nicht für den Täter«, sagte der alte Detektiv freundlich. »Ich weiß sogar sehr genau, daß Sie's nicht waren. An jenem Abend waren Sie doch auf einer Hochzeit, stimmt's? Die Tochter Ihres Nachbarn hat geheiratet. Obwohl Sie sehr spät zu Bett gingen, sind Sie am nächsten Morgen pünktlich zur Arbeit erschienen.«

Verblüfft sah Hamdiya Cohen an. »Woher wissen Sie das?«

»Wir wissen eine ganze Menge, George«, antwortete Cohen. »Aber es gibt auch ein paar Dinge, die wir nicht wissen, und deshalb brauchen wir Ihre Hilfe.«

»General Cohen«, sagte der Gärtner, »Sie sind sehr groß, und ich bin sehr klein. Wie kann ein so großer Mann von einem so kleinen Mann

Hilfe brauchen?« Argwohn, aber auch Schmeichelei schwangen in der Stimme des Arabers mit.

»Sagen Sie, George, wollen Sie, daß wir den Täter fangen, der die Schwestern umgebracht hat?«

»Ja, natürlich müssen Sie ihn fangen«, sagte Hamdiya.

»Dann brauchen wir Ihre Hilfe. Sie dürfen zwei Tage lang nicht zur Arbeit gehen, nur zwei Tage. Von jetzt an. Ihnen geschieht nichts. Keine Handschellen, ich gebe Ihnen mein Wort. Zwei Tage. Hier ist Ihr Lohn für die beiden Tage.« Cohen öffnete seine Brieftasche und zog zwei Hundertschekelscheine heraus. »Das ist sogar etwas mehr, als Sie normalerweise verdienen, nicht wahr? Damit können Sie Ihren Kindern was Gutes zu essen kaufen. Ich weiß, daß es nicht leicht ist. Aber es geht nicht anders, George. Ich habe nur diese eine Möglichkeit. Aber Sie müssen hierbleiben, George.«

»Und meine Familie?« fragte der Gärtner. »Was wird meine Familie denken? Sie werden glauben, ich hätte die Schwestern umgebracht.«

Cohen kratzte sich am Arm. »Nein, ich verspreche es Ihnen, George. Niemand wird so etwas glauben. Es handelt sich nämlich um ein Geheimnis, ein ganz großes Geheimnis. Und wenn Sie mir helfen, das Geheimnis zu wahren, sonst nichts, dann können Sie uns helfen, den Mörder der beiden Schwestern zu finden.« Cohen wollte selbst an seine Worte glauben. Er sagte die Wahrheit, aber die Unsicherheit in seiner Stimme fiel sogar ihm selbst auf.

Ohne Cohen aus den Augen zu lassen, hob George Hamdiya das Kaffeeglas an die Lippen. Cohen spürte den juckenden Ausschlag auf seinem Arm, verhielt sich aber absolut ruhig. Er wartete auf die Antwort des Arabers. Hamdiyas Zustimmung war nicht unbedingt erforderlich. Cohen hätte ihm Handschellen anlegen und ihn in seine Zelle bringen lassen können – ein Mordverdächtiger, der nicht zu überführen war, entlassen nach zweitägigem Verhör, ein weiteres Opfer der Politik. Doch Cohen brauchte die Zustimmung des Gärtners um seiner selbst willen. Bekam er sie nicht, das fühlte er, so standen ihm noch lange nach Ablauf der achtundvierzig Stunden schlaflose Nächte bevor. Er sehnte sich nach früheren Zeiten zurück, da der Wille zum Überleben einem schuldfreien Instinkt entsprungen und noch kein abgekartetes Spiel mit seinem Gewissen war.

»Na gut«, sagte der Gärtner nach einer langen Pause und sah Cohen in die Augen.
»Ich danke Ihnen, George«, sagte Cohen erleichtert.
Er führte den Gärtner zurück zu den Arrestzellen und achtete persönlich darauf, daß der Wachhabende seine Instruktion, Hamdiya eine Einzelzelle zu geben, auch ordnungsgemäß befolgte.
Shvilli und Levy erwarteten ihn bereits. »Es läuft«, sagte Cohen. »Er sagt, Sie sollen sich gleich nach Sonnenaufgang am Tor einfinden. Schwester Elisabeth erwartet ihn dort immer. Heute wird sie nicht George treffen, sondern Sie.«
Shvilli grinste. Von der Stunde an, da er von Cohen für diesen Auftrag ausersehen worden war, hatte er sich nicht mehr rasiert und Arabisch geübt – mit einem schweren Stottern, das er mittlerweile so perfektioniert hatte, daß jeder, der ihm eine Frage stellte, an seiner Antwort verzweifeln mußte. Er trug seine älteste Hose, und seine nackten Füße steckten in alten Schuhen, die er im Fundbüro der Polizeiwache aufgetrieben hatte. Er war bereit, die Rolle zu übernehmen, die Cohen ihm auf den Leib geschrieben hatte.
»Hoffen wir, daß auch die nächste Etappe klappt«, sagte Cohen. Er war müde, aber es war nicht allein physische Erschöpfung, unter der er litt. Es war noch etwas anderes, Schmerzvolleres als der fehlende Schlaf. Er dachte an Ahuva – und wie sie sich darauf verstand, ihre Hand über seine Schultern gleiten zu lassen und die knotigen Verspannungen zu lösen, die sich unter seiner Haut gebildet hatten. Er dachte an ihren Körper – und plötzlich tauchten vor seinem geistigen Auge die Beine der toten jungen Nonne auf. Er rieb sich die Schläfen.
»Setzen Sie ihn oben auf der Höhe ab«, sagte er zu Levy und fügte, an Shvilli gewandt, hinzu: »Sie gehen dann zu Fuß zum Kloster.«
Levy nahm sein Schlüsselbund an sich, das auf dem Schreibtisch lag, und verließ das Büro. Shvilli folgte ihm. Kurz bevor er die Tür hinter sich schloß, rief Cohen ihm nach: »Denken Sie daran, Shvilli. Achtundvierzig Stunden. Und seien Sie vorsichtig.«
Shvilli grinste. »Ehrenwort. Ich passe auf.« Er schloß die Tür.
Cohen ließ sich auf seinem Stuhl nieder, stellte den Walkman an und setzte sich den Kopfhörer auf. Er kratzte sich am Arm, schloß die Augen, lehnte sich zurück und lauschte dem *Requiem*, bis er einnickte.

21

DAS SCHRILLE LÄUTEN des Telefons schreckte Cohen aus dem Schlaf. Er sah auf seine Uhr. Seit drei Stunden war Hamdiya in Haft, und seit einer Stunde befand sich Shvilli im Kloster.

»*Nu?*« fragte Yaffe.

»*Nu* was?« antwortete Cohen.

»Der Gärtner. War er's? Was ist mit ihm?«

Cohen sagte nichts.

»Avram? Sind Sie noch da?«

»Ja.«

»Ich habe Sie was gefragt«, sagte Yaffe. »Was ist mit dem Gärtner?«

»Welcher Gärtner?« fragte Cohen.

»Kommen Sie mir nicht auf die Tour, Avram. Sie wissen verdammt gut, welchen Gärtner ich meine. Den vom Kloster.«

»Wir halten ihn fest«, sagte Cohen. Und in der Hoffnung, Yaffe, ohne ihn direkt zu fragen, zur Preisgabe seiner Quelle zu bewegen, fügte er hinzu: »Wie Ihnen ja offenbar bekannt ist.«

»Alex hat angerufen.«

Cohen fuhr hoch. Seine Finger krampften sich so stark um den Telefonhörer, daß das Blut aus den Gelenken wich. Wenn Alex schon von Hamdiyas Abwesenheit wußte, dann mußte er Shvilli bereits begegnet sein.

»Eine sehr schöne Nachricht«, fuhr Yaffe in begeistertem Ton fort, »wirklich sehr schön. Der Ministerpräsident wird ganz aus dem Häuschen sein. Damit ist seine Reise gerettet.«

»Welche Reise?« frage Cohen. »Wovon reden Sie?«

»Ich soll's ja eigentlich nicht weitersagen, aber ich sehe keinen Grund, es Ihnen zu verheimlichen. Er reist nach Europa. Er trifft sich mit dem sowjetischen Außenminister.«

Plötzlich begriff Cohen, warum sich der Premier so sehr für den Fall interessiert hatte. Im gleichen Augenblick überlief es ihn heiß, denn ihm wurde mit einemmal klar, daß sich des Ministerpräsidenten Freude über die Schlagkraft der Polizei nach achtundvierzig Stunden in nichts auflösen würde – es sei denn, es gelang Shvilli in dieser Zeit, den wahren Täter aufzuspüren. Cohen bewahrte seine Ruhe und reagierte auf Yaffes Enthusiasmus mit jenem Zynismus, den er allen Dingen entgegenbrachte, die Yaffe für wichtig hielt.

»Tatsächlich? Was meinen Sie – könnte er mir vielleicht einen neuen Walkman mitbringen, wenn er zurückkommt?« Sein eigenes Gerät war ihm während des Schlafs vom Schoß gerutscht. Als Yaffe wieder das Wort ergriff, hielt Cohen nach den Batterien Ausschau, die irgendwo auf dem Boden herumliegen mußten.

»Avram, bitte bleiben Sie ernst. Wissen Sie, was der Regierungschef bei diesem Treffen sagen will? Ich verrate es Ihnen: Er will sagen, daß die Jerusalemer Polizei den Doppelmord an den beiden russischen Nonnen aufgeklärt hat. Was soviel bedeutet wie: Wenn die Russen die Beziehungen wiederaufnehmen wollen, können Sie ihre Diplomaten ruhig herschicken. Wir können für ihre Sicherheit garantieren.«

»So?« sagte Cohen. Er versuchte, Yaffe am Reden zu halten, während er in Gedanken den Grad von Shvillis Gefährdung abwog – sowie sein eigenes Risiko für den Fall, daß die Wahrheit über Hamdiyas Inhaftierung herauskäme.

»Hier oben …«, Yaffe meinte damit die vierte Etage im Hauptquartier in Sheik Jarrah, »… hier oben fragen alle: ›Was ist denn nur mit Cohen los?‹ Und ich sage immer wieder: ›Kein Grund zur Sorge, dem geht's blendend …‹ Sie haben jetzt bewiesen, daß ich recht hatte. Sie sehen ja, ich bin auf Ihrer Seite.«

»Und was macht Ihnen dann immer noch Sorgen?« fragte Cohen, der keineswegs davon überzeugt war, daß Yaffe auf seiner Seite stand.

»Was mich bekümmert, ist die Tatsache, daß Sie mir von dem Gärtner nichts gesagt haben. Es sollte Ihnen eigentlich bekannt sein, daß ich dem Ministerpräsidenten Bericht erstatten muß. Außerdem muß ich doch den Kirchenleuten was erzählen.«

»Sagen Sie Ihnen, sie sollen einen neuen Gärtner einstellen«, sagte Cohen, in dessen Kopf sich die Gedanken überschlugen.

»Das haben sie ja schon. Deshalb kamen sie ja überhaupt drauf. Wie's aussieht, hat der Gärtner einen Freund veranlaßt, an seiner Stelle zum Kloster zu gehen. Komisch, nicht wahr? Von Loyalität zu reden ist in diesen Zeiten natürlich schwierig. Eigentlich hätten Sie mich informieren müssen, das wäre korrekt gewesen. Aber es war Alex, der mich kontaktiert hat.«

»Schön für ihn.«

»Ach, scheren Sie sich doch zum Teufel, Cohen!« sagte Yaffe.

»Danke gleichfalls, Yaffe.« Cohen legte auf und lehnte sich in seinem Stuhl zurück.

»Jetzt geht's los«, sagte er zu sich selbst im selben Moment, da das Telefonat beendet war und Levy zur Tür hereinkam.

»Was geht los?« fragte Levy.

»Der Druck«, sagte Cohen. »Wenn Shvilli nichts herausfindet, werden wir den Zorn der Götter zu spüren bekommen.«

»Wie verhalten wir uns?«

»Wir warten ab. Es gibt auch eine gute Nachricht. Shvilli ist vor Ort. Alex hat ihm den Bluff anscheinend abgenommen. Also warten wir ab und arbeiten weiter. Und zwar daran.« Er warf die dicke Mappe mit den Unterlagen zum SIDRA-13-Fall auf den Schreibtisch. Am Abend vorher, als Cohen mit Hamdiya und Shvilli beschäftigt gewesen war, waren neue Ermittlungsergebnisse eingetroffen.

Man war inzwischen den letzten einhundert Granaten auf der Spur. Aus dem letzten offiziellen Vermerk darüber ging hervor, daß sie auf einen Lastwagen verladen worden waren, der sie zu einem Fallschirmjägerregiment transportieren sollte, das für den westlichen Sektor der Sicherheitszone im Südlibanon verantwortlich war. Die Zahl der Namen, die auf der Liste standen, war doppelt so hoch wie die der vermißten Granaten. Der Namensliste beigefügt waren eine Fotokopie der Munitionsbestellung – mit einer unleserlichen Unterschrift des Regimentskommandeurs – und eine Kopie des Lieferscheins mit einer unleserlichen Unterschrift des Lkw-Fahrers sowie der vom Regimentskommandeur unterzeichneten Empfangsbestätigung. Ehuds Gekritzel oben auf der ersten Seite enthielt den ergänzenden Hinweis, besagter Regimentskommandeur sei eine Woche nach Erhalt der Sendung von einem Selbstmordkommando der Hisbollah getötet

worden. Der Attentäter hatte mit seinem mit Sprengstoff vollgestopften Mercedes in der schmalen Pufferzone nördlich der israelischen Grenze, die nach dem Rückzug aus dem Libanon geschaffen worden war, einen mit fünfundzwanzig Soldaten besetzten Truppentransporter gerammt. Außer dem Kommandeur waren elf weitere Soldaten bei dem Anschlag ums Leben gekommen.
»Nehmen Sie ein wenig Rücksicht auf die Leute«, hieß es am Ende von Ehuds Anmerkung. Auf dem Ausdruck standen zweihundert Namen mit Rangbezeichnung, Dienstnummer, Privat- und Dienstadresse, Telefonnummern und besondere Fähigkeiten.
Die Bemühungen, den toten Bettler zu identifizieren, hatten bislang zu nichts geführt. Vergeblich hatte Levys neue Freundin in den Archiven von Yad Vashem gestöbert und versucht, die KZ-Nummer mit einem Namen zu verbinden. Niemand hatte sich gemeldet und Anspruch auf den Leichnam erhoben. Das Bestattungsinstitut *Hevra kadisha* hatte sich daher um ein Grab bemüht, so daß der Tote gleich nach der Obduktion in einem abgelegenen Winkel des riesigen Friedhofs von Givat Shaul am westlichen Stadtrand beerdigt werden konnte; die Kosten übernahm die staatliche Sozialversicherung. Cohen hatte alle Bettler des »inneren Dreiecks« der City einsammeln und über den Toten befragen lassen, doch auch dabei war nichts herausgekommen. Es waren ihrer insgesamt nur zwanzig Menschen, doch gehörten sie nicht weniger zum festen Inventar der Innenstadt als die Straßenlaternen. Die meisten waren harmlose Spinner. Der Rest, ohnehin nicht gut zu sprechen auf die Behörden, gab ausnahmslos zu Protokoll, nicht die geringste Ahnung zu haben, aus welchem Grund der Mann umgebracht worden sein könnte. Er gehörte, wie sie sagten, zu den sogenannten »stummen Bettlern«.
»Er hat nie mit irgendwem geredet«, sagte der Mann, der bei Wind und Wetter mit einer Plastikschachtel voller Münzen gegenüber der Hauptpost saß. »Nicht einmal mit sich selbst.«
Noch immer lag die Akte des Bettlers bei den Mappen mit den Doppelmordunterlagen – ein Aspekt des Falles, über den sich außer Cohen kein Mensch Gedanken machte.
So verging der Vormittag mit emsiger Arbeit. Sie teilten die Listen unter die verfügbaren Ermittlungsbeamten auf und setzten sich, je

nach den Adressen der aufgeführten Reservisten, mit den zuständigen örtlichen Dienststellen der Kriminalpolizei in Verbindung. Es war eine anstrengende und ermüdende Arbeit, die durch das gespannte Warten auf den Ausgang von Shvillis Mission noch zusätzlich erschwert wurde. Jedesmal wenn das Telefon schrillte, hatte Levy den Hörer schon in der Hand, bevor noch das erste Klingelzeichen beendet war. Jedesmal hob Cohen dann langsam den Kopf aus den Akten und sah seinen Assistenten fragend an. Und jedesmal schüttelte Levy den Kopf. Sie warteten auf Shvilli und bangten um ihn.

22

EINE STUNDE NACH SEINER ANKUNFT im Kloster stand er auf einer Leiter vor dem Büro von Schwester Elisabeth und hatte damit begonnen, die Fassade zu streichen. Sie hatte ihm seine Geschichte abgenommen. Jetzt konnte er hören, wie sie ein Telefongespräch führte.

»Der Gärtner ist verhaftet worden«, sagte sie, verstummte und sprach nach einer kurzen Pause weiter. »Nein, ich weiß nicht, warum. Ein Freund von ihm tauchte heute morgen hier auf, um ihn zu ersetzen ... Nein, nein, er ist offenbar geistig zurückgeblieben.«

Shvilli grinste.

»Er soll mir hier was anstreichen, habe ich ihm gesagt.« Es erfolgte eine längere Pause. Shvilli stand, knapp außerhalb des Blickfelds der Nonne, wie festgefroren auf der Leiter neben dem halboffenen Fenster und bemühte sich angestrengt, alles, was sie sagte, zu verstehen.

Jetzt war sie wieder zu hören. »Ich kann mir nicht vorstellen, daß George ...« Wieder eine Pause. »Er ist betrunken, wie üblich.« In ihrer Stimme lag Abscheu. Shvilli nahm an, daß sich die Bemerkung auf den Archimandriten bezog. »Ich werde hier sein.«

Als er hörte, wie der Hörer klickend auf die Gabel fiel, nahm Shvilli seine Arbeit unverzüglich wieder auf. Und als eine knappe halbe Stunde später Alex erschien, stand er noch immer auf der Leiter.

»He, du, Butros, komm mal her!« befahl Alex.

Shvilli kletterte langsam die Leiter herunter und legte den Pinsel sorgfältig auf dem Blechdeckel des auf dem Boden stehenden Farbtopfs ab. Dann ging er mit gesenktem Blick auf Alex zu. Er überlegte sich jeden einzelnen Schritt und hoffte, daß sein Bemühen, die Unschuld vom Lande zu spielen, bei Alex den Eindruck eines Mannes

erweckte, der alles daransetzte, das ihm Aufgetragene pünktlich und genau zu erledigen.
»Georges Frau hat dich hergeschickt, wie?« fragte Alex.
»J-j-ja.«
»Was hat sie dir gesagt?«
»Geo-Geo-Geo-Geo...«
»George«, vollendete Alex ungeduldig.
»Ja!«
»Was hat George gesagt?«
»I-ich s-s-s-soll he-her...«
»Herkommen. Hierher, ja, ja. Aber wie hat er dir das gesagt? Die Israelis haben ihn doch abgeholt. Warum?«
»W-w-w-weiß n-nich' ...«
»Das weißt du nicht, aha. Aber wie hat er es dir dann gesagt? Die Israelis kamen. Haben ihn mitgenommen. Wie konnte er dir da sagen, daß du herkommen solltest?«
»I-ich w-w-w-war b-b-b-bei ihm.«
»Wann?«
»G-g-g-estern a-a...«
»Gestern abend?«
Shvilli nickte. Er spürte, wie ihm über den Brauen der Schweiß ausbrach, und fragte sich, ob Alex es bemerkte. Er war froh und dankbar, daß Cohen die Fragen vorausgesehen und ihn präpariert hatte. Blieb nur zu hoffen, daß die Antworten, die er sich ausgedacht hatte, genauso klug waren.
»Was hast du bei George getan?« fragte Alex fordernd.
»Geo-Geo-Geo-Geo...«
»Das reicht. Schon gut, das ...«
Shvilli stotterte weiter. Er wußte jetzt, daß seine Tarnung funktionierte.
Alex sah ihn ein letztes Mal mit bohrendem Blick an. Shvilli lächelte und hob die Schultern. Alex entfernte sich wütend und marschierte auf den Hintereingang des Gebäudes zu, in dem sich Schwester Elisabeths Büro befand. Die beiden wechselten ein paar Worte in gedämpftem Ton; dann kam Alex wieder heraus, streifte Shvilli nochmals mit einem Blick und steuerte auf den Parkplatz zu.

Als er den Motor des Lieferwagens anspringen hörte, stieg Shvilli wieder auf die Leiter und wartete auf seine Chance.

Am frühen Nachmittag gab es fürs erste am SIDRA-13-Fall nichts mehr zu tun. Levy wandte sich daher wieder dem routinemäßigen Papierkram zu, der in unablässigem Strom das Büro zu überfluten schien. Fast jede Stunde kam Rutie herein und brachte Nachschub. Berichte über den Fortgang von Ermittlungen, Durchschläge von den Berichten der Streifenpolizisten – kurzum, alle Informationen, die im Laufe des Tages von der Polizei gesammelt worden waren, landeten in Cohens Büro. Die Ordner und Mappen der aktuellen Fälle stapelten sich auf dem Tisch, oben auf den Aktenschränken und sogar auf dem Fußboden.

Sein Unterarm juckte entsetzlich. Cohen war müde und erschöpft. »Seit gestern hocke ich ununterbrochen auf diesem Stuhl«, brummte er.

Mit großer Behutsamkeit legte Levy seinem Chef nahe, nach Hause zu gehen und sich ein wenig auszuruhen. »Wenn wir bis jetzt noch nichts von ihm gehört haben, dann ruft er vor heute abend bestimmt nicht an. Und mit dem, was sonst noch anfällt, werde ich auch allein fertig.«

Cohen dachte einen Augenblick nach. »Gut«, sagte er. »Ich hau' ab.« Er sah auf die Uhr. »Um 18.30 Uhr bin ich wieder da.« Schwerfällig erhob er sich von seinem Stuhl und verließ das Büro. Durch den Hauptflur erreichte er die Hintertreppe, die zum Parkplatz hinunterführte. Levy vertiefte sich wieder in die Papiere.

Cohen fuhr nicht nach Hause. Als er das russische Viertel beim Rathaus verließ, bog er an der Altstadtmauer nicht nach rechts, sondern nach links ab. Er hatte das Band mit Mozarts *Requiem* in den Kassettenrecorder geschoben und fuhr nun am Damaskustor vorbei auf die alte Straße nach Osten, die Jerusalem mit dem Toten Meer verband.

Die Straße begann in einem Tal am Fuße des Ölbergs, wo die weißrussische Kirche ihr eigenes Kloster und ihre eigene zwiebelturmgeschmückte Kirche besaß. Yaffe war beauftragt, sich um den weißrussischen Aspekt des Falles zu kümmern, hatte jedoch bisher nichts Brauchbares in Erfahrung gebracht. Betrunkene Archimandriten und

Diplomaten in Paris hatten mit ihrer Politik dafür gesorgt, daß es zwischen den beiden Kirchen keinerlei Beziehung gab. Doch in Jerusalem war der rot-weiße Kirchenstreit nichts als Spreu im politischen Wind.

Hinter der Kirche und entlang der Begrenzung des Friedhofs, von dem, wie es heißt, dereinst die Toten auferstehen werden, stieg die Straße noch an, doch danach ging es bis zum Toten Meer nur mehr bergab. In vernachlässigten arabischen Siedlungsgebieten war die Strecke mit Schlaglöchern übersät. Korbflechter boten am Straßenrand ihre Ware feil, und immer wieder säumten liegengebliebene und längst ausgeschlachtete Autos die Piste. Cohen war stets auf der Hut vor einem möglichen Hinterhalt. Eine Ansammlung von Kindern und Halbwüchsigen an einer Kreuzung konnte beim Auftauchen eines israelischen Wagens einen Steinhagel niederprasseln lassen. Auch Polizeifahrzeuge, offizielle wie zivile, waren nicht davor gefeit. Cohen hätte die neue Fernstraße nehmen können, die direkt über den Ölberg führte. Aber er liebte jeden einzelnen Teil der Stadt – Bethanien war für ihn nicht weniger Jerusalem als Rehavia, Abu Dis nicht weniger als Nahlaot.

Mit Beginn der Intifada war die neue Fernstraße, die alle bevölkerten Teile Ost-Jerusalems – und die Steinewerfer – umging, immer beliebter geworden. Cohen indessen zog die alte Straße vor. Es gefiel ihm, wie die Stadt an einem Beduinenlager aus Autowracks und Zelten aus schwarzem Ziegenfell – dem letzten Zeichen menschlicher Besiedlung vor dem steilen Abstieg ins Jordantal – unvermittelt der Wüste Platz machte.

Er jagte die lange abschüssige Strecke vor der Abzweigung der Straße nach Jericho hinunter. Als die Kreuzung mit ihren Rucksacktouristen und Soldaten, die unterwegs nach Norden, durchs Jordantal nach Galiläa, waren, linker Hand an ihm vorbeiflog, bemerkte er eine träge Straßensperre der Armee. Der Nachmittagsverkehr Richtung Totes Meer wurde durchgewinkt. Fahrzeuge, deren Kennzeichen – schwarze Ziffern auf blauem Grund – ihre Halter als arabische Einwohner der besetzten Gebiete auswiesen, wurden kontrolliert. Cohens Wagen war aufgrund der weißen Kennzeichenziffern auf rotem Grund sofort als Polizeiwagen zu erkennen.

Damals, nachdem das Ekzem auf seinem Arm erstmals aufgetreten war, hatte er auf regelmäßige Bäder in den mineralreichen Wassern des Toten Meeres geschworen, auf deren lindernde Wirkung er von verschiedenen Ärzten aufmerksam gemacht worden war. Doch schon wenig später hatte Cohen die Herrschaft über seinen Zeitplan verloren. Es war ihm einfach nicht mehr möglich, regelmäßig einen ruhigen Nachmittag an einem der steinigen Strände einzuplanen und sich immer dann, wenn ihn der schmerzende Juckreiz überfiel, ins Meer zu stürzen.

Manchmal war er auch mit Ahuva ans Meer gefahren. Da hatte sie an irgendeinem Vormittag mitten in der Woche spontan die Abenteuerlust überkommen. Sie suchten sich abgeschiedene Strände irgendwo zwischen dem flachen Land am Fuße des Felsens von Massada und den Kaliwerken von Sodom. Sie spazierten durch die üppigen Naturgärten von Ein Gedi, bis sie ein schönes Picknickplätzchen fanden, an dem sie ungestört waren und vorübergehend die Stadt und ihre Probleme vergessen konnten. Das Mittagessen nahmen sie manchmal in einem kleinen Restaurant in Jericho ein; ihr Lieblingsgericht dort war gebackenes Hähnchen in Knoblauch-Sesam-Soße. Die Kellner trugen die Tabletts über kleine Steinbrücken zu den im Schatten stehenden Tischen. Cohen dachte an Ahuva und fragte sich, warum sie ihn nicht anrief. Er sehnte sich nach ihr und wünschte, sie wäre schon wieder zu Hause.

Das *Requiem* im Walkman war zu Ende, und Cohen nahm den Kopfhörer ab. Mit unverändert hoher Geschwindigkeit setzte er seine Fahrt fort. Zu seiner Linken lag jetzt das Meer, und ein ausgebrannter jordanischer Panzer am Straßenrand erinnerte an den israelischen Vorstoß durch das Westjordanland zwanzig Jahre zuvor. Es war windstill. Die langen, fingerartigen Blätter der hochragenden Palmen in den Kibbuzplantagen waren so unbewegt wie die Berge zu seiner Rechten. Einige Kilometer hinter dem zweiten öffentlichen Badestrand, der an diesem Wochentag frei von Erholungsuchenden war, parkte er den Wagen am Straßenrand.

Im Schatten des hohen Schilfs zog Cohen sich aus; nur die Segeltuchschuhe behielt er zum Schutz vor scharfrandigen Steinen an. Dann ging er ans Ufer. Das Salzwasser drang in einen Kratzer auf seinem

Bein ein und verursachte ein scharfes Brennen, das ihn zusammenzucken ließ. Als es endlich auch seinen Arm bedeckte, stöhnte er auf. Schließlich stand er bis zum Hals im Meer und lehnte sich zurück. Das Wasser trug ihn; es war, als ruhe sein Kopf auf einem Wasserkissen, und seine Füße wurden durch den Auftrieb gehoben, so daß er ohne jede Schwimmbewegung an der Oberfläche trieb. Es war ein ideales Ruhebett.

Fast eine halbe Stunde lang trieb er so im schweren Wasser. Mal schloß er die Augen, mal öffnete er sie und blinzelte ins grelle Sonnenlicht. Dann ging er wieder zum Ufer zurück, wobei er sich unterwegs mehrfach bückte, mit den Händen tonigen Schlamm aus dem seichten Wasser klaubte und damit Arme und Brust einrieb. Die grauen und schwarzen Tonstreifen trockneten rasch aus, und Cohen tauchte wieder unter, um sie abzuspülen. Schließlich erreichte er den Strandabschnitt, an dem er seine Kleider abgelegt hatte. Nackt stand er am Ufer, bückte sich, grub mit den Händen nochmals triefenden Schlamm aus dem Wasser und rieb seinen gesamten Körper damit ein. Bald sah er aus wie eine grauschwarze Statue, die groß und schwer auf dem Strand unter der Sonne lag.

Er lauschte seinen Gedanken und hörte das ferne Donnergrollen der Gefahr, die sich aus den politischen Spannungen ergab. Er hörte Stimmen aus anstehenden und längst gelösten Fällen, und er hörte ihnen zu. Er hörte die Stimme seiner Frau und die Stimme des Kindes, das er gezeugt hatte, das aber nur als Phantasiegebilde in seinem Kopf existierte. Fast glaubte er auch, die Stimmen seiner Eltern zu hören, und als er zusammenzuckte, weil sich plötzlich die Erinnerung an die Stimmen im Lager einstellte, platzte die dünne Tonschicht auf seinem Gesicht wie ausgedörrter Wüstenboden in Tausende von feinen Rissen auf. Um seine Gedanken zu beruhigen, konzentrierte er sich auf den Klang von Ahuvas Stimme. Er erinnerte sich an ihre ersten gemeinsamen Stunden, zwei Jahre nach ihrer Ernennung zur Richterin, der damals jüngsten im ganzen Land. Sich über alle protokollarischen Vorschriften hinwegsetzend, hatte er sie zum Abendessen eingeladen. Und an jenem Tag hatte er sie zum erstenmal lachen hören.

Ihr Lachen vermischte sich mit dem Plätschern des Wassers am Rand des Meeres, und mit der Zeit zogen sich alle Stimmen, Gedanken

und Geräusche seines Lebens zurück und überließen ihn dem Heranrollen der winzigen Wellen, die träge seine Füße benetzten. So verharrte er fast eine Stunde lang, bis ihm das Knirschen von Rädern auf dem Kies der Straße über ihm jäh ins Bewußtsein fuhr. Gebückt erhob er sich, wobei die plötzliche Anstrengung seinen Kreislauf zu schnell in Gang setzte und vorübergehend ein betörendes, trunkenes Schwindelgefühl verursachte. Dann glitt er ins Wasser, spülte sich den trockenen Ton vom Leib. Als die Touristen unter der Leitung eines israelischen Fremdenführers den Schilfgürtel durchschritten hatten und auf den Strand traten, war er bereits wieder angezogen.
Eine Stunde später erreichte er die ersten Vororte der Stadt. Er wußte jetzt, was er zu tun hatte. Mit seiner Entscheidung, Shvilli ins Kloster einzuschleusen, hatte er die Situation grundlegend verändert. Das Risiko war hoch, aber Cohen war wieder Herr der Lage.

23

DIE STARE FLOGEN AUS AFRIKA nach Europa zurück. Ein ganzer Schwarm war auf dem Klostergelände eingefallen, und auf jedem Baumwipfel musizierte ein großes, zwitscherndes Orchester. Shvilli pfiff bei der Arbeit mit. Er verdünnte die Farbe absichtlich mit viel Wasser, so daß er sie in mehreren Schichten auf die Hauswand auftragen mußte und sich entsprechend länger auf seinem Posten aufhalten konnte. Nonnen gingen vorüber – wie die Vögel seine Anwesenheit bezwitschernd oder still und stumm wie die Geister der beiden Ermordeten. Shvilli beachtete sie nicht, sondern konzentrierte sich voll und ganz auf sein Ziel: Schwester Elisabeths Büro, das gleich neben dem Speisesaal am Ende eines langen Korridors lag.

Cohen hatte ihn beauftragt, die Ohren zu spitzen, doch außer dem Telefongespräch zwischen Schwester Elisabeth und Alex hatte Shvilli bisher nur die Stare und den Wind in den Olivenbäumen gehört.

Zwei Nonnen, die auf der anderen Seite des Speisesaals in der Küche tätig waren, begnügten sich damit, bei der Arbeit vor sich hin zu summen, und aus dem Büro der Mutter Oberin drang lediglich hin und wieder ein Rumpeln aus der Richtung des alten Dokumentenschranks. Alex war nach der kurzen Begegnung am frühen Morgen verschwunden und hatte sich bisher nicht mehr blicken lassen. Shvilli verrichtete also unverdrossen seine Malerarbeiten und wartete auf seine Chance.

Sie bot sich, als die Mutter Oberin, ein Gebetbuch in der Hand, das Haus verließ. »Das ist gut jetzt«, sagte sie und sah zu ihm hinauf, »wirklich, hier reicht es jetzt. Warum machst du nicht Mittagspause und fängst danach mit dem Haus dort drüben an?« Sie deutete auf das nächststehende Gebäude und lächelte ihn an. »Ich komme nachher wieder vorbei und sehe mir an, wie du vorankommst.« Sie drückte das

Gebetbuch an ihre Brust und eilte mit hurtigen Schritten auf die Klosterkirche zu, deren mit roten Ziegeln gedecktes Dach Shvilli von der Leiter aus sehen konnte.
Er wartete, bis Schwester Elisabeth außer Sicht war. Dann ergriff er den Farbeimer sowie den Plastikbeutel mit seiner Verpflegung und betrat das Gebäude durch eine Außentür, die in die Vorratskammer führte. Dort stellte er den Eimer in einem Einbauschrank ab und schlich sich durch den engen Flur, bis er die beiden Nonnen sehen konnte, die in der Küche auf der anderen Seite des Speisesaals arbeiteten. Sie schälten gerade Kartoffeln und ließen die sauberen Knollen in einen riesigen Bottich fallen, der auf dem Fußboden stand. Beide Frauen wandten ihm den Rücken zu.
Ein schneller, großer Schritt – und er verschwand im Speisesaal. Sein Ziel war der Flur auf der anderen Seite. Doch der Absatz seines linken Schuhs war dermaßen abgelaufen, daß einer der Nägel, mit der er an der Sohle befestigt war, über den Boden schrammte. Shvilli zog eine Grimasse und blieb wie angewurzelt stehen. Das Kreischen des Absatzes war das lauteste Geräusch, das er an diesem Vormittag gehört hatte. Er sah sich um, rechnete damit, daß die beiden Nonnen sich umdrehten, war bereits auf dem Sprung, davonzulaufen, dachte daran, daß er stotterte, dachte an die Rolle, die er spielte, und nicht mehr daran, warum er sich im Speisesaal des Klosters befand.
Aber die beiden Frauen summten friedlich weiter. Es war ein Lied, das er aus seiner Kindheit kannte, dessen Text ihm aber partout nicht einfallen wollte. Auf Zehenspitzen legte er die letzten zwei Schritte zurück. Dann hatte er den Speisesaal durchquert und befand sich in jenem Korridor, der zu Schwester Elisabeths Büro führte. Nun auch vor möglichen Zufallsblicken aus dem Speisesaal geschützt, beugte er sich flink vor und streifte sich für die letzten paar Meter bis zur Bürotür die Schuhe von den Füßen.
Die Tür war zu. Ein stummes Gebet auf den Lippen, griff Shvilli nach der Klinke. Die Tür öffnete sich; er schlüpfte lautlos ins Zimmer, zog die Tür hinter sich zu, umfaßte die Klinke mit festem Griff und ließ die altersschwache Falle leise in die dafür vorgesehene Öffnung gleiten. Zuerst ging er zum Fenster, das auf eine winzige Terrasse hinaussah, um sich zu vergewissern, daß der alternative Fluchtweg frei war. Dann

wandte er sich dem Schreibtisch zu. Abgesehen vom Telefon und einer Sammlung geschnitzter Kruzifixe aus Olivenholz, die wie ein Zaun die breite Tischplatte umrankten, war er leer.
Der Schweiß stand ihm auf der Stirn. Mit einem Satz war er beim Dokumentenschrank und sandte, als sich herausstellte, daß dieser ebenfalls nicht abgeschlossen war, erneut ein Dankgebet zum Himmel. Er zog das oberste Fach auf, wobei er bei jedem Quietschen des alten Holzes zusammenzuckte, und sah hinein. Er suchte nach Namen – nach Helena, dem Namen der Tochter, nach Miriam, dem Namen der Mutter, nach Alex, dem Namen des *Tihushnik*, des Schweigenden, dessen Stimme ihn schon einmal an diesem Tag den Schweiß ins Gesicht getrieben hatte.
Im ersten Fach war nichts zu finden.
Das zweite Fach. Vorsichtig hob er es am Griff an, um es ein wenig leichter zu machen. Es kam ihm vor, als liefen die Fächer auf rostigen Kugellagern. Plötzlich verstummten draußen die summenden Nonnen. Shvilli erstarrte und hielt den Atem an, doch dann setzte das Summen von neuem ein, und er nahm seine Suche wieder auf.
Zu dem Zeitpunkt, als er ganz hinten im untersten Fach eine Flasche hin und her rollen hörte, hatte er bereits alle Unterlagen in den vier Fächern durchgeblättert und war bereit, sich wieder aus dem Staub zu machen. Alle Nonnen im Kloster hatten eine persönliche Akte – nur die beiden Toten nicht.
Verärgert griff er nach der Flasche – zum einen, weil es ihn nach einer Belohnung für seine Mühe dürstete, zum anderen aber auch aus Neugier auf Schwester Elisabeths Alkoholpräferenzen. Es war ein billiger Cognac. Trotz seiner Enttäuschung schraubte er den Deckel ab und genehmigte sich einen tiefen Schluck. Was konnte er noch tun, um mehr über die toten Nonnen und Alex in Erfahrung zu bringen?
Die Knie vorgeschoben, hockte er nach Art der Araber auf den Fersen. Als er sich vorbeugte, um die Flasche wieder dort zu verstauen, wo er sie gefunden hatte, fühlte er mit den Fingern eine letzte Akte, die im Gegensatz zu allen übrigen nicht stand, sondern lag.
Sie schien leer zu sein, doch als Shvilli sie öffnete, erblickte er zwei mit winziger kyrillischer Schrift bedeckte Seiten. Er las die ersten paar Zeilen, und seine Enttäuschung verwandelte sich in Unglauben, um

wenig später in Faszination und Spannung umzuschlagen. Shvilli konzentrierte sich auf die beiden Seiten und überlegte, was besser war. Sollte er sie mitnehmen oder versuchen, sich ihren Inhalt einzuprägen? Er las sie durch, so schnell er konnte. Draußen in den Bäumen vor dem offenen Fenster schwatzten laut die Stare.

Wieder verstummte das Gesumme in der Küche, doch diesmal wurde es durch Stimmen abgelöst. Shvilli zögerte noch einen Augenblick, noch immer unschlüssig, ob er das Dokument an sich nehmen oder wieder in die Akte unter der Cognacflasche zurücklegen sollte.

Er ließ die beiden Seiten in die Akte zurückgleiten und legte das Konvolut wieder dorthin, wo er es gefunden hatte. Dann schob er das Fach so leise, wie er konnte, wieder zu, sprang auf und griff nach seinen Schuhen.

Schwester Elisabeths Stimme war deutlich zu vernehmen. Sie fragte die Nonnen in der Küche, ob sie den Gärtner gesehen hätten. Shvilli kauerte direkt unter dem Fenster und warf einen letzten Blick ins Büro. Sein Brotbeutel lag noch auf dem Schreibtisch; er huschte hinüber, nahm ihn an sich, eilte wieder zum Fenster und kletterte über den Sims. Sich mit einer Hand daran festhaltend, zog er mit der anderen das Fenster von außen zu. Dann ließ er sich in den Garten plumpsen; die Fallhöhe entsprach ungefähr dem Zweifachen seiner Körpergröße. Er rannte bis zum Ende des Gebäudes und drückte sich eng an die Mauer. Er mußte eine Entscheidung treffen.

Vorsichtig spähte er hinüber auf den Fußweg zum Parkplatz. Zwei Nonnen fegten eine vorspringende, vom Pfad abzweigende Treppe, die den Hang hinaufführte. Er sah sich um. Elisabeths Kopf ragte aus dem Fenster – zu Shvillis Glück blickte sie in die andere Richtung. Er duckte sich wieder und dachte nach. Den Hang hinunter durch den Wald? Die fegenden Nonnen würden ihn sehen. Frech übers Gelände marschieren und so tun, als wäre er die Unschuld in Person? Elisabeth würde ihn sehen. Den Hang hinauf zur Straße nach Hadassah?

»But-ros!« rief die Nonne in forschendem Ton.

Es war der einzige freie Fluchtweg. Shvilli zog sich die Schuhe an und rannte über die Terrasse hangaufwärts. Sein Ziel war die vierspurige Straße zweihundert Meter über ihm. Dazwischen lag der steile, mit Wald und Gebüsch überwucherte Berghang.

24

OHNE DIE KINDLICHE ZEICHNUNG in der unteren rechten Ecke des üblichen Protokollbogens, der von dem für Jerusalem-Mitte zuständigen Einsatzteam der Nachtschicht ausgefüllt worden war, hätte Levy nur einen flüchtigen Blick auf das Papier geworfen und es seinen bürokratischen Gang gehen lassen. Doch die Skizze aus der Hand eines Streifenpolizisten, der einige Stunden vor Tagesanbruch nach Nahlaot gerufen worden war, um den Beschwerden über eine schreiende Frau nachzugehen, die von einer nicht näher identifizierten männlichen Person verfolgt worden war, zeigte einen Mann mit einem Ziegenbart.

»Da haben wir etwas!« rief Levy aus und schwenkte das Papier wie eine Trophäe durch die Luft. Einmal, zweimal, dreimal las er es aufmerksam durch. Ein Obst-und-Gemüse-Händler auf dem Markt von Mahane Yehuda, Rahamim Aboudi, hatte die Polizei gerufen und dem Streifenbeamten Sasson erzählt, er habe sich gerade gewaschen, um zur Arbeit zu gehen, als er den ersten Schrei hörte. Bei den nächsten Schreien sei er zum Fenster gegangen und habe hinausgeschaut.

In diesem Moment – so das Protokoll – habe der Zeuge die junge Touristin gesehen. Sasson zitierte Aboudi mit den Worten, es sei »eine hübsche Blondine« gewesen. Ein paar Sekunden später sei ein Mann mit einem Messer vorbeigerannt; Aboudi hatte ihn laut Protokoll als »Hippie« bezeichnet, »lange Haare und komischer Bart«. Hier hatte Sasson das Gesicht skizziert. Der Name des Mädchens, so der Bericht weiter, sei Rahamim Aboudi nicht bekannt, doch glaube der Zeuge, daß das Mädchen zur Zeit in Nahlaot wohne. Aboudis Adresse stand ordnungsgemäß neben seiner Personalausweisnummer an der dafür vorgesehenen Stelle des Protokollbogens.

Levy sah auf die Uhr. Es war 16.30 Uhr. Vor einer Stunde war Cohen gegangen. Er versuchte, ihn unter seiner Privatnummer zu erreichen, aber dort nahm niemand ab. Schließlich rief er Rutie zu sich ins Büro.

»Solange ich unterwegs bin, rufen Sie alle zehn Minuten den Chef an«, trug er ihr auf. »Sagen Sie ihm, daß ich eine Spur des Hippies gefunden habe und um halb sechs wieder hier bin. Und sagen Sie ihm, daß ich vergeblich versucht habe, ihn anzurufen.«

Levy rannte die Marmortreppen hinunter und stürmte zum Haupteingang hinaus, vorbei an einer ausgegrabenen römischen Säule, die im umzäunten Garten der Polizeidirektion einsam in einer offenen Grube lag, dann über den Parkplatz und vorbei an der strahlendweißen Kirche. Er bog nach rechts in eine Gasse ein, die auf die Jaffastraße führte, die wichtigste Verkehrsader der Jerusalemer Innenstadt. Von dort aus war es noch ein fünfminütiger strammer Fußmarsch, der bergauf, bergab direkt zum Markt von Mahane Yehuda führte.

Einen Häuserblock vor dem Basar überquerte Levy die Straße, nahm eine Abkürzung durch einen Bogengang und erreichte das Gewirr der Sträßchen und Gassen von Nahlaot. Das Protokoll in der Hand, fand er schon bald jenen Teil des Viertels, in dem sich der Vorfall zugetragen hatte, und suchte Aboudis Adresse. Niemand war zu Hause. Levy klopfte an andere Türen. Er wollte unbedingt jemanden finden, der die blonde Touristin kannte. Erst an der vierten Tür reagierte jemand.

Eine steinalte Frau mit einem Gesicht so runzelig und behaart wie eine Feige, das Haupthaar verborgen unter einem Kaschmirtuch in grellen orangen, roten, grünen und gelben Tönen, starrte ihn aus einem Fenster im ersten Stock an.

»Tantchen!« rief er ihr zu. »Das blonde Mädchen, das hier irgendwo wohnt – haben Sie sie gesehen?«

»Was?« rief die Frau herunter.

»Die Ausländerin, das Mädchen!« schrie Levy hinauf. »Die junge Touristin?«

»Ich weiß von nichts«, antwortete die Frau. »Ich weiß gar nichts.«

»Wo, zum Teufel, haben Sie gesteckt?« explodierte Cohen, als Levy das Büro betrat. »Ich habe Ihnen ausdrücklich aufgetragen hierzubleiben, damit jemand da ist, falls Shvilli anruft!«
»Der Hippie!« versuchte Levy zu erklären. »Der Hippie ist gesehen worden.«
»Das ist mir egal, und wenn der Messias persönlich auf einem weißen Esel gesehen worden ist – Ihr Auftrag bestand darin, hier im Büro zu bleiben und auf einen Anruf von Shvilli zu warten. Wir haben einen Mann da draußen, der völlig auf sich allein gestellt ist. Wir sind die einzigen, die wissen, wo er ist. Wir können ihn nicht einfach so im Stich lassen.«
Erneut setzte Levy zu einer Erklärung an. »Da kam ein Bericht rein ... Ein Hippie mit einem Ziegenbart. Und einem Messer. In Nahlaot. Da entschloß ich mich ...«
»Sie hätten auch jemand anders hinschicken können. Irgendwen. Sie haben unseren Mann da draußen hängenlassen.« Cohens Wut war niederschmetternd – und doch wußte er, daß Levy sich ähnlich verhalten hatte wie er selbst bei seinem Entschluß, Shvilli ins Kloster einzuschleusen. Es war ein Vabanquespiel. Levy hätte das Büro nicht verlassen sollen – aber die Spur war wichtig. Cohen mäßigte seinen Ton. »Was haben Sie herausgefunden?«
Levy reichte ihm das Protokoll des Streifenpolizisten. Cohen überflog es und erkannte sofort dessen Bedeutung. »Was haben Sie unternommen?«
»Ich fand Aboudi an seinem Arbeitsplatz auf dem Markt. Wir sind seine Zeugenaussage noch einmal gemeinsam durchgegangen, aber er konnte keine zusätzlichen Angaben machen. Ich habe überall meine Karte hinterlassen, in den Läden, bei den alten Leuten auf den Bänken. Ich habe die Nachbarschaft abgeklappert, vier Straßen in jeder Richtung, ausgehend von Aboudis Wohnung in der Aboulafiastraße. Überall habe ich die Leute nach der Blondine und dem Hippie befragt und meine Karte hinterlassen. Wenn sie sich irgendwo blicken läßt, wird man uns benachrichtigen. Ich glaube, wir sollten Nahlaot Haus für Haus überprüfen.«
»Wir können nicht Ausgangssperren über ganze Stadtviertel verhängen wie die Armee im Westjordanland«, erwiderte Cohen ungeduldig.

»Der Mann ist gefährlich«, warf Levy ein. »Und er treibt sich irgendwo da draußen herum.«
Cohen reagierte nicht darauf. Er schwieg und überlegte, wie sich das Problem lösen ließ.
Levy interpretierte sein Schweigen als Gelegenheit, noch einmal nachzuhaken. »Ich weiß, daß es unser Mann ist. Ich spüre es. Eine Verfolgungsjagd mitten in der Nacht. Ein Messer. Das hat doch was zu bedeuten, ich bin mir ganz sicher. Gott allein weiß, was er als nächstes vorhat. Bisher liegen keine Vermißtenanzeigen aus Nahlaot vor, ich habe alle durchgesehen. Ich habe die Meldebögen der Hotels angefordert, der billigen wohlgemerkt, in denen Hippies normalerweise absteigen, im *Petra* zum Beispiel und in den Pensionen in der Altstadt. Ich weiß, daß er der Mann ist, den wir suchen. Hundertprozentig.« Levy war von seiner Meinung felsenfest überzeugt.
Er wollte gerade weiterreden, als das Telefon klingelte.
Cohen war schneller am Apparat als Levy.
»Cohen.«
»Chef! Chef! Ich hab's! Beweise! Alex ... Die Nonne ...« Shvilli war atemlos.
»Wo sind Sie?« fragte Cohen streng.
»Im Klinikum. Hadassah-Ein Kerem.«
»Sind Sie verletzt?« fragte Cohen, von plötzlicher Sorge um seinen Mitarbeiter ergriffen.
»Nein, nein. Ich stehe in einer Telefonzelle am Haupteingang.«
»Was ist mit Alex?« fragte Cohen. »Und welche Nonne meinen Sie?«
»Sie hatten ein Verhältnis!« rief Shvilli. »Können Sie sich das vorstellen – eine Nonne und ein *Tihushnik*! Die tote Nonne, meine ich, Helena.«
»Bleiben Sie, wo Sie sind«, befahl Cohen. »Ich komme und hole Sie ab.«
Als Cohen auflegte, hatte Levy bereits die Wagenschlüssel in der Hand.
»Was hat er herausgefunden?« fragte er Cohen, als sie die Treppe hinunterrannten.

»Alex und Helena hatten ein Verhältnis miteinander«, gab Cohen zur Antwort.
»Und deshalb hat er sie umgebracht?« fragte Levy ungläubig.
»Das meint jedenfalls Shvilli.«
Auf dem Parkplatz ging Cohen an ihrem Dienstwagen vorbei, wies Levy an, vor dem Gebäude mit den Arrestzellen vorzufahren, und ging die vier Eisenstufen hinauf, die zum Eingang des Untersuchungsgefängnisses führten.
»Itzik«, sagte er zu dem diensthabenden Beamten in der Wachstube, »holen Sie mir diesen Araber raus, den ich gestern einliefern ließ. George Hamdiya. Bringen Sie ihn her.« Cohen warf die Papiere auf den Tisch.
Der Beamte reagierte schnell. Der Mann von der Nachtschicht hatte ihm schon erzählt, daß ein besonderer Gast von Chefkommissar Cohen in der Arrestzelle saß. Die Dringlichkeit in Cohens Stimme ließ darüber hinaus keinen Zweifel daran, daß der Kommissar nicht an einer längeren Unterhaltung interessiert war.
Zwei Minuten später kam Hamdiya durch den schmalen Korridor auf Cohen zu. »Na, George«, sagte Cohen lächelnd, »so, wie's aussieht, können Sie schon jetzt nach Hause gehen.«
Der Araber sah Cohen ins Gesicht. »Haben Sie den Mann gefunden, der die beiden Schwestern umgebracht hat?« fragte er.
»Vielleicht ja. Vielleicht haben wir ihn. Machen Sie sich darüber keine Gedanken, George. Sie können jetzt jedenfalls nach Hause. Hier ...« Er griff in seine Hosentasche. »Ich gebe Ihnen Geld, damit Sie sich ein Taxi nehmen können. Nur eines noch, George: Gehen Sie heute nicht mehr ins Kloster. Warten Sie bis übermorgen.«
»Aber ...«
»Kein Aber!« sagte Cohen.
Hamdiya blinzelte und sah zur offenstehenden Eingangstür hinaus, die auf den sonnenüberfluteten Parkplatz führte. Cohen nickte, und Hamdiya eilte hinaus. Der diensthabende Wachtmeister legte Cohen einen Stapel Formulare zum Unterschreiben vor.
»Ein *Shtinker*, was?« fragte er abschätzig, als Cohen ihm die Papiere zurückgab.
»Nein«, erwiderte Cohen, »ein Gärtner.« Er machte auf dem Ab-

satz kehrt und ließ den verwirrten Wachtmeister stehen. Draußen vor der Tür wartete Levy bereits auf ihn.
»Stellen Sie die Sirene an«, sagte Cohen, als er in den Wagen stieg. Levy lächelte und beugte sich vor, um den Schalter zu bedienen. Cohen schob unterdessen die Lampe mit dem rotierenden Blaulicht durchs Fenster auf das Wagendach.

25

SHVILLI ERWARTETE SIE an der Einfahrt zum Krankenhausparkplatz. Er stand auf den Zehen und tanzte beinahe, als Levy auf ihn zufuhr. Rasch sprang er in den Wagen und fing sofort an zu erzählen, was er herausgefunden hatte.

»Alex und die Tochter hatten ein Verhältnis«, begann er, »auf jeden Fall behauptet das Schwester Elisabeth. Vor einem Jahr schrieb sie einen Brief an ›Seine Heiligkeit‹ – ich nehme an, das ist der Bischof. Und jetzt hören Sie sich das mal an: In dem Brief heißt es, daß die beiden anfangs lange Spaziergänge unternahmen und auch sonst oft zusammen waren. Doch dann fuhren sie immer öfter zu zweit mit dem Auto fort und kamen erst spätabends zurück. Im Brief steht, daß Helena in seiner Wohnung zivile Kleider deponiert hatte. Die haben gevögelt, die zwei.«

Levy hatte auf dem Parkplatz gewendet und fuhr langsam zurück in die Stadt.

»Fangen Sie ganz von vorne an«, befahl Cohen.

»Es lief alles nach Plan«, sagte Shvilli. »Ich kam frühmorgens zum Tor und sagte: ›Mein Freund George bat mich, ihn heute bei der Arbeit zu vertreten.‹« Shvilli erzählte die Geschichte seiner erfolgreichen Mission mit spürbarem Genuß. »Ich hab' furchtbar gestottert, deshalb haben sie mir keine Fragen gestellt. Alex kam dann auch und sah mich bei der Arbeit. Er fragte mich, wo ich herkäme. Also, die Stotterei hat wirklich prächtig funktioniert. ›Er ist offenbar geistig zurückgeblieben‹, sagte Schwester Elisabeth zu Alex – ich hörte, wie sie mit ihm telefonierte. Dabei ist sie selbst die Bescheuerte. Solche Sachen einfach im Dokumentenschrank liegenzulassen ...«

»Sie sind an ihre Akten rangekommen?« fragte Levy beeindruckt. Cohen hörte die Eifersucht in der Stimme seines Assistenten. »Der

Chef hat Ihnen doch ausdrücklich gesagt, auf solche Sachen zu verzichten«, fuhr Levy fort. »Ohren spitzen, sagte er, nichts anfassen ...«
»Ruhe!« kommandierte Cohen.
Levy verstummte. Mit verschränkten Armen saß Shvilli auf dem Rücksitz und schmollte.
Cohen drehte sich wieder zu Shvilli um. »Weiter!« befahl er.
»Ich habe also die Hauswand gestrichen, genau wie mir von Schwester Elisabeth aufgetragen worden war. Ich sag's Ihnen, Chef, das Gärtnerleben gefällt mir. Ein angenehmes, ruhiges Leben ...«
Cohen lachte.
»Was ist daran so komisch?« fragte Shvilli pikiert.
»Nichts, nichts«, sagte Cohen. »Ich stellte Sie mir nur gerade als Gärtner vor.«
»Wie dem auch sei«, fuhr Shvilli fort. »Ich bekam meine Chance. Schwester Elisabeth saß den ganzen Vormittag in ihrem Büro. Ich konnte sie durchs Fenster sehen. Sie winkte mir sogar manchmal zu.« Wieder mußte Shvilli lachen.
»Kommen Sie zur Sache!« sagte Cohen.
»Nun ja, dann ging sie hinaus. Zum Beten, schätze ich. Ich hab' mich heimlich, still und leise in ihr Büro geschlichen, und da fand ich ihn dann. Den Brief. Sie hat einen Brief geschrieben. Er war wie ein Bericht verfaßt, so als wollte sie den Bischof über die Angelegenheit aufklären. Ich hab' ihn gefunden. Er lag in der letzten Akte, ganz unten. Versteckt.« Shvilli vergegenwärtigte sich noch einmal seine Suchaktion. »Sie hat ihn versteckt. Und ich hab' ihn gefunden ...«
»Dann hat sie ihn offenbar nicht sehr gut versteckt«, bemerkte Levy, der jetzt gar nicht mehr versuchte, seine Eifersucht auf Shvillis Erfolg zu verbergen.
»Der Brief enthält eine Menge Einzelheiten«, sagte Shvilli, ohne auf Levys Kommentar einzugehen, »aber das, worauf es ankommt, ist, daß die beiden ein Verhältnis hatten.«
»Überlassen Sie es bitte mir zu entscheiden, worauf es ankommt«, sagte Cohen. »Weiter jetzt.«
»Alex und Helena, also die Tochter, haben es irgendwo miteinander getrieben«, wiederholte Shvilli.
»So, haben sie?« fragte Cohen. »Und deshalb ist Alex der Mörder?

Warum?« Er stellte sich absichtlich begriffsstutzig, um Shvilli dazu zu zwingen, seine Argumente logisch zu begründen.
»Wie bitte?« fragte Shvilli verblüfft. »Nun hören Sie mal! Eine Nonne und ein *Tihushnik*! KGB! So eine Geschichte gehört zu den Dingen, die alle in die Bredouille bringen, wenn Moskau dahinterkommt. Sie kennen diese Leute nicht, Chef. Ich kenne sie. Sie wissen ja gar nicht, was für eine Macht Alex ausübt. Er bestimmt über das Leben dieser Frauen. Sie stehen unter seiner Kontrolle. Er kann mit ihnen machen, was er will, und sie können sich nicht beschweren. Vielleicht hat er sie gezwungen? Schon möglich. Vielleicht aber auch nicht. Von ihm wird erwartet, daß er über allem schwebt – und da kommt dann diese Frau. Eine Nonne! Das ist eine ernste Sache, eine sehr ernste!«
»Warum hat sie diesen Brief dann nicht abgeschickt?« fragte Cohen.
Shvilli zuckte mit den Schultern. »Das weiß ich auch nicht.«
»Vielleicht hat Alex vorzeitig davon erfahren und sie an der Absendung des Briefes gehindert«, stellte Cohen anheim.
»Genau!« sagte Shvilli, der bereit war, jedes Argument zu akzeptieren, das seine These von der Täterschaft Alex' zu bestätigen schien. »Er kam dahinter und hat seither etwas gegen sie. So ist es.« Im offiziellsten Ton, zu dem er fähig war, fügte Shvilli hinzu: »Lassen Sie ihn verhaften, Chef. Es wird mir ein Vergnügen sein, diesen Job zu übernehmen.«
Doch Cohen zweifelte an seiner eigenen Theorie. Wenn Alex von dem Brief erfahren hatte, wäre allenfalls Schwester Elisabeth gefährdet gewesen.
»Noch nicht«, sagte er. »Ich möchte noch mehr wissen.«
»Er weiß schon, warum«, sagte Shvilli. »Ich bin sicher, er kann Ihnen alle Fragen beantworten.«
Cohen rückte sich auf seinem Sitz zurecht. »Natürlich könnte er uns eine Menge Fragen beantworten«, erwiderte er. »Nur macht ihn dies allein noch nicht zum Mörder. Was haben Sie über Mutter und Tochter sonst noch herausgefunden? Warum hat die Mutter die Tatsache, daß sie eine Tochter hat, verschwiegen?«
»Hören Sie«, sagte Shvilli, noch immer voller Begeisterung für jedes Detail, das er herausgefunden hatte. »Die Mutter war die Ehefrau eines großen Helden im antifaschistischen Krieg. Er war General. Eines

Tages befahl Stalin den Untergebenen dieses Generals, ihren Helden abzuführen. Stalin war verrückt und sah sich überall von Feinden umgeben. Die Mutter genauso. Sie schickt das Baby – das war ungefähr 1951, 1952 – zu ihrer Familie nach Litauen, geht zur Kirche und sagt, sie wolle als Nonne ins Kloster gehen. Sie war schon viele Jahre hier und hat die ganze Zeit über versucht, ihre Tochter ebenfalls herzuholen.«

»Und warum steht von der Tochter kein Wort auf dem Visumantrag?« fragte Cohen. Die einzelnen Stücke des Puzzles paßten einfach nicht zusammen. Dennoch hakte er nach in der Hoffnung, Shvilli noch die eine oder andere erhellende Information entlocken zu können. Er fühlte sich verschwitzt und kurbelte das Seitenfenster herunter. Die Abenddämmerung senkte sich langsam über die Stadt.

»Wer weiß das schon?« rief Shvilli. »Vielleicht wollte sie ihre Tochter vor den *Tihushniks* verstecken. Vielleicht auch vor uns. Es ist doch auch egal. Wichtig ist, daß die Tochter damals siebenundzwanzig oder achtundzwanzig Jahre alt war. Sie kommt mit Alex hierher. Anfangs halten sie ihr Verhältnis geheim. Doch vor ungefähr einem Jahr kommt ihnen Schwester Elisabeth auf die Schliche. Und noch eins, Chef: Ich weiß jetzt, was dieser unfertige Brief zu bedeuten hat, den Sie mir gezeigt haben. Mir ist das jetzt völlig klar. Mit dem ›Vater‹ in dem Brief ist ein Priester gemeint. Er hat die Sache mit Helenas Ausreise nach Jerusalem gedeichselt.« Selbstzufrieden lehnte sich Shvilli in seinem Sitz zurück. »Unglaublich! Ein *Tihushnik* und eine Nonne. Wirklich unglaublich.« Sein Blick fiel auf die Calderplastik in Fahrtrichtung vor ihnen. »Fahren wir gleich hin, ja? Gut. Wir haben ihn.«

Levy fuhr langsamer. »Wo lang?« fragte er Cohen und hielt sich ganz rechts. Linker Hand zweigte die Straße nach Ein Kerem ab. Wollten sie zurück in die Stadt, so mußte er in der rechten Spur bleiben.

Cohen ergriff erst wieder das Wort, nachdem Levy auf dem Randstreifen angehalten hatte.

»Daß Alex die Nonnen umgebracht hat, steht offensichtlich nicht in diesem Bericht«, sagte er.

Immerhin räumte Shvilli das ein. »Der Brief stammt ja auch aus dem vergangenen Jahr«, sagte er, Elisabeth gleichermaßen verteidigend wie sich selbst. »Sie hatten ein Verhältnis, Chef. Und das durften sie nicht. Das mußte strikt geheimgehalten werden. Vielleicht wollte Helena das Techtelmechtel beenden. Vielleicht hatte sie bloß die Heimlichtuerei satt. Vielleicht wollte er Schluß machen und sie nicht. Vielleicht …«

»Warum hat Elisabeth diesen Brief aufbewahrt?« unterbrach ihn Cohen. »Was könnte sie dazu veranlaßt haben?«

»Ob sie Alex erpressen wollte?« warf Levy ein.

»Das wäre in der Tat ein Mordmotiv gewesen«, meinte Cohen.

»Also wußte er nichts von dem Brief«, konstatierte Shvilli.

»Und warum hat sie ihn dann aufbewahrt?«

»Angenommen …« Shvilli verstummte. Er fand keinen plausiblen Grund.

Cohen ließ die rätselhafte Briefaffäre fürs erste auf sich beruhen und wechselte das Thema. »Was ist mit dem Bettler?« fragte er und versuchte, Einzelinformationen zu einem Ganzen zusammenzufügen. Vor seinem geistigen Auge erschienen zwei Bilder gleichzeitig wie zwei parallele Szenen auf einer geteilten Filmleinwand. Er sah die Blutlachen, die sich um die beiden Stichwunden in den Hälsen der Nonnen gebildet hatten, und daneben die weniger tiefen, dafür aber um so zahlreicheren Wunden, die Gesicht und Körper des Bettlers entstellten.

»*Sie* sind doch derjenige, der es für unwahrscheinlich hielt, daß ein und derselbe Täter am Werk war«, protestierte Levy, der Cohens Gedanken gelesen hatte. »Der Mörder der Nonnen mußte sehr stark sein. Der Mörder des Bettlers war nicht so kräftig wie Alex.«

»Stimmt«, sagte Cohen, stemmte seine Füße gegen den Wagenboden und versuchte, seinen verspannten Körper zu strecken, als könne es ihm dadurch gelingen, die bisher bekannten Fakten zu einer einheitlichen, alles erklärenden Theorie zu verdichten. »Der Bettler wurde von jemand anderem umgebracht. Vielleicht. Aber dieser Brief … Warum hat sie ihn nicht abgeschickt?«

»Vielleicht hat sie's ja getan«, sagte Levy. »Und dann stellte sich heraus, daß der Skandal gar nicht so schlimm war wie erwartet …« Shvilli unterbrach ihn. Levys Vermutung erregte ihn nicht weniger als zuvor die Überzeugung, er habe mit seiner Mission den Fall gelöst. »Ich sage Ihnen eines«, ließ er sich vernehmen, »Sie haben keine Ahnung. Sie verstehen diese Leute einfach nicht.« Er verlieh den

nächsten beiden Worten besonderes Gewicht, indem er sie an den Fingern abzählte. »*Tihushniks.* Nonnen.« Nun hob er auch die andere Hand und führte die beiden gestreckten Finger mit ihrem jeweiligen Gegenüber zusammen. »Eine Nonne heiratet Christus ...«, er hob den Zeigefinger, mit dem er das erste Wort unterstrichen hatte, und brachte sein letztes Argument, »... und keinen Spion.«
Cohen rieb sich geistesabwesend den Unterarm unter seinem Jackenärmel.
Shvilli fuhr fort. »KGB«, sagte er. »Sie glauben also, der KGB würde eine solche Affäre dulden? Was bilden Sie sich ein? Meinen Sie etwa, Glasnost hätte den KGB geändert? Ja, okay, Gorbatschow. Toller Mann. Phantastisch. Aber Alex und Helena? Die Sache ist für beide äußerst gefährlich. Sie bekommen große Schwierigkeiten mit ihren jeweiligen Vorgesetzten. Eine Nonne, die einen Geliebten hat! Ein Agent, der sich mit einer Schutzbefohlenen einläßt! Alex hatte große Angst davor, daß das Verhältnis bekannt werden könnte. Das mußte er unter allen Umständen verhindern ...«
»Die Personalakte lag bei Elisabeth«, wiederholte Cohen. Die Argumente drehten sich im Kreis und machten ihn ganz schwindlig. »Sie hätte die Geschichte verraten können. Wenn Alex also wen ermordet, dann doch wohl am ehesten sie – oder?« Er atmete tief ein. Die Abendluft strömte in seine Lungen.
»Als sie den Brief schrieb, ahnte Alex offenbar noch nicht, daß sie Bescheid wußte«, sagte Shvilli.
»Doch wenn sie von dem Verhältnis wußte, dann hätte sie uns doch informiert«, warf Levy ein. »Sie hätte uns nach der Tat irgendwie darauf hingewiesen.«
»Nicht, wenn Alex von dem Brief wußte und es ihr irgendwie verklickert hat«, sagte Cohen. »Und wenn sie Alex nicht für den Mörder hält, auch nicht.«
Die Mutmaßung, Alex könne unter Umständen doch nicht der Mörder sein, ließ Shvilli die Beherrschung verlieren. »Was sagen Sie da?« rief er und hämmerte voller Wut mit den Fäusten auf den Rücksitz. »Nein! Alex muß etwas gegen sie in der Hand haben. Er war's, ganz bestimmt!«
Zum erstenmal drehte sich Cohen um und sah dem russischen Krimi-

nalbeamten in die Augen. Sein Blick genügte, um Shvilli zum Schweigen zu bringen. Diesem war sein Ausbruch auf einmal furchtbar peinlich. »Es tut mir leid«, entschuldigte er sich, um dann sogleich fortzufahren: »Sehen Sie, Chef, ich bin mir absolut sicher, hundertprozentig! Alex war's.«

»Doch was wurde durch diesen Doppelmord schon verhindert?« fragte Levy nach. »Wen hat dieses Verhältnis denn bedroht? Was genau war das Motiv?«

»Solange die Affäre geheim blieb, war offensichtlich niemand bedroht«, sagte Cohen nachdenklich. »Doch nehmen wir einmal an, Helena hatte genug von der Geheimniskrämerei. Was, wenn sie mehr wollte als nur eine heimliche Liebschaft?«

»Das wäre sehr gefährlich gewesen für Alex!« sagte Shvilli, der erneut eine Chance sah, seine fixe Idee von der Täterschaft Alex' glaubhaft untermauern zu können. »Vielleicht wollten sie gemeinsam davonlaufen … Aber er wußte natürlich, daß der KGB sie finden würde.«

»Er hätte ja überlaufen können«, meinte Levy.

»Nein«, sagte Cohen bestimmt. »Ich habe gehört, was der Mossadchef dazu zu sagen hat. Sie wären an Alex nur interessiert gewesen, wenn er als Doppelagent weitergemacht hätte. Ansonsten hat er ihnen nichts zu bieten. Er ist nichts als ein Babysitter, und das weiß er auch.«

»Ganz meine Meinung«, sagte Shvilli. »Er ist nur ein kleines Licht. Ein Muskelpaket mit gerade genug Grips, um auf ein Rudel Nonnen aufzupassen. Oder sie umzubringen.«

Levy unterbrach ihn mit einer anderen Überlegung. »Alex wußte nichts von Schwester Elisabeths Brief. Andernfalls hätte er ihn vernichtet oder vernichten lassen.«

Cohen schüttelte den Kopf. »Nicht, wenn er sich aus anderen Gründen darauf verlassen konnte, daß sie den Mund hält.«

Die vielen Wenn und Aber schienen plötzlich auch Shvillis Überzeugung zu erschüttern. »Aber wenn er die Nonnen umgebracht hat – warum dann nicht Elisabeth?« fragte er.

Eine Zeitlang sprach keiner von ihnen ein Wort. Cohen rieb sich geistesabwesend den Unterarm und beobachtete den entgegenkommenden Verkehr Richtung Klinikum. Die Autos hatten inzwischen alle die Scheinwerfer eingeschaltet. Er klopfte auf die Brusttasche seines Hemdes und suchte eine Zigarette. Das einzige, was er dort fand, war eine leere, zerknüllte Packung, doch da tauchte schon Shvillis Hand, von hinten kommend, über seiner Schulter auf und bot ihm eine Zigarette an. Levys Finger trommelten auf das Lenkrad.

Cohen erwog, die ganze Angelegenheit an Shmulik abzugeben. Sollten sie sich doch beim Shabak die Köpfe über den Fall zerbrechen. Sollte Alex der Täter sein, war ohnehin der Shabak zuständig. Außerdem brannte Cohen der SIDRA-13-Fall auf den Nägeln. Endlich waren sie soweit, daß die Liste der Verdächtigen nicht mehr größer, sondern kleiner wurde. Man konnte also von gewissen Fortschritten reden ... Er schüttelte den Kopf und zog heftig an seiner Zigarette. Nein, er würde den Fall nicht abgeben. Er war sein Problem.

»Wir werden uns mit Alex unterhalten«, verkündete er. »Aber ich halte ihn nicht für den Mörder ...«

Shvilli wollte protestieren.

»Ruhe jetzt. Aber er wird jetzt nicht mehr umhinkönnen, mit uns zu reden. Wenn er *ein* Geheimnis hatte, dann vielleicht auch noch andere ...« Mit einer Geste wies er Levy an, nach Ein Kerem abzubiegen, doch am Straßenrand unterhalb des Calder-Stabiles ließ er ihn wieder anhalten. »Also, gehen wir die Sache noch einmal durch«, sagte er. Fast eine Stunde lang saßen sie im Auto und planten ihr Vorgehen, wobei sie sorgfältig darauf bedacht waren, nicht wieder in jenen schwindelerregenden Teufelskreis von Fragen zu geraten, der statt Antworten nur immer neue Fragen gebar.

26

SIE FANDEN IHN GLEICH HINTER DEM TOR. Er brüllte George Hamdiya an.
»Du!« rief der KGB-Offizier auf arabisch, als er Shvilli aus dem Wagen steigen sah.
»Ja, ich«, gab Shvilli auf russisch zurück und grinste über das ganze Gesicht.
Cohen sah den Gärtner an, schüttelte traurig den Kopf und sagte: »Ich hatte Sie doch gebeten, nicht vor morgen früh wieder hierherzukommen.«
Hamdiya setzte zu einer Erklärung an, doch Alex kam ihm zuvor.
»Chefinspektor Cohen«, sagte er lautstark, »ich verlange eine Erklärung.«
»Ich auch«, entgegnete Cohen scharf. »Und Sie werden mir eine geben.«
»Ich bin Ihnen keine Rechenschaft schuldig«, sagte Alex. »Und du ...« Er deutete mit dem Finger auf Hamdiya. »Du bist entlassen!«
»Ich bezweifle, daß Sie zu solchen Entscheidungen noch befugt sind«, sagte Cohen. »Es war im übrigen nicht seine Schuld, sondern meine.« Er wandte sich an Hamdiya. »Keine Angst, es wird alles gut. Sie werden Ihre Stellung nicht verlieren.«
»Wovon reden Sie eigentlich?« Alex' Blick wanderte von Cohens Ledergesicht zu Shvillis Goldzahnlächeln.
»Ich weiß jetzt Bescheid über Sie und das Mädchen«, sagte Cohen.
»Welches Mädchen?« fragte Alex.
»Helena Natascha!« brüllte Shvilli. »Ihre Freundin, Sie Schuft!«
Mit einem Fingerschnippen sorgte Cohen für Ruhe. Shvillis Ausbruch kam ihm gerade recht. Alles verlief wie geplant. Shvillis bedrohliche

Wankelmütigkeit würde das Verhör beschleunigen; er wußte, wie man die Puppen zum Tanzen brachte.
Irgendeine emotionale Bindung mußte zwischen Alex und der Nonne bestanden haben; dies belegte der Brief, wie Cohen inzwischen meinte, und zwar ganz unabhängig davon, wie das Verhältnis der beiden im einzelnen ausgesehen hatte. Von Beginn der Ermittlungen an hatte Alex kühl und abgeklärt reagiert. Um seinen Panzer zu durchbrechen, verließ sich Cohen auf den Überraschungseffekt und hoffte darauf, ihn auf emotionaler Ebene aus dem Gleichgewicht bringen zu können. Daß da sein schwacher Punkt lag, hatte Alex schon einmal bewiesen. Cohen erinnerte sich noch daran, wie Alex gezwinkert hatte, als er, Cohen, die Tatsache ansprach, daß die Nonne mit ihm zusammen nach Israel eingereist war. Alex mußte sehr viel an dieser Beziehung gelegen haben – vielleicht sogar so viel, daß er sich dadurch zu einem Mord hatte verleiten lassen.
Shvillis höhnische Worte unterbrachen Cohens Gedanken.
»Ich weiß nicht, wovon er redet«, sagte Alex.
»Ich glaube schon«, gab Cohen zurück.
»Ich muß mit Ihnen nicht reden«, sagte der KGB-Offizier unbewegt. »Ich rede nur mit Yaffe.«
»Jetzt nicht«, sagte Cohen. »Später vielleicht. Im Augenblick müssen Sie, glaube ich, mit mir vorliebnehmen. Yaffe weiß nicht, was ich weiß – jedenfalls jetzt noch nicht.«
»Was können Sie schon wissen?« fragte Alex in arrogantem Ton.
»Wir wissen über das Mädchen Bescheid«, sagte Cohen. »Dadurch sind Sie der einzige Tatverdächtige. Was das bedeutet, wissen Sie wahrscheinlich.«
»Sie irren sich«, erwiderte Alex. »Sie haben ja gar keine Ahnung, wovon Sie reden. Ich habe Sie gewarnt. Sie sollen keine voreiligen Schlüsse ziehen, habe ich Ihnen gesagt.«
»Dann sagen Sie mir doch bitte«, bemerkte Cohen fast freundlich, »in welchem Punkt ich mich irre. Sie haben ein Verhältnis mit diesem Mädchen. Sie ist eine Nonne. Ich weiß nicht, wie die Geschichte anfing – aber ihren Ausgang kenne ich.«
Aufmerksam beobachtete er Alex' Reaktion. Doch der Russe verlagerte nur das Gewicht von einem Bein aufs andere, während seine

Miene ausdruckslos blieb. »Sie wissen ja«, fügte Cohen in besorgtem Ton hinzu, »es gibt so viele Morde zwischen Menschen, die sich lieben.« Er machte eine Pause. »Oder mal geliebt haben.«

»Ich weiß nichts von Ihrem Mörder«, sagte Alex. »Ich kann Ihnen zu dem Thema nichts sagen.«

»Aber Sie wissen eine ganze Menge über die toten Nonnen, vor allem über Helena. Zu viel, vielleicht ...« Und mit einem Hauch von Indiskretion, wie er hoffte, ergänzte Cohen: »Wie nannten Sie sie denn? Helena? Natascha?«

»Sie haben nicht das Recht, mich zu verhören«, sagte Alex trotzig. Für Cohen war das der erste feine Riß in seiner Verteidigung, gab er damit doch zu, daß es Personen gab, die das Recht hatten, ihn zu verhören. Doch um den Spalt so weit zu öffnen, wie Cohen es für nötig hielt, waren ganz andere Hebelkräfte erforderlich.

»Das ist nicht ganz korrekt«, sagte er mit einer gewissen Gönnerhaftigkeit. »Sie genießen Immunität. Es kann also sein, daß wir Ihnen nicht den Prozeß machen können. Doch selbst ohne diplomatische Beziehungen könnte man Ihren Vorgesetzten einen Hinweis auf Ihr indiskretes Verhalten geben. Sie werden wahrscheinlich schon allein über den Umstand, daß ausgerechnet wir dahintergekommen sind, alles andere als erbaut sein. Und ihr Zorn wird nicht uns treffen, sondern Sie.«

»Ich habe nichts zu verbergen«, sagte Alex. Cohen setzte Alex' linke Hand, die sich unentwegt zur Faust ballte und wieder öffnete, auf die Liste der Indizien, die ihm anzeigten, er war auf dem richtigen Weg.

»Schön. Um so leichter sollte es Ihnen fallen, sich mit mir zu unterhalten.«

»Sie spinnen doch«, sagte Alex plötzlich in leichtem Tonfall. »Ich habe diese Frauen nicht umgebracht. Ich weiß nicht einmal, was dieses Geschwätz über ›ein Mädchen‹ soll. Was für ein Mädchen denn bloß?«

Zwei Nonnen traten hinter einer hohen Zypresse hervor, die ihren Schatten über den Parkplatz warf. Stumm beobachteten sie die Szenerie. Ihre runden, blassen Gesichter unter den schwarzen Hauben waren ausdruckslos.

»Ich glaube nicht, daß Sie dieses Gespräch unbedingt hier fortsetzen wollen, oder?« Cohen verwies mit einer Kopfbewegung auf die beiden

Nonnen und fügte in freundlich aufmunterndem Ton hinzu: »Ich möchte es jedenfalls nicht. Kommen Sie, wir gehen dort hinüber.« Er deutete auf eine kleine Waldlichtung auf der anderen Straßenseite außerhalb des Klostergeländes.
Cohen kehrte Alex den Rücken und marschierte auf die Lichtung zu. Shvilli behielt Alex im Auge und wartete, bis sich der KGB-Offizier ebenfalls in Bewegung setzte.
Im Schatten eines alten Ölbaums, dessen Rinde so zerfurcht war wie Cohens Gesicht, blieb der Chefinspektor stehen und wartete auf die beiden Männer. »Sehen Sie, wir wissen inzwischen von Ihrem Techtelmechtel mit der Nonne«, sagte er, als Alex näher kam. »Ich bin Jude. Eine Nonne ist für mich eine Frau wie jede andere auch. Fromm ja, aber ansonsten ein Mensch wie du und ich. An Heilige glaube ich nicht.«
»Worauf wollen Sie eigentlich hinaus, Cohen?« fragte Alex, dessen Ungeduld eine Nervosität verriet, die genau Cohens Erwartungen entsprach.
»Nun«, sagte er und hielt Shvilli mit einem Wink auf Distanz, »nach meiner Erfahrung haben die meisten Menschen irgendwelche Geheimnisse. Und wenn ihnen das Geheimnis ganz besonders am Herzen liegt, sind sie imstande, dafür einen Mord zu begehen. Manchmal sind sie sogar bereit, für das Geheimnis zu sterben.«
Cohen setzte sich auf eine große Wurzel, die sich unter dem Baum aus dem Boden hervorwölbte. Er tastete nach seiner Brusttasche, und schon sprang Shvilli mit einer Zigarette herbei. Cohen dankte ihm mit einem Lächeln und scheuchte ihn wieder fort. Als Shvilli protestieren wollte, legte Cohen den Zeigefinger auf die Lippen. Widerstrebend zog Shvilli sich zurück, ließ jedoch Alex nicht aus den Augen. Der hatte sich, die Arme vor der Brust verschränkt, in trotziger Haltung vor Cohen aufgebaut.
»Wissen Sie, Alex, ich habe da eine Theorie«, sagte Cohen. »Ich weiß nicht, wie es zu dieser Liebelei kam, doch irgendwann passierte es, und weder Sie noch das Mädchen kamen davon los. Also hielten Sie Ihr Verhältnis geheim. Doch dann kam das Mädchen plötzlich auf abwegige Ideen, sprach davon, das Kloster zu verlassen, und fragte Sie, ob Sie nicht aus dem KGB ausscheiden könnten. Sie, Alex, dachten schon

daran, das Mädchen nach Moskau zurückzuschicken. Aber freiwillig verlassen diese Nonnen Jerusalem ja nie, oder?« Cohen machte eine Pause. »Ich gehe jede Wette ein, daß sie sogar über Glasnost mit Ihnen redete«, fuhr er dann fort. »Über die Freiheit. Sie wollte mehr davon, das ist alles. Und das hat Sie beunruhigt, stimmt's? Sie versuchten, sie davon zu überzeugen, es sei besser, alles beim alten zu lassen. Kann sein, daß Sie sogar die Beziehung abbrachen. Aber das Mädchen hatte die Geheimniskrämerei satt. Sie wollte ein freies Leben im Westen führen. Sie hatte sich in Sie verliebt, Alex, das ist alles, und ich denke, das beruhte durchaus auf Gegenseitigkeit. Doch als sie Ihnen dann sagte, sie sei fest dazu entschlossen, die ganze Sache auffliegen zu lassen – nun, da ...« Er ließ das Offenkundige unausgesprochen und wartete auf Alex' Reaktion.
Alex scharrte mit einem Schuh in der Erde und warf einen Seitenblick auf Shvilli, der fünf Schritte von ihm entfernt stand und nun einen Schritt näher trat. Levy legte ihm die Hand auf die Schulter und flüsterte ihm etwas ins Ohr, worauf sich Shvilli merkbar entspannte.
»Wir waren befreundet, sonst nichts«, sagte Alex kalt.
Der Riß weitete sich. »Sie widersprechen sich«, antwortete Cohen. »Und ich nehme an, Sie können sich denken, was ich davon halte, wenn jemand sich in Widersprüche verwickelt.« Er ließ jetzt nicht mehr locker und sagte, nunmehr in freundlicherem Ton: »Und über was haben Sie dann auf Ihren ausgedehnten gemeinsamen Spaziergängen und in den Gesprächen, die sich bis tief in die Nacht erstreckten, diskutiert? Über Glasnost vielleicht?«
Alex schnappte nach dem Köder, den Cohen ihm zuwarf. »Politik, ja, das stimmt. Wir unterhielten uns über Politik.«
»Das dachte ich mir.« Cohen lachte leise. »Aber das war doch nicht alles, nicht wahr?«
»Hat *der* Ihnen das alles erzählt?« fragte Alex, deutete voller Verachtung auf Shvilli und wandte sich wieder an Cohen. »Er haßt die Sowjetunion. Und deshalb hat er diese Geschichte erfunden. Ich weiß, daß er hier mit niemandem gesprochen hat. Ich habe mich gleich, nachdem er verschwunden war, erkundigt. Niemand hat ihm auch nur ein Sterbenswörtchen gesagt. Er saugt sich das alles aus den Fingern!«

Mit erhobenen Fäusten ging Shvilli einen Schritt auf Alex zu. Cohen streifte ihn mit einem strengen Blick, worauf er die Boxerpose ablegte.
»Ich schenke Ihnen jetzt reinen Wein ein, Alex«, fuhr Cohen fort. »Der Ministerpräsident würde Ihrem Außenminister liebend gerne die Mitteilung machen, daß die Morde aufs Konto des KGB gehen. Ich habe genug Indizien, um zumindest den glaubhaften Anschein zu erwecken, daß es sich tatsächlich so verhält. Was Sie betrifft, so bitte ich Sie lediglich um eins: Beweisen Sie mir, daß ich mich irre. Mit Schimpfen allein ist das allerdings nicht getan. Reden Sie mit mir, Alex. Zeigen Sie endlich jene Kooperationsbereitschaft, die Sie mir zu Beginn der Ermittlungen versprochen haben.«
Cohen wartete auf Alex' Antwort. Shvilli war nach wie vor bereit, Alex' Selbstgefühl weitere Schläge zu versetzen. Levy fungierte als stummer Zeuge und schrieb etwas in sein gelbes, handgroßes Notizbuch.
Der KGB-Mann schwieg. Die Schatten der schmalen, silbrigen Ölbaumblätter sprenkelten sein Hemd.
»Das Spiel ist aus, Alex, wenn Sie mich fragen«, sagte Shvilli voller Schadenfreude, nahm erneut eine drohende Haltung an und wandte sich in schrillem Ton an Cohen. »Sie begreifen diese Typen einfach nicht, Chef. Sie bilden sich ein, man könne diese Leute mit schönen Worten zum Reden bringen, aber das stimmt nicht. Die einzige Sprache, die sie verstehen, ist die Sprache der Gewalt. Wer ist der Stärkere – das wollen sie wissen, sonst nichts ...« Er wandte sich wieder an Alex. »Hören Sie zu, *Tihushnik*, die Stärkeren sind *wir*. Wir haben das Sagen hier, kapiert?« Er tänzelte mit erhobenen Fäusten einige Schritte vorwärts, bis Alex einige Schritte zurückwich, um schließlich in der martialischen Pose eines Kriegers auf einem Schlachtengemälde zu verharren.
»Genug jetzt, Shvilli«, sagte Cohen, der mit der Vorstellung sehr zufrieden war. Levy versetzte Shvilli einen leichten Klaps, und der ehemalige Boxer beruhigte sich wieder.
Alex behielt seine angespannte Haltung noch eine Weile bei.
»Kommen Sie, Alex«, sagte Cohen spöttisch und fügte, in dem Bewußtsein, mit den richtigen Worten die entscheidende Bresche schla-

gen zu können, im sanften Ton eines väterlichen Ratgebers hinzu: »Nun machen Sie sich doch nicht lächerlich. Es ist aus. Ich warte nur noch auf Sie.« Er streckte die Hand aus, um sie Alex auf die Schulter zu legen.

Alex wandte den Blick von Shvilli ab und starrte in Cohens müdes Gesicht.

»Ich habe die beiden nicht umgebracht«, sagte er. Sein Körper sackte ein wenig zusammen, und Cohen wußte, er hatte gewonnen. »Aber Sie haben recht. Wir liebten uns und durften es nicht. Es war unmöglich. Wir sprachen tatsächlich über Glasnost. Ich glaubte daran, aber sie nicht. ›Glasnost‹, sagte sie, ›ist nur der halbe Weg in den Westen, und wir haben schon den ganzen zurückgelegt.‹ Sie wollte abspringen, wollte, daß wir beide einen Schlußstrich unter unsere Vergangenheit ziehen und eine neue Zukunft aufbauen. Wir redeten ununterbrochen davon. Sie versuchte mich von ihrem und ich sie von meinem Standpunkt zu überzeugen. Gestritten haben wir uns darüber aber nie. Wir waren in einer unmöglichen Liebe verbunden – und dann war plötzlich alles vorbei.«

»Wann?« fragte Cohen.

Alex ließ sich auf der Wurzel nieder, auf der Cohen zuvor gesessen hatte. »Als sie tot war«, sagte er unverblümt.

»Und wer hat sie umgebracht?«

Alex hob die Schultern. »Das weiß ich nicht, tut mir leid. Ich weiß es wirklich nicht.«

»Warum haben Sie keine eigenen Ermittlungen durchgeführt?« fragte Cohen.

Wieder hob Alex die Schultern und ließ sie fallen. »Was hätte ich schon unternehmen können? Alles, was ich tun konnte, war, mir meine Trauer nicht anmerken zu lassen.«

»Sie müssen doch irgendwelche Instruktionen aus Moskau bekommen haben«, hakte Cohen nach. »Man hat Sie doch sicher gefragt, was Sie unternommen haben, um den Mörder zu finden. Und was für ein Sicherheitsmann Sie sind, wenn zwei unter Ihrem Schutz stehende Nonnen umgebracht werden.«

»Ich hab' einfach gelogen«, sagte Alex. »Ich hab' ihnen gesagt, ich verfolge eine Spur unter rechtsradikalen Zionisten.« Er blickte zu

Cohen auf. »Ich habe Ihre Ermittlungen verfolgt und so getan, als wären es meine eigenen.«

»Und was wollen Sie Ihren Leuten jetzt erzählen?« stichelte Shvilli. Cohen bedeutete ihm zu schweigen und stellte Alex eine weitere Frage.

»Ist Ihnen hier oben im Gelände einmal ein Hippie über den Weg gelaufen? Er hat so einen Bart ...« Cohen strich sich über das Kinn. »Einen Ziegenbart.«

Alex schüttelte den Kopf.

»Ein Wanderer vielleicht ...?«

»Wanderer gibt's hier haufenweise«, sagte Alex.

»War Ihnen eigentlich bekannt, daß Schwester Elisabeth über Ihr Verhältnis zu dem Mädchen Bescheid wußte?«

Alex blickte erstaunt auf. »Sie wußte davon?«

Cohen nickte. »Sie schrieb einen Brief dieses Inhalts, den sie aber offensichtlich nie abgeschickt, sondern an einem versteckten Ort aufbewahrt hat. Können Sie sich vorstellen, warum sie ihn nicht abschickte?«

Alex saß da wie ein Häuflein Elend. »Sie ist eine gute Frau«, sagte er, ohne auf Cohens Frage einzugehen. Er sah Shvilli an und lachte voller Ironie. »Sie hat Ihnen geglaubt. Sie taten ihr leid.« Er lächelte einlenkend. »Sie waren echt gut. Ich hab' Sie für einen Idioten gehalten.« Shvilli grinste.

»Elisabeth dachte, Sie bräuchten Jesus«, fügte Alex mit trauriger Stimme hinzu, ehe er sich wieder an Cohen wandte. »Ich weiß nicht, warum sie diesen Brief nicht abgeschickt hat, aber ich habe eine Vermutung. Es war ihr sehr peinlich, daß eine Nonne unter ihrer Obhut das Gelübde gebrochen hatte. Und daß es mit mir geschehen war, machte ihr angst.«

»Und warum hat sie den Brief aufbewahrt, wenn sie ihn ohnehin nicht abschicken wollte?«

Alex lachte leise auf. »Sie bewahrt alles auf, wirklich alles. Es ist geradezu eine Manie von ihr. Aber was spielt das jetzt noch für eine Rolle?« Seine Stimme klang tonlos; alle Kraft war daraus gewichen. »Was wird denn jetzt geschehen?« fragte er. »Bitte, sagen Sie's mir. Wie soll es weitergehen?«

Cohen dachte über die Argumente nach, mit denen Alex den Verbleib des Briefs und Schwester Elisabeths Verhalten begründet hatte, und kam zu dem Schluß, daß sie stichhaltig waren. Warum sie den Brief nicht abgeschickt, sondern versteckt und aufbewahrt hatte, war mittlerweile ohne Belang – für Alex ebenso wie für Cohen.

»Ich weiß nicht, was jetzt geschehen wird«, sagte Cohen wahrheitsgemäß. »Ich habe viel Zeit auf Sie verschwendet, sehr viel Zeit. Wenn ich all diese Dinge schon vor drei Wochen erfahren hätte, wäre uns viel Arbeit erspart geblieben.«

»Ich wollte, daß Sie den Täter finden«, beteuerte Alex. »Aber ich konnte es Ihnen nicht sagen.«

»Ich verstehe«, sagte Cohen und erhob sich mühselig. Sein Rücken tat ihm weh. »Das wär's dann also.«

»Und ich? Was passiert jetzt mit mir? Wen werden Sie jetzt alles informieren?«

»Ich muß einen Bericht schreiben. Die Entscheidungen treffen andere Leute.«

»Sie müssen mir helfen, Cohen. Sie müssen mir helfen!« Er redete Cohens Rücken an, denn dieser war inzwischen wieder auf dem Weg zum Wagen.

Levy ging voraus, um den Motor anzulassen. Cohen öffnete die Tür zum Beifahrersitz. Shvilli überholte den KGB-Mann, wobei er ihn mit voller Absicht an der Schulter streifte. Er riß die Hintertür des Wagens auf und stieg ein.

Cohen schloß die Beifahrertür und rollte das Fenster herunter, um ein letztes Wort an Alex zu richten. »Sie haben mir nicht geholfen, Alex, oder? Wenn Sie mir von Anfang an geholfen hätten, dann könnte ich Ihnen jetzt vielleicht auch helfen. Aber so, wie die Sache gelaufen ist? Ich weiß es nicht. Zuerst muß ich diesen Mörder finden. Ich werde tun, was ich tun muß.« Er drehte sich um und sagte zu Levy: »Fahren wir!«

Der Wagen rollte bergab. Bis Alex außer Sicht war, saß Shvilli halb umgedreht auf dem Rücksitz und ließ den KGB-Offizier, der allein auf der kleinen Lichtung vor dem grünen Klostertor stand, nicht aus den Augen. Cohen starrte geradeaus und fragte sich, wie lange es noch dauern mochte, bis die Schakale zu heulen begannen.

27

COHEN HATTE AUF EINEN HANDEL GEHOFFT, mit dem sowohl er selbst als auch der Ministerpräsident hätte zufrieden sein können. Statt dessen hatte er sich selbst eine Falle gestellt. Er brütete über seinem Bericht und fragte sich, ob er unter Umständen gezwungen sein könnte, sich ein Bein abzubeißen – wie ein Tier, das sich verzweifelt aus der Falle des Jägers befreien will.

Es war lange nach Mitternacht, als der Bericht endlich abgeschlossen, kopiert und an den Shabak, den Mossad, den militärischen Abwehrdienst und an die vierte Etage weitergeleitet worden war. Nachdem er ihn in der Fernschreibzentrale im Keller der Polizeiwache abgegeben hatte, fuhr Cohen langsam nach Hause. Er nahm die längere Strecke durch Talbieh, die durch die schmalen Alleen zwischen Gaza- und Jabotinskystraße führte.

Er war selbst überrascht, als er plötzlich an dem Haus vorbeifuhr, in dem Ahuva wohnte. Mit ihrer Rückkehr war erst in einer Woche zu rechnen. Er überlegte, ob er versuchen sollte, sie unter der Nummer ihrer Schwester in Chicago zu erreichen, um ihr von der Falle, die er sich selbst gestellt hatte, zu erzählen. Doch der Gedanke daran ließ ihn sich schwach fühlen, und das in einer Zeit, in der er stark sein mußte. Er nahm den Fuß von der Bremse und fuhr nach Hause. Der Polizeifunk im Wagen war so still wie die nächtlichen Straßen.

Am nächsten Morgen gab er folgende Instruktionen an den Pressesprecher der Polizei: »Es wird nach wie vor in alle Richtungen ermittelt«, sollte der Mann den fragenden Reportern sagen. »Ein Verdächtiger wurde zwar vorübergehend festgenommen, aber nach der Überprüfung seines Alibis wieder freigelassen.« Der Polizeisprecher beklagte sich wie gewohnt, denn ohne nähere Informationen könne er seinen Job nicht ordnungsgemäß ausführen. Worauf Cohen ihn – wie immer – daran erinnerte, daß er für die Polizei und nicht für die Presse arbeite.

Er ging in sein Büro. »Der Generalinspektor hat angerufen«, sagte Rutie. »Persönlich. Er möchte mit Ihnen reden.«

»Das kann ich mir denken«, erwiderte Cohen. Müde griff er zum Telefon und wählte.

»Den GI bitte«, sagte er, als sich die Sekretärin im vierten Stock meldete. Ihre Frage, wer denn am Apparat sei, beantwortete er mit: »Cohen. Kripo, Jerusalem.«

Eine gute halbe Minute später war der *Mafkal* am Apparat.

»Wie geht's Ihnen, Avram?« Die Stimme des Generalinspektors dröhnte.

Cohen hielt den Hörer ein Stück von seinem Ohr weg. »Danke, gut«, sagte er, während er spürte, wie gleichzeitig der Schmerz aus seinem Genick in den Hinterkopf hinaufkroch. Einmal mehr hatte er sich in der vergangenen Nacht in den Schlaf getrunken.

»Fein. Hören Sie, es geht um diesen Bericht, der heute früh auf meinem Schreibtisch lag. Sie haben mit dieser Ermittlung ziemliche Wellen geschlagen, Avram. Und es kommt mir irgendwie komisch vor ...« Der Generalinspektor verhaspelte sich und suchte nach den richtigen Worten. »Es kommt mir irgendwie komisch vor, daß Sie diese Angelegenheit nicht vorher mit uns, dem Shabak und den übrigen Stellen abgeklärt haben ...«

»Sie hätten mir kein grünes Licht gegeben«, sagte Cohen unverblümt. Er kannte den *Mafkal* seit den gemeinsamen Tagen als Neulinge in der Polizeihochschule. Mordechais großes Talent als Polizist bestand darin, daß er immer genau wußte, welche Fälle eine Karriere voranbrachten und welche in Sackgassen führten. Vor fast zehn Jahren war er in der Hierarchie an Cohen vorbeigezogen, und nie hatte er begriffen, daß Cohen gar keine Lust hatte, in die vierte Etage aufzurücken. Diesen Ehrgeiz überließ Cohen Männern wie Mordechai, Yaffe oder sogar Levy.

»Grüßen Sie Meshulam von mir«, sagte Cohen aus einer Eingebung heraus, die ihm sagte, daß Yaffe hinter dem Anruf stecken mochte.

»Woher wissen Sie, daß ...«

»Nur eine Vermutung«, sagte Cohen.
»Na gut, es stimmt. Er ist gerade hier in meinem Büro. Also wirklich, Avram, wenigstens ihn hätten Sie informieren müssen. Die Sache fällt jetzt doch in seine Zuständigkeit.«
Cohen seufzte. »Mordechai«, sagte er, »wenn ich Yaffe informiert hätte, dann hätte ich es auch gleich im Kloster ausposaunen können.«
»Ja, ja. Vielleicht. Es ist jetzt ohnehin Schnee von gestern, nicht wahr. Sehen Sie, der Ministerpräsident ...«
»... trifft sich nächste Woche mit dem sowjetischen Außenminister«, vollendete Cohen den Satz.
»Woher wissen Sie das?« fragte Mordechai.
»Weil Yaffe, dieser *Shvantz*, es mir gesagt hat, deshalb!« schrie Cohen. Cohen konnte sich gut vorstellen, daß Yaffe dem *Mafkal* in diesem Augenblick furchtbar auf die Nerven ging. Bei dem Gedanken daran, daß Mordechai seit langem auf einen Botschafterposten in Venezuela oder Costa Rica spekulierte – irgendwo dort, wo reiche Juden lebten, die sich seiner annehmen würden, und wo statt hohem Entscheidungsdruck viele ehrenvolle Repräsentationspflichten auf ihn warteten –, mußte Cohen lächeln.
Diesmal nahm er dem Generalinspektor die Entscheidung ab. »Mordechai«, sagte er, und seine Stimme klang auf einmal ruhig und besonnen, »ich möchte Sie nicht um einen Gefallen bitten ...« In der Leitung blieb es still. Cohen umklammerte den Telefonhörer, und seine Fingerknöchel wurden weiß. Er wartete auf Mordechais Antwort.
»Einen Gefallen ...«, wiederholte der *Mafkal.* »Heute ist Donnerstag. Der Ministerpräsident fliegt erst nächsten Mittwoch morgen. Das heißt, Sie haben Zeit bis Dienstag vormittag.«
»Bis Dienstag vormittag«, sagte Cohen. Er hörte, wie Yaffe im Hintergrund eine Bemerkung machte. Mordechai befand sich in einem Loyalitätskonflikt zwischen seinem gegenwärtigen Verbündeten Yaffe und seinem alten Kollegen Cohen. Cohen hatte auf die alten Bande zwischen ihnen gesetzt. Nun hatte er die Wette mit sich selbst gewonnen und war entsprechend zufrieden.
»Gut«, sagte der *Mafkal.* »Bis Dienstag mittag dann. Für die Zeit danach kann ich Ihnen nichts versprechen.«

»Danke, Mordechai. Ich stehe in Ihrer Schuld.«
»Nein, Avram. Durch diese Sache sind wir quitt. Ich war Ihnen was schuldig, und jetzt bin ich's nicht mehr.«
Cohen drehte sich auf seinem Schreibtischstuhl herum, so daß er zum Fenster hinaussehen konnte. Sein Blick fiel auf das Rathaus, und der Gedanke schoß ihm durch den Kopf, daß Jerusalem – wie vermutlich alle anderen Städte in der Welt auch – nach dem Prinzip »Eine Hand wäscht die andere« regiert wurde. Dann hörte er Levy ins Büro kommen.
»Bis Dienstag haben wir Zeit«, sagte Cohen, ohne sich umzudrehen.
»Und danach?«
»Diese Brücke betreten wir, sobald wir sie erreicht haben«, sagte Cohen. »So eine Zeitverschwendung«, murmelte er, »soviel vergebliche Arbeit.« Er ließ seinen Stuhl kreisen und sah Levy an. »Na, wie war's gestern abend?« Levy hatte den Abend damit verbracht, in den Gassen und Hinterhöfen von Nahlaot blonde Touristinnen und bärtige Hippies zu suchen.
»Nichts. Noch nichts. Ich wollte heute morgen weitermachen.«
»Gehen Sie nur«, sagte Cohen. »Der Hippie ist unsere letzte Spur.«
»Hat man Sie auf Alex angesprochen?« Levys Stimme hatte einen besorgten Beiklang, der Cohens Betroffenheit wegen der Zeit, die sie auf Alex verschwendet hatten, nur noch verstärkte.
»Nein, noch nicht.« Cohen rieb sich den Hinterkopf und zuckte zusammen.
»Ist Ihnen nicht gut?« fragte Levy.
»Doch, doch«, beteuerte Cohen ungeduldig. »Nun machen Sie schon, daß Sie fortkommen!« Wieder drehte er seinen Stuhl und sah zum Fenster hinaus.
Levy nahm ein neues Notizbuch aus dem Schrank und ging zur Tür.
»Geht's Ihnen wirklich gut?« fragte er nachhakend.
»Machen Sie die Tür hinter sich zu!« befahl Cohen. Levys Mitgefühl war ihm zuwider.
Er ignorierte das Klingeln des Telefons und die Schmerzen unter seiner Schädeldecke. Vor ihm gabelte sich der Weg, und hinter ihm hechelte die Meute. Jenseits des Parkplatzes konnte er das Fenster des Gerichtssaals sehen, in dem Ahuva ihre Verhandlungen führte. Er kratzte sich

den schmerzhaft juckenden Arm und wandte sich nach einer Weile wieder den Akten auf seinem Schreibtisch zu.
Als er von den Notizen und Listen aufsah, die er aus den Berichten aller Polizeidienststellen im Lande extrahiert hatte, dämmerte es bereits. Man wird's mir auf den Grabstein meißeln, dachte er: »Er machte sich Notizen und stellte Listen auf.«
Annähernd zweihundert Namen von Soldaten, die sowohl Zugang zu den Granaten als auch Kontakte zur Unterwelt besaßen, waren übriggeblieben. Einen Augenblick lang lehnte sich Cohen in seinem Stuhl zurück. Dann riß er die untere Schreibtischschublade auf und kramte die Flasche Cognac hervor, die billigste Sorte, die es gab. Doch als seine Finger die Flasche ertastet hatten, hielt er unvermittelt inne. Er brauchte keinen Schnaps. Er zog die Hand aus der Schublade, nahm die vor ihm liegende Akte zur Hand, schlug sie auf, lehnte sich wieder in seinem Stuhl zurück und begann zu lesen.
Kurz nach zwei Uhr morgens, mitten in einer langen Nacht, in der der erste Stock völlig verwaist war, schritt er die zwei ausgetretenen Marmortreppen zum Keller hinunter, wo in der Funkzentrale ein einsamer Telefonist die zweite Nachtschicht absaß. Der Mann nahm Anrufe entgegen und schickte Streifenwagen durch die dunklen und leeren Straßen der Stadt. In der Einsatzzentrale standen ständig ein Kessel mit heißem Wasser und ein Glas mit schwarzem türkischem Kaffeepulver bereit.
Rotem, der Telefonist, war ebenso lang im Dienst wie Cohen. Er besaß einen etwas kratzigen Tenor, der selbst bei Anrufen höchster Dringlichkeit stets gelassen klang, und verfügte über einen obskuren Schatz von Talmudzitaten. Vor allem aber nannte er ein Talent sein eigen, das für alle Mitarbeiter, die Streife fuhren, unerläßlich war: Er besaß die Fähigkeit, sich die Anordnung sämtlicher Straßen der Stadt bildlich zu vergegenwärtigen. Cohen hoffte immer noch darauf, daß sich die Polizei eines Tages einen computerisierten elektronischen Stadtplan würde leisten können, hegte allerdings begründete Zweifel daran, daß sich Rotems Effizienz durch einen solchen Plan noch steigern ließ.
Als Cohen eintrat, saß Rotem zurückgelehnt in seinem Stuhl und rauchte eine Zigarette.

»Hallo, Rotem«, sagte Cohen.
»Avram!« rief Rotem. »Welche Verzweiflung oder welche Operation, die so geheim ist, daß selbst ich nichts davon weiß, führt Sie in den Harem des Funks und des Telefons?«
Cohen lachte. »Kaffee«, sagte er und deutete auf den Zwanzigliterboiler, der auf einem wackligen Holztischchen in der Ecke stand.
»Für Sie jederzeit, jederzeit«, sagte Rotem. Als Cohen zum Wasserkessel ging, kam ein Anruf. Cohen hörte, wie Rotem mit einer Streifenwagenbesatzung sprach. »Fahren Sie die zweite rechts. Das ist die Shivtei Yisrael. Dann die erste links und wieder links und dann ...« Rotem warf einen Blick auf die Uhr, die vor ihm an der Wand hing. »Wenn Sie dort sind, wird Achtunddreißig schon auf Sie warten.« Achtunddreißig war der Funkcode für den Wagen des Bombenentschärfungskommandos, der die Stadt rund um die Uhr patrouillierte.
Cohen versuchte, nach den Angaben, die er mitbekommen hatte, den Standort von Achtunddreißig auszurechnen. »Die zweite Seitengasse der Königin-Helena-Straße.« Es war ein Test.
Rotem ließ das Mikrofon los, stieß sich von der Konsole ab und ließ den Drehstuhl, auf dem er saß, herumwirbeln. Er zog an seiner Zigarette, inhalierte tief und nickte langsam. »Sie könnten meinen Job übernehmen, wenn Ihr eigener zu problematisch werden sollte«, sagte er. »Was hält Sie wach bis um diese nachtschlafene Zeit?« Er stieß eine blaugraue Rauchwolke aus. »Schwierigkeiten?«
»Nur die Arbeit, sonst gar nichts. Nur die Arbeit.«
Rotem seufzte. »Die Arbeit, ja. Keine Arbeit, kein Mehl. Kein Mehl, keine Thora, ja, ja. Ich tue meine Arbeit, und dann ist Feierabend. Ich gehe nach Hause, wache auf und besuche meinen Enkel, wenn er aus dem Kindergarten zurückgekommen ist.« Er bemerkte Cohens überraschten Blick. »Sie wissen doch, daß ich einen Enkel habe, Avram. Sie waren doch bei der Beschneidung dabei.«
»Ach ja, richtig, Ya'akov. Ja, natürlich war ich da.«
»Fehlt Ihnen was, Avram?« fragte Rotem mit besorgter Stimme. »Ist Ihnen nicht gut?«
»Bin müde, das ist alles. Nein, nein, mir fehlt nichts«, sagte Cohen, obwohl er wußte, daß es nicht stimmte. Glück zu haben war zu sei-

ner zeitweiligen Religion geworden, und es verlangte eine Glaubensstärke von ihm, die an ihm zehrte, noch während sie ihn vorantrieb.

»Sie sehen so aus, als könnten Sie ein wenig Schlaf gebrauchen«, sagte Rotem, offenkundig bereit, Cohen jede Erklärung abzukaufen.

»Reiner Luxus«, antwortete Cohen grinsend und hob den Styroporbecher mit Kaffee an die Lippen.

»Es gibt immer mal einen Punkt, Avram, an dem unsereins sagen muß: Genug ist genug. Wir sind auch nur Menschen, das müssen wir einsehen. Warum genehmigen Sie sich nicht ein bißchen Schlaf?«

Cohen antwortete mit einer Gegenfrage: »Sagen Sie, Rotem, haben Sie nicht auch schon genug Nachtschichten abgesessen? Warum sagen *Sie* nicht: Jetzt reicht's?«

Rotem seufzte. »Ein Mann kann mit einer Frau zwanzig Jahre lang zusammenleben, ohne sie im geringsten zu kennen. Sie sind Junggeselle geblieben. Das war ein weiser Entschluß ...«

»Probleme daheim?« fragte der Detektiv.

»Das Problem liegt darin, daß es nicht daheim ist, sondern im Heim eines anderen.« Das Telefon klingelte. Rotem ließ seinen Stuhl kreisen und wandte sich wieder der Schaltkonsole zu. »Polizei«, sagte er. Er hörte einen Augenblick zu und sprach dann weiter: »Berühren und verändern Sie nichts. Ich schicke eine Streife. Es kann allerdings eine Weile dauern. Ihr Name und Ihre Anschrift ...?«

Cohen wartete, bis Rotem einen Streifenwagen zum Schauplatz des Einbruchs geschickt hatte. »Könnten Sie mir einen Gefallen tun, Rotem?« sagte er dann. »Ich gehe jetzt ins Archiv rauf. Sie kennen doch die Durchwahl von dort oben? Zweiundzwanzig. Rufen Sie mich um 5.30 Uhr dort an. Ich glaub', ich leg' mich dort ein wenig aufs Ohr.«

»Kein Problem«, sagte Rotem und notierte die Uhrzeit auf seinem Schreibblock. Wieder klingelte das Telefon. Ehe Rotem zum Mikrofon griff, klopfte er eine Zigarette aus der Packung und legte sie neben sich auf die Konsole.

Cohen stieg die fünf Treppen vom Keller zum Archiv hinauf. Hinter dem letzten der vom Boden bis zur Zimmerdecke reichenden Regale

stand ein einfaches Feldbett. Völlig erschöpft legte er sich nieder und schlief sofort ein.
Das schrille Geräusch des Telefons riß ihn aus einem tiefen Traum. Die dunkle Nacht vor dem Fenster verwirrte ihn; er hatte erst in der Morgendämmerung mit Rotems Weckruf gerechnet.
»Avram«, sagte Rotem, »tut mir leid, daß ich Sie stören muß. Aber da ist jemand am Apparat für Sie. Er sagt, es ist dringend.«
»Schon gut, schon gut«, murmelte Cohen und versuchte, im trüben Licht, das durch die staubigen Fensterscheiben fiel, das Zifferblatt seiner Armbanduhr anzuvisieren. Er hatte nur knapp zwanzig Minuten geschlafen.
»Chefinspektor?«
»Ja?« meldete sich Cohen, der die Stimme nicht sofort erkannte.
»Ich glaube, ich hab' was für Sie. Ich bin eigentlich ganz sicher ...«
»Daniel?«
»Ein Kerem! Ein Prophet! Ein Führer mit seinen Anhängern! Sie planen eine Operation!«
Die Panik in Daniels Stimme rüttelte Cohen wach. »Wo sind Sie, Daniel?«
»Ich folge ihnen, ich folge ihnen«, flüsterte der V-Mann. Seine Stimme klang drängend, doch aus der Botschaft selbst wurde Cohen nicht schlau.
»Immer mit der Ruhe, Daniel. Und sagen Sie mir: Sind Sie in Ein Kerem?« Er bemühte sich, dem jungen Polizisten Halt zu geben.
»Ich bin ihnen auf den Fersen. Hab' nur kurz haltgemacht. In einer Telefonzelle. Ich weiß nicht, wie er heißt, aber ich versuche es herauszufinden. Ich folge ihnen. Ich bleibe dran ...«
»Daniel, wo in Ein Kerem sind Sie? Was ist los in Ein Kerem? Wessen Namen meinen Sie?«
Daniels Flüstern wurde noch eindringlicher.
»Weiß ich noch nicht. Morgen weiß ich's bestimmt.«
»Um wieviel Uhr? Wo?«
»Ich muß jetzt gehen. Ihnen folgen. Kann ich Sie morgen sehen? Am *Kotel.* Morgen vormittag.«
»Daniel, warten Sie!« rief Cohen. Einen Augenblick lang konnte er Straßengeräusche aus dem Umkreis der Telefonzelle hören. Er glaubte

sogar, eine Sirene gehört zu haben, war sich aber nicht sicher, ob der Ton durchs Telefon gekommen war oder aus der Innenstadt in der Umgebung des russischen Viertels. Noch einmal rief er Daniels Namen, doch die Leitung war tot.
Er hörte die Sirene noch immer, weit entfernt in der Stadt oder auch nur irgendwo in seinen Gedanken. Wer war da unterwegs? Und warum in Ein Kerem? Er legte sich wieder zurück auf das Feldbett. Nur noch einen Augenblick, dachte er, dann muß ich los und Daniel suchen.
Als das Telefon neuerlich klingelte, glaubte Cohen, daß es wieder Daniel war. Aber diesmal meldete sich Rotem mit seinem Weckruf. Das Bombenentschärfungskommando verfügte über den Luxus einer Dusche. Cohen holte sich einen Rasierapparat aus seiner Schreibtischschublade und ging hinunter in den Einsatzraum des Kommandos. Automatisch rasierte er sich, wobei er die Handseife als Rasierschaum und kaltes Wasser aus dem Waschbecken benutzte, das nur über einen einzigen Hahn verfügte. Doch als er sich mit dem Händehandtuch das Gesicht abtrocknete, starrte er, erschrocken über den Anblick, der sich ihm bot, in seine eigenen Augen, die mit schwarzen Ringen umrandet waren. Sekundenlang blieb er so stehen – das Handtuch aufs Gesicht gepreßt, die Fingerspitzen knapp unterhalb der verräterischen dunklen Kreise über den Wangen. Dann hörte er jemanden vor dem Büro des Entschärfungskommandos durch den Flur gehen. Rasch machte er sich fertig und stieg eilig die Treppen zu seinem eigenen Büro hinauf. Levy war gerade dabei, die Bürotür aufzusperren.
»Sie sind ja früh dran!« rief Cohen seinem Assistenten zu. Der hatte sich die Morgenzeitungen unter den Arm geklemmt. In der einen Hand hielt er eine Tasse Kaffee, in der anderen seine Aktentasche und sein Schlüsselbund.
»Sie waren ja schon wieder die ganze Nacht durch hier«, sagte Levy vorwurfsvoll. »Sie brauchen unbedingt mal Ruhe.«
»Ich hab' geschlafen«, sagte Cohen und schob Levy beiseite. »Hören Sie endlich auf, sich Gedanken über mich zu machen.«
»Ich mach' mir aber welche. Ich kann's auch nicht ändern.«
Cohen lächelte anerkennend, versuchte diese Geste aber vor Levy zu verbergen, indem er gleichzeitig den Kopf schüttelte. Er öffnete die

Tür, und sie betraten das Büro. Levy ließ als erstes die Wochenendausgaben der Zeitungen auf den Schreibtisch fallen. Dann stellte er seinen Kaffee und die Aktentasche ab.

»Daniel hat angerufen«, sagte Cohen. »Ich bin aus seiner Meldung allerdings nicht ganz schlau geworden. Irgendwas über einen Propheten in Ein Kerem oder so. Bevor ich Näheres erfahren konnte, hat er wieder eingehängt.«

»Zur Zeit regt er sich über jede Kleinigkeit auf«, sagte Levy. »Vielleicht wegen dieser Geschichte mit seinem Vater.« Er nahm die *Ha'aretz* auf; die zweite Morgenzeitung – die *Jerusalem Post* – lag darunter.

»Ich werd's heute vormittag erfahren. Er bat mich um ein Treffen.«

Levy überflog die Titelseite der Zeitung und sagte: »Ich wollte heute wieder nach Nahlaot und dieses Mädchen suchen.« Als Cohen nach einer zweiten Akte griff, fiel ihm die Titelseite der *Post* ins Auge. SPION UND ERMORDETE NONNE UNTERHIELTEN HEIMLICHES VERHÄLTNIS, lautete die Schlagzeile, die sich über fünf Spalten erstreckte. Cohen stand auf und griff über seinen Schreibtisch hinweg nach der Zeitung. Ein Stapel Akten fiel herunter und schreckte Levy auf, der zu seiner Überraschung feststellen mußte, daß Cohen sich die Zeitung grapschte, anstatt die zerstreut auf dem Boden liegenden Mappen aufzuheben.

Cohen las den Artikel im Stehen. Irgend jemand hatte seinen Bericht über Alex an die Presse weitergegeben. Shvilli wurde mit keinem Wort erwähnt, doch enthielt der Artikel eine ausführliche Darstellung der Liebesaffäre zwischen Alex und Helena und ging auch auf das Syndrom ein, das nach Cohens Ansicht sowohl im SIDRA-13-Fall als auch bei dem Doppelmord im Kloster eine Rolle spielen mochte.

Als er beim dritten Absatz war, hakte Cohen in Gedanken bereits die möglichen Informanten ab: Yaffe. Shmulik. Mordechai. Irgend jemand im vierten Stock. Irgendeiner aus dem Ministerium. Irgendwer hatte Benny Lassman, dem Gerichtsreporter der *Post*, die Alex-Helena-Story zugespielt.

Der auf der Titelseite beginnende Artikel wurde auf der letzten Seite der Zeitung fortgesetzt. Lassmans Ausführungen waren beinahe wörtliche Zitate aus Cohens Bericht, nur leicht abgewandelt durch journalistische Floskeln.

Gemäß der den Ermittlungsbehörden nahestehenden Quelle könnte es sich bei dem nach wie vor nicht gefaßten – und weiterhin unbekannten – Mörder der Nonnen in dem von Moskau gelenkten Kloster um eine Person handeln, die an einer Geisteskrankheit leidet, über die man sich in Behördenkreisen am liebsten ausschweigt. Sie wird als »Jerusalemsyndrom« bezeichnet.

Wie die *Post* in Erfahrung bringen konnte, ist diese Krankheit allein im vergangenen Jahr an mehr als einhundert Patienten diagnostiziert worden. In ihrer akuten Form kommt es zu unkontrollierten Gewaltausbrüchen des Erkrankten, die sowohl gegen sich selbst als auch gegen andere gerichtet sein können. Nach Auskunft von Psychologen, die mit den Sicherheitsdiensten zusammenarbeiten, ist diese Gewalt oft gegen Menschen und Institutionen gerichtet, die von den Erkrankten als religiöse Symbole betrachtet werden.

Cohen warf Levy die Zeitung zu, nahm ihm die *Ha'aretz* ab und suchte auf deren grauem Papier nach einem ähnlichen Bericht. Aber Lassman hatte eine Exklusivstory.

Cohen sank auf seinen Stuhl und legte eine Hand über die Augen.

Levy las den Artikel aufmerksam durch. »Wem haben wir das zu verdanken?« fragte er verblüfft. Einen Augenblick musterte Cohen seinen Assistenten durch einen Spalt zwischen zwei Fingern und fragte sich, ob nicht sogar sein treuer Adlatus den Coup gelandet hatte, um sich auf diese Weise die Ochsentour auf den Sessel des Chefinspektors ein wenig zu verkürzen. Aber Levys Wut stand seiner eigenen in nichts nach. »Ich ruf' den Kerl an«, sagte er, »diesen Lassman. Der wird uns schon verraten, wer da nicht dichtgehalten hat.«

Cohen schüttelte den Kopf. »Die Katze ist aus dem Sack, da spielt's keine Rolle mehr, wer dahintersteckt«, sagte er müde. »Die Verantwortung wird allemal mir zugeschoben. Und das letzte, was wir jetzt noch brauchen können, ist der Vorwurf, wir hätten einen Journalisten zur Preisgabe seiner Quellen genötigt.«

Levy sah seinen Chef verständnislos an. »Kein Mensch im vierten Stock will, daß die Sache mit dem Syndrom in der Öffentlichkeit breitgetreten wird«, sagte er. »Sie haben mir doch selbst erzählt, daß die Regierung nichts davon hören will. Und dann so was. Warum bloß?«

»Nun ja, irgendwann mußte es ohnehin herauskommen, nicht wahr?« sagte Cohen. Obwohl der Artikel ihm persönlich schadete, konnte der Chefinspektor seine heimliche Freude darüber nicht verbergen. Zumindest kam endlich die Wahrheit über dieses Syndrom ans Licht. Auf der anderen Seite galt es, die Vor- und Nachteile abzuwägen, die sich aus der Veröffentlichung für die Ermittlungsarbeit ergaben. Alles hing davon ab, wer Cohens Bericht an die Presse weitergeleitet hatte. Yaffe war zuzutrauen, daß er unabsichtlich geplaudert hatte. Cohen wußte, daß Lassman clever genug war, sich das Puzzle selbst zusammenzubasteln, sofern Yaffe ihm nur einige Details geliefert hatte. Aus dem vierten Stock konnte es praktisch jeder gewesen sein, und von Mordechai abwärts gab es in allen Etagen des Polizeipräsidiums Leute, die nur darauf warteten, daß Cohen endlich den Dienst quittierte. Das Leck konnte aber auch im Büro des Ministerpräsidenten zu suchen sein und politische Gründe haben, die Cohen vielleicht nie begreifen würde.

»Es könnte uns sogar weiterhelfen«, sagte er unvermittelt.

»Wie das?« fragte Cohen.

Noch ehe Cohen antworten konnte, klingelte das Telefon. Es war Nussbaum.

»Chefinspektor Cohen?« fragte er.

»Ja.«

»Der Ministerpräsident wünscht Sie zu sprechen.«

Cohen sah auf die Uhr. Es war 6.30 Uhr. »Sofort?«

»In einer halben Stunde. In seiner Wohnung.«

»Ich komme«, sagte Cohen und legte auf. Er erhob sich und griff nach seiner Uniform, die im Plastikbeutel einer Reinigung an einem Haken in der Ecke hing.

»Man hat mich zu einer Audienz gebeten«, sagte er.

Levy sah ihn fragend an. »Inwieweit kann uns diese Geschichte weiterhelfen?«

»Ich bin bald wieder da. Sie halten solange die Stellung. Es werden noch mehr Leute anrufen. Sagen Sie Ihnen, daß ich gegen neun wiederkomme. Und machen Sie sich keine Gedanken. Möglicherweise hilft uns die Geschichte tatsächlich weiter. Sie wird bestimmte Dinge ins Rollen bringen oder beschleunigen, woraus sich neue Chancen für uns ergeben könnten. Vorausgesetzt, man läßt uns weitermachen.« Schon wieder läutete das Telefon. »Sehen Sie, was ich meine?« sagte Cohen, schloß die Tür hinter sich und ließ Levy mit den klingelnden Telefonapparaten allein.

Erst als Cohen gegangen war, kam Rutie ins Büro. Sie hatte eine Nachricht von Aboudi. Der Obst-und-Gemüse-Händler im Basar von Mahane Yehuda jenseits von Nahlaot bat Inspektor Nissim Levy um Rückruf.

28

DER WACHHABENDE POLIZIST vor dem Haus in der Balfourstraße erkannte ihn und lächelte. Doch Cohen mußte warten, bis ihm der dem Geheimdienst unterstellte Leibwächter grünes Licht zum Betreten des im Bauhausstil errichteten Gebäudes gab.

Cohen warf unterdessen einen Blick auf die andere Straßenseite. Auf dem schmalen Bürgersteig lagen drei in Schlafsäcke gewickelte Gestalten hinter einer niedrigen Plakatwand, auf der mehrere Poster den Ministerpräsidenten zu Friedensgesprächen mit der PLO aufforderten. Von der ersten Gruppe durch ein metallenes Absperrgitter der Polizei getrennt, hockten vier weitere Demonstranten mit mürrischen Gesichtern unter einem Ben-Yehoshua-Plakat, auf dem die Regierung zur Deportation von Arabern aufgefordert wurde. Ein Auto fuhr an den beiden Miniversammlungen vorbei und hielt neben den schlafenden Protestierern an. Cohen verzog das Gesicht zu einer Grimasse, als er hörte, wie der Fahrer einen wüsten Fluch gegen die Mütter der Demonstranten durchs Wagenfenster schrie, bevor er mit hoher Geschwindigkeit davonraste, nur um einen halben Straßenzug weiter vor einer roten Ampel wieder stehenzubleiben. Cohen sah den Polizisten an. Der zuckte mit den Schultern, als wollte er sagen: »Was erwarten Sie eigentlich?« Cohen wandte sich ab. Just in diesem Augenblick kam der Leibwächter die drei Stufen vor dem elektrischen Tor herunter. Er überprüfte Cohens Ausweis und nickte dem Polizisten zu. Es klickte, und das schmale Tor öffnete sich.

Ohne auch nur ein Wort mit ihm zu wechseln, führte der Leibwächter Cohen in die kleine Eingangshalle und geleitete ihn durch zwei offenstehende Glastüren ins Wohnzimmer. »Wo ist Nussbaum?« fragte Cohen, wobei sich seine Stimme in dem holzgetäfelten Raum unwillkürlich auf ein Flüstern beschränkte. Der Leibwächter schüttelte wortlos den Kopf.

Während er auf den Ministerpräsidenten wartete, ging Cohen gemessenen Schritts im Zimmer umher, besah sich die Titel der Bücher in den Regalen und betrachtete die vier Gemälde, die die Wände schmückten.

Es waren zwei Chagalls und zwei Tichos. Chagalls Bilder stellten offenbar Szenen aus der Kindheit des Ministerpräsidenten in Rußland dar. In Anna Tichos Stichen – Visionen der menschenleeren Berglandschaft von Judäa – spiegelte sich die Rhetorik des Ministerpräsidenten wider. Es war so still im Raum, daß Geräusche aus anderen Teilen des Hauses an Cohens Ohr drangen. Er hörte das Klappern von Tafelsilber in der Küche und laufendes Wasser, das sich in einem Becken sammelte. Irgendwo in den Privatzimmern weiter oben läutete ein Telefon, und Cohen hörte eine Frauenstimme den Anruf entgegennehmen und dann den Ministerpräsidenten rufen. Sie benutzte seinen Nachnamen, so wie sie es seit ihren gemeinsamen Tagen im Untergrund gewohnt war. Die beiden lebten seit über fünfzig Jahren zusammen.

Der Ministerpräsident überraschte ihn. »Herr Cohen«, sagte die vertraute Stimme in seinem Rücken.

Cohen drehte sich um, schlug die Hacken zusammen und salutierte.

»Nicht nötig, nicht nötig«, sagte der Ministerpräsident. »Mögen Sie Kaffee? Oder lieber Tee?« Er gab einem zweiten, als Kammerdiener auftretenden Leibwächter einen Wink. Der Mann war wie aus dem Nichts an den Doppeltüren aufgetaucht, die das Wohnzimmer von der Halle trennten.

»Schwarz, bitte, türkischer, süß«, sagte Cohen.

»Bitte nehmen Sie Platz, Herr Cohen«, sagte der Ministerpräsident und setzte sich selbst auf einen üppig gepolsterten Stuhl mit hölzernen Armlehnen und verblaßtem rosa Muster. Cohen war sofort aufgefallen, daß der Ministerpräsident ihn nicht mit seiner Rangbezeichnung ansprach, und wußte: Dies war ein schlechtes Vorzeichen.

»Es ist Ihnen ja sicherlich bekannt, Herr Cohen, daß ich mich fast zehn Jahre lang vor der britischen Polizei verborgen gehalten habe. Manchmal war man mir sehr dicht auf den Fersen, gelegentlich sogar sehr,

sehr dicht. Aber erwischt haben sie mich nie. Vielleicht entkam ich ihnen, weil Gott nicht wollte, daß ich ihnen ins Netz ging. Vielleicht wollte es auch die Geschichte nicht. Doch mit den Jahren gelangte ich zu der Überzeugung, daß ich einfach raffinierter war als meine Verfolger. Für meine Anwesenheit hier im Lande gab es bessere Gründe als für die der Briten.«

Der Leibwächter kehrte mit einem Tablett in der Hand zurück. Der Ministerpräsident verstummte vorübergehend, nahm sein Teeglas zur Hand und wartete, bis Cohen seine winzige Kaffeetasse vom Tablett genommen hatte. Dann verschwand der Leibwächter ebenso schweigend, wie er gekommen war, und der Ministerpräsident ergriff wieder das Wort.

»Einige Male hätten sie mich allerdings erwischen müssen. Ich war bereits in ihren Händen – nur wußten sie es nicht. Ich muß gestehen, daß ich aufgrund meiner persönlichen Erfahrungen nie eine besonders hohe Meinung von der Polizei gehabt habe. Doch inzwischen haben wir unsere eigenen Polizisten – und Sie wissen ja, was der Dichter sagt.«

Cohen verstand die Anspielung. »Eines Tages«, hatte Chaijm Bialik Anfang des Jahrhunderts geschrieben, »werden wir Juden ein normales Volk mit unseren eigenen Prostituierten und unseren eigenen Polizisten sein.«

Der Ministerpräsident lächelte Cohen an und fuhr fort: »Wie man mir mitteilte, stammt eine gewisse Redensart von Ihnen – bitte korrigieren Sie mich, falls ich mich irren sollte. Ich meine den folgenden Satz: ›Die eine Hälfte des Volkes glaubt nicht, daß es jüdische Polizisten geben sollte, und die andere Hälfte glaubt nicht, daß es jüdische Verbrecher gibt.‹« Der Ministerpräsident klatschte in die Hände und legte sie auf die Brust. »Das gefiel mir damals sehr gut.«

»Stimmt«, sagte Cohen gereizt, »der Satz stammt von mir.«

»Nun ja«, fuhr der Ministerpräsident fort. »Ich muß gestehen, daß mir die Vorstellung, ein Jude könne ein Verbrecher sein, bis auf den heutigen Tag schwerfällt. Auf der anderen Seite wäre es mir sehr lieb, wenn ich davon ausgehen könnte, daß die jüdischen Polizisten ihr Handwerk wesentlich besser beherrschen als die britischen damals.«

Cohen sehnte sich nach einer Zigarette, und obwohl er das Schlimmste befürchtete, wünschte er, der Ministerpräsident möge endlich zur Sache kommen.
»Der Tag beginnt für mich jeden Morgen mit einer Tasse Tee und den Zeitungen. Normalerweise wimmelt es in den Zeitungen nur so von Fehlern und Halbwahrheiten.« Der Ministerpräsident seufzte, als bereiteten ihm die Unzulänglichkeiten der Presse körperliche Schmerzen. »Was kann ich dagegen schon unternehmen? Wir leben schließlich in einem freien Land, in einer Demokratie. Doch als ich heute morgen die *Jerusalem Post* las, fielen mir fast die Augen aus dem Kopf. Ich meine diese Angelegenheit, die Sie als ›Syndrom‹ bezeichnen. Schon das, was in Ihrem Bericht darüber stand, war schlimm genug.«
Im letzten Absatz seines Berichts hatte Cohen kurz umrissen, in welcher Richtung seiner Ansicht nach die Ermittlungen fortgesetzt werden müßten. Daß der Ministerpräsident seinen Bericht kannte, wunderte ihn nicht – schließlich waren ihm Mossad und Shabak direkt unterstellt.
»Aber daß ich das in der Zeitung lesen muß!« Der Ministerpräsident sprach weiter. Seine Stimme verriet Erstaunen und Empörung. »Das war zuviel! Jerusalem ist unsere ewige Hauptstadt, und doch machen Sie unseren Besitz Jerusalems für eine unbeweisbare psychologische Theorie verantwortlich?« Geringschätzung färbte seine Stimme, als er das Wort »psychologisch« aussprach.
»Das habe ich nicht getan!« unterbrach ihn Cohen, gewillt, sich zu verteidigen, und fügte nach einer winzigen Pause hinzu: »Herr Ministerpräsident ...« Doch sein Protest übertönte den Respekt.
Der Ministerpräsident brachte ihn mit einer Handbewegung zum Schweigen. »Bitte, lassen Sie mich ausreden«, sagte er und klatschte erneut in die Hände, die mittlerweile auf seinem Schoß lagen. »Wie ich höre, waren Sie über meine Verhandlungen mit der Sowjetunion informiert. Es sind äußerst wichtige Verhandlungen, wohlgemerkt. Die Ermordung der beiden Nonnen gefährdete diese Verhandlungen. Die Angelegenheit war sehr peinlich für uns. Und nun muß ich in der Zeitung Dinge lesen, die für die Sowjets peinlich sind. Ich will ihnen aber gerade jetzt jegliche Peinlichkeit ersparen.« Er machte eine Pause

und hob die Hand, als wolle er seine Fingernägel prüfen. »Es stimmt, in der Vergangenheit wollte ich sie in Verlegenheit bringen, und es kann sein, daß ich es in Zukunft wieder tun will. Aber im Augenblick wünsche ich es nicht. Sie dagegen wollen die Sowjets in Verlegenheit bringen, aus welchem Grund auch immer. Und nicht nur die Sowjets, sondern auch mich. Und Jerusalem.« Der Ministerpräsident sah Cohen an. Seine Augen wirkten durch die dicken Brillengläser stark vergrößert. Einmal blinzelten sie, und Cohen erkannte, daß er nun die Chance hatte, zu den Vorwürfen Stellung zu nehmen.

»Herr Ministerpräsident«, sagte er, »mit diesem Zeitungsartikel habe ich nichts zu tun. Ich war über die Veröffentlichung ebenso entsetzt wie Sie.«

»Mir hat man gesagt, daß wahrscheinlich Sie hinter der Indiskretion stecken«, sagte der Ministerpräsident unverblümt, ohne auf Cohens Protest einzugehen. »Es ist im übrigen jetzt auch egal. Es gab jedenfalls keinen Grund für Sie, Ihren Mann ohne Genehmigung in das Kloster einzuschleusen. Dies geschah hinter dem Rücken der Sicherheitsdienste. Und hinter meinem Rücken.« Die Stimme des Ministerpräsidenten klang vorwurfsvoll.

»Es ging nicht anders«, verteidigte sich Cohen.

»Es war nicht Ihre Aufgabe!« Die leisen, besonnenen Töne wichen einem schärferen, aggressiven Klang. Unmißverständlich fügte der Ministerpräsident hinzu: »Diese Entscheidung stand Ihnen nicht zu.«

Cohen fragte sich, wie er sich über den Zustand des Regierungschefs so sehr hatte täuschen lassen können. Shmulik hatte recht, dachte er. Er hat mich nicht grundlos vor ihm gewarnt.

»Operationen dieser Art werden von den Diensten durchgeführt«, belehrte ihn der Ministerpräsident, »und ausschließlich von mir autorisiert. Es steht der Polizei nicht zu, die diplomatische Immunität in dieser Form zu verletzen. Sie können die Unterwelt infiltrieren und Kriminelle auf diese Weise aushorchen, nicht jedoch Ausländer mit offiziellem Status.«

Cohen spürte, wie ihm das Blut ins Gesicht schoß. Die Hitze breitete sich über seine Wangen aus, und die Gedanken in seinem Kopf überstürzten sich. Ahuva hatte recht. Ich habe mich für alles verantwortlich gefühlt. Aber in diesem Punkt war nicht ich, sondern er verantwortlich. Er hat recht. Ich hätte die Sache Shmulik überlassen sollen, dann hätte der sich an Alex die Zähne ausbeißen können …

Der Ministerpräsident war vorübergehend verstummt, und Cohen nutzte die Gelegenheit. »Was nun dieses Syndrom betrifft, Herr Ministerpräsident, so handelt es sich um ein absolut reales Problem. Wir haben tagtäglich damit zu tun. Manchmal ist es bloß albern oder jämmerlich, doch bisweilen kann es auch gefährliche Züge annehmen, sehr gefährliche sogar. Es liegt nicht daran, daß die Stadt jetzt uns gehört. Der Grund liegt vielmehr in einer Idealisierung der Stadt, und das ist ein allgemeines psychologisches Phänomen. Denken Sie an den Fall Rohan, an Goodman …« Er führte die Namen einer Reihe von Geistesgestörten auf, die seit 1967 unter dem Einfluß von Wahnvorstellungen Brand- und Mordanschläge auf dem Tempelberg verübt hatten.

»Philosophie und Psychologie«, spottete der Ministerpräsident, »sonst nichts. Für Sie ist das recht und billig – einen Politiker kann es dagegen teuer zu stehen kommen, Herr Cohen. Uns.«

»Das Problem existiert aber«, beharrte Cohen. »Und es wird von Jahr zu Jahr schlimmer.« Er fragte sich, was mit »uns« gemeint war – Israel, der Ministerpräsident oder seine Koalition.

»Sie meinen, mit jedem Jahr meiner Amtszeit, wie?« fragte der alte Mann sarkastisch. »Dann bin wohl ich daran schuld? Meine Krankheit? Dann ist es mein Verbrechen?«

»Nein, natürlich nicht«, erwiderte Cohen.

»Was soll ich also tun – Ihrer Meinung nach?«

Cohen schwieg. Er wollte dem Ministerpräsidenten sagen, daß er als erster den Attentatsversuch auf dem Tempelberg hätte verurteilen sollen und daß es, unabhängig von allen diplomatischen Bedenken, zu seinen höchsten Verantwortungen gehörte, dem immer weiter um sich greifenden Wahnsinn in der Stadt Einhalt zu gebieten. Doch der jahrelange Dienst in einem System, in dem das Amt des Ministerpräsidenten die höchste Autorität repräsentiert, hinderte ihn daran. Er rieb sich an der Disziplin, die ihm sein Beruf auferlegte: Er wußte, daß er zwar, was das Syndrom betraf, recht hatte, daß es jedoch völlig aussichtslos war, den Regierungschef von seinem Standpunkt überzeugen zu wollen.

»Ich habe nie von Ihnen die Einstellung Ihrer Ermittlungen verlangt«, sagte der Premier, der Cohens Schweigen als Einlenken interpretierte und wieder auf die unmittelbar anstehende Problematik zu sprechen kam. »Ich habe Sie lediglich gebeten, diskret vorzugehen und uns über den Fortgang Ihrer Arbeit auf dem laufenden zu halten.«

Cohen mußte sich gegen diesen Frontalangriff zur Wehr setzen. »Ich mußte den Einsatz meines Mitarbeiters im Kloster so lange geheimhalten, bis er das Gelände unversehrt verlassen hatte«, sagte er.

»Ja, ja, das verstehe ich durchaus. Was ich nicht begreife, ist, warum Sie nicht abwarten konnten. Warum konnten Sie nicht bis zum Abschluß meiner Verhandlungen warten?«

»Weil ...«

Der Ministerpräsident unterbrach ihn mit einem tiefen Seufzer. »Egal!« sagte er und wedelte mit der Hand wie ein Sultan, der einen Diener entläßt. »Es ist jetzt ohnehin zu spät. Zu spät. Vielleicht später. Vielleicht bietet sich meinem Nachfolger einmal eine solche Gelegenheit ...«

»Herr Ministerpräsident«, sagte Cohen, der sich noch immer rechtfertigen wollte. Er fühlte sich durch den Artikel in der Zeitung zum Sündenbock gestempelt und bereute es schwer, sich selbst eine Falle gestellt zu haben. Um sich reinzuwaschen, ging er zum Angriff über. »Ich habe den Bericht nicht an die Presse gegeben«, wiederholte er. »Und ich sage Ihnen ganz offen, daß ich heute morgen, als ich den Artikel sah, überlegt habe, ob die Indiskretion nicht sogar von Ihrem Ministerium lanciert worden ist.« Er sagte es ohne Trotz, aber mit Nachdruck, und fühlte sich danach sofort besser.

»Ach nein?« antwortete der Ministerpräsident sarkastisch und wies damit die Vorstellung, seine eigenen Vertrauten könnten ihn auf so eklatante Weise verraten haben, weit von sich. Daß der Polizeibeamte, der ihm soviel Ärger machte, solche Verleumdungen für möglich hielt, schien ihn weniger zu überraschen. In unverändert bitter-ironischem Ton fuhr er fort: »Nachdem dieser Russe nun offenbar nicht mehr in Frage kommt, wollen Sie jetzt vielleicht die Oberrabiner bezichtigen. Wie heißt es doch so schön in Ihrem Bericht über dieses sogenannte

Syndrom? ›*Religiöse Rechtfertigung für Fremdenfeindlichkeit* ...‹ Oder wollen Sie als nächstes vielleicht mich verhören?« Wieder zitierte der Ministerpräsident aus dem Bericht. »›*Extremistische Rhetorik von Trägern öffentlicher Autorität* ...‹«
Cohen kannte den zweiten Teil des Satzes auswendig: »... *kann von dafür empfänglichen Personen als Legitimation zu extremistischen Aktionen interpretiert werden* ...«
Er erkannte, daß der Ministerpräsident gegen ihn dieselbe rhetorische Klinge schwang wie gegen die ohnmächtige Opposition in der Knesset. Dennoch entschloß er sich, die Frage nach anderen Tatverdächtigen ernsthaft zu beantworten. »Es gibt noch eine Reihe anderer Möglichkeiten«, sagte er in der Hoffnung, daß der Ministerpräsident nicht nach Einzelheiten fragen und ihm somit das Geständnis ersparen würde, daß er außer einem abgängigen Hippie und Gerüchten über einen »Propheten« keinerlei konkrete Spuren hatte. »Wir versuchen nach wie vor, die Wahrheit herauszufinden.«
Doch der Ministerpräsident winkte ab. »Das ist sehr tröstlich, Herr Cohen«, sagte er ein wenig von oben herab. »Und ich bin sicher, daß Ihre Bemühungen von Erfolg gekrönt sein werden. Sie haben die Wahrheit allerdings schon an Stellen gesucht, an denen Sie nur Schmutz und Dreck aufgewirbelt und *meine* Wahrheit zerstört haben – jedenfalls vorerst.«
»Was wollen Sie von mir?« fragte Cohen kühl.
»Ach, jetzt ist sowieso alles egal. Nach dieser Zeitungsgeschichte spielt es keine Rolle mehr. Es ist zu spät. Zu spät.«
»Bei allem Respekt, Herr Ministerpräsident«, erwiderte Cohen, »ich bin ausschließlich daran interessiert, den Mörder dingfest zu machen. Ja, es stimmt, es gibt Dinge, die ich bedaure, und ich hege nicht die geringsten Zweifel daran, daß ich auch in Zukunft gelegentlich Dinge tun werde, über die ich im nachhinein nicht glücklich bin. Dennoch wurden alle Maßnahmen, die ich bislang getroffen habe, stets nur im Interesse der öffentlichen Sicherheit ergriffen.«
Erstmals nach längerer Zeit lächelte der Ministerpräsident wieder. »Und ich verstoße wohl gegen das öffentliche Interesse, wie?« fragte er mit gespielter Empörung und schlug sich in einem Ausdruck der Verwunderung mit der flachen Hand auf die Brust. »Wer sind Sie

eigentlich?« fragte er rhetorisch, und wieder wurde seine Stimme vor Aggressivität lauter. »Wer sind Sie, daß Sie sich einbilden, besser zu wissen als ich, was für das öffentliche Wohl unseres Landes gut und richtig ist? Sie sind ein Polizist, mehr nicht, nur ein Polizist. Sorgen Sie dafür, daß dem Recht Geltung verschafft wird, Herr Cohen! Und stecken Sie Ihre Nase nicht in psychologische und philosophische Theorien!«

Cohen spürte, daß er nichts mehr zu verlieren hatte. »Meine Aufgabe besteht darin, dem Recht Geltung zu verschaffen und die Wahrheit herauszufinden.«

»Ach ja, die Wahrheit!« höhnte der Ministerpräsident. »Sagen Sie mal, Herr Cohen, was machen Sie eigentlich, wenn sich diese Wahrheit, die Sie herauszufinden gedenken, als schlechte Wahrheit erweist? Als eine Wahrheit, die der Nation schaden könnte? Die unserem Volk schaden könnte?«

Cohen dachte einen Augenblick nach, ehe er antwortete. »Dann müssen die führenden Politiker unseres Volkes stark genug sein, diesen Schaden wieder zu reparieren.« Es war seine letzte Verteidigung – ein direkter Angriff auf den Ministerpräsidenten persönlich. Die Zügel, die drei Jahrzehnte Polizeidienst ihm angelegt hatten, waren abgefallen. Er war selbst überrascht über seine Äußerung, und es erstaunte ihn, zu sehen, daß auch sein Gegenüber nicht mit einer solchen Antwort gerechnet zu haben schien.

»Ja, das stimmt«, sagte der Ministerpräsident. »Das stimmt.« Er schien in den Polstern seines Lehnstuhls zu versinken und schloß die Augen, als wolle er sich ausruhen. In der eintretenden Stille konnte Cohen den Atem des alten Mannes hören, ein leises, rauhes Schnarchen.

»Ist das alles, Herr Ministerpräsident?« fragte er sanft, nachdem eine gute Minute ohne ein Wort verstrichen war.

»Ein letztes Wort noch, Herr Cohen. Kürzlich, bei unserem ersten Gespräch, kam ich nicht auf die Verbindung. Doch dann habe ich wegen dieser Affäre Erkundigungen über Sie eingezogen, und dabei kam heraus, daß Sie tatsächlich derselbe Avram Cohen sind, den ich einmal sehr bewundert habe.«

»Wie bitte, Herr Ministerpräsident?« Cohen war schlichtweg fassungslos über diese Bemerkung.

»Damals, gleich nach dem Krieg, kam ein Avram Cohen hierher, der als Jugendlicher im Konzentrationslager gewesen war. Drei Jahre soll er im Lager überlebt haben. Es gab damals Leute, die hielten das für unmöglich. Ich dagegen wußte, daß es solche Überlebenden geben mußte, denn Gott mußte aus dem gleichen Grund, aus dem er verhinderte, daß ich den Briten in die Hände fiel, auch einige die Lager überlebt haben lassen. Und nun erfahre ich, daß Sie ebendieser Avram Cohen aus Dachau sind.«
Cohen schwieg, seine Uniformmütze in der Hand. Es drängte ihn fort, hinaus aus diesem überheizten Zimmer.
»Sagen Sie mir, Herr Cohen, was soll das alles heute? Haben Sie etwa deswegen überlebt, um eines Tages dafür verantwortlich zu sein, daß diesem Staat durch die Verbreitung solcher Lügen über unser Volk schwerer Schaden zugefügt wird?«
Cohen wollte etwas sagen, doch der Ministerpräsident winkte ab. »Nun gehen Sie, und führen Sie Ihre Ermittlungen zu Ende. Sie tragen die Verantwortung.«
Cohen erhob sich von seinem Stuhl und setzte die Mütze auf. An der Wohnzimmertür drehte er sich noch einmal zu dem Ministerpräsidenten um. »Ich habe das Lager überlebt, Herr Ministerpräsident, weil ich stark war. Weil ich nicht sterben wollte. Weil es mein Leben war und weil ich tat, was ich tun mußte, um es zu retten. Ich bin nicht auf alles stolz, was ich getan habe, um zu überleben, aber ich bin stolz darauf, davongekommen zu sein. Ich tat, was ich tun mußte – genauso wie Sie damals im Untergrund. Sie werden sicher auch nicht auf jede einzelne Ihrer damaligen Handlungen stolz sein, wohl aber auf das, was Sie unter dem Strich erreicht haben. Und ganz sicher wissen Sie auch, daß Gott nichts damit zu tun hat – nicht das geringste. Von allen Menschen sollten gerade Sie das besonders gut wissen.«
Er salutierte und machte auf dem Absatz kehrt, ohne auf eine Antwort zu warten. Er schritt die drei Stufen zum Haupteingang und dann die Außentreppe hinunter, die auf den schmalen Gartenweg führte. Der diensthabende Wachmann öffnete per Knopfdruck das elektronisch gesicherte Tor, kaum daß Cohen es berührt hatte.
Erst als er sich in der Stille seines Dienstwagens eine Zigarette anzündete, gelang es ihm, den langen, pfeifenden Seufzer aus seinem Ge-

dächtnis zu vertreiben, den er beim Verlassen des Wohnzimmers hinter seinem Rücken wahrgenommen hatte. Es war ein tiefer, furchtbarer Seufzer gewesen, der für Cohen den gleichen monotonen Rhythmus hatte wie das ratternde Rumpeln eiserner Viehwaggonräder auf Eisenbahnschienen.

29

WIE IMMER, wenn er sich unter betenden Gläubigen befand, fühlte Cohen sich unbehaglich. Er konnte ihre Inbrunst nicht nachvollziehen. Aber er mochte die Klagemauer als solche. Ihm war, als wären die massiven, vor Tausenden von Jahren aufeinandergefügten Steinblöcke ein Teil seiner selbst. Er mochte die Sträucher, die wild und würdevoll aus Mauerfugen hervorwuchsen. Beim Überqueren des großen freien Platzes vor der Mauer sah er den Vögeln zu, die sich aus ihren Nestern in jenen Sträuchern in die Lüfte erhoben und von warmen Strömungen weit über die goldenen und silbernen Kuppeln der Moscheen oberhalb der Klagemauer emporgetragen wurden. Er schritt auf die Mauer zu. Die Morgensonne in seinen Augen verwandelte sie in eine schimmernde Fata Morgana aus warmem Gold, bis ihn schließlich die Kühle ihres langen Morgenschattens umfing.

Er fand Daniel neben dem Zaun, der die betenden Männer von den Frauen trennte.

»Ein Kerem, Ein Kerem«, flüsterte der aufgeregte junge V-Mann, als Cohen neben ihm auftauchte. Er war gekleidet wie bei ihrem letzten Treffen. Die schwarzen Hosen waren staubig, das weiße Hemd grau. Cohen fiel auf, daß sein Bart dichter geworden war. Die geröteten Augen verrieten Schlafmangel und Besorgnis.

Beide wandten sie sich der Mauer zu. Daniel hielt ein kleines Gebetbuch in der Hand. Sie standen nebeneinander, und während sie miteinander sprachen, schwankten sie langsam vor und zurück. Für die anderen Menschen auf dem Platz sahen sie aus wie zwei in ihre eigene Welt versunkene Männer, ein jeder in privater Zwiesprache mit Gott. Doch anstatt Gebete vor sich hin zu murmeln, flüsterten sie miteinander.

Cohen überhörte Daniels erste Worte. »Wie geht es Ihrem Vater?« fragte er. »Was ist geschehen?«

»Ich hab' ihn gesehen, ich bin ihm nachgegangen. Ich konnte nicht anders. Er ging in diese *Schul*, eine kleine mit einem guten Rabbiner. Mein Vater betrat dann die Jeschiwe des Rabbiners, setzte sich hin und las Psalmen, und ich weiß nicht, warum ich es tat, auf jeden Fall setzte ich mich ihm gegenüber. Zuerst hat er mich gar nicht erkannt. Ich kannte den Psalm, es war der einundneunzigste. ›*Du brauchst dich vor dem Schrecken der Nacht nicht zu fürchten / noch vor dem Pfeil, der am Tag dahinfliegt.*‹«

Cohen zwang sich dazu, ihm geduldig zuzuhören.

»Ich rezitierte den Psalm«, faßte Daniel zusammen, »und da blickte mein Vater auf und sah mich an. Und ich sah ihn an, und dann haben wir geweint wie *tzwie alter kaker jids.* Ich sag's Ihnen: Es ist alles in Ordnung. Sie brauchen sich keine Sorgen zu machen. Ich mache mir allerdings schon welche. Ich hab' ihm nicht gesagt, daß ich immer noch bei der Polizei bin. Ich sagte ihm, daß ich Buße tue. Ich tue Buße, das schwöre ich, genauso komme ich mir vor.«

»Fehlt Ihnen auch nichts?« fragte Cohen, der nur allzugut wußte, wie sich die Geschichte eines Geheimagenten in Lügen gegenüber Familienmitgliedern und Freunden verwandeln konnte. Das ging manchmal so weit, daß der Betroffene am Ende selbst daran glaubte. Aufmerksam wartete er auf Daniels Antwort.

»Nein, nein, ich bin mir ganz sicher. Ich treffe ihn nachher wieder, wir sind verabredet. Es scheint alles in Ordnung zu sein.«

»Na gut«, sagte Cohen und kam auf den Grund seines Spaziergangs zur Klagemauer zu sprechen. »Was war denn los in Ein Kerem?«

»Ja, ich bin gestern abend in Ein Kerem gewesen.«

»Und?« fragte Cohen.

»Sie bezeichnen sich als Kabbalisten, aber in Wirklichkeit sind sie gar keine. Es sind bloß Spinner. Ihren Rabbiner nennen sie ›Prophet‹. Sich selbst nennen sie *Kohanim* und *Lev'im*, das sind offenbar Rangbezeichnungen. Die *Lev'im* dienen den *Kohanim.* Sie planen die Errichtung des Dritten Tempels.«

»Das planen viele«, erwiderte Cohen enttäuscht.

»Aber diese Leute sind anders. Sie sind verrückt. Und dieser Anführer, der Kerl, den sie den Propheten nennen – also, der ist gefährlich, da bin ich mir ganz sicher.«

»Weiter«, sagte Cohen. Er war neugierig geworden, erwartete aber nicht allzuviel.

»Eine ganze Gruppe, und völlig durchgedreht! Sie halten Versammlungen ab. In Ein Kerem. Nur hat das nichts mit Gebeten zu tun. Es ist Wahnsinn.«

»Was wollen Sie damit sagen?«

»Sie haben ihre eigenen Gebete. Und sie bringen Opfer dar, ich hab's mit eigenen Augen gesehen. Auf einem Berg bei Ein Kerem. Einen Ziegenbock für ihre Sünden, eine Färse für die Läuterung. Die sind wirklich verrückt. Jeder trägt ein Messer bei sich, und sie tun alles, was ihr Prophet sagt. Und er sagt, daß er den Hohenpriester salben will, sobald sie die Schandmale auf dem Tempelberg zerstört haben.«

»Und?« sagte Cohen ungeduldig. »Es gibt auch einen Verein, der auf dem Tempelberg unbedingt den Grundstein für den Dritten Tempel legen möchte. Was ist an diesem Burschen so anders?« Doch insgeheim fragte er sich bereits, ob er vielleicht nicht dem Mörder der beiden Nonnen, sondern den Urhebern der Granatenanschläge näher kam.

»Er predigt Armageddon«, fuhr Daniel fort. »Das ist seine Lehre, seine Prophezeiung. Armageddon. Es geht ihm nicht darum, da oben zu beten oder eine Fahne auf die Kuppel des Felsendoms zu setzen. Er redet nur davon, die Schande dort oben zu tilgen, um Platz für den Tempel zu schaffen. Er ist gefährlich, ich sag's Ihnen. Aber sie hören auf ihn. Er sagt, er sei die Verbindung zur Zukunft, zum Messias. Er verkörpere diese Verbindung, behauptet er, und seine Leute glauben ihm. Ich bin ihnen gefolgt. Und gestern abend bin ich ihnen bis nach Ein Kerem nachgeschlichen. Sie haben dort eine Höhle. Ich kam nicht sehr nahe heran, sie hätten mich sonst gesehen. Die Höhle liegt ein paar Kilometer hinter dem Dorf.«

»Schön«, sagte Cohen und überlegte laut. »Wir haben die Gefolgschaft eines leicht verrückten Rabbiners, die gerne Nachtwanderungen nach Ein Kerem unternimmt. Was macht diese Leute so gefährlich?«

»Die Menschen im Viertel behaupten, er habe im Gefängnis gesessen und sei erst im Knast fromm geworden. Den Gerüchten nach war das vor zehn Jahren.«

»Warum haben Sie das nicht schon eher erwähnt?« fragte Cohen, dessen Interesse schlagartig wuchs. »Wie heißt der Kerl?«
»›Der Prophet‹«, sagte Daniel, »das ist alles, was ich weiß. Einige Leute nennen ihn den Propheten, den Rabbi. Andere nennen ihn den Meschuggenen, den Spinner, und einige wenige bezeichnen ihn als den *Meturaf*, den Wahnsinnigen.«
»Weshalb saß er im Gefängnis?« fragte Cohen und versuchte sich an einen zehn Jahre zurückliegenden Fall zu erinnern, bei dem ein Beteiligter im Gefängnis religiös geworden war. Außerdem listete er in Gedanken die Namen aller ihm bekannten Sträflinge auf, die über genug Charisma verfügten, um eine ganze Bande zu befehligen.
»Das scheint niemand zu wissen. Es kursieren lediglich Gerüchte. Über Drogen. Opfer. Die geborenen *Charedim* machen sich über den Neubekehrten lustig, daher das viele Gerede. Er läßt sich oft in einem alten Ford Escort herumkutschieren – ich habe die Nummer für Sie.«
Mit diesen Worten faltete Daniel ein Stück Papier zu einem festen kleinen Kügelchen. Dann strich er nach Art der anderen Betenden sanft mit den Fingern über die Mauersteine, bis er eine Spalte fand, die bereits voller zusammengefalteter papierener Wünsche an den Himmel steckte. Immer noch flüsternd, als rezitiere er unentwegt Psalmen, stopfte er das mehrfach gefaltete Zettelchen in die Ritze. »Ich bekam mit, wie einer seiner Gefolgsleute mit einem anderen über *Nafas* sprach. Sie nennen es ›Gewürze des Herrn‹. Außerdem sah ich mindestens eine Pistole bei ihnen.«
Cohen tat so, als wolle er seine eigene Botschaft an den Himmel in eine Mauerritze zwängen. In Wirklichkeit zupfte er sich Daniels Zettel heraus.
Bei der Erwähnung der Pistole und des Rauschgifts zog Cohen die Augenbrauen hoch, was Daniel nicht entging. Es unterstrich die Gefährlichkeit der Gruppe. »Sie haben diese Ziege geopfert«, wiederholte er, »und danach die junge Kuh. Er spricht diese Gebete, und ich sag's Ihnen, solche Gebete gibt es gar nicht, jedenfalls sind sie mir noch nie untergekommen. Über irgendwelche Lichter, die er sieht, und über die Erlösung und die Rache an denen, die in der Dunkelheit leben ... Sie tragen übrigens ausschließlich Gewänder aus reinem

Leinen, die den Vorschriften für die Herstellung von Priesterkleidung entsprechen.«
Daniels Hinweise auf die Drogen beeindruckten Cohen mehr als die Tatsache, daß er es einmal mehr mit einer Gruppe zu tun hatte, die die Herbeikunft des Messias beschleunigen wollte. »Drogen«, sagte er. »Das können wir überprüfen. Aber welche Verbindungen gibt es zu den Nonnen?«
»Sie hassen die *Goyim*«, sagte Daniel, »das ist der Punkt. Sie sagen, die Christen hätten Jesus gestohlen und die Muslime den Tempelberg.«
»Halb Mea Shearim haßt die *Goyim*«, gab Cohen zurück. Sein Interesse schwand.
»Aber dort redet man nicht davon, wie man sie am schnellsten los wird«, hob Daniel hervor.
»Was haben sie denn getan?« fragte Cohen.
»Die Einzelheiten kenne ich nicht. Aber *daß* sie was getan haben, davon bin ich überzeugt. Was es ist, weiß ich nicht. Zwei von ihnen unterhielten sich über die Granaten bei der Antikriegsdemo. Einer der beiden, dieser Yossi – er steht dem Propheten offenbar am nächsten –, sagte, als wäre es das Normalste von der Welt: ›Die Leute auf dieser Demonstration haben es nicht anders verdient, so sagt uns der Prophet. Es ist Teil des Gesamtprozesses.‹«
»Haben sie sich auch über die Granaten auf dem Tempelberg unterhalten?«
»›Der Prophet sieht es als Teil eines Plans. Er sagt, es ist der erste Schritt zu einer Aufgabe, die zu vollenden uns obliegt.‹ Das waren seine Worte. So habe ich es gehört.«
»Was für eine Aufgabe?«
»Weiß ich nicht. Sie sagten doch Ein Kerem. Ich habe auf Ein Kerem geachtet – und soviel konnte ich in Erfahrung bringen.«
Cohen strapazierte sein Gedächtnis. Wen hatte er für zehn Jahre ins Gefängnis gebracht? Wen, der dann im Gefängnis plötzlich fromm wurde? Meistens erschienen sie dann mit einem Schädelkäppchen auf dem Kopf vor Gericht, vor allem wenn sie sich Anzug und Krawatte nicht leisten konnten. Manche von ihnen hielten sich dann an die Bekehrung. Cohen war überzeugt, die betreffende Person zu kennen, denn Jerusalems kriminelle Unterwelt umfaßte nie mehr Mitglieder als

eine mittelgroße Talmudschule. Einige Bandenführer waren so mächtig wie jene Rabbiner, die es verstanden, ihren Gefolgsleuten ihren Willen aufzuzwingen. Cohen wollte diesen religiösen Bauernfänger mit krimineller Vergangenheit ausfindig machen und mit ihm reden. Er hatte keinen Zweifel daran, daß es sich um einen alten Bekannten handelte.

»Sagen Sie, Daniel, wie sieht dieser Anführer aus?«

»Nun ja – wenn er nicht gerade sein Priestergewand anhat, trägt er Schwarz. Schwarzer Mantel, schwarze Hosen, schwarzer Hut. Und ein weißes Hemd. Ich sah ihn ja nicht aus der Nähe. Hochgewachsen, schwarzer Vollbart. Und dann ist da noch was mit seinen Augen ... Er trägt dauernd eine Sonnenbrille.«

Ovadia. David Ovadia. Natürlich. Cohen kannte ihn. Ovadias Augen waren ein untrügliches Kennzeichen. Die dunkle Sonnenbrille war stets seine Lieblingsmaske gewesen. Bevor Cohen dafür sorgte, daß er für einige Jahre im Gefängnis von Ramle verschwand, war Ovadia Jerusalems mächtigster und gefährlichster Rauschgifthändler, der seine Gang an Marionettenschnüren tanzen ließ, die aus Gewalt geflochten waren. Cohen hatte vergeblich den Nachweis zu führen versucht, daß auch Mord zu Ovadias Geschäftsgebaren gehörte. Kurz vor dem Prozeß war ein Kronzeuge verschwunden. Cohen hatte all die Jahre hindurch die Akte Ovadia in seinem Büro verwahrt und sie bisweilen – wenn er einen Tip bekam oder neue Gerüchte in der Stadt kursierten – geöffnet, hineingeschaut und ein paar Wochen lang im Auge behalten. Er war in Schluchten hinabgeklettert, hatte neben alten Brunnenschächten gestanden und zugesehen, wie seine Mitarbeiter Sanddünen durchwühlten – immer auf der Suche nach Danny Amsalems Leiche. Danny war der Mann gewesen, der gegen Ovadia hätte aussagen sollen. Einmal hatte Cohen sogar einen Bauingenieur um fachkundigen Rat gebeten; er wollte wissen, ob es technisch möglich war, eine Betonsäule unter Jerusalems höchstem Bürogebäude auszugraben. Gerüchten zufolge hatte man Dannys Leiche dort einzementiert. Nein, hatte der Ingenieur gesagt, das sei völlig unmöglich. Also war die Leiche niemals aufgetaucht, und ohne Leiche ließ sich Ovadia kein Mord nachweisen. Er war schließlich wegen Totschlags verurteilt worden. Vor Gericht konnte Cohen, der Ovadia ursprünglich wegen vorsätzlichen Mordes und Drogenhandels verhaftet hatte, nur noch anführen, daß er sich mit dem Messer gegen einen wütenden Konkurrenten verteidigt hatte. Zehn Jahre Haft waren die Höchststrafe für Ovadias Verbrechen.

Die zehn Jahre sind vorüber, dachte Cohen. Ovadia ist wieder auf freiem Fuß, gibt sich wirren Vorstellungen über Gott hin und hat schon wieder eine Clique von Gefolgsleuten um sich geschart, die bereit sind, alles zu tun, was er ihnen aufträgt.

»Sie kennen ihn?« fragte Daniel, der Cohens Schweigen richtig auslegte.

»Ja, ich kenne ihn«, sagte Cohen. »Wir waren hinter ihm her wegen eines heimtückischen Mordes, konnten ihm letztlich aber nur Totschlag nachweisen. Als Sie seine Augen erwähnten, habe ich mich erinnert. Das eine ist braun, das andere grün.«

»Nein, das habe ich nicht gesagt«, sagte Daniel und schüttelte den Kopf. »Er ist blind.«

Cohen wurden die Knie schwach. »Sind Sie sicher?« fragte er Daniel und suchte Halt an der Klagemauer.

»Soweit ich es beurteilen kann, ja. Jedenfalls sah ich, wie er von seinen Leuten geführt wurde.«

Cohen wandte sich von der Mauer ab und dachte nach. Ein paar frühe Touristen standen knapp außerhalb des tiefen Schattens und fotografierten die Klagemauer. Einige von ihnen hatten sich auf das den Betenden vorbehaltene Gelände vorgewagt, wo das Fotografieren am Sabbat und an Feiertagen verboten war. Doch es war Freitag morgen; bis zum Sabbat waren es noch über zwölf Stunden.

Er wandte sich wieder Daniel zu. »Können Sie uns den Weg zu dieser Höhle zeigen?«

»Ich weiß es nicht«, sagte Daniel. »Es war dunkel, und ich folgte ihnen in einem gehörigen Abstand. Ich hatte Angst. Und noch eins, Inspektor...« Es klang, als wolle er Cohen um Verzeihung bitten. »Ich werde Ihnen die Wahrheit sagen: Ich steige aus. Diese Begegnung mit meinem Vater hat mich sehr nachdenklich gemacht. Ich wollte schon vorher aussteigen, aber für diesen einen Fall hatte ich Ihnen ja noch meine Mithilfe zugesagt. Jetzt brauche ich erst einmal etwas Zeit zum Nachdenken, über mein Leben und meine Zukunft.«

Daniels Entschluß kam für Cohen nicht überraschend. Er kannte das Gefühl des Alleinseins und der Angst in der Dunkelheit. Er hatte schon seit ihrer letzten Begegnung damit gerechnet, daß Daniel über kurz oder lang den Dienst quittieren würde. Angst hatte den V-Mann befallen – aber er war immerhin so vernünftig, offiziell um seine Entlassung nachzusuchen.

»Sie schaffen das schon, dessen bin ich mir sicher«, flüsterte der alte Detektiv. »Und Sie sind mir eine große Hilfe gewesen, eine große Hilfe. Ovadia – ein Prophet! Ha!« Er lachte. »Sie können jederzeit wieder zu uns zurückkommen, das wissen Sie. Ich würde das nicht gerade Urlaub oder Krankfeiern nennen. Wir beide, Sie und ich, wissen, was Sie tun. Sie müssen mir nur – so ungefähr in einem Monat – mitteilen, wofür Sie sich entschieden haben. Die Entscheidung kann Ihnen niemand abnehmen.«

»Ich weiß«, sagte Daniel. »Ich werde mich melden, ich verspreche es Ihnen.«

Sie schwiegen eine Weile. Dann sagte Cohen: »Ich muß jetzt gehen. Alles Gute, und halten Sie mich auf dem laufenden.« Ein letztes Mal berührte er den Stein und trat nach Art der frommen Juden einen Schritt zurück, ohne das Gesicht von der Klagemauer zu wenden. Dann erst drehte er sich um, überquerte den großen Platz und ging zu seinem Wagen, den er auf dem Parkplatz am Dungtor abgestellt hatte. Unterwegs behielt er die Hand in der Hosentasche. In seiner geschlossenen Faust hielt er Daniels Zettel mit der Autonummer.

Als er durch das antike Tor die Altstadt verließ, hatte er schon das Mikrofon des Funktelefons in der Hand und erteilte Anweisungen an Rutie, Levy und Menachem Shahar, den Leiter des Rauschgiftdezernats. Auf der Straße, die um die Altstadtmauer herumführte, schaltete er das Martinshorn ein, um auf der kurzen Strecke zum russischen Viertel nicht im Verkehr steckenzubleiben.

30

SIE STANDEN SICH IN SEINEM BÜRO gegenüber wie zwei rivalisierende Kater im Basar. Die Venen auf Shahars kahlrasiertem Schädel pulsierten vor Wut. Er stand hinter Levys Stuhl. Levy seinerseits stand hinter Cohens Schreibtisch. Er hatte die Hände zu Fäusten geballt und preßte sie auf die Tischplatte wie ein Sumoringer kurz vor Kampfbeginn. Beide Männer schwitzten, obwohl die Luft im Zimmer kühl und frisch war, und vor beiden lag eine aufgeschlagene Akte auf dem Tisch.

»Was geht hier vor?« fragte Cohen forsch, als er das Büro betrat.

Die beiden Beamten fingen an, beide gleichzeitig auf ihn einzureden, doch ein Blick von Cohen genügte, und Levy ließ dem in der Hierarchie höherstehenden Shahar den Vortritt.

»Ihr Mann hier behauptet, er hätte mir eine Hausmitteilung über einen Hippie, Drogen und Ein Kerem gegeben«, sagte Shahar vorwurfsvoll.

»Und hier ist der Durchschlag«, ergänzte Levy und schlug mit der Faust auf eine offene Mappe, in der die orangefarbenen Durchschläge der Hausmitteilungen aufbewahrt wurden.

»Ich hab' die nie gesehen«, sagte Shahar. »Und nie bekommen.«

»Ich habe Sie Ihnen persönlich ausgehändigt«, sagte Levy mit zusammengepreßten Zähnen. »Und zwar auf dem Flur vor Ihrem Büro. ›Hier, das ist wichtig‹, sagte ich, ›und äußerst dringend.‹ Sie warfen einen Blick darauf und sagten, Sie würden sich bei mir melden.«

Shahar warf die Arme hoch. »Fünfzehnmal am Tag läuft mir im Flur jemand über den Weg und will etwas von mir«, schimpfte er und wandte sich an Cohen. »Er behauptet, es wäre vor drei Wochen gewesen.« Erneut nahm er Levy aufs Korn. »Haben Sie eine Ahnung, was ich im letzten Jahr alles am Hals hatte? Die Armee hat nicht bloß Dreck und Särge aus dem Libanon mitgebracht.«

Levy neigte leicht den Kopf.

»Ich weiß schon Bescheid«, sagte Cohen, um Shahar zu beschwichtigen. »Und wenn mir jetzt einer sagt, was hier vorgefallen ist, dann bin ich noch klüger.« Dies war eine an beide gerichtete Warnung. Sein nächster Satz versetzte dagegen nur Shahar einen Schuß vor den Bug. »Warum bin ich über Ovadia nicht informiert? Der Hippie, das ist was anderes, Hausmitteilungen gehen manchmal verloren. Es gab für Sie keinen Grund, das eine mit dem anderen zu verbinden. Aber daß Ovadia nicht mehr im Gefängnis sitzt, erblindet ist und neuerdings den Rabbiner spielt – das hätte ich schon erfahren müssen. Warum haben Sie ihn nach seiner Entlassung aus Ramle nicht im Auge behalten?« Er sprach im Ton eines Staatsanwalts, der zum entscheidenden Schlag ausholt.

»Daß es eine Verbindung zwischen Ein Kerem und Ovadia gibt, höre ich heute zum erstenmal«, sagte Shahar, bemüht, Cohens Vorwürfe zu entkräften. »Ich bin genauso überrascht wie Sie.«

»Wie Daniel mir erzählt, veranstaltet er da draußen in Ein Kerem so eine Art Show«, sagte Cohen. »Er predigt vom kommenden Armageddon und will die Entweihung des Tempelbergs rückgängig machen. Was haben wir sonst noch? Seit wann ist er blind?«

»Seit vier Jahren ...«, begann Levy und zog eine Akte hervor, die unter der Mappe mit den Hausmitteilungen lag. »Irgend so ein zweitrangiger Ganove ... Warten Sie ...«

»Ya'akov Amsalem aus Lod«, warf Shahar ein.

»Der Vetter des kleinen Danny Amsalem«, ergänzte Cohen, der inzwischen alles abrufbereit hatte, was er über Ovadia wußte.

Levy musterte den Chef des Rauschgiftdezernats mit finsterem Gesicht, doch Shahar ließ sich nicht beirren. »Amsalem hatte sechs Jahre wegen bewaffneten Raubüberfalls bekommen. Er fiel über Ovadia her und ertränkte ihn beinahe in einem Eimer Bleiche. Selbst wenn er direkt in die Sonne starrt, kann Ovadia nicht sagen, ob sie scheint oder nicht.«

»Warum hat Amsalem ihn angegriffen?« fragte Cohen.

»Nach einem Bericht der Gefängnisverwaltung ist er ausgerastet. Er

hielt Ovadia für den Teufel. Aber Ovadia war sauber. Er verzieh Amsalem und machte daraus ein großes Spektakel. Nicht einmal Beschwerde hat er eingelegt. Amsalem bekam ein Jahr Einzelhaft.«
»Wahrscheinlich wollte er seinen Vetter rächen«, mutmaßte Cohen.
»Als er dann rauskam«, sagte Levy und hielt ein Blatt aus den Akten hoch, »wurde er einer von Ovadias Gefolgsleuten. Der hatte schon im Gefängnis ein Dutzend Anhänger, und als er im vergangenen Jahr entlassen wurde, kam ein weiteres Dutzend hinzu.«
»Lauter Ramle-Reservisten«, ergänzte Shahar. Damit waren Rückfalltäter gemeint, die Ramle, das härteste und überfüllteste Gefängnis des Landes, schon von mehreren Aufenthalten her kannten. »Rein, raus, rein, raus ... Die werden dort so oft eingeliefert, wie ich zu Reserveübungen ausrücken muß.«
»Ovadia hat immer wieder Mittel und Wege gefunden, sich andere Leute gefügig zu machen«, sagte Cohen. »Aber in einem Punkt hat er sich verändert, das steht fest. Der David Ovadia, den ich kenne, hätte dafür gesorgt, daß Amsalem umgelegt wird. Behalten wir das mal im Auge. Haben wir jetzt eigentlich einen Höhlenführer für Ein Kerem?«
»Der Naturschutzverein hat uns einen ortskundigen Führer versprochen«, sagte Levy. »Es wird aber noch ein Weilchen dauern, bis er hier ist.«
»Also, wie ging's dann weiter?« fragte Cohen Shahar. »Ovadia wurde so eine Art Rabbiner, eine Art Heiliger? Ein Gerechter, wie?«
»Die Sache fing gegen Ende des Prozesses an«, erwiderte der Leiter des Rauschgiftdezernats. »Da sagte er auf einmal, er wisse jetzt Bescheid ...«
»Über was?« fragte Cohen.
»Er sagte dem Richter, ihm sei jetzt klar, was er falsch gemacht habe. Er fing an, mit einem Schädelkäppchen herumzulaufen, doch schon eine Woche später trug er den Talith mit Fransen und Knoten. Mit der U-Haft hat er acht Jahre abgesessen. Ein Viertel der Strafe wurde ihm wegen guter Führung erlassen, wobei ihm sicher nicht geschadet hat, daß er im Knast als Lehrer gearbeitet hat. Ein Dummkopf war er ja nie.«
»Ich entsinne mich«, sagte Cohen ungeduldig.
»Gott weiß, was mit ihm passiert ist – und wenn ich ›Gott‹ sage, dann

meine ich auch Gott. Er ist voll eingestiegen und bekommt Unterstützung von politischer Seite. Manche sehen in ihm ein Beispiel für eine erfolgreiche Resozialisierung. Weil er religiös ist, übt er, wie es heißt, einen positiven Einfluß aus. Eine Zeitlang unterhielt er im Süden der Stadt eine Art fliegende Jeschiwe; neuerdings ist sie dort sogar fest installiert. Und außerdem hat er einen großen Gönner, einen aus Syrien gebürtigen Amerikaner. Sehr reicher Mann, der ihn auch finanziell unterstützt und Verbindungen unterhält zu …«

»Verfluchte Politiker!« entfuhr es Cohen. »Das reicht mir vorerst. Was machen wir jetzt mit seinen Jüngern? Daniel nannte einen Namen, einen gewissen Yossi, und er gab mir dies hier …« Er reichte Levy den Zettel mit der Autonummer. Levy griff unverzüglich zum Telefon und wählte die Nummer der Zulassungsstelle.

»Es heißt, daß auch ein paar Mädchen zu seiner Clique gehören«, sagte Shahar. »Ovadia hat anscheinend eine Erklärung für sie, eine biblische meine ich. Für die Mädchen.«

»Was für eine Erklärung?« fragte Cohen.

Shahar hob die Schultern. »Eine biblische eben. Abraham hatte zwei Frauen – warum also nicht auch er? So in der Art …«

»Nissim?« Cohen wandte sich an Levy, der gerade den Telefonhörer auflegte.

»Der Wagen gehört einem gewissen Yossi Hadass. Keine unbezahlten Strafzettel – überhaupt nur wenige –, auch keine Vorstrafen … Ach ja, unser Naturfreund und Höhlenführer sollte eigentlich um zehn hier sein. Also in …«

»… zwanzig Minuten«, vollendete Shahar und blätterte wieder in der Akte. »Die Leute kommen zu ihm, um sich von ihm segnen zu lassen. Manche halten ihn für einen Heiligen. Von Drogen ist mir nichts Neues bekannt. Er war immer sehr vorsichtig. Außerdem gibt es Leute, die ihre schützende Hand über ihn halten. Dieser Amerikaner. Bestimmte Politiker … Um ehrlich zu sein, Avram, selbst wenn wir in Ein Kerem was finden – Drogen, meine ich – und ihn uns schnappen, fünf Minuten später ist er wieder draußen.«

»Okay«, sagte Cohen nach kurzem Nachdenken. »Daß Ovadia die Nonnen nicht umgebracht hat, ist klar. Ein Blinder kann es nicht gewesen sein. Aber er hat seine Leute zweifellos im Griff. Es könnte einer seiner Anhänger gewesen sein. Wir sehen uns das da oben mal an. Wenn wir Glück haben, finden wir etwas *Nafas* – und wenn dem so ist, ergibt sich vielleicht eine Querverbindung zu dem Hippie in Ein Kerem.«

»Hier ist noch was Interessantes«, sagte Levy, der noch immer über der Akte saß. »Nach seiner Entlassung aus dem Gefängnis tat Ovadia eine Zeitlang nichts, als im Laden seines Bruders herumzusitzen. Sein Bruder ist Metzger von Beruf.« Levy sah Cohen an. »Wir haben ihn verhört. Ohne Ergebnis.«

Shahar las in einer anderen Akte. »Vor ungefähr sechs Monaten bekam er vom Religionsministerium grünes Licht für die Errichtung einer Talmudschule im muslimischen Viertel – und der Amerikaner gab ihm das Geld dafür.«

»Beschissene Politiker!« fluchte Cohen wieder und befahl: »Geben Sie mir mal die Akten. Bis dieser Höhlenführer kommt, werfe ich noch einen Blick hinein. Sie beide stellen unterdessen fest, was aus der Hausmitteilung geworden ist.«

Verlegen meldete sich Levy zu Wort: »Da ist noch etwas – ich kam in diesem Tohuwabohu gar nicht dazu, es Ihnen zu sagen. Kurz nachdem Sie gegangen waren, rief mich Aboudi an. Einer seiner Söhne kannte den Namen und die Adresse dieses Mädchens. Marie heißt sie. Sie ist schon seit über einer Woche nicht mehr in ihrer Wohnung gewesen.«

»Schicken Sie jemanden hin, der das Haus observiert«, befahl Cohen, »und lassen Sie Ovadias Bruder festnehmen. Außerdem möchte ich wissen, was er bei dieser Fleischerbefragung von sich gegeben hat. Suchen Sie mir das Protokoll heraus.«

Levy und Shahar reichten Cohen ihre Akten. Cohen nahm die erste der zahlreichen prallgefüllten Mappen zur Hand, in denen die polizeilichen Unterlagen über die ersten vierzig Jahre von David Ovadias Leben gesammelt waren. Seit fünfundzwanzig Jahren war er polizeibekannt.

Rutie kam herein. Sie trug ein Tablett mit lauter gefüllten Kaffeetassen in den Händen.

Kurz darauf klingelte das Telefon. Sie nahm ab, horchte einen Augenblick und reichte den Hörer dann an Shahar weiter. Der Chef des

Rauschgiftdezernats informierte seine Leute über die bevorstehende Fahrt nach Ein Kerem und erteilte die notwendigen organisatorischen Anweisungen. Des weiteren ordnete er die Festnahme des Fleischers sowie die Observierung einer Wohnung in Nahlaot an, deren Adresse Levy ihm gereicht hatte.
Cohen sah auf die Uhr und stellte das Radio an. Fast unmittelbar darauf kündigten fünf Pieptöne die Zehn-Uhr-Nachrichten an. Eine kurze Meldung nahm Bezug auf Lassmans Zeitungsartikel.
Sekunden später klingelte das Telefon erneut. Levy nahm ab und gab den Hörer an Cohen weiter. »Alex«, sagte er. »Er hat heute morgen, als Sie unterwegs waren, schon zweimal angerufen.«
Der Chefinspektor nahm den Hörer ans Ohr. »Cohen«, sagte er.
»Ich bin tot«, sagte Alex. »Dieser Artikel. Er bringt mich um. *Sie* haben mich umgebracht.«
»Von mir stammt diese Indiskretion nicht«, sagte Cohen kurz angebunden. Der KGB-Offizier tat ihm leid, aber für eine längere Auseinandersetzung fehlte ihm die Zeit.
»Als ich das heute morgen las, dachte ich mir gleich, das stammt von Ihnen.«
»Nein, ich war's nicht. Tut mir leid. Ich habe einen Bericht geschrieben und ihn an die zuständigen Stellen weitergeleitet. Die Presse gehört nicht dazu.« Cohens Stimme war kühl, aber er hoffte immer noch auf einen Hinweis von Alex, der sie möglicherweise weiterbringen konnte.
»Wer war's dann? Der Mossad? Der Shabak?«
»Ich weiß es nicht«, sagte Cohen. »Vielleicht Yaffe?« Es war ein Versuch. Auch Cohen hätte nur allzugern gewußt, wer der Denunziant war.
»Dämlich genug wäre er«, sagte Alex. Cohen mußte lächeln. »Es ist irgendwie komisch«, fuhr der Russe fort. »Ich wollte niemals überlaufen, aber jetzt bleibt mir wahrscheinlich gar keine andere Wahl. In Moskau bin ich ruiniert.«
»Vielleicht kann ich ein Wort für Sie einlegen«, sagte Cohen, war sich jedoch der Unsicherheit in seiner Stimme bewußt. Alex' bisherige Leistungen schienen weder den Leiter des Shabak noch den Chef des Mossad sonderlich beeindruckt zu haben.

»Von mir erwartet man nicht, daß ich ein Gewissen habe«, fuhr Alex fort. »Ich gelte ja nicht einmal als menschliches Wesen. Sie, Cohen, Sie sind der Mann mit dem Gewissen. Sie, ein Jude, ein Überlebender der faschistischen Todeslager. Sie sollten ein Gewissen haben. Folglich sind Sie derjenige, der mir jetzt helfen muß.«

»Ich hoffe nach wie vor, daß Sie *mir* helfen können«, sagte Cohen leise, aber mit Nachdruck.

»Ich möchte, daß Sie eine öffentliche Stellungnahme abgeben«, verlangte Alex. »Sagen Sie öffentlich, daß ich es nicht gewesen bin.«

»Das kann ich nicht«, antwortete Cohen.

»Sie können alles, was Sie wollen!« rief Alex. »Sie müssen mir helfen. Sie sind der einzige, der mir jetzt noch helfen kann.«

»Das ist wahrscheinlich richtig, Alex«, erwiderte Cohen. »Aber ich kann Ihnen nur dann helfen, wenn ich den echten Mörder habe.«

»Was wollen Sie von mir?«

»Es gibt nicht viel, was Sie im Augenblick noch für mich tun könnten«, sagte Cohen, »es sei denn, Sie liefern uns den wahren Mörder. Das wäre hilfreich.«

»Ich weiß nicht, wer's war, Cohen! Ich weiß es wirklich nicht!«

»Sie sind mit dem Mädchen spazierengegangen, haben Sie gesagt. Im Tal. Sind Sie da jemals an irgendwelchen Höhlen vorbeigekommen? Oder sind Ihnen Spuren von Tieropfern aufgefallen?« Die Frage war Cohen spontan eingefallen. Er wollte nichts unversucht lassen.

Alex schwieg einen Augenblick. Cohen hielt den Atem an. Er war jetzt überzeugt, auf dem richtigen Wege zu sein.

»Hören Sie, Cohen«, sagte Alex, dessen Stimme auf einmal ruhiger klang. »Vielleicht kann ich Ihnen helfen. Aber Sie müssen mir auch helfen. Helfen Sie mir, dann kann ich Ihnen vielleicht auch helfen.«

»Ich tue, was ich kann, Alex, das habe ich Ihnen bereits gesagt. Aber zuerst sagen Sie mir, was Sie wissen – und warum Sie es mir nicht schon längst mitgeteilt haben.«

Ein langes Schweigen am anderen Ende der Leitung war die Antwort. Endlich begann Alex zu reden. »Ja, da gibt es eine Höhle. Ein gutes Stück westlich des Klosters, gleich unterhalb des Kamms. Irgendwer benutzt sie als Lagerraum.«

»Wofür?« fragte Cohen.
»Für Haschisch. Für einen ganzen Haufen davon. In Säcken. Leinensäcken. Und außerdem lagert dort ...«
»Was?« fuhr Cohen dazwischen.
»Da war eine offene Munitionskiste«, sagte Alex. »Und außerdem standen noch ein paar verschlossene Holzkisten mit Armeemarkierungen herum.«
»Haben Sie sie geöffnet?«
»Nein.«
»Das glaube ich Ihnen nicht.«
»Es stimmt aber. Ich habe das Haschisch gesehen. Und die offene Munitionskiste. Sonst nichts. Ich habe dort nicht Inventur gemacht – schließlich war ich nur ein einziges Mal da, vor ungefähr einem halben Jahr. Ich sah dort oben ein Feuer brennen und wurde neugierig. Ich bin dann früh am Morgen hinaufgegangen. Es sah so aus, als wären irgendwelche Tiere geröstet worden – am Stück, wohlgemerkt. Dann entdeckte ich den Eingang zu der Höhle und schaute hinein. Das ist alles. Ich sah mich um, sonst nichts.«
»Warum haben Sie uns nichts davon erzählt?« wollte Cohen wissen. Er war wütend. »Warum haben Sie Yaffe nicht darauf aufmerksam gemacht?«
Alex schnaubte verächtlich. »Hören Sie, Cohen, trotz Glasnost und all diesem Gerede über eine Verbesserung der Beziehungen ...«, er sprach jetzt mit dem gleichen Selbstbewußtsein, das Cohen noch aus der Zeit vor seinem Geständnis kannte, »... eines kann ich Ihnen versichern: *Ihre* Unterwelt auszuräuchern hat nie zu meinem Aufgabenbereich gehört.«
Cohen hatte das Gefühl, jeden Moment in die Luft gehen zu müssen. Das Ekzem an seinem Arm fühlte sich an, als habe es sich bis über den Bizeps ausgeweitet. Sein Rücken schmerzte, und sein Kopf dröhnte.
»Hätten Sie's getan, hätten Sie's zu Ihrer Aufgabe gemacht und uns geholfen, dann würden Sie jetzt wahrscheinlich nicht so tief in der Tinte sitzen«, sagte er und preßte die Zähne zusammen, um nicht loszubrüllen.
»Aber jetzt wissen Sie Bescheid«, sagte Alex zerknirscht. »Es tut mir

leid. Ja, es tut mir leid. Aber jetzt habe ich Ihnen geholfen. Nun helfen Sie mir.«

Cohen seufzte und schwieg. Er hatte es ihm versprochen. Alles Mitleid, das er mit Alex' Schicksal empfunden hatte, war nach dessen Eingeständnis, die Höhle und deren Inhalt gekannt zu haben, verflogen. Doch er hatte ihm sein Wort gegeben. »Ich werde die Sache ansprechen«, zischte er. »Mehr kann ich Ihnen nicht versprechen.«

»Shabak? Mossad?«

»Das erfahren Sie, wenn man auf Sie zukommt«, erwiderte Cohen geschäftsmäßig und rieb seinen Arm.

Alex klammerte sich an Cohens Versprechen. »Ich werde mich mit Ihrem Bekannten treffen, wo immer er will. Aber es muß heute noch sein. Andernfalls bin ich ein toter Mann. Mausetot, sage ich Ihnen.«

»Ich sehe zu, was ich tun kann, Alex. Aber es hat keinen Sinn, mit angehaltenem Atem darauf zu warten.«

»Ich verlasse mich auf Sie, Cohen!« schrie Alex, als der Chefinspektor den Hörer auflegte. Seine Stimme hallte in Cohens Gedanken nach. Levy und Shahar beobachteten ihn stumm. »Er hat mein Wort«, sagte er, um sich selbst zu überzeugen, und als Erklärung für Shahar und Levy, die gegen Ende des Gesprächs schweigend zugehört hatten. »Er kennt die Höhle. Er hat dort Shit gesehen. Und Munitionskisten.«

Er wählte Shmuliks Nummer. »Er möchte sich absetzen«, sagte er, kaum daß Shmulik sich gemeldet hatte. »Er hat mir ein bißchen geholfen, und jetzt will er sich absetzen.«

»Soll das ein Witz sein? Sie haben schon das Treffen des Ministerpräsidenten mit dem Außenminister versaut. Wollen Sie nun auch noch alles andere versauen? Abgesehen davon ...«, Shmulik machte eine kurze Pause, »... haben Sie mich hintergangen. Weshalb sollte ich Ihnen da noch helfen wollen?«

»Weil wir auf derselben Seite stehen.«

»Von meiner Warte sieht das anders aus«, entgegnete Shmulik scharf.

»Hören Sie, Shmule«, sagte Cohen. »Ich hab' ihm versprochen, zu tun, was ich tun kann. Er hat mir ein paar Informationen gegeben. Sie passen zu verschiedenen Hinweisen, die mir bereits vorlagen. Damit sind wir möglicherweise den Granaten auf dem Tempelberg ein Stück näher gekommen und vielleicht auch noch anderen Dingen. Vielleicht sogar dem Nonnenmörder.«

»Was haben Sie ihm versprochen?« fragte Shmulik resigniert.

»Daß ich bei jemandem ein gutes Wort für ihn einlege.«

»Haben Sie mich erwähnt?«

»Nein, natürlich nicht.«

»Ich weiß nicht«, sagte Shmulik. »Ich kann es beim besten Willen nicht sagen, ob wir was für ihn tun können. Letztlich liegt die Entscheidung beim Ministerpräsidenten.«

»Viel Zeit bleibt ihm nicht.«

»Wem?« fragte Shmulik. »Dem Ministerpräsidenten oder Alex?«

»Beiden«, sagte Cohen. »Sehen Sie«, setzte er hinzu, »ich lege den Fall nun in Ihre Hände. Es liegt an Ihnen.«

»Das hätten Sie schon längst tun sollen«, erwiderte Shmulik, »um Ihrer selbst willen.«

»Da haben Sie vermutlich recht«, gestand Cohen zögernd ein.

»Wieso hat er Ihnen so plötzlich geholfen?« fragte Shmulik unvermittelt.

»Er war eine Sekundärquelle zu einer bestimmten Spur.«

»Betrifft es die Nonnen?«

»Ja, vielleicht. Aber ich weiß es noch nicht genau.«

»Und Sie glauben ihm?« fragte Shmulik ungläubig.

»Mir bleibt keine andere Wahl«, gab Cohen zu.

Shmulik schwieg und dachte nach. Cohen wurde ungeduldig. »Er war eine zweite Quelle, Shmule. Er hat meine Vermutung bestätigt, ohne daß ich ihn direkt danach gefragt habe. Ich glaube ihm.« Es dauerte drei weitere Herzschläge, bis Shmulik antwortete.

»Wir werden uns mit ihm unterhalten«, sagte er. »Vielleicht kann er ins amerikanische Konsulat marschieren. Ich weiß es noch nicht. Er könnte recht nützlich sein, wenn er nicht verbrannt wäre. Aber jetzt, wo jeder seine Story kennt? Ich bezweifle es. Und jetzt sagen Sie mir endlich, wer, zum Teufel, hat diesen Bericht an die Presse gegeben?«

»Keine Ahnung«, sagte Cohen. »Offen gestanden, ich hab' mich gefragt, ob Sie's vielleicht waren.«

Shmulik lachte. »Ich dachte, Sie wären's gewesen.«
»Wie dem auch sei, darüber kann ich mir später noch den Kopf zerbrechen. Momentan habe ich andere Dinge zu tun. Reden Sie über Alex, mit wem Sie es für nötig halten. Tun Sie, was Sie können.«
»Machen Sie sich Sorgen um ihn?«
»Bis gerade eben ja. Aber jetzt nicht mehr. Wenn Ihnen irgend etwas einfällt, was man für ihn tun könnte, wär's schön. Wenn nicht – nun ja, ehrlich gesagt, es ist mir gleich.«
Kaum hatte er den Hörer aufgelegt, fragte Cohen: »Wo bleibt dieser verdammte Höhlenführer?«
Levy sah auf die Uhr. »Er hätte vor zehn Minuten hier sein sollen.«
»Sagen Sie, Nissim, wie lange hat sich das Mädchen nicht mehr in ihrer Wohnung blicken lassen?«
»Seit der Nacht, in der sie vor dem Hippie davonlief.«
»Erkundigen Sie sich bei allen Krankenhäusern im ganzen Land, und lassen Sie sich vom nationalen Hauptquartier sämtliche Unterlagen über seither gefundene und noch nicht identifizierte Leichen rüberschicken.«
»Wir bekommen Kopien von allen Berichten über nichtidentifizierte Leichen«, wandte Levy ein.
»Trotzdem«, erwiderte Cohen. »Was mit Berichten und Kopien geschehen kann, haben wir ja heute gesehen. Wer weiß, was uns sonst noch alles entgeht, weil widrige Winde uns entgegenblasen.« Die widrigen Winde hatten die Einzelteile zerstreut, und jetzt war es ihnen gelungen, sie wieder zusammenzufügen. Cohen schwieg und beobachtete Levy und Shahar beim Telefonieren. Draußen heulte eine Sirene auf.
Es klopfte an die Tür, und ehe Cohen »Herein!« rufen konnte, öffnete sie sich auch schon.
»Niemand hat ›Herein!‹ gesagt und niemand ›Bleib draußen!‹« Die Stimme klang rauh und hoch, als wären die Stimmbänder ausgetrocknet. »Hätten Sie die Güte, mir zu sagen, ob ich hier Chefinspektor Cohen finde? Sie können mich den Gingi nennen, den Rotschopf. Jeder, der mich kennt, nennt mich so. Ich komme vom Naturschutzverband. Wie man mir sagte, benötigen Sie einen Experten für die Höhlen von Ein Kerem. Alsda, er steht vor Ihnen.«

Um ein Haar hätte Cohen laut losgelacht. In Bergschuhen, Shorts und einem leichten blauen Sweater, der am Hals mit einem Schnürsenkel locker zusammengehalten wurde, auf dem Schädel schütteres Rothaar, die Haut ledrig und von der Sonne gegerbt, so daß es unmöglich war, sein Alter zu schätzen, im Gesicht ein Schnurrbart im Stile eines britischen Hauptfeldwebels und dazu eine Haltung, die einerseits lässig, andererseits aber doch militärisch-effizient wirkte – der Gingi sah aus, als sei er soeben einem Plakat entstiegen, mit dem man in den zwanziger Jahren jüdische Pioniere anwarb.
Doch als er die Karte entrollte, die er unter den Arm geklemmt hatte, wurde Cohen klar, daß dieser Mann sich in den Wadis und Bergen von Ein Kerem bestens auskannte.
»Es gibt nur ein einziges Höhlensystem, das sich als Unterschlupf für eine größere Gruppe von Menschen eignet und vom tiefsten Punkt in Ein Kerem aus in weniger als fünf Minuten mit dem Wagen erreichbar ist. Das ist die Frage, die Sie mir gestellt haben: Nennen Sie mir die Höhlen, die nur fünf Autominuten von Ein Kerem entfernt sind. Hier haben Sie sie.«
Er deutete auf einen Punkt auf der Karte, der sich ungefähr drei Kilometer westlich der Dorfmitte und annähernd zwei Kilometer von der nächsten Straße entfernt befand.
Cohen studierte die Karte. »Gut, das sind fünf Minuten mit dem Wagen. Wie weit ist es dann zu Fuß – hierher?« Cohen legte die Spitze seines Zeigefingers auf das das Kloster darstellende kartographische Symbol.
Der Gingi kratzte sich am Kopf und sagte: »Augenblick, lassen Sie mich nachdenken.« Er murmelte etwas vor sich hin und fuhr mit dem Finger die Hänge entlang, die durch konzentrische, gewundene Höhenlinien auf der Militärkarte zu erkennen waren.
»Wenn man den Weg kennt, ist es nicht weit, aber man muß aufpassen, daß man auf dem Kamm bleibt. Wenn man ins Tal gerät, wird die Strecke doppelt so lang.« Er hob den Blick von der Karte. »Für einen, der gut zu Fuß ist, sind es von den Höhlen bis zum Kloster ungefähr zwanzig bis dreißig Minuten, würde ich sagen. Geht man langsam, kann es bis zu einer Stunde dauern. Wieso fragen Sie? Was war denn in dem Kloster los?«

»Das geht Sie nichts an«, raunzte Levy.
Der Gingi zuckte mit den Schultern. »Gut denn, ich bin bereit. Ich führe Sie hin.«
»Sagen Sie uns einfach, wie man hinkommt«, brummte Cohen.
»Hören Sie, Chefinspektor«, sagte der Gingi, »ich war mit Arik am Mitlapaß. Ich war bei Mota, als er den Tempelberg einnahm. Dreiundsiebzig war ich mit Raful auf den Golanhöhen. Ich war ...«
»Ihre Kriegsleistungen stehen hier nicht zur Debatte!« fauchte Cohen.
»Tatsache ist, daß Sie den Fleck auf dieser Welt, der mich noch schrecken könnte, erst noch finden müssen. Und daß Sie diese Höhlen nie finden, wenn ich Sie nicht hinführe.«
»Wieso nicht?« fragte Levy.
»Wenn Sie wüßten, wie man eine Flurkarte liest, dann würden Sie sehen, daß diese Höhlen überhaupt nicht eingetragen sind«, erwiderte der Gingi triumphierend. »Und draußen im Gelände können Sie über die Berge stolpern, bis Sie schwarz werden, und werden doch keine Höhle finden. Aber ich kann sie Ihnen zeigen, und ich werde sie Ihnen zeigen.«
Levy warf Cohen einen Blick zu, und Cohen musterte den Rotschopf. Der stand stramm da und reckte sich, so hoch er konnte, und doch erreichten seine Augen kaum die Oberkante des vierfächerigen Aktenschranks, neben dem er stand.
»Sie brauchen hier nicht den Feldwebel zu spielen!« sagte Cohen streng. »Ich weiß sehr wohl, wie man eine Karte liest. Sie sollen uns lediglich zeigen, wie man möglichst unauffällig zu dieser Höhle kommt.«
»Gut. Sehr gut. Wie Sie wünschen. Wie ich damals in Beirut zu Yanosh sagte ...«
»Hören Sie, Gingi«, sagte Levy, »wir sind felsenfest davon überzeugt, daß Sie auf eine prächtige Karriere als Soldat, Bergführer, Pfadfinder und was weiß ich noch alles zurückblicken können. Aber tun Sie mir einen Gefallen: heute nicht. Ihre Lebensgeschichte können Sie uns ein andermal erzählen.«
Der Gingi war nicht im geringsten beleidigt. »Gut. Sehr gut. Wie Sie wünschen. Sind Sie abmarschbereit? Ich habe nicht den ganzen Tag Zeit, müssen Sie wissen ...«

»Vielleicht spinnt der auch«, flüsterte Levy Cohen auf dem Weg zum Parkplatz ins Ohr. Die beiden gingen voran. Shahar bestieg zusammen mit vier seiner Leute, die zu den härtesten Burschen seines Dezernats gehörten, einen zweiten Wagen. Um sich zu vergewissern, daß die Wohnung des vermißten Mädchens bereits ordnungsgemäß observiert wurde, wollte er, bevor er nach Ein Kerem weiterfuhr, einen Umweg über Nahlaot machen.

»Total«, sagte Cohen. »Der spinnt total.» Beide lachten sie.

Ohne nach dem Grund ihrer Heiterkeit zu fragen, nahm der Gingi auf dem Rücksitz Platz. Kaum hatte Levy den Parkplatz verlassen, gab er ihm von hinten die Richtung vor.

Cohen drehte sich zu ihm um und sagte: »Jetzt hören Sie mir mal gut zu, Gingi. Sie fahren jetzt mit uns mit, um uns diese Höhlen zu zeigen. Nach Ein Kerem finden wir auch ohne Ihre Anweisungen. Ich sag' Ihnen schon, wann wir soweit sind, daß Sie die Führung übernehmen können.«

»Gut, sehr gut, kein Problem«, sagte der Rotschopf und lehnte sich zurück. Den Rest der Strecke summte er vor sich hin.

Sie fuhren direkt nach Ein Kerem, vorbei an der Abzweigung zur Quelle des Weinbergs mit der dazugehörigen Höhle, vorbei an der Abzweigung zum Kloster, vorbei an der Baptistenkirche, der anglikanischen Kirche und der lutherischen Kirche, vorbei am Teehaus, dem Kunstgewerbeladen, dem Kolonialwarenladen gegenüber der Bushaltestelle und von dort aus auf die Straße, die tief ins Tal hinabführte. Jenseits der zum Dorf gehörigen Wohngebiete endete die Ausbaustrecke.

Kurz nach einer scharfen Kurve in der steil abfallenden Serpentinenstrecke sagte der Gingi: »Stopp!« Cohen sah sich um. Im Süden erhob sich ein steiler Berghang. Gen Osten erstreckte sich ein über einen Kilometer langes Tal, an dessen Ende ebenfalls ein Steilhang in die Höhe ragte. Über fünfhundert Meter darüber, auf dem Kamm des Berges, befand sich eine Radarstation der Luftwaffe, etwas weiter unterhalb eine Nervenheilanstalt.

»Wir warten hier«, sagte der Gingi.

»Wo wir warten, bestimme ich!« erwiderte Cohen bissig.

»Hatten Sie nicht vor, auf die anderen Herren zu warten?«

»Was bildet sich dieser Typ eigentlich ein?« fragte Levy und rollte die Augen.
Es dauerte nicht lange, und der Wagen mit Shahar und seinen vier Begleitern tauchte hinter ihnen auf. Alle trugen sie Zivilkleidung.
»Wie wollen Sie vorgehen?« fragte Shahar Cohen.
Cohen wandte sich an den Rotschopf. »Gibt es eine Stelle, von der aus wir den Platz vor der Höhle, zu der Sie uns bringen sollen, überblicken können, ohne selbst gesehen zu werden?«
»Gewiß doch. Warum haben Sie das nicht gleich gesagt? Aber jetzt stellen Sie erst einmal Ihre Walkie-talkies ab. Wenn sich da oben jemand herumtreibt, hört er die Dinger auf weite Entfernung.«
Levy machte eine Geste, als drehe er einem Huhn den Hals um. Shahar hätte um ein Haar gelacht. Cohen starrte den Hang empor. »*Nu*?« sagte er. In seiner Stimme lag die geduldige Gereiztheit gespannter Erwartung.
»*Nu* was?« fragte der Gingi.
»Gehen wir jetzt oder gehen wir nicht?«
»Natürlich gehen wir – hier lang!« Der rothaarige Bergführer stieg aus und begann, die Straße hinabzumarschieren.
Cohen und seine Leute folgten ihm mit wenigen Schritten Abstand.
»Glauben Sie wirklich, er weiß, was er tut?« fragte Levy seinen Vorgesetzten.
»Kennen Sie irgendeinen Menschen in diesem Land, der weiß, was er tut?« fragte Cohen zurück und setzte nach einer kurzen Pause lächelnd hinzu: »Außer uns natürlich.«
»Hätten wir nicht mit ein paar mehr Leuten herkommen sollen? Mit mehr Verstärkung?«
»Nissim, Nissim! Meine Aufgabe besteht darin, Mörder zu fangen, nicht darin, sie umzubringen. Zuerst möchte ich einmal wissen, was da oben vorgeht. Dann werde ich eine Entscheidung treffen. Keine Waffen – jedenfalls so lange nicht, bis ich es ausdrücklich gestatte. Zur Zeit denkt kein Mensch an Waffen und deren Einsatz. Wir spazieren eine schöne Bergstraße entlang und können von jedermann da oben gesehen werden.« Er deutete auf ein neues Wohngebiet, das auf einem Hang östlich von ihnen entstand.
»Aber nicht mehr lange«, sagte Levy. Cohen sah nach vorne. Der

Gingi war im Begriff, hinter einer Haarnadelkurve zu verschwinden.
»Er ist flink wie eine Bergziege«, sagte Levy.
»Würde eher sagen: wie eine Bisamratte«, brummte Cohen. Als sie die Kurve erreicht hatten, hörten sie den Gingi rufen. Er befand sich jetzt oberhalb von ihnen und deutete auf eine Stelle, an der ein steiler Pfad von der Straße abzweigte und in den Wald hinaufführte. Cohens Aufmerksamkeit wurde unterdessen von einem ramponierten orangefarbenen Ford Escort gefesselt, der ein paar hundert Meter vor ihnen unter einer kleinen Tannengruppe am Straßenrand parkte.
»Das ist der Wagen, den Daniel erwähnt hat«, sagte Cohen. Einer von Shahars Männern erhielt den Befehl, zurückzubleiben und den Ford im Auge zu behalten.
Zwanzig Minuten lang stiegen sie den kurvenreichen Weg empor, der neben einem alten Schäferpfad entlang und weiter oben zu einem nicht mehr bewirtschafteten Olivenhain führte. »Dieser Hain«, begann der Gingi zu erklären, »gehörte einst einem Scheich, doch als Allenby nach Jerusalem kam ...«
»Ach, halten Sie doch die Klappe!« fuhr Shahar den Bergführer an. Der Gingi zuckte mit den Schultern. »*Yes, Sir*«, sagte er und salutierte nachlässig. »Doch wie dem auch sei – wir sind da.«
»Was soll das heißen?« fragte Levy.
»Na, wir sind da, wo Sie hinwollten! Passen Sie auf ...« Der Gingi deutete nach Süden. Der Olivenhain lag auf einer Art Terrasse, an deren Nordende sie jetzt standen. Die Westseite fiel schräg ab; der Wall aus Steinen und Felsblöcken, der sie einst gestützt hatte, war zusammengestürzt und ging in den steinigen Hang über. Die Ostseite der Terrasse schien direkt aus dem Felsen geschnitten worden zu sein, und am äußersten nordöstlichen Rand konnte Levy durch das wirr verzweigte Astwerk der uralten Bäume eine zwischen zwei Stämme gespannte Wäscheleine erkennen. Ein leichter Brandgeruch hing in der Luft.
»Ich könnte mich näher heranschleichen und mal einen Blick hineinwerfen«, sagte Levy.
Der Rotschopf erbot sich, ihm einen Pfad zu zeigen, der oberhalb des Höhleneingangs entlangführte. Cohen nickte, worauf die

beiden Männer die Ostmauer der Oliventerrasse hinaufzuklettern begannen. Cohen griff in seine Hemdtasche und zog eine Zigarette heraus. Doch kaum hatte er sie sich angezündet, drückte er sie auch schon wieder aus und bedeutete einem von Shahars Männern, das gleiche zu tun. »Wenn wir ihren Rauch riechen, riechen sie unseren vielleicht auch.«

31

COHEN HATTE LEVY EINGESCHÄRFT, die Szene vor dem Höhleneingang heimlich zu beobachten. Sobald er einen Überblick gewonnen hatte, sollte er zurückkommen und Bericht erstatten. Levy kletterte unmittelbar hinter dem Gingi den Steilhang hinauf und benutzte die gleichen Felsen, Sträucher und Baumstämme als Haltegriffe wie der Bergführer. Fast lautlos bewegten sie sich voran. Dann blieb der Rotschopf stehen, wandte sich nach rechts, ging in die Knie und kroch schließlich auf allen vieren auf den kleinen Felsvorsprung über dem Höhleneingang. Levy machte Anstalten, ihm zu folgen.

In diesem Augenblick brach der Felsvorsprung ab.

Der Gingi stürzte fast mitten in das kleine Lagerfeuer vor der Höhle. Levy hörte ein tiefes Aufbrüllen und zwei spitze Schreie. Eilends kletterte er den Abhang hinunter und sah den Bergführer auf einem nackten Mann liegen, was ihm offensichtlich äußerst peinlich war. Unterdessen stürmten die drei Mitarbeiter Shahars mit gezückten Pistolen durch den Olivenhain, nur um beim Anblick der Szenerie, die sich ihnen vor dem Lagerfeuer bot, in schallendes Gelächter auszubrechen. Sie lachten noch immer, als Cohen und Shahar den Schauplatz des Geschehens erreichten. Cohen bedeutete Levy, ein paar Kleider von der Wäscheleine zu nehmen und sie den beiden Mädchen zu geben, die ebenso nackt wie erschrocken wenige Meter abseits auf dem Boden knieten. Dann wandte er seine Aufmerksamkeit David Ovadia zu.

Der Blinde hockte neben dem Feuer und hatte ein schmutziges weißes Leinengewand um sich geschlungen. Er sprach in das Chaos hinein, als hätte er die Situation voll im Griff. »Ich verstehe«, sagte er. »Ich verstehe. Und du kannst auch verstehen. Wenn du die wahre Lebensart unseres Volkes, den wahren Charakter dieses Landes begreifen lernst, dann kannst auch du ein Pilger sein...« Seine Stimme hatte den rhythmischen Klang eines Sehers, und es irritierte Cohen, daß der Blinde ihn direkt ansprach, obwohl er seine Stimme noch gar nicht gehört hatte, ja ohne überhaupt zu wissen, wer da plötzlich mit Lärm und Getöse auf die Lichtung gestürmt war.

Das war nicht der David Ovadia, an den Cohen sich erinnerte. Der war, als man ihn ins Gefängnis steckte, ein noch junger Mann von knapp über dreißig gewesen, der sich in der angeberischen Pose eines Teenagers gefiel.

Jetzt wirkte Ovadia alterslos. Weiße Strähnen durchzogen seinen Bart, doch sein Gesicht war nach wie vor völlig glatt, ohne die geringsten Altersfältchen. Unverwechselbar waren indessen seine hypnotischen Augen, die trotz der Erblindung nichts von ihrer Faszination eingebüßt hatten; das eine war dunkelbraun, das andere hellgrün, genau wie Cohen sie in Erinnerung hatte. Seine Sonnenbrille trug Ovadia gerade nicht.

»Sie haben sich verändert, David«, sagte Cohen mit beinahe freundlich klingendem Spott.

Der blinde Exsträfling schien Cohen länger zuzuhören, als dieser tatsächlich gesprochen hatte. Dann lachte er. »Avram Cohen!« Er zog den offenstehenden Kragen seines Gewandes enger um den Hals. Sein Lächeln enthüllte eine Vorderzahnreihe, die die Kunst des Gefängniszahnarztes offenbarte.

»Wie ich höre, sind Sie inzwischen Prophet geworden«, sagte Cohen.

»Ich bin der Diener des Herrn«, erwiderte Ovadia selbstbewußt.

Cohen setzte sich auf einen großen Felsblock, Ovadia direkt gegenüber. Der hockte nach Art der Araber vor ihm – das Gesäß auf den Fersen, die Unterarme auf den Knien balancierend. In der Mitte eines Steinkreises lag ein Häufchen verkohlter Knochen. Der Höhleneingang war ungefähr so hoch wie ein kurz geratener Mann und wurde von einem dichten Bestand wilden Senfs teilweise verdeckt. Ohne Ovadia aus den Augen zu lassen, forderte Cohen Levy und Shahar mit einer Handbewegung auf, die Höhle zu durchsuchen.

»Wie ich sehe, haben Sie hier oben gegrillt«, sagte Cohen locker.

»Wir üben, wieder zu leben wie unsere Vorväter«, erläuterte Ovadia

geduldig, ohne sich durch Cohens Spott aus der Ruhe bringen zu lassen. »Wir bekennen uns zu unseren Verantwortlichkeiten.« Er hatte lange Finger, die mit eleganten Gesten seine Worte begleiteten.
»Ja«, sagte Cohen verächtlich. »Sie waren schon immer einer von der verantwortlichen Sorte. Verantwortlich für einen Mord ...«
Ovadia lächelte und bleckte dadurch wieder seine Zähne. Cohens beißender Tonfall schien ihn nicht zu stören.
»Wir müssen uns auf unsere alten Gewohnheiten zurückbesinnen, die unser Leben bestimmten, bevor diese Diebe, die sich Christen nennen ...«, bei dem Wort »Christen« spuckte er aus, »den Messias stahlen und ehe Ismael von den Bäumen stieg.«
»Eine hübsche Interpretation«, sagte Cohen. »Ich wette, die Rabbiner werden begeistert davon sein.« Er verhöhnte und beleidigte Ovadia, um ihn zu provozieren.
»Die Rabbiner!« bemerkte Ovadia verächtlich. »Angsthasen, allesamt! *Ich* lehre dies, und *ich* zeige den Weg zur furchtlosen Erlösung.«
Cohen saß vornübergebeugt auf dem Felsen, die Ellbogen auf die Oberschenkel gestützt, und suchte im hypnotischen Blick des Blinden die verborgene Erleuchtung. Schlagartig wurde er sich seiner angespannten Haltung bewußt. »Auch Sie haben Angst vor mir«, sagte Ovadia. »Ich kann sie hören. Ich sehe sie.«
Cohen schüttelte den starren Blick von sich ab. Das Dunkel hinter den verschiedenfarbigen Augen Ovadias hatte ihn vorübergehend in Trance versetzt. Es kostete ihn Überwindung, den Blick abzuwenden. Ja, er *hatte* Angst. Er lehnte sich zurück und lachte, um sich von der Furcht zu befreien. Als er sich wieder beruhigt hatte und sein polterndes Gelächter zu einem leiseren Lachen verebbt war, wischte er sich die Augen und stellte dabei fest, daß er von jenem Moment an, da er die Lichtung betrat, Ovadia angestarrt hatte und erst jetzt imstande war, seinen Blick von ihm loszureißen.
Ehe er oder Ovadia noch etwas sagen konnten, kam Levy wieder aus der Höhle. Er zerrte einen schweren Seesack aus Armeebeständen hinter sich her. »Schätze, daß insgesamt fünfzig oder sechzig von der Sorte da drinnen sind«, sagte er und ließ den Segeltuchsack auf den Boden fallen. Der platzte auf, und Dutzende ovaler, annähernd handgroßer Jutebeutel quollen daraus hervor.

»Nicht schlecht, David«, kicherte Cohen. »Und wer hat jetzt wohl Angst?«
Ovadia schwieg einen Moment. Als er dann sprach, waren seine Worte himmelwärts gerichtet: »Ich folge den Gesetzen Gottes, wie Mose sie vom Sinai brachte.« Er begann, die Zehn Gebote zu zitieren: »Ich bin der Herr, dein Gott ...«
»Und du sollst mit Rauschgift Handel treiben ...« Wütend warf Levy Ovadia ein paar Jutebeutel vor die Füße.
Ovadia unterbrach seine Rezitation. »Kräuter sind nicht verboten«, sagte er. »Hesekiel aß Pilze und hatte seine Visionen, ich habe die meinen. Er sah die trockenen Knochen lebendig werden. Ich sehe andere Dinge. Ein Tempel auf dem Tempelberg, das Heiligste aller Heiligtümer neu gebaut! Und meine *Cherubim* rächen liebevoll die schandbare Entweihung – und nehmen auch an Ihnen Rache, Avram Cohen.« Er spuckte den Namen aus.
Levy ging auf den Blinden los, doch Cohen gebot ihm mit erhobener Hand Einhalt. Ovadia hob sein Gesicht gen Himmel und sprach Gebete, die nur ihm selbst und seinen Jüngern bekannt waren.
Cohen lenkte Levy von Ovadia ab. »Haben Sie auch Waffen gefunden?« fragte er seinen Assistenten.
Levy schüttelte den Kopf. »Aber Shahar zählt noch immer Säcke.«
»Er bleibt da, wo er ist«, sagte Cohen und deutete auf den betenden Blinden. Dann verwies er Levy auf die Mädchen. »Überlegen Sie mal, wohin mit denen. Ich werfe unterdessen einen Blick in die Höhle.«
An dem wilden Senf vorbei trat er zum Eingang, bückte sich und verschwand im düsteren Innern.
Shahars Taschenlampe lag auf einem Felsvorsprung, auf dem von der Wand herabtropfendes Kerzenwachs Stalaktiten gebildet hatte. Die Höhlenwände waren irgendwann einmal getüncht worden, an den Stellen jedoch, an denen rußige Kerzen gebrannt hatten, mit schwarzen Streifen gezeichnet. Der Lichtstrahl der Taschenlampe wies ins Höhleninnere, so daß Cohen an der rückwärtigen Wand Shahars Schatten schrumpfen und wachsen sah. »Irgendwelche Waffen?« fragte er und tastete sich langsam zu Shahar vor. Die Höhle war wie ein Trichter geformt und verengte sich nach hinten zusehends. Am Ende

war sie kaum noch einen halben Meter hoch, so daß sich Cohen auf den Knien an den gestapelten Säcken vorbeizwängen mußte. Ganz hinten kauerte Shahar und hob gerade den letzten Sack an, um festzustellen, ob sich dahinter nicht vielleicht doch noch eine Waffenkiste verbarg.

»So, das wär's«, sagte er. »Keine Waffen, tut mir leid. Wir müssen natürlich die Säcke noch alle ausleeren. Gefunden habe ich jedenfalls nichts, nur das Rauschgift. Aber ich muß Ihnen etwas zeigen – draußen, im Licht.«

Cohen ließ seinen Blick noch einmal durch das Innere der Höhle schweifen. Dann drehte er sich um und folgte Shahar hinaus. »Sehen Sie mal«, sagte Shahar und machte Cohen auf den Stempel aufmerksam, der auf den Haschischsäcken prangte. Er stellte eine Zeder dar, das Symbol des christlichen Libanon. »›Mut, zur Ehre Gottes‹«, las Shahar vor. »Und jetzt sehen Sie sich das an ...« Mit einem kleinen Taschenmesser, das an seinem Schlüsselbund befestigt war, schlitzte er einen Sack auf. »Roter Libanese«, sagte er und schnupperte an dem Shit. »Südliche Beka'a-Ebene ... Und hier, schauen Sie!« Er stülpte den Beutel um. »Innen ist noch ein Stempel: ›Für Allah und seinen Propheten‹.«

»Und was soll das heißen?« fragte Cohen ungeduldig.

»Es heißt, daß die Leute, die das Hasch hergestellt haben, Schiiten aus der Beka'a-Ebene sind. Nachdem es verpackt war, wurde es dann aber von Christen übernommen. Die Stempel sind eine Art Steuermarken. Die Miliz, über deren Gebiet der *Nafas*-Transport führt, nimmt sich ihren Anteil, sei es in Drogen, Waffen oder Bargeld. Handelt es sich um Drogen, versehen sie sie mit ihrem Stempel. Egal, wer das Zeug geliefert hat – der letzte Libanese in der Kette war jedenfalls ein Christ.«

Cohen nahm den leeren Sack auf, den Levy fallen gelassen hatte. »Die Säcke stammen aber aus Beständen der israelischen Armee«, sagte er, ließ den Sack wieder fallen und wandte sich an Ovadia.

»Wir haben eine Menge miteinander zu besprechen, David«, sagte er.

»Ich habe keine Angst vor Ihnen, Herr Cohen«, erwiderte Ovadia. »Ich habe keine Ahnung, was Sie da gefunden haben. Ich bin ein

blinder Mann, der Gott folgt und von Sterblichen geführt wird.« Er verstummte und grinste, als er merkte, daß er Cohen zum Schweigen gebracht hatte.
Ein Blinder mit dem Gehabe des unschuldigen Frömmlers, der zu Gott gefunden hat, konnte ohne weiteres von gewissenlosen Gefolgsleuten betrogen werden. Cohen fiel es leicht, sich den Verteidiger beim Haftprüfungstermin vorzustellen.
Levy unterbrach seine Gedanken. »Die Mädchen sind von zu Hause ausgebüxt, beide über sechzehn.« Dies war das Alter der sexuellen Selbstbestimmung. »Sie kommen aus Bet Shean. Er hielt sie sich als Konkubinen – ›wie König Salomo‹, sagen sie.«
Cohen schüttelte traurig den Kopf. »Einer von Shahars Leuten soll sie zu den Fahrzeugen runterbringen. Und schicken Sie eine Mannschaft rauf, die hier die Höhle ausräumt.« Er sah sich nach dem Gingi um und rief ihn. Der rothaarige Bergführer war schon auf der anderen Seite der Lichtung und machte Anstalten, den Hang hinaufzuklettern.
»Zurück mit Ihnen!« befahl Cohen.
»Ich wollte mir nur die Presse ansehen«, erklärte der Gingi, als er wieder bei ihnen war. »Da oben liegen die Reste einer Olivenpresse aus der Zeit des Ersten Tempels.«
»Gibt es hier in der Gegend noch andere Höhlen, in denen solches Zeug versteckt sein könnte?« fragte Cohen.
Der Gingi schüttelte den Kopf.
»Und was ist das für eine Presse?«
»Bloß ein rundes Loch im Stein«, erklärte der Rotschopf.
»Na, meinetwegen«, sagte Cohen und rief Levy, der am Rande der Lichtung stand und gerade in sein Walkie-talkie sprach, zu: »Ich will, daß die ganze Gegend gründlich durchsucht wird. Der ganze Hang, oberhalb und unterhalb von hier, sowie der Kamm oben. Lassen Sie einen Suchtrupp der Grenzpolizei anrücken!«
Das Walkie-talkie gab einen Pfeifton von sich. Dann meldete sich die Stimme des Polizisten, den Shahar mit der Observation des orangefarbenen Ford Escort am Fuß des Berges beauftragt hatte. »Habe eine Person festgenommen, die sich dem Fahrzeug näherte«, krächzte es aus dem Gerät.
Cohen bestätigte den Empfang der Nachricht und wandte sich an

David Ovadia. »Wer ist das? Yossi Hadass? Wer treibt sich sonst noch hier herum?«
Doch Ovadia hüllte sich in Schweigen.
Cohen seufzte. Von Osten her wehte ein warmer, böiger Wind, der ab und zu Geräusche aus Richtung Ein Kerem durch die dort abzweigenden Täler blies. Cohen glaubte, in weiter Ferne die Kirchenglocken des Dorfes läuten zu hören – oder war es die Schaufel eines Bulldozers, die gegen Felsbrocken schlug? Er hatte gehofft, daß sich Alex' Hinweise auf Waffen in der Höhle bestätigen würden und damit alle Probleme geklärt wären wie in einem Hollywoodfilm. Doch das Rauschgift allein war nicht gravierend genug. Ovadia würde bald wieder auf freiem Fuß sein. Waffen wären für die Politiker, die ihre schützende Hand über ihn hielten, zu kompromittierend gewesen – aus einem Rauschgiftfall aber konnten und würden sie ihn herauspauken.
»David, David, was soll nur aus Ihnen werden?« begann Cohen. »Sie ...«
Plötzlich ertönte ein lauter Ruf vom anderen Ende der Lichtung. Er kam von Levy, der in den Olivenhain gegangen war und von dort aus die gewünschten Verstärkungen anforderte. Unmittelbar darauf war er noch einmal zu hören: »Stehenbleiben, Polizei!«
»Los!« rief Cohen Shahar und seinen Männern zu, die sofort ihre Pistolen vom Typ *Desert Eagle 457* aus den Schulterholstern rissen und in die Richtung, aus der Levys Schreie gekommen waren, davonstürmten.
»Das einzige, was Ihnen jetzt noch fehlt«, sagte Cohen zu Ovadia, »ist, daß einer meiner Leute von irgendwem, der Sie hier oben besuchen will, verletzt wird. Wo stecken denn Ihre Jünger?«
»Niemand wird heute verletzt werden, nicht einmal Sie. Das prophezeie ich. Ich weiß es.« Ovadia war ruhig, aber wachsam. Seine blinden Augen waren direkt auf Cohen gerichtet.
»Wer ist das?« schrie Cohen. »Mit wem wollten Sie sich hier oben treffen?« Die Selbstzufriedenheit des ehemaligen Sträflings ließ ihn aus der Haut fahren.
Ovadia zog es vor zu schweigen.
»Dort lang, Reuven!« rief Levy einem von Shahars Männern zu. »Dort ist er lang!«

Und schon war Reuvens Stimme zu vernehmen: »Ich sehe ihn nicht! Ich kann ihn nicht sehen!«
Die Jagd am Hang lenkte Cohen nur vorübergehend ab. Kurz darauf setzte er die Befragung Ovadias fort.
»Die Nonnen, David, die Nonnen. Wer hat die Nonnen umgebracht?«
»Gott«, antwortete der bärtige Blinde und drehte die Augen himmelwärts. »Durch seinen Sendboten. Ich wünschte, ich könnte ihm danken ...«, Ovadia grinste, »... danken dafür, daß er uns von Schimpf und Schande befreit hat.« Er schien dem Lärm der Verfolgungsjagd zu lauschen – brechenden Zweigen und kleinen Steinlawinen, die den Hang hinunterkollerten. Von Sekunde zu Sekunde wurden die Geräusche leiser.
Auch Cohen schwieg und horchte ihnen nach, bis sie in der Ferne verklangen. Dennoch blieb er auf Ovadia konzentriert. »David«, sagte er mit unvermittelt freundlicher Stimme. »Sie können's mir ruhig sagen. Sie kennen mich doch, nicht wahr? Sie erinnern sich an mich. Sie können mir sogar vertrauen. Sie predigen und sind eine Art Vorbeter ... Auch so kann man eine Gang zusammenhalten. Es ist doch nichts weiter als eine Gang, hab' ich recht, David? Sie dealen nach wie vor, David. Trotz aller Bekehrung und Buße – Sie dealen immer noch. Immer noch der alte Spitzbube, nur ein bißchen cleverer als die anderen.« Cohen hätte ihm am liebsten den Kopf in das Gesicht gerammt, das im Glanze tiefster Überzeugung von der eigenen Heiligkeit erstrahlte.
»Armer Herr Cohen. Sie verstehen immer noch nicht, stimmt's? Aber Sie werden es verstehen, ich verspreche es Ihnen, Herr Cohen. Sie werden es schon noch begreifen ...«
Über ihnen ertönte Levys Stimme. »Es war der Hippie!« rief er Cohen zu. »Er ist uns entkommen. Aber er war's, ich bin mir ganz sicher!«
In Ovadias Lächeln zeigte sich eine leichte Veränderung. Seine Unterlippe zitterte.
»Wer ist er?« fragte Cohen barsch. »Sie haben die Sache angezettelt. Sie haben die Nonnen umbringen lassen! Warum nur? Warum?«

Ein natürliches Grinsen auf der Miene des Blinden verschärfte den Hohn, den er Cohen entgegenbrachte. »Ein Hippie? Aber Herr Cohen, Sie bringen mich zum Lachen! Ich habe Freunde, gewiß. Ja, und ich habe auch Schüler, Pilger unseres heiligen Anliegens ...«

»Wer ist er?« schrie Cohen. »Wer, Sie Schwein?«

»Wer? Ich habe keinen Menschen gesehen.« Die leeren Augen glotzten Cohen an.

»Dieser Hippie! Ein Ausländer mit einem Ziegenbart. Ein Tourist. Er bezieht sein *Nafas* von Ihnen, nicht wahr? Er kommt hierher und holt sein *Kef* ab. Wie heißt der Kerl? Ich will seinen Namen wissen! Seinen Namen!«

Ovadia lächelte. »Ich kenne viele Menschen, darunter auch Ausländer – oder meinetwegen auch Hippies, wenn Sie sie so nennen wollen. Es ist im Grunde ein altmodisches Wort, Herr Cohen, nur zu Ihrer Information. Doch zumindest begreifen diese Menschen etwas, das Sie bisher noch nicht begriffen haben, Herr Avram Cohen. Sie begreifen, daß manche Dinge bisweilen völlig sinnlos erscheinen und dabei doch allem anderen an tieferem Sinn weit überlegen sind.«

Cohen mußte an sich halten, um nicht auf den Blinden einzuschlagen. Angewidert wandte er sich ab und rief Levy und die anderen Polizisten zurück.

»Wir haben Sie wegen *Nafas*«, fuhr er Ovadia an. »Sie können von Glück reden, wenn diese beiden Mädchen wirklich so alt sind, wie sie behaupten, sonst sind Sie auch wegen Unzucht mit Minderjährigen dran. Und diesen Hippie finden wir auch noch, darauf können Sie sich verlassen.«

»Ich zähle die Tage bis zum Ende der Entehrung des Tempelbergs, bis zur Ausrottung all jener, die widerrechtlich die Heilige Stadt betreten, und bis zur Wiederherstellung des Tempels an seinem angestammten Platz.«

»Legen Sie ihm Handschellen an«, sagte Cohen zu Levy, der in diesem Augenblick mit Shahar und dessen drei Männern wieder auf die Lichtung trat.

»Das wird nicht leicht für ihn sein – in Handschellen den Berg hinunter«, wandte Levy ein.

»Um so besser!« sagte Cohen schadenfroh.

Er wies Shahar an, zwei seiner Leute bis zum Eintreffen der Grenzpolizei als Wachen aufzustellen. »Und lassen Sie die Spurensicherung kommen. Vielleicht findet die auch noch was.«
Der lange Abstieg zurück zu den Fahrzeugen war keine Siegesparade für Cohen. Ovadia verharrte in stoischem Schweigen. Zurückschnellende Äste trafen ihn, und Disteln verfingen sich in seinem Gewand, aber er beschwerte sich kein einziges Mal.
Kurz vor zwei Uhr nachmittags waren sie wieder im Büro. David Ovadia saß in Einzelhaft, während Yossi Hadass Namen und Adressen seiner Gefolgsleute ausplauderte. Wie Cohen schon erwartet hatte, sagte Hadass über Ovadia selbst nur, er sei ein großer Lehrer und Seher, der die Zukunft vorhersagen könne, und habe allen, die seinen Befehlen folgten, die Macht der Priesterschaft versprochen.

32

AM FREITAGNACHMITTAG, vor Beginn des Sabbat, begab sich Benny Lassman immer ins Gebäude der *Jerusalem Post.* Da am Sabbatmorgen keine Zeitungen ausgeliefert wurden, war das Gebäude am Freitagnachmittag, abgesehen von einem einsamen Wachtposten vor dem Haupteingang, stets menschenleer.

In diesen stillen Stunden pflegte Lassman seinen Schreibtisch in Ordnung zu bringen, den Papierkram durchzusehen, der sich im Laufe der Woche angehäuft hatte, und verschiedene Aufzeichnungen zu Papier zu bringen.

Der dicke Stapel Telefonnotizen vom Vormittag, die er in seinem Postfach vorfand, enttäuschte ihn keineswegs. Je zweimal hatten sich der Pressesprecher des Ministerpräsidenten und der des Polizeipräsidiums gemeldet. Ein halbes Dutzend ausländischer Journalisten bat um Rückruf. Alle wollten sie die Quelle wissen, der er die Hintergrundinformationen für seinen Artikel verdankte.

Als das Telefon auf seinem Schreibtisch klingelte, war er zunächst nicht gewillt, den Hörer abzunehmen. Mit wem ich zuerst spreche, entscheide ich, dachte er. Doch der Anrufer erwies sich als hartnäckig, und nach einer Weile ging Lassman die Klingelei auf die Nerven.

»Lassman!« schrie er schließlich in die Sprechmuschel, und die Klingelfolter war zu Ende.

»Mr. Lassman? Mr. Benny Lassman?« Die Frau sprach Englisch, ihre Stimme klang zögerlich und angespannt.

»Ja«, sagte Lassman.

»Sind Sie der Benny Lassman, der in der Zeitung über die Polizei schreibt?«

»Ja«, sagte Lassman. »Und wer sind Sie?«

Am anderen Ende der Leitung herrschte Schweigen.

»Hallo?« rief Lassman. »Hallo? Sind Sie noch da?«
»Ich glaube … ich glaube, mich will einer umbringen«, sagte die Stimme.
»Dann sollten Sie sich an die Polizei wenden«, sagte Lassman in jenem väterlichen Ton, den er für paranoide Spinner reserviert hatte. Pro Woche bekam er ungefähr ein halbes Dutzend solcher Anrufe. Hinzu kamen hin und wieder Morddrohungen durch anonyme Briefeschreiber, die ihm vorwarfen, er habe mit seinen Berichten den Feinden des Landes in die Hände gespielt. »Ich bin kein Leibwächter«, fügte er hinzu. Er wollte schon auflegen, als die Frau seine Gedanken zu lesen schien.
»Nein, bitte legen Sie nicht auf! Bitte! Ich bin nicht verrückt. Ich habe den ganzen Tag dazu gebraucht, bis ich mich endlich getraut habe, Sie anzurufen. Ich habe Angst, furchtbare Angst. Er will mich umbringen …«
»Wenn Sie glauben, daß jemand Sie umbringen will, dann gehen Sie doch zur Polizei«, sagte er, freundlich zwar, aber immer noch nicht überzeugt. »Ich kann Ihnen da wirklich nicht helfen.«
»Ich kann nicht zur Polizei gehen«, erwiderte die Frau mit fester Stimme. »Ich habe meine Gründe dafür, es ist unmöglich. Und ich bin nicht verrückt. Er versucht wirklich, mich umzubringen.« Sie machte eine Pause und fügte dann, als hoffe sie, ihn damit überzeugen zu können, hinzu: »Ich verstecke mich schon seit bald einer Woche vor ihm.«
»Hören Sie, gute Frau, wie immer Sie heißen mögen – wenn Sie glauben, daß ich Ihnen helfen kann, müssen Sie mir schon etwas mehr erzählen. Wer versucht, Sie umzubringen? Und warum?«
»Er glaubt, ich weiß Bescheid. Aber das stimmt nicht, das heißt, ich weiß gar nicht mehr, was ich weiß. Eines Abends kam er zu mir. Ich sagte, ich wollte nichts mehr mit ihm zu schaffen haben, doch er kam zu mir und hatte ein Messer …«
»Moment mal«, sagte Lassman. »Sie haben sich mit Ihrem Freund gestritten – und deshalb rufen Sie mich an. Ich bin nicht der Kummerkastenonkel, sondern der Gerichtsreporter. Ich muß Ihnen ehrlich sagen, mir fehlt die Zeit für so was …«
»Bitte! Bitte! Ja, es stimmt, er war mein Freund. War. Aber ich weiß

nicht, was dahintersteckt. Kann sein, daß er was mit Drogen zu tun hat. Er hat immer Drogen.«
»Hat er Ihnen gesagt, warum er Sie umbringen will?« fragte Lassman.
»Er sagt, es sei seine Botschaft. Er habe eine Botschaft zu überbringen, und als ich heute morgen Ihren Artikel las … Ich dachte, Sie kennen doch die Polizei und können vielleicht mit ihr reden. Erzählen Sie ihr von Clay. Von Clay im Ein Kerem Hotel.«
Die Erwähnung von Ein Kerem veranlaßte Lassman, sich in seinem Stuhl aufzurichten. Zum erstenmal war es der Anruferin gelungen, seine Neugier zu erwecken. »Was ist mit Clay in Ein Kerem?« fragte er.
»So heißt er. Clay. O Gott, er wird mich töten …«
Lassman schwieg einen Augenblick. »Hören Sie«, sagte er dann, »Sie müssen sich irgend jemandem anvertrauen. Sie sagen, mit der Polizei können Sie nicht reden. Na gut, dann reden Sie eben mit mir. Aber Sie müssen mir vertrauen. Also: Wo ist dieser Clay? Was treibt er im Ein Kerem Hotel? Wie heißen Sie? Und warum erzählen Sie mir das alles?«
»Ich habe Angst vor ihm. Ich verstecke mich vor ihm. Ich bin sicher, daß er mich sucht. Ja, er war mein Freund, so ungefähr jedenfalls. Aber ich habe ihn verlassen, aus Angst …« Und als wollte sie sich für ihre Angst entschuldigen, fügte sie hinzu: »Er sammelt Messer. Er … Bitte, bitte helfen Sie mir.« Sie verstummte.
»Messer?« fragte Lassman.
»Ja. Er hat an dem Abend zwei Messer aus meiner Küche gestohlen. Ich mußte weglaufen. Und er hat noch mehr Messer, das weiß ich. Ich habe sie gesehen.«
Lassman holte tief Luft. Messer. Ein Kerem. Die Nonnen. »Hören Sie«, sagte er, »Sie müssen mir einen Namen nennen. Ich muß wissen, wie ich Sie ansprechen kann. Ich sag' Ihnen was: Wir treffen uns. Wo sind Sie? In Jerusalem?«
»Ja«, sagte sie.
»Wann würde es Ihnen denn passen? Ich komme überallhin, sagen Sie mir nur den Ort. Sofort, wenn's Ihnen recht ist. Sie erzählen mir die ganze Geschichte von Anfang an, und dann sehen wir, was sich tun

läßt.« Er beschwor sie beinahe. Die Fragen, die er ihr stellen wollte, summierten sich in seinem Kopf. Dann besann er sich und schlug einen mitfühlenden Ton an. »Wir kriegen das schon hin, wirklich. Wo können wir uns treffen? Ich könnte Sie abholen, und wir fahren dann zu einem sicheren Ort, irgendwo außerhalb der Stadt. Oder zu mir. Das ist absolut sicher. Sie können mir vertrauen, ich schwör's Ihnen. Sie erzählen mir Ihre Geschichte, oder was immer Sie loswerden wollen, und vielleicht stelle ich Ihnen ein paar Fragen. Auf jeden Fall garantiere ich Ihnen, daß Sie bei mir sicher sind.«

Sie schwieg. »Nun sag schon ja, los ...« Lassman formte die Worte unhörbar mit den Lippen über der Sprechmuschel.

»Ich habe mich seit Tagen nicht mehr vor die Tür getraut«, sagte sie. »Kann sein, daß er das Haus überwacht. Die Polizei sucht ihn – und wahrscheinlich auch mich. Ja, ich bin sicher, daß sie mich sucht.«

»Ich hol' Sie ab. Ich fahr' mit dem Wagen bei Ihnen vorbei und nehme Sie mit. Dann sind Sie in Sicherheit und können mir alles erzählen.«

Sie schwieg erneut. Lassman hatte plötzlich das Gefühl, er könne jetzt nur noch auf die Knie fallen und betteln oder aber den Hörer auf die Gabel pfeffern und hoffen, das ganze Gespräch so schnell wie möglich zu vergessen.

»Okay«, sagte die Frauenstimme. »Ich bin in der Tveryastraße 14 in Nahlaot.«

»Schön. Ich bin in zehn Minuten bei Ihnen«, sagte Lassman.

»Ich muß Ihnen meinen Namen nicht nennen, wenn ich nicht will«, erwiderte sie, hörbar darum bemüht, die Bedingungen für das Interview noch einmal bestätigt zu bekommen.

»Nein, das müssen Sie nicht«, sagte er. »Nicht sofort jedenfalls. Zuerst unterhalten wir uns ein bißchen und warten mal ab, wie's Ihnen dann geht. Ich versprech's Ihnen. So, und jetzt komme ich. Legen Sie auf, und machen Sie sich soweit fertig. Ich achte darauf, daß uns niemand beobachtet. Können Sie von dort, wo Sie sind, die Straße sehen?«

»Ja.«

»Achten Sie auf einen offenen grünen Jeep. Ich werde zweimal hupen.«

»Gut«, sagte sie, »gut. Ich warte auf Sie.«
Zehn Minuten später bog er in die Tveryastraße ein. Die junge Frau war groß, schlank und blaß, und noch bevor sie einstieg, erkannte Lassman, daß sie grüne Augen hatte.
»Mr. Lassman?« fragte sie, als er am Straßenrand hielt und sie ansah.
»Steigen Sie ein«, sagte er, »und nennen Sie mich Benny.«
Sie deutete ein zaghaftes Lächeln an. Dann trat sie aufs Trittbrett und kletterte in den Jeep. Sie trug einen blaßblauen Baumwollrock und eine noch blassere grüne Bluse, die zu ihren Augen paßte. Sowie sie Platz genommen hatte, fuhr Lassman los.
»Wir können zu mir nach Hause fahren. Niemand wird uns dort sehen. Oder wir fahren in die Wälder. Oder suchen uns ein Restaurant irgendwo außerhalb der Stadt. Ganz wie Sie wünschen.«
»Fahren Sie dorthin, wo es Ihrer Meinung nach am sichersten ist.«
»Bei mir zu Hause, um ehrlich zu sein.« Am Ende einer starken Steigung bog er nach rechts ab und schaltete in den zweiten Gang. »Sie kommen aus Skandinavien, oder?« Er rammte den Schalthebel in den dritten Gang.
»Dänemark«, antwortete sie.
»Und wie lange sind Sie schon hier?«
»Sieben Monate.«
»Komisch, daß Sie mir noch nicht aufgefallen sind. Die Stadt ist so klein ...«
»In Jerusalem bin ich erst seit ein paar Wochen«, erklärte sie. »Ich war ziemlich lange in Ein Kerem. Im Hotel.«
Lassman fuhr schnell, und der Fahrtwind ließ keine Fortführung des Gesprächs zu. Die Straßen waren so kurz vor Sabbatbeginn fast leer.
»In fünf Minuten sind wir da«, rief er, und sie nickte. Jede Abkürzung nutzend, kurvte er durch die Stadt. Um nicht hin und her geschleudert zu werden, hielt sich seine Begleiterin mit einer Hand am Haltegriff über ihr fest.
Lassman lebte in Abu Tor, in einem hoch am Hang in den Berg gehauenen ehemaligen Weinkeller aus Kreuzfahrerzeiten mit weiter Aussicht über das Hinnomtal und die Altstadt.
Er parkte den Wagen auf dem Hügel und führte die junge Frau in den Garten, von dem aus man die Stadt überblicken konnte. Lassman

selbst kam sich in diesem Garten immer vor, als belausche er heimlich die Stadt. Es sah einen alten, Abgase spuckenden Lastwagen gleich südlich der Altstadtmauer die steile Straße aus dem Hinnomtal hinaufkriechen. Die Reaktion von Besuchern, die sein Domizil noch nicht kannten, war ihm vertraut. Unwillkürlich verlangsamte die junge Frau ihren Schritt, als sich der grandiose Ausblick vor ihr auftat.

»Das ist weit und breit der schönste Blick über Jerusalem«, sagte Lassman, seinerseits innehaltend. »Sie können sogar die Menschen auf dem Tempelberg sehen.« Er deutete in die entsprechende Richtung. Auf dem freien Platz vor der Klagemauer waren *Charedim* in schwarzen Mänteln zu erkennen.

»Sie müssen sehr reich sein, wenn Ihnen ein solches Haus gehört«, sagte die junge Frau, als er sie zu einem Tisch und vier Stühlen aus Korbgeflecht führte, die mitten auf dem Rasen im Schatten eines einzelnen Kirschbaums standen. Der Rasen war von Blumenbeeten eingefaßt; vom Haus trennte ihn jedoch ein Kiesweg, und am anderen Ende begrenzte ihn eine hüfthohe Mauer, die obendrein verhinderte, daß unvorsichtige Gäste über ein kleines Felskliff in den Hof des tiefergelegenen Nachbarhauses stürzten.

»Ich muß gestehen, daß ich nur der Hüter des Hauses bin«, sagte Lassman. »Es gehört reichen Amerikanern, und ich kümmere mich darum.«

»Es ist wunderschön«, sagte sie, nagte an ihrer Unterlippe und nickte kurz, als er ihr etwas zu trinken anbot.

Er ging ins Haus, um Eiskaffee aus dem Kühlschrank zu holen.

»Ich kann Ihnen nur dann helfen, wenn Sie mir die ganze Geschichte erzählen, von Anfang an«, sagte er, als er wieder in den Garten kam, in den Händen ein Tablett mit den gefüllten Gläsern.

Sie zögerte, bevor sie sich von der Aussicht abwandte. »Ich heiße Marie«, begann sie schließlich, »und kam vor sieben Monaten nach Israel. Ich hatte mich freiwillig zur Arbeit in einem Kibbuz gemeldet. Dort blieb ich vier Monate und ging dann nach Eilat, wo ich weitere zwei Monate verbrachte. Danach kam ich hierher. Ich hörte, daß im Ein Kerem Hotel eine Stelle frei wäre, fuhr hin, sprach mit der Frau dort – Tsippi – und bekam den Job. Ich sollte als Zimmermädchen und als Kellnerin im Restaurant arbeiten. Sie hatte auch ein Zimmer für mich, doch kurz darauf lernte ich Navah kennen, die mir ein wunderschönes Zimmer mit einem Kuppeldach überließ. Essen konnte ich im Restaurant, Tsippi bezahlte gut, und Trinkgelder kamen noch hinzu. Ich richtete mich darauf ein, eine Weile dort zu bleiben. Ein Kerem gefiel mir gut.«

»Ja, es ist ein hübscher Fleck«, sagte Lassman, »nur ein bißchen abgelegen für meinen Geschmack.«

»Das stimmt schon, aber mir gefiel es trotzdem. Na ja, wie dem auch sei – auf jeden Fall arbeitete Clay dort im Hotel.«

»Clay?«

»Eigentlich heißt er Clarence – Clarence Chandler –, aber er nennt sich Clay. *Clay* bedeutet ja auch Lehm, deshalb: ›Der Mensch wurde aus Staub geschaffen‹, meinte er, ›und wenn Lehm trocknet, zerfällt er zu Staub.‹« Es klang wie auswendig gelernt.

»Woher kommt er?« fragte Lassman.

»Aus Amerika«, sagte Marie. »Seine Mutter war Indianerin, behauptet er, und ich denke, das dürfte auch stimmen. Genau weiß ich es nicht. Er sagt, er sei ein Zauberer, und das ist ziemlich lächerlich. Als ich ihn kennenlernte, war das anders. Aber ich war ja auch dauernd high mit ihm, da konnte er mir erzählen, was er wollte – ich hab' ihm alles geglaubt. Er hat dauernd Haschisch bei sich, ziemlich große Mengen.«

»Sagen Sie, Marie«, fragte Lassman, »was veranlaßt Sie zu der Annahme, daß er Sie umbringen will?«

»Nun ja, Sie müssen wissen, er war hinter mir her. Und ich fand ihn anfangs ja auch anziehend. Wir sind also ein paarmal miteinander ins Bett gegangen, doch dann wollte er immer verrücktere Dinge von mir, nicht bloß Sex, andere Sachen. Er bringt Opfer dar. Er wollte mich mit Blut bemalen. Ich wollte das nicht – und brach die Beziehung ab. Aber er – wie soll ich sagen? –, er wirkt manchmal sehr stark, sehr einflußreich ...«

»Ist er denn sehr stark?«

»Machtvoll würde ich sagen. Er beschäftigt sich mit Zauberei. Kleine Tricks. Er kann zum Beispiel auf seiner Handfläche eine Flamme erscheinen lassen, ohne sich dabei zu verbrennen. Er hat etwas an sich ... Ich kann es einfach nicht erklären. Ich war fasziniert von ihm.

Seine Augen sind so schön, dachte ich. Dunkel. Sehr geheimnisvoll. Doch bald erkannte ich, daß sie leer waren. In diesen Augen steckte nichts als schierer Wahnsinn. Wir haben Bergwanderungen unternommen, und er redete von Gott und Liebe, von der Erde, von unserer Mission und vom Teufel – es klang sehr überzeugend. Er ißt Haschisch. Ich sagte Ihnen das ja schon – er ißt es. Wenn wir zusammen waren, haben wir beide unentwegt das Zeugs genommen ... Ja, und eines Nachts kam er plötzlich zu mir ins Zimmer und sagte, er müsse sich verstecken, die Polizei sei hinter ihm her. Na gut, sagte ich, einen Tag lang, meinetwegen, aber dann mußt du verschwinden. Er ging dann auch, und ich dachte, es sei alles in Ordnung, doch dann kam er wieder, und diesmal war er total durchgedreht. Er sagte, ich wisse etwas über ihn und würde der Polizei helfen, ihn zu finden, und dann ... dann ...«

»Ist ja schon gut«, sagte Lassman und legte den Arm um sie.

»Und dann zog er plötzlich dieses Messer heraus. Er wolle sein Blut mit meinem Blut vermischen, sagte er. Das sei seine Tradition der gegenseitigen Vertrauensbezeugung, und der Prophet habe ihm persönlich bestätigt, daß es eine gute Tradition sei. Er wollte Blut aus ... aus ... aus ...« Sie fing an zu weinen und rang die Hände im Schoß.

»Schon gut, das ist doch jetzt vorbei«, sagte Lassman und versuchte, sie zu beruhigen. »Wie haben Sie reagiert, als er das Messer zog?«

»Ich bin davongerannt, zu Navah. Er rannte hinter mir her, auf die Straße. Ich hatte einen Vorsprung und schaffte es, mich bei Navah unter der Treppe zu verstecken. Er kennt Navah nicht und weiß nicht, wo sie wohnt ... Deshalb rannte er einfach an mir vorbei. Navah machte mir auf. Seitdem verstecke ich mich bei ihr. Es gab nichts für mich zu tun. Ihre Zeitung konnte ich nicht lesen. Ich kann kein Hebräisch. Dann brachte sie mir die *Post* mit, und ich las Ihren Artikel. Und deshalb rief ich Sie an.«

»Und warum haben Sie nicht die Polizei angerufen?«

»Mein Visum ist abgelaufen. Ich bekäme Schwierigkeiten. Und dann das Rauschgift, das ist der Hauptgrund. Mein Visum ist abgelaufen, deshalb kann ich nicht mehr ausreisen. Aber ich fürchte mich vor der Polizei. Die wird bestimmt herausfinden, daß ich Rauschgift genommen habe ...«

»Unsinn. Wenn Sie denen helfen, bekommen Sie keine Probleme. Und das mit dem Visum ist wirklich zweitrangig – ein kleines Bußgeld, wenn Sie Pech haben. Wer hat Ihnen denn erzählt, Sie könnten das Land nicht mehr verlassen?«
»Clay«, sagte Marie und putzte sich die Nase mit einem Papiertaschentuch, das Lassman ihr gegeben hatte.
Lassman lächelte sie an und griff wieder nach ihrer Hand. Diesmal erwiderte die junge Frau sein Lächeln.
»Das bringen wir schon in Ordnung, machen Sie sich keine Gedanken darüber. Aber ich glaube, Sie müssen Ihre Beobachtungen der Polizei mitteilen. Ich kenne die Leute und kann das arrangieren. Ich kenne sogar den Chefinspektor, der die Ermittlungen leitet – ein wirklich guter Mann. Sie können ihm vertrauen.«
»Navah sagte, ich könne *Ihnen* vertrauen«, sagte Marie lächelnd.
»Ziehen Sie bloß keine voreiligen Schlüsse!« erwiderte Lassman heiter. »Fürs erste bleiben Sie hier und warten ab. Genießen Sie die Aussicht. Ich rufe Cohen an. Ich wette, daß er herkommt und Sie kennenlernen will.«
Marie blieb im Garten und sah, wie sich die Abendlichter der Altstadt in Juwelengirlanden verwandelten, die die Hügel umrankten.
Dreißig Minuten später saß Cohen bei ihr im Garten.
Über eine Stunde sprachen die beiden miteinander, und als die Nachtluft kühler wurde, gingen sie ins Haus.
Als sie ihren Bericht beendet hatte und Cohen seinen Fragenfundus erschöpft hatte, bat er Marie, das Protokoll ihrer Zeugenaussage zu unterschreiben.
Levy hatte die Aussage nahezu Wort für Wort mitgeschrieben und auf zwölf handschriftlichen Seiten zusammengefaßt. Nun ging er das Protokoll noch einmal mit ihr durch. Cohen sah sich in der Zwischenzeit in dem riesigen Wohnzimmer um und betrachtete die Bilder an den Wänden. Lange blieb er vor einer Ikone stehen, die derjenigen, die er im Zimmer der Nonnen gesehen hatte, recht ähnlich sah. Es sind nicht nur wir, dachte er – alle wollen sie ein Stück dieser Stadt für sich. Sie glauben, daß Gott dann zu ihnen kommt.
Maries Stimme unterbrach seine Träumerei. »Sind wir jetzt fertig?« fragte sie. »Bin ich jetzt in Sicherheit?« Mit Lassmans Kugelschreiber

setzte sie ihre Initialen unter jede einzelne Seite des Protokolls. Die erste und die letzte unterschrieb sie jeweils mit vollem Namen und unter Angabe ihrer Paßnummer.

Cohen ging zu ihr und streckte den Arm aus. Doch anstatt ihr die Hand zu schütteln, tätschelte er ihr sanft über die Wange, dankbar und trostreich zugleich. »Jetzt ist alles vorüber, mein Wort darauf. Wir werden ihn finden, bevor er noch anderen Menschen Schaden zufügt. Es kann allerdings sein, daß Sie ihn noch einmal sehen müssen – vor Gericht. Wenn er der Täter ist, wird er vor Gericht gestellt, und dann brauchen wir Ihre Zeugenaussage.«

»Muß das sein? Kann ich nicht einfach gehen?«

»Es tut mir leid«, sagte Cohen. Seine Entschuldigung war die einzige Kompensation für ihre Angst. »So lange müssen Sie schon hierbleiben. Zuallererst müssen wir einen sicheren Aufenthaltsort für Sie finden ...« Er wandte sich an Levy. »Nissim, seien Sie so gut, und holen Sie mir Rutie ans Telefon.« Marie erklärte er: »Sie ist meine Sekretärin. Sie wird Ihnen gefallen, das verspreche ich Ihnen.«

Lassman flüsterte Marie etwas ins Ohr. Sie sah ihn an, überlegte einen Augenblick und nickte. Lassman grinste und sagte, noch ehe Levy die letzte Ziffer der Telefonnummer gewählt hatte: »Sie bleibt bei mir.«

Cohen sah Marie an. Sie nickte, und Lassman strahlte über das ganze Gesicht.

»Lassman, ich möchte mit Ihnen reden«, sagte Cohen auf hebräisch. »Und zwar unter vier Augen.«

Cohen ging zur Glastür, schob sie auf und trat hinaus auf die Terrasse. Lassman folgte ihm. Cohen lehnte sich an die Begrenzungsmauer, und Lassman trat neben ihn.

»Dieser Blick läßt einen nicht los, nicht wahr?« sagte der Journalist. Cohen nickte.

Die beiden Kuppeln auf dem Tempelberg und die Klagemauer wurde von starken Scheinwerfern angestrahlt, während die Altstadtmauer in leicht verschwommenem Gold leuchtete. Das aufleuchtende Blaulicht eines Streifenwagens, der, aus dem Hinnomtal kommend, zum Jaffator hinauffuhr, brach sich an der Mauer.

»Bei mir ist sie sicher«, sagte Lassman mit größerer Zuversicht, als Cohen lieb war.
»Noch haben wir ihn nicht. Ich fahre nachher nach Ein Kerem und spreche mit Tsippora, doch nach allem, was Marie sagt, kann es durchaus sein, daß wir den Indianer im Hotel nicht antreffen.«
»Was wollen Sie damit sagen?« fragte Lassman.
Cohen blickte unverwandt auf die Stadt hinunter. Er mochte Lassman. Der Journalist hätte ihm die junge Frau mit Triumphgeheul präsentieren können, hatte aber auf alle Mätzchen verzichtet.
»Sie gefallen sich in der Rolle des Ritters in schimmernder Rüstung, der das Edelfräulein aus höchster Not errettet«, sagte er nicht ohne Ironie.
Lassman öffnete den Mund zum Protest.
»Sie sollten sich darüber im klaren sein«, fuhr Cohen fort, »daß Sie von dieser Geschichte kein Wort veröffentlichen dürfen. Und zwar so lange nicht, bis ich Ihnen grünes Licht gebe.«
»Sie können doch nicht ...«
»Doch, ich kann«, unterbrach ihn Cohen. »Aber es geschieht in Ihrem eigenen Interesse. Dieser Indianer liest die *Post*, und das letzte, was wir jetzt brauchen können, ist, daß er aus der Zeitung von unserem Verdacht gegen ihn erfährt. Und Sie können das genausowenig brauchen, denn es kann sein, daß er auf die Idee kommt, Ihnen nachzustellen.«
Wieder begehrte Lassman auf. »Warum sollte er mir nachstellen?«
»Lassen Sie sich's erklären, Lassman«, sagte Cohen. »Wenn dieser Indianer, dieser Clay, seinen Vorgängern auch nur entfernt ähnlich ist, dann trägt er eine Botschaft mit sich herum, die er unter die Leute bringen will. Fragen Sie mich nicht nach dem Inhalt dieser Botschaft. Kann sein, er denkt, er sei der Messias. Kann sein, er meint, wir alle seien dazu verdammt, in der Hölle zu braten. Was mir Sorgen macht, ist die Tatsache, daß der Bursche offenbar ein Fan von Ihnen ist. Sie haben ja selbst gehört, was das Mädchen gesagt hat: ›Er liest alles, was über die Nonnen in der Zeitung steht.‹ Da er kein Hebräisch liest, sind Sie seine einzige Quelle. Vielleicht ist eine seiner Botschaften auch für Sie bestimmt. Wenn ich ihn sonst nirgends finde – ich weiß jetzt zumindest, wo er sich mal blicken lassen könnte ...«

»Was soll ich also tun? Was sollen wir tun?« fragte Lassman.

»Nicht viel. Tun Sie so, als machten Sie Urlaub in einem wunderschönen Haus mit herrlicher Aussicht irgendwo im Ausland. Und hoffen Sie, wenn Sie auf der Terrasse sitzen und an Ihrem Cocktail nippen, daß diese Aussicht nicht plötzlich explodiert und Ihnen ins Gesicht springt.«

»Wie lange?«

»Bis wir ihn haben. Oder bis er hier oben auftaucht. Ich lasse das Haus bewachen.«

»Warum glauben Sie, daß er sich hier oben blicken lassen könnte, wenn ich keine Artikel mehr schreibe?«

»Genau aus diesem Grund. Er wird Sie vermissen. Er wird wissen wollen, warum Sie nichts mehr schreiben. Er wird Sie sehen wollen. Und deshalb, mein Freund, werde ich das Haus bewachen lassen, wenn Sie und das Mädchen darauf bestehen, hier oben zu bleiben.«

»Ich schätze, mir bleibt gar keine andere Wahl, oder?« fragte Lassman.

»Nein, wohl kaum. Tut mir leid.« Lassman drehte sich um und ging zurück ins Haus.

Cohen warf noch einen letzten Blick über seine Stadt. Die kühle Frühlingsluft ließ ihn frösteln.

Welche Verbindung besteht zwischen dem Indianer und David Ovadia? fragte er sich.

33

NA, DAS WÄR'S DANN WOHL«, sagte Levy, als er und Cohen die abschüssige Zufahrt hinunterfuhren, die Lassmans Haus mit der Straße verband.
»Noch nicht ganz«, sagte Cohen.
»Wieso?« fragte Levy überrascht. »Wir haben die Aussage des Mädchens, die ausgezeichnet zu dem Hippie paßt. Er ist ein Haschkopf, und Ovadia hat den Stoff. Es paßt alles zusammen. Wir fahren jetzt zu dem Hotel und schnappen ihn uns.«
»Ich wünschte, es wäre so einfach«, sagte Cohen. »Zunächst einmal wissen wir noch gar nicht, ob er überhaupt dort ist. Doch davon abgesehen: Es paßt noch nicht alles zusammen. Es gibt zu viele Vielleicht.« Er ließ die verschiedenen Theorien, Alternativen und Möglichkeiten wie im Selbstgespräch Revue passieren. »Ich bin sicher, daß Ovadia irgend etwas mit dem Mord an den Nonnen zu tun hat. Ich weiß nicht, warum, aber ich spüre es. Er hat ihn zu sehr heruntergespielt... Der Indianer bei dieser Höhle. Da muß noch etwas anderes dahinterstecken. Eine Anklage wegen des Rauschgifts können wir vielleicht durchsetzen. Aber Ovadia hat schon recht – er ist in Null Komma nichts wieder draußen. Der Vorwurf lautet auf den Besitz von marktfähigen Mengen. Wieviel kriegt er dafür? Drei Jahre? Er hat schon mal zehn Jahre bekommen, Bewährung besteht keine mehr. Gut, er ist Wiederholungstäter, das wird der Richter berücksichtigen müssen. Aber von ihm selbst haben wir bisher nichts gehört, außer daß er vor der Höhle saß – nicht *in* der Höhle, wohlgemerkt. Bisher haben wir noch nichts Konkretes, um ihn vor Gericht zu bringen. Mit einem guten Anwalt ist er nächste Woche wieder auf freiem Fuß, Sie werden's sehen. Am Sonntag morgen werden wir Untersuchungshaft für ihn beantragen – und damit auf die Nase fallen. Wir können ihm nicht

einmal nachweisen, daß er das Zeug verkauft hat. Irgend etwas hatte er vor mit diesem Haufen *Dope*. Ich möchte wissen, was. Und welche Verbindung besteht zwischen ihm und dem Indianer? Nur der Stoff? Irgendwas Religiöses? Was? Und wo, zum Teufel, sind die Granaten, von denen Alex mir erzählt hat?« Die Fragen überschlugen sich in seinem Kopf, doch Cohen fühlte sich ausgezeichnet. Er hatte die Fäden wieder in der Hand. »Wenn wir die Verbindung zwischen dem Indianer und Ovadia kennen, dann ist der Fall geklärt«, sagte er.
»Hat Alex vielleicht gelogen?« warf Levy ein.
»Schon möglich«, sagte Cohen. »Aber das glaube ich eigentlich nicht.« Er schlug mit der flachen Hand aufs Armaturenbrett. »Diese verdammten Amerikaner! Sie hätten Alex ruhig nehmen können! Aber Shmulik sagt, sie meinen, für so ein billiges Produkt seien die Kosten zu hoch.«
»Was soll das heißen?« fragte Levy.
»Laut Shmulik lohnt Alex' Marktwert den Aufwand nicht. Man kann ihm nicht vertrauen, und er weiß zuwenig. Das Interesse der Amerikaner an ihm ist nicht so groß, daß sie bereit wären, ihm eine neue Identität zu verschaffen. Und Sie wissen ja, was mit unserem Budget los ist.« Cohen trommelte mit den Fingern auf das Plastik des Armaturenbretts. »Shmulik hätte Alex erst einmal kassieren und sich die Granatengeschichte anhören können. Aber der Ministerpräsident hat nein gesagt, lassen Sie die Finger von Alex. Der Fall ist noch längst nicht gelöst. Erst müssen wir diesen Clarence Chandler schnappen und die Granaten gefunden haben.«
Doch selbst dann ist es noch nicht vorbei, dachte Cohen bei sich. Nicht, solange jeder denkt, Jerusalem nur für sich und seinesgleichen beanspruchen zu können. Seine Gedanken konzentrierten sich wieder auf die Ermittlungen, auf ihre Einzelheiten und ihre Schattenseiten. Ein Lastwagen kam aus einer Nebenstraße, und Levy mußte scharf bremsen, um einen Unfall zu vermeiden. »Passen Sie auf den Verkehr auf!« befahl Cohen.
Levy hatte die Straße nach Bethlehem überquert, bog hinter dem winzigen Jerusalemer Bahnhof zunächst links und dann mit quietschenden Reifen rechts ab und gelangte auf die Straße, die nach Talbieh hinaufführt. Es war Freitag abend. Mit dem Einzug des Sabbat

ins jüdische Jerusalem hatten sich die Straßen nahezu geleert. Levy steuerte den Wagen schnell durch die kurvenreichen, hügeligen Wohnviertel, schoß über Kreuzungen, wenn die Ampeln schon von Gelb auf Rot sprangen, jagte über den leeren Boulevard zwischen Kiryat Ben Gurion und der Knesset auf der einen sowie Museum und Ramat-Gan-Universität auf der anderen Seite.

Tsippi sah Cohen das Gartentor öffnen und erhob sich aus ihrem Stuhl an der Hotelrezeption. Sie begrüßte ihn mit ausgestreckten Armen und erwartete einen Kuß. Cohen beugte sich vor und hauchte ihr ein Küßchen auf die Wange; sie selbst küßte die Luft hinter ihm.

»Avram Cohen! Avram« rief sie aus. »Das war ja ein finnischer Winter, seit du das letztemal hier warst! Was ist denn los? Schmeckt dir mein Essen nicht mehr?«

Cohens Lachen dröhnte über die Terrasse und schreckte die gutgekleideten Gäste auf, die sich im Speisesaal neben der Lobby an Tsippis mediterraner Küche labten.

»Du weißt genau, daß ich deine Küche liebe. Und ebenso weißt du, daß mein Polizistengehalt es mir leider nicht gestattet, jede Woche hier zu essen.«

»Für dich gibt es Rabatt, einen großen Rabatt. Sagen wir fünfzig Prozent.«

»Das ist sehr großzügig von dir, Tsippi, sehr großzügig. Gilt das auch für meine Gäste?«

»Solange sie jung und attraktiv sind wie dieser junge Mann«, sagte sie und nickte Levy zu, der ein paar Schritte hinter dem Chefinspektor stand.

Cohen ergriff ihren Arm, beugte sich vor und sagte, fast im Flüsterton: »Ich muß mit dir sprechen. Unter vier Augen.«

Ihre Augenbrauen wölbten sich. Ein kurzer, dicker Zeigefinger deutete ins Dunkel jenseits der Lobby. »Du warst mir in meinem Schlafzimmer stets willkommen«, sagte sie lächelnd und erinnerte Cohen an eine Zeit, als sie beide sehr viel jünger und ungebundener waren und Tsippi noch eine gute Figur gehabt hatte.

»Es ist lange her, nicht wahr?« sagte er.

»Aber nicht *zu* lange, wenn du mich fragst.«

Das Schlafzimmer befand sich im hinteren Teil des Erdgeschosses.

Cohen erinnerte sich an ein großes Aussichtsfenster; er sah auf einen Rosengarten hinaus, der hinter dem Hotel terrassenförmig in den Hang gebaut worden war. Das große, ungemachte Doppelbett war mit Feinschmeckermagazinen und Kochbüchern übersät. Weitere Bücher standen oder stapelten sich in Regalen, die drei Wände des Zimmers bedeckten und jeweils vom Boden bis zur Decke reichten.
»Deine Bibliothek wächst und gedeiht«, bemerkte er erfreut.
»Wann wirst du mal ein wenig Zeit dafür haben?« fragte Tsippi. Sie wußte, daß ihm die Lektüre über gute Speisen fast ebensoviel Spaß machte wie deren Zubereitung.
»Dieser Tage irgendwann«, sagte er. »Ehrenwort.«
»Versprich mir, daß du mir dann verrätst, wie man so viel und so gerne essen kann wie du, ohne dabei so dick zu werden wie ich ...«
Er nahm eine Spur Bedauern und eine gewisse Leichtfertigkeit in ihrer Stimme wahr.
»Tsippi«, verkündete er, zwinkerte ihr zu und beugte sich zu einem Wangenküßchen vor, »du siehst wunderbar aus!«
Sie nahm ihm seine Schmeichelei nicht ab und wedelte abwehrend mit der Hand. »Schluß jetzt«, sagte sie. »Worüber willst du mit mir reden?«
»Über einen deiner Mitarbeiter. Er nennt sich Clay ...«
»Cosmic Clay!« Tsippi lachte. »Der raucht so viel *Nafas,* daß ich mich frage, ob er überhaupt noch weiß, wie er heißt. Er arbeitet in der Küche, als Tellerwäscher, und kümmert sich um den Müll. Er hat ein Zimmer da drüben ...« Sie deutete auf ein einstöckiges Steinhaus am Südrand des Gartens. »Was hat er denn ausgefressen?« Sie errötete. »*Oh my darling,* wie aufregend! Was denn nur? Ich werd's verkraften, ehrlich. Erzähl's mir!«
»Du bist die Erzählerin, Tsippi.« Mit voller Absicht behielt Cohen die Koseform bei und pflegte die intime Atmosphäre. »Erzähl mir alles, was du über Chandler weißt.«
»Im Augenblick ist er übrigens nicht da. Er hat ein paar Tage freigenommen.«
Die Enttäuschung in Cohens Miene entging ihr nicht. »Aber er hat seine Sachen hiergelassen«, setzte sie eilfertig hinzu. »Er muß zurückkommen. Wo er hin ist, kann ich dir beim besten Willen nicht sagen.

Aber ich schulde ihm noch etwas Geld – und, wie gesagt, er hat seine Sachen hiergelassen.«
Cohen zog eine Braue hoch.
»Er ist schon *okay*«, faßte Tsippi zusammen. »Er hat bisher noch immer sein Wort gehalten. Er kommt bestimmt zurück – solange man diesen anderen Dingen nicht zuviel Aufmerksamkeit schenkt ...«
Cohen wurde sofort hellhörig. »Welchen anderen Dingen?« fragte er.
»Na, du kennst das ja. Diese Leute schnappen irgendwas Religiöses auf, und eh man sich's versieht, reden sie schon vom lieben Gott oder vom Teufel. Clay treibt's ein bißchen ärger als andere, das muß ich zugeben. Einmal hab' ich ihn dabei erwischt, wie er im Hof hinter dem Dienstbotenquartier ein Huhn geschlachtet hat. Es wäre ein Opfer, sagte er. Na, ich zog ihm den Preis für das Opfer vom Lohn ab ...«
»Nimmst du die Pässe deiner Angestellten in Verwahrung?« fragte Cohen.
»Ja, bis sie wieder kündigen. Es sei denn, sie brauchen sie aus einem besonderen Anlaß wie zur Verlängerung ihres Visums oder dergleichen. Es geschieht ebenso zu ihrer Sicherheit wie zu meiner eigenen.«
Sie ging zu dem kleinen Schreibtisch neben dem Fenster. Cohen trat zur Seite, als sie auf ihn zukam. Er wußte, daß sie auf Tuchfühlung an ihm vorbeirauschen würde, beseelt von Gedanken, die nicht die seinen waren.
»Ach, Mist!« rief sie, unmittelbar nachdem sie die Schreibtischschublade aufgezogen hatte. »*Seinen* Paß habe ich ja gar nicht! Er sagte, er bräuchte ihn für irgendwelche Vereinbarungen, bei denen er sich ausweisen muß.«
Cohen machte ein langes Gesicht.
»O Mann, bin ich blöd!« fuhr Tsippi fort und strahlte. »Ich habe doch seine persönlichen Daten alle aufgeschrieben. Hier steht alles schwarz auf weiß in meinem Buch! Momentchen, ich sehe mal nach ... ja, hier: Clarence Chandler. *U.S. Passport, Nummer Do 59773*, ausgestellt vor drei Jahren und einem Monat in San Francisco und noch sieben Jahre gültig. Geboren am 17. Juni 1955. Unverheiratet, keine Kinder.«

»Clarence Chandler«, murmelte Cohen, während er sich Tsippis Angaben aufschrieb. »Ein Bild von ihm hast du nicht?«
»Nein, tut mir leid«, sagte Tsippi.
»Ich will eine Zeichnung haben«, sagte Cohen. »Ich schicke dir jemanden vorbei, der diesen Clarence Chandler nach deiner Beschreibung zeichnen wird.«
»Gut. Sehr gut. Aber denk dran, daß er sich Clay nennt. Hat irgendwas damit zu tun, daß der erste Mensch aus Lehm geformt wurde. Als ich ihn einmal Clarence nannte, wurde er fuchsteufelswild. Er heißt Clay.«
»Und wie sieht er aus?« fragte Cohen.
»Eigentlich nicht schlecht, wenn einem der Mephistolook gefällt. Besonders klug ist er nicht, aber ich würde ihn auch nicht gerade als Dummkopf bezeichnen. Die Mädchen – die naiven zumindest – mögen ihn. Halten ihn offenbar für sexy. Ein schlanker, drahtiger Typ. Von dem *Nafas* hab' ich dir ja schon erzählt. Solange er seine Arbeit tut, stört mich das nicht – und was die Arbeit betrifft, kann ich mich nicht beklagen. In der Küche ist er sehr nützlich. Er kennt auch den Restaurantbetrieb, kennt sich mit Fleisch aus, kennt ...«
»Was meinst du mit ›Er kennt sich mit Fleisch aus‹?«
»Nun ja, er weiß, was er zu tun hat, wenn er ein Stück Rindfleisch vor sich hat. Er weiß, wie man Steaks, Rippenstücke und dergleichen schneidet. Kann mit dem Messer umgehen.«
Cohen sah zum Fenster hinaus, hinüber auf das einstöckige Gebäude, in dem Tsippis Angestellten wohnten.
»Ist er jemals in irgendeiner Form gewalttätig geworden?«
»Nein. Oder doch. Wie soll ich das erklären? Er ist sehr leicht zu beeinflussen, glaube ich. Kann sein, es liegt am *Nafas*, du kennst das ja. Aber manchmal, ja, das stimmt, manchmal ist da noch etwas anderes in seinem Blick.«
Cohen ging zur Tür. »Er hat möglicherweise versucht, eine Angestellte von dir umzubringen. Eine junge Dänin namens Marie.«
»Hast du sie gesehen? Wo ist sie, sag? Es hieß, sie hat die Grippe, deshalb ist sie nicht gekommen. Ja – jetzt fällt mir ein, daß sie seit dem Tag fehlt, an dem Clay Urlaub nahm. Eine Zeitlang waren die beiden ein Paar, mußt du wissen, Clay und Marie.«

»Das ist vorbei«, sagte Cohen hart.
»Ist sie wohlauf?«
»Sie wird darüber hinwegkommen, ja. Es gelang ihr zu fliehen, bevor er ihr was antun konnte. Sie kommt darüber hinweg.«
»Aber es geht nicht um Marie, wie?« schloß Tsippi aus seinem Tonfall. »Da ist noch etwas anderes, stimmt's?«
»Das brauchst du nicht zu wissen. Du würdest es gar nicht wissen wollen.« Und ehe sie noch widersprechen konnte, grinste er und fügte hinzu: »Das einzige, was du zu tun hast, ist folgendes: Du mußt mich sofort informierten, wenn er wieder auftaucht. Und zwar so, daß er's nicht merkt. Und dann mußt du dafür sorgen, daß er auch bleibt, bis ich da bin. So einfach ist das, Tsippi.«
»Einfach«, wiederholte sie zweifelnd.
»Ja, einfach«, sagte Cohen mit verschmitztem Blick, um ihre Zweifel zu zerstreuen. »Und jetzt möchte ich mir mal Chandlers Habseligkeiten ansehen.«
Er ging zur Tür. Tsippi saß noch immer an ihrem Schreibtisch. »›Umbringen‹ hast du gesagt, er wollte sie umbringen. Vielleicht nicht nur sie? Was ist denn los mit diesem Clarence Chandler? Wer ist denn dieser *Clay* hier in meinem Hotel? Raus mit der Sprache, Avram! Du kannst es mir ruhig sagen!«
»Es ist möglich, daß er mit einer brennenden Lunte rumläuft und eine Stange Dynamit sucht. Und ich brauche dir nicht zu sagen, wie knochentrocken der Zunder hierzulande ist.«
»Ich weiß nicht, wann er zurückkommt«, sagte Tsippi.
»Deswegen muß ich mich darauf verlassen können, daß du mir Bescheid sagst und dafür sorgst, daß er nicht gleich wieder abhaut.«
»Ich zeig' dir jetzt sein Zimmer«, erwiderte Tsippi ernst.
Sie ging zum Empfang, nahm dort einen Schlüssel von einem Ring, an dem deren Dutzende zu hängen schienen, und führte Cohen durch die vom Mond und von der Restaurantbeleuchtung aufgehellte Nacht um das Hotel herum zum Personalgebäude.
Er brauchte keine fünf Minuten, um herauszufinden, was ihn am meisten interessierte. Clay Chandler, auch bekannt als »der Indianer«, hatte seine Messer mitgenommen.

Cohen fragte Tsippi, wo er ungestört telefonieren könne, worauf sie ihn auf den Apparat in ihrem Schlafzimmer verwies.
Er führte zwei Gespräche, das erste mit Ehud und das zweite mit Shmulik. Er bat sie beide zu einem Gespräch in seine Privatwohnung. Ehud war, wie immer, Feuer und Flamme und versprach, in einer Stunde dort zu sein. Shmulik mußte dagegen erst überredet werden; er habe für den Abend schon etwas anderes vor.
»Ich habe einen FBI-Mann hier. Wir haben uns letztes Jahr in Washington kennengelernt. Er macht hier Urlaub, und ich habe ihn für heute abend zum Essen eingeladen.«
»Shmule«, erwiderte Cohen, »es ist sehr dringend. Sie wollten doch auf dem laufenden gehalten werden. Na also, ich bin gerade dabei. Und ich habe nicht viel Zeit. Ich weiß jetzt, wer dieser Hippie ist. Es gibt eine Verbindung zwischen ihm und Ovadia. Ich brauche Ihre Hilfe.«
Eine Stunde später saßen die drei Männer bei Cohen im Wohnzimmer.
»Gut, kommen wir zur Sache«, sagte Cohen, nachdem er seinen Gästen etwas zu trinken angeboten hatte. Shmulik trank Whisky, um mit Cohens Cognac mitzuhalten. Ehud hatte dagegen um Fruchtsaft gebeten.
»Wir haben jetzt einen Verdächtigen im Fall der beiden Nonnen und kennen auch seinen Namen. Und da ist noch jemand, ein alter Bekannter von mir. David Ovadia.« Cohen wandte sich an Ehud. »Er hatte Haschisch bei sich, eine ganze Menge. Aus dem Libanon. Angebaut in der Beka'a-Ebene, hergeschafft durch christliche Zwischenhändler.«
»Und?« fragte Ehud.
»Kennen Sie irgendwelche Leute, die Waffen gegen Drogen verscherbeln?«
»Ja, ich glaube schon.«
»Haben Ihre Leute Drogen sichergestellt?«
»Ja.«
»Welche?«
»Haschisch.«
»Ja, aber welcher Herkunft?«
»Das kann ich feststellen lassen.«

»Tun Sie das«, sagte Cohen.
Ehud beugte sich vor, um einen Schluck Saft zu trinken.
»Und zwar sofort«, drängte Cohen und reichte dem Offizier des militärischen Abschirmdienstes das Telefon, das rechts von ihm auf dem Tisch stand.
Ehud sah über sein Glas hinweg Shmulik an. Der Shabakchef nickte, woraufhin Ehud das Telefon nahm und zu wählen begann.
»Außerdem, Ehud«, sagte Cohen, »besorgen Sie mir bitte die Militärdienstakte dieser Leute hier.« Er warf ihm eine zusammengefaltete Liste zu; sie enthielt die Namen aller Anhänger Ovadias, die Yossi Hadass ausgeplaudert hatte.
Cohen wandte sich an Shmulik. »Clarence Chandler heißt der Mann, auch unter dem Vornamen Clay bekannt. Er hat die Nonnen umgebracht, ich bin mir ganz sicher. Chandler ist noch auf freiem Fuß, irgendwo im Land. Er hat seinen Paß dabei. Alle Grenzkontrollstellen haben seinen Namen inzwischen im Computer. Die Hotels werden überprüft. Ich weiß nicht, ob und wieviel Geld er bei sich hat, aber es kann sein, daß er über größere Mengen Rauschgift verfügt, die er versilbern könnte, wenn er die richtigen Kontaktleute kennt. Hetzen Sie Ihre Jungs auf diesen Namen. Wir haben es mit einem schweren Fall des Syndroms zu tun.«
»Der Fall geht mich nichts mehr an«, sagte Shmulik.
»Was wollen Sie damit sagen?« fragte Cohen verblüfft.
»Die Nonnen sind nicht mehr mein Fall. Das galt nur, solange es so aussah, als hätte die Tat etwas mit dem Umstand zu tun, daß sie Russinnen waren. Jetzt ist es ein einfacher Mord, und der fällt in Ihr Ressort.«
»Unsinn«, widersprach Cohen, »es gibt doch eine Verbindung zwischen dem Indianer und Ovadia.«
»Seit Alex' Abgang ist das kein Fall mehr für die Gegenspionage. Wäre er dort geblieben, wo er war, hätten wir ihn vielleicht gebrauchen können. Aber er ist fort, unterwegs nach Moskau. Er erhielt den Befehl, mit dem letzten Flugzeug heute nach Frankfurt auszufliegen. Unsere Leute haben seinen Abflug überwacht.«
Cohen blickte in sein Glas, als suche er dort etwas. Er trank einen Schluck und löschte damit die aufflackernde Scham.

»Die Granaten«, sagte er, »Ovadia hat etwas mit den Granaten zu tun. Das hängt alles miteinander zusammen.«
»Das Interesse an islamischen Fundamentalisten und deren Plänen ist größer als das am jüdischen Fundamentalismus«, sagte Shmulik unverblümt. »Das wissen Sie doch, Avram. Es ist nun einmal so.«
Cohen dachte einen Augenblick nach, griff nach seinem Glas und schwenkte die bernsteinfarbene Flüssigkeit darin ein wenig hin und her. »Dann bringen Sie vorerst eben nur den Namen und die Personenbeschreibung unter die Leute«, sagte er.
»Gut, das kann ich machen«, räumte Shmulik ein.
Cohen erhöhte seinen Einsatz. »Es könnte sein, daß ich ein paar große Ohren für Ovadias Jeschiwe bräuchte.«
»Damit müssen wir abwarten. Der Minister für religiöse Angelegenheiten tobt wegen der Verhaftung. Er spricht von Behinderung der freien Religionsausübung und so weiter. Wenn Sie die Granaten nicht finden, stehen Sie bald im Regen.«
Cohen explodierte. »Wie soll ich die Granaten finden, wenn Sie mir nicht helfen? Ich brauche diese Überwachung, und Ihre Leute sind nun einmal die besten.« Er drehte sein Glas in der Hand und beruhigte sich ein wenig, während er auf Shmuliks Antwort wartete.
»Wenn die Zeit reif ist«, sagte der Shabakoffizier, »werden wir die Sache noch einmal prüfen.«
»Die Zeit *ist* reif. Das sage ich Ihnen doch.«
»Vielleicht überstehen Sie ja den Haftprüfungstermin«, sagte Shmulik.
»Ich warte nicht gerade mit angehaltenem Atem darauf«, erwiderte Cohen in leisem Ton, ohne seine Erregung unterdrücken zu können.
Einen Augenblick lang schwiegen die beiden Männer. Ehuds Stimme war leise; er entschuldigte sich bei seinem Gesprächspartner für den Anruf zu so später Stunde am Freitag abend.
Cohen änderte seinen Tonfall. »Ich hatte gehofft, die Amerikaner würden ihn haben wollen«, sagte er, mit den Gedanken wieder bei Alex.
»Nach all dem, was Sie über ihn herausgefunden haben? Und nachdem das alles in der Zeitung stand?«
»Die undichte Stelle lag nicht bei mir!« begehrte Cohen auf.

»Aber Sie waren heute bei Lassman. In seinem Haus.«
»Stehe *ich* jetzt vielleicht unter Beobachtung?« fragte Cohen argwöhnisch.
»Nein, aber Lassman. Als dieser Artikel erschien, wollten wir wissen, von wem er die Sache hat. Sein Telefon wird seit heute morgen abgehört.«
»Und das Telefon der Redaktion?« fragte Cohen.
»Das hat der Ministerpräsident nicht genehmigt«, bedauerte Shmulik.
Cohen brach in schallendes Gelächter aus. »Der Hüter unserer Demokratie!« rief er voller Sarkasmus aus.
»Wir dachten sogar daran, Ihr Telefon anzuzapfen«, bekannte Shmulik. »Sie haben uns hintergangen.«
Er sagte es in leichtem Ton, brachte damit jedoch bei Cohen das Faß zum Überlaufen.
»Schon gut, schon gut!« Der Chefinspektor schlug mit der flachen Hand auf die Tischplatte.
Ehud, der den Ausführungen seines Gesprächspartners am anderen Ende der Leitung folgte und sich dazu ein paar Notizen machte, sah von seinem Schreibblock auf. »Habe ich was vergessen?« fragte er, doch Cohen und Shmulik ignorierten ihn.
»Ich habe gesündigt«, zischte Cohen Shmulik zu. »Ich habe die Gebote übertreten und Böses getan. Ich bitte um Vergebung. Und außerdem bitte ich um Unterstützung ...«
»Das geht nur inoffiziell«, entschied Shmulik. »Das werden Sie verstehen. Ihr Name gilt innerhalb der Dienste zur Zeit nicht gerade als sakrosankt. Ich tu's ausschließlich für Sie.«
»Ob inoffiziell oder offiziell, das ist mir egal«, sagte Cohen. »Hauptsache, Sie sorgen dafür, daß ich ein paar Töne aus dieser Jeschiwe mitbekomme. Dann finden wir auch die Granaten, das garantiere ich Ihnen.«
»Ich muß aber auf jeden Fall noch diesen Haftprüftermin abwarten. Von seinem Ausgang hängt alles ab.«
»Schön, schön«, sagte Cohen, der bereits Ehud ansah und wissen wollte, welche Neuigkeiten sich aus dem Telefonat ergeben hatten.
»Ein Kontaktmann in Metzah«, sagte der Soldat und meinte damit die

Militärpolizei. »Sie haben zwei Säcke sichergestellt, sagt er. Roter Libanese, zwei Stempel, einer schiitisch, der andere christlich.«
»Gut«, sagte Cohen, »Ovadia hat dasselbe Zeug. Ich verfüge außerdem über eine Quelle, der zufolge bei Ovadias *Nafas* auch Waffen gesehen wurden. Nach meiner Überzeugung ist Ovadia sowohl für den Anschlag auf die Friedensdemonstration als auch für das geplante Attentat auf dem Tempelberg verantwortlich.«
»Wer ist diese Quelle?« fragte Shmulik.
Cohen holte tief Luft. »Ich sagte es Ihnen doch. Alex hat es bestätigt.«
»Der ist keine Quelle, Avram, nicht mehr jedenfalls.« Shmulik schüttelte den Kopf.
»Er hat mir gesagt, daß er in der Höhle, in der wir das Dope gefunden haben, Granaten gesehen hat.«
»Erstens ist er in keiner Weise vertrauenswürdig, und zweitens ist er nicht mehr da«, sagte Shmulik. »Das genügt nicht, Avram. Sie brauchen mehr als das.«
Cohen bewegte seinen Kopf nicht. Er blickte zu Boden wie bei einem Geständnis. Dann richtete er die Augen auf Shmulik und sah ihm unverwandt ins Gesicht. »Wir suchen noch nach der Verbindung. Und sobald wir den entscheidenden Hinweis darauf haben, daß Ovadia was mit den Granaten zu tun hat, werden sich Ihre Bosse auch nicht mehr hinter ihren Heiligenscheinen verkriechen können.«
Ehud und Shmulik saßen noch eine Stunde mit Cohen zusammen und verließen seine Wohnung erst nach Mitternacht. Kaum waren sie gegangen, rief Cohen Levy an.
»Ich warte im Büro auf Sie«, sagte er in alter Gewohnheit.
»Avram«, bat Levy eindringlich, »ich bin gerade ...«
»Ach so. Es ist wegen ihr, oder?« Er meinte Levys Holocaustforscherin.
»Ja.«
»Sie haben sie wohl sehr gerne, wie?« fragte Cohen wohlwollend und dachte an Ahuva.
»Ja, sehr.«
»Gut«, sagte Cohen fröhlich. »Dann heiraten Sie sie. Heiraten Sie sie, zeugen Sie Kinder, und gründen Sie eine Familie.«
Levy schwieg.

»Schwamm drüber, Nissim«, sagte Cohen, der sich plötzlich seiner eigenen Worte schämte. »Lassen Sie sich nicht stören. Ich ruf' Sie morgen früh wieder an.«
»Wenn Sie mich brauchen, kann ich auch heut nacht noch kommen.«
»Nein, das geht schon in Ordnung. Ich schaffe es schon.«
Er saß allein in seinem Sessel neben dem Fenster und schenkte sich gelegentlich Cognac nach. Es war ein langer Freitag gewesen, einer der längsten in seiner Erinnerung.
Nächsten Freitag, dachte er, ist Ahuva wieder zurück.

34

DEN GANZEN SABBAT ÜBER SASS COHEN allein in seinem Büro und bereitete sich auf den am Sonntag vormittag anstehenden Haftprüfungstermin vor. Yossi Hadass hatte die Namen von siebzehn Gefolgsleuten Ovadias preisgegeben. Cohen brütete über der Liste und verglich sie mit den Namen jener Soldaten, die nach Auskunft der Armee Zugang zu den Granaten gehabt hatten. Doch sechs Namen auf Hadass' Liste waren ausgesprochen geläufig. So standen auf ihr zum Beispiel zwei Yossi Mizrahis – ein Name, der auf der Armeeliste nicht weniger als dreißigmal auftauchte. Cohen brauchte mehr Zeit.

Am frühen Sonntag morgen sah er durch sein Fenster, wie Levy den Blinden über den Parkplatz führte. Er hatte ihn mit einer Handschelle an sich gekettet und brachte ihn zu den Zellen für Untersuchungshäftlinge im Keller des Gerichtsgebäudes.

Eine Stunde später ging Cohen den gleichen Weg. Ben-Yehoshua hatte eine kleine, aber lautstarke Schar von Demonstranten zusammengetrommelt, die vehement Ovadias Freilassung forderte. Cohen mußte sich durch eine schwitzende Menge drängen, die den schmalen Eingang des Gerichtsgebäudes verstopfte. »Nieder mit der Unterdrükkung gläubiger Juden durch die Polizei!« hallte es durch die langen, steinernen Korridore. »Nieder mit der Unterdrückung der Büßer durch die Polizei!«

Ben-Yehoshua entdeckte Cohen in dem Moment, als er endlich in die Eingangshalle vorgedrungen war.

»Weil Sie mir nichts anhaben konnten, haben Sie ihn in eine Falle gelockt!« rief der Knessetabgeordnete mit seiner Stentorstimme. »Aber damit kommen Sie nicht durch! Sie haben die Beweise getürkt, geben Sie's zu!« Ben-Yehoshua setzte sich bewußt in Szene, um seine Anhänger zu beeindrucken, die seinen Vorwurf rasch in ihre Sprechchöre aufnahmen: »Schluß mit den Polizeifallen! Schluß mit den Polizeifallen! Laßt den Büßer frei! Laßt den Büßer frei!«

Cohen hörte Hufgetrappel. Drei berittene Polizisten kamen aus Richtung des Parkplatzes zum Schauplatz der Demonstration. Er schüttelte wortlos den Kopf und wandte sich von Ben-Yehoshua ab. Das Gelächter des Abgeordneten verfolgte ihn über die abgetretene Treppe bis hinauf in den ersten Stock, wo die Verhandlung stattfand.

Cohen beantragte fünfzehn Tage Untersuchungshaft. Wenn er nach Ablauf dieser Frist noch immer nicht imstande war, genügend Beweise für eine Anklageerhebung vorzulegen, so konnte er das Gericht bitten, den Verdächtigen noch länger festzuhalten. Ihm stand das Recht zu, diese Prozedur bis zu einer Gesamtdauer von neunzig Tagen Untersuchungshaft zu wiederholen. Doch er spürte gleich zu Beginn, daß er auf verlorenem Posten stand. Die – offensichtlich von Anhängern Ovadias lancierten – Artikel in den Sonntagszeitungen beriefen sich auf politische Quellen, nach denen Ovadia von einem rückfälligen Spießgesellen betrogen worden und an der Sache selbst völlig unschuldig war.

Cohen konnte Alex dem Gericht nicht als Zeugen präsentieren, und ohne Alex brauchte er den Verdacht hinsichtlich der Granaten gar nicht erst zu erwähnen. Der Gerichtssaal war randvoll besetzt mit Reportern sowie Sympathisanten und Anhängern von Ovadia.

»Können Sie irgendwelche Beweise dafür vorlegen, daß der Beschuldigte dieses Rauschgift auch verkauft?« fragte der Richter.

»Nein, Euer Ehren«, gab Cohen zu, »aber in der Vergangenheit ...«

Ovadias Rechtsanwalt sprang auf. »Die Vergangenheit ist hier irrelevant! Mein Klient kam vor zehn Jahren ins Gefängnis, ist seither jedoch vollkommen resozialisiert.«

»Haben Sie das gesamte Rauschgift konfisziert?« fragte der Richter Cohen.

»Soweit es uns bekannt ist, ja, Euer Ehren«, antwortete Cohen. »Es handelt sich um eine ungewöhnlich große Menge.«

»Gibt es irgendwelche Beweise oder Anzeichen dafür, daß der Beschuldigte versuchen wird, das Land zu verlassen?« fragte der Richter.
»Nein«, sagte Cohen, der das Gefühl hatte, er selbst – und nicht Ovadia – stünde vor Gericht.
»Werden Sie ihn leicht finden können, falls Sie ihn erneut befragen wollen?«
Cohen hatte keine Wahl, wenn er bei der Wahrheit bleiben wollte. »Nach unserem Ermessen ja.«
Der Richter wandte sich an den Rechtsanwalt, der in der Vergangenheit schon des öfteren Ben-Yehoshuas Gefolgsleute verteidigt hatte. Sein salbungsvolles Gehabe ging Cohen jedesmal von neuem auf die Nerven.
»Euer Ehren«, begann der Anwalt, »vor Ihnen sitzt ein blinder Mann, der das Licht gesehen hat. Ein Mann, der die vergangene Dekade seines Lebens darauf verwendet hat, junge Menschen, die durch Verbrechen und die Lebensumstände ihrer eingewanderten Eltern auf die schiefe Bahn geraten waren, an die Sicherheit der Traditionen unseres Volkes heranzuführen. Er ist kein Rauschgifthändler. Alles, was ihn bewegt, sind honorige Absichten und das Wohl des Volkes von Jerusalem. Ich versichere Ihnen, daß dieser Mann, wenn er aus dem Arrest entlassen wird, nur eines im Sinn hat: Er möchte so schnell wie möglich zu seinen Schülern zurückkehren, um seine erzieherischen Bemühungen fortzusetzen.«
»Und wie erklären Sie sich die Tatsache, daß Ihr Klient an einem Ort aufgegriffen wurde, an dem die Polizei neunhundert Kilogramm illegaler Drogen sicherstellte?«
»Der Rabbi wußte nichts von diesen Drogen, Euer Ehren. Sehen konnte er sie jedenfalls nicht. Die Polizei kann nicht beweisen, daß er diese Drogen benutzt oder verkauft hat. Wir bestreiten nicht, daß in dieser Höhle Rauschgift gefunden wurde. Aber es gibt bekanntlich auch Zufälle und unglückliche Umstände. Ja, es stimmt, daß mein Klient seine Studenten in die Natur hinausführt. Aber hat nicht Rabbi Yohannan Ben-Zakkai, hat nicht sogar der große Rabbi Akiva gelehrt, daß in den Lehren der Natur geistige Gesundheit liegt? Begeht dieser Rabbi hier ein Verbrechen, wenn er seine Schüler lehrt, die Natur zu

lieben? Ist es seine Schuld, wenn er vielleicht einem seiner Schüler zu früh zuviel Vertrauen entgegengebracht hat?«

»Wer ist denn dieser Schüler?« fragte der Richter.

Cohen sah zu Ovadia hinüber. Der saß friedlich auf der Anklagebank, den leeren Blick starr auf den Richtertisch geheftet.

»Ich bin sicher, daß die Polizei das herausfinden wird, wenn sie endlich aufhört, meinen Klienten zu belästigen, und sich statt dessen wieder auf ihre wahren Aufgaben besinnt.«

Cohen vergrub sein Gesicht in den Händen. Ovadia wurde in einen Märtyrer verwandelt. Die Reporter, die sich auf den Zuschauerbänken drängten, hatten bei den rhetorischen Höhenflügen des Verteidigers eifrig mitgeschrieben. Der Richter erteilte Cohen das Wort.

»Euer Ehren«, sagte Cohen, »was uns Sorgen macht, ist die Fähigkeit dieses Mannes, andere Menschen zu führen, ist sein Charisma als Lehrer. Er könnte diese Fähigkeiten ohne weiteres dazu nutzen, mögliche Zeugen von einer Aussage abzuhalten. Wir befürchten, er könnte Zeugen sogar zur Falschaussage verleiten. Einige Verdächtige in diesem Fall befinden sich nach wie vor auf freiem Fuß.«

»Aber was hat er denn *getan*?« fragte Ovadias Anwalt. »Er muß doch etwas *getan* haben, Euer Ehren, damit die Befürchtung der Herren von der Polizei, er könne etwas verschleiern wollen, einen Sinn ergibt! Mein Klient wünscht nichts anderes, als endlich in seine Jeschiwe zurückkehren zu können.«

Cohen verzweifelte schier. Von Alex' Hinweis auf die Granaten konnte er dem Gericht nichts erzählen, denn die Granaten waren verschwunden, und Alex kam als Zeuge nicht mehr in Frage. Gern hätte er das Gericht auf die beiden Mädchen aufmerksam gemacht, um Ovadia die Larve des Heiligen vom Gesicht zu reißen – nur ließ das Alter der Mädchen den Vorwurf der Verführung Minderjähriger nicht mehr zu. Daß die Offenlegung der sexuellen Neigungen Ovadias nicht zulässig war, frustrierte Cohen.

Er hatte nur noch eine einzige Chance, doch um sie zu nutzen, kam er nicht umhin, riskante Karten aufzudecken.

»Euer Ehren«, sagte er, »wir haben Anlaß zu der Vermutung, daß der Verdächtige mit einem anderen, bisher nicht in Haft befindlichen Verdächtigen bekannt ist, von dem wir annehmen, daß er mit dem

Doppelmord in Verbindung steht, der vor einigen Wochen in Ein Kerem begangen wurde.«

»Und was veranlaßt Sie zu der Vermutung, daß es zwischen den beiden Männern eine Verbindung gibt?« fragte der Richter.

»Während der Festnahme des Verdächtigen wurde der andere Verdächtige in unmittelbarer Nähe beobachtet. Wir versuchten, ihn festzunehmen, doch es gelang ihm zu entkommen. Äußerungen des Verdächtigen lassen darauf schließen, daß er und der andere …«

Ovadias empörter Aufschrei unterbrach ihn: »Das ist eine Lüge! Eine gotteslästerliche Lüge!« Der Ausbruch führte zu einem Raunen im Gerichtssaal; einige Reporter sprangen auf, um einen besseren Überblick zu bekommen. Auch Ovadias Anwalt war aufgesprungen und protestierte lauthals.

»›Anlaß zu der Vermutung‹ …, ›wir nehmen an‹ …, ›lassen darauf schließen‹ – mit solch vagen Formulierungen kann man meinem Klienten doch nicht die Freiheit verweigern!«

Um die Ruhe wiederherzustellen, ließ der Richter seinen Hammer niedersausen – einmal, zweimal, dreimal. »Der Verdächtige schweigt, bis ich ihm das Wort erteile. Bei der nächsten Unruhe lasse ich den Saal räumen.« Er wandte sich an Ovadias Verteidiger: »Bitte, fahren Sie fort.«

Bei den nächsten Worten des Anwalts wäre Cohen am liebsten aus dem Gerichtssaal gestürmt. »Kann uns der hochverehrte Herr Chefinspektor vielleicht mitteilen, wie der mysteriöse Verdächtige heißt? Hat er meinen Klienten über diesen abgängigen Mann überhaupt befragt?«

Der Richter blickte auf Cohen herab. »Nun?«

Cohen erhob sich schwerfällig aus seinem Sitz – zum hundertsten Male an diesem Morgen, wie ihm schien. »Ja, wir haben den Verdächtigen über den gesuchten Mann befragt. Er war jedoch nicht kooperationswillig. Seit seiner Festnahme hat er kein Wort mehr gesagt. Es ist ja gerade seine fehlende Bereitschaft zur Zusammenarbeit, die uns dazu bewegt, Haftfortdauer zu beantragen. Wir sind überzeugt, daß die Anklage, die gegen den Verdächtigen erhoben wird, auf äußerst schwerwiegenden Tatbeständen fußt.«

»Ihr Eifer in Ehren, Chefinspektor Cohen«, sagte der Richter. »Ich habe sogar Verständnis für Ihre Frustration. Aber Sie werden doch sicher einsehen, daß ein abgängiger, mysteriöser Verdächtiger, dessen Verbindung zum vorliegenden Fall im günstigsten Fall als unbestimmt bezeichnet werden kann, kein sehr solides Argument ist. Darüber hinaus steht jedem Verdächtigen das Recht auf Aussageverweigerung zu. Ich fürchte, ich muß mich dem Einwand Ihres gelehrten Herrn Kollegen anschließen.«

Cohen spürte, wie ihm die Wut in einer heißen Aufwallung zu Kopf stieg. Er konnte nichts mehr tun. Der Rest war reine Formsache.

Zwanzig Minuten später jubelten die Demonstranten im strahlenden Frühlingssonnenschein Ovadia zu, als er auf den Schultern seiner Freunde aus dem Gerichtsgebäude getragen wurde. Im Triumphzug würden sie ihn zu seiner Jeschiwe tief im muslimischen Teil der Altstadt bringen, wo seine Anhänger nach Cohens fester Überzeugung alles daransetzen würden, den dort lebenden Arabern das Leben so schwer wie möglich zu machen, um sie letztlich ganz aus dem Viertel zu vertreiben. In diesem Punkt verfolgten Ben-Yehoshua und Ovadia die gleichen Ziele und konnten sich auf die Unterstützung bestimmter Teile der Regierungskoalition des Ministerpräsidenten verlassen, die im Namen der ewigen, ungeteilten Hauptstadt zu handeln vorgaben.

Ben-Yehoshua hielt noch eine Rede, in der er Ovadia gratulierte. Er, Ovadia, habe den Beweis erbracht, daß der Weg der Frommen und Gottesfürchtigen auch für die Nation in ihrer Gesamtheit der einzig richtige Weg sei.

Cohen und Levy verzichteten darauf, sich diese Rede anzuhören.

»Na, prächtig«, brummte Cohen Levy zu, als sie die Straße überquerten, die das Gerichtsgebäude vom Polizeipräsidium trennte. »Das hat mir gerade noch gefehlt: Ovadia und Ben-Yehoshua gemeinsam im muslimischen Viertel. Abulafia wird in den nächsten Wochen eine Menge Grenztruppen zur Verstärkung brauchen.«

Schweigend gingen sie über den zweihundert Meter breiten Parkplatz. Der Lärm der Demonstration, die sich in entgegengesetzter Richtung zur Altstadtmauer hin entfernte, wurde allmählich leiser.

»Wir müssen jemanden finden, der ihn im Auge behält«, sagte Levy, als sie die Eingangshalle des Polizeigebäudes betraten.

»Daniel hat sich bisher noch nicht wieder gemeldet«, sagte Cohen.

»Aber ich hoffe, bald von ihm zu hören.« In Gedanken verbesserte er sich: Ich bete, daß er sich meldet. Mehr als Beten bleibt mir jetzt nicht mehr übrig.

Aber mit ganz leeren Händen stand er doch nicht da. Auf der Treppe kam ihnen Rutie entgegen. »Der Indianer!« rief sie. »Er ist wieder aufgetaucht! Er ist im Hotel!«

35

EINE DAMPFWOLKE HING über dem riesigen, achtflammigen Gasherd. Cohen ignorierte den Koch und seinen Gehilfen. Er konzentrierte sich vielmehr auf den Tellerwäscher, der von dem Wasserdampf, den die Hotelspülmaschine ausstieß, nahezu eingehüllt war. Tsippi hatte ihm gesagt, Clay trage über dem nackten Oberkörper eine grüngoldene Weste.

Er arbeitete wie ein Tänzer. Sechs, sieben Teller nahm er gleichzeitig aus der Maschine, sprang gewandt zwischen Ausguß und Spülmaschine hin und her, stapelte heiße, blitzende Teller auf einem Stahltisch zwischen der Spülmaschine und dem Arbeitsplatz des Kochgehilfen. Nachdem er die Maschine geleert und das saubere Geschirr verstaut hatte, ließ er in Windeseile die bereitstehenden schmutzigen Teller in die dafür vorgesehenen Plastikhalterungen gleiten und füllte den Rest des Schubfachs mit Weingläsern auf. Ein noch halbvolles Glas trank er in einem Zug leer, bevor es bei den anderen in der Maschine landete, um gleich darauf seinen Tanz fortzusetzen.

Cohen beobachtete ihn durch ein kleines Fenster in der Schwingtür, die den Speisesaal von der Küche trennte. Levy stand an seiner Seite.

»Er wendet uns den Rücken zu«, sagte Cohen.

Levy zog seine Pistole.

»Noch nicht«, sagte Cohen, »stecken Sie sie weg.«

Levy schob die Pistole wieder ins Holster.

»Ich möchte, daß der Koch und sein Gehilfe draußen sind, bevor wir reingehen«, sagte Cohen, »nur für den Fall der Fälle.« Tsippi saß an einem Tisch in der Nähe. Die Frühstücksgäste waren fort und die Mittagsgäste noch nicht eingetroffen.

»Hol die beiden unter einem Vorwand raus!« bat Cohen die Wirtin.

Schwerfällig stand sie auf und ging zur Tür. Cohen und Levy machten ihr Platz. Tsippi drückte die Schwingtür auf, rief die beiden Männer in den Speisesaal, zog sie, als sie herauskamen, beiseite und redete im Flüsterton auf sie ein. Erstaunt starrten die Männer Cohen und Levy an.

In diesem Augenblick betrat Shvilli den Speisesaal. »Die Grenzschutztruppe ist postiert«, sagte er. »Alle Ausgänge werden bewacht.«

»Gut«, sagte Cohen, »dann wollen wir mal.«

Shvilli zog seine Pistole. »Ich möchte nicht, daß er irgendwelche Waffen sieht«, sagte Cohen. Shvilli verschränkte die Arme, so daß die Pistole unter dem Oberarmmuskel verschwand.

»Halten Sie die Waffe so wie Shvilli«, sagte Cohen zu Levy, worauf sein Assistent sogleich Shvillis Haltung annahm. Cohen gab sich zufrieden.

Cohen sah die beiden Männer an und warf einen letzten Blick durch das Schwingtürfenster. »Gehen wir rein«, sagte er, schob die beiden Türflügel auf und betrat die Küche.

Der Indianer wandte ihm noch immer den Rücken zu. Cohen ging auf ihn zu und rief mit lauter Stimme, die den Krach der Geschirrspülmaschine übertönte: »Chandler? Clay Chandler?«

Der Mann an der Spülmaschine drehte sich um. Seine Hand umklammerte den abgebrochenen Stiel eines Weinglases, funkelnd wie eine Schusterahle und tropfnaß.

Ohne zu zögern und ohne daß Cohen und seine Männer auch nur die Chance zu einer Reaktion gehabt hätten, stieß der Indianer einen Schrei aus, stürzte sich, während an seinem Hals die Adern und Sehnen hervortraten, auf Cohen und rammte ihm die helle, scharfe Spitze tief in den Bauch. Mit der anderen Hand umklammerte er Cohens Hinterkopf, um die Hebelwirkung zu verstärken.

Levy duckte sich, rollte sich ab und versuchte den Indianer zu Boden zu reißen, indem er seine Beine attackierte. Shvilli, hinter ihm, schrie: »Ich hab' kein freies Schußfeld!« Cohen befreite sich aus Chandlers Griff. Ein Blutfleck breitete sich auf seinem weißen Hemd aus. Shvilli zielte, doch Levy, dem es gelang, den Indianer zu Boden zu ringen, war im Weg.

Cohen taumelte, fiel gegen eine Anrichte und riß ein Zwanzigliterfaß

voll Wasser um. Dann torkelte er rückwärts gegen die Geschirrregale neben der Spülmaschine.
»Einen Arzt!« rief Shvilli in der Hoffnung, die Menschen hinter der Schwingtür würden ihn hören und reagieren. Noch immer versuchte er, Chandler ins Visier zu bekommen.
Dann herrschte vorübergehend Stille. Shvilli atmete aus und feuerte. Die Kugel durchschlug Chandlers Schienbein, und Blut spritzte aus der klaffenden Wunde.
Doch der Indianer gab sich noch nicht geschlagen und versuchte, seine Hand aus Levys Umklammerung zu befreien. Sie rollten über den klitschnassen Küchenboden. Mit einem Satz war Shvilli bei ihnen und hielt Chandler die Pistole an die Schläfe.
»Nein!« schrie Cohen, obgleich er sicher war, daß sie sein Kommando nicht hören konnten. Er war hingefallen und hatte bei seinem Sturz das untere Regalbrett mitgerissen, worauf die darauf abgestellten Töpfe und Pfannen scheppernd zu Boden fielen. Seine Hände krampften sich um die blutende Wunde in seinem Bauch. Sein Blick aufs Kampfgeschehen wurde durch den aus der Spülmaschine aufsteigenden Wasserdampfnebel getrübt. Sein Rufen hatte einen Husten ausgelöst, und mit jeder Hebung und Senkung des Brustkorbs schien ein neuer Blutschwall aus der Wunde gepumpt zu werden. Noch einmal befahl er: »Nein!«
Shvilli traten schier die Augen aus den Höhlen. Er wechselte das Ziel, visierte nicht mehr Chandlers Kopf, sondern die Hand an, die noch immer den abgebrochenen Weinglasstiel umklammerte. »Aufhören!« brüllte er und rammte den Pistolenlauf mit aller Kraft in die Hand mit der gläsernen Waffe.
Der Indianer schrie auf. Dann entspannten sich seine Muskeln, und er sackte bewußtlos auf dem unter ihm liegenden Levy zusammen.
»Avram!« schrie Levy und schob Chandlers Körper von sich. Auf allen vieren krabbelte und rutschte er zu seinem Vorgesetzten. Shvilli, halb in der Hocke, verharrte wie angewachsen in seiner Stellung und hielt die Pistole auf den reglosen Körper des Indianers gerichtet.
»Das wird schon wieder, das wird schon wieder ...«, flüsterte Levy Cohen ins Ohr und versuchte ungeschickt, ihn in den Arm zu neh-

men. Er sah sich um, suchte irgend etwas, um die Blutung zu stillen, konnte aber nichts finden. Er versuchte, sich das Hemd vom Leib zu reißen, um es als Notverband zu verwenden, und mußte feststellen, daß seine erst kürzlich genähte Schulterwunde wieder zu bluten begonnen hatte.
»Es geht schon«, sagte Cohen mit jener leisen, freundlichen Stimme, deren er sich oft bediente, wenn er einen Verdächtigen, einen Zeugen oder einen problembeladenen Polizisten zum Reden bringen wollte. Er betrachtete den roten Fleck auf seinem Hemd. Ein Knopf war abgesprungen, und Cohen sah dunkle, gelockte Härchen in dem immer größer werdenden roten Meer auf seinem Bauch. Dann schloß er die Augen.
Levy packte ihn an den Schultern. »Wach bleiben!« rief er. »Bleiben Sie wach! Nicht die Augen schließen! Wach bleiben!« wiederholte er immer wieder.
Cohen öffnete die Augen und lächelte Levy an. »Ich hoffe, dieser verrückte Shvilli hat ihn nicht umgebracht«, sagte er. »Ich möchte wissen, warum er es getan hat. Ich möchte wissen, warum ...«
Levy erwiderte sein Lächeln. »Ein Krankenwagen ist unterwegs. Aber bleiben Sie wach. Schließen Sie nicht die Augen.«
»Stellen Sie fest, ob er noch lebt«, flüsterte Cohen mit heiserer Stimme. »Shvilli?« Er hustete.
Der Körper des Georgiers entspannte sich. Shvilli beugte sich vor und fühlte den Puls an Chandlers Hals. Er war schwach, aber regelmäßig.
»Er lebt, Boß«, sagte Shvilli. »Er hat nur das Bewußtsein verloren. Der Schock ...«
»Sie bluten ja«, flüsterte Cohen, an Levy gewandt.
»Das ist nicht schlimm. Das macht nichts, wirklich.« Er hätte nicht sagen können, welcher Schmerz es war – sein eigener oder Cohens –, der ihm die Tränen in die Augen trieb.
Cohen lächelte. Levy zitterte.
»Hören Sie«, murmelte Cohen, »es bleibt unter uns.« Seine Augen bedeuteten Levy, sich näher zu ihm zu beugen. »Heute abend trifft ein Flugzeug ein. Sie rechnet damit, daß ich sie abhole.« Verständnis heischend sah er Levy an. »Ich will nicht, daß sie sich Sorgen macht.«

»Die Richterin«, sagte Levy nach kurzem Nachdenken. »Ich kann bei Marciano eine Nachricht für sie hinterlassen.« Marciano war der Chef der Flughafenpolizei.
»Nein!« sagte Cohen bestimmt. Die Anstrengung löste einen neuen Hustenanfall aus. »Dann macht sie sich Sorgen.«
Shvillis lautstarke Frage, ob jemand einen Krankenwagen alarmiert habe, unterbrach ihr Zwiegespräch. Tsippi antwortete ihm nicht minder forsch: »Kommt schon! Ich habe längst angerufen. Was ist mit Avram?«
Sie stand an der Schwelle zur Küche. Shvilli stellte sich ihr in den Weg. »Sie bleiben draußen!«
Aber er hatte die Rechnung ohne die Wirtin gemacht. Tsippi riß die Decke vom nächstbesten Tisch. »Aus dem Weg!« fuhr sie Shvilli an, drängte ihn beiseite, rannte zu Cohen und warf das weiße Tischtuch über ihn. »Schon gut, Avram. Der Krankenwagen ist unterwegs. Horch! Man kann ihn schon hören.« In der Ferne heulte eine Sirene. Das Echo hallte durchs Tal.
Cohen lächelte schwach und versuchte, etwas zu sagen.
»Laß es, sag jetzt nichts«, sagte Tsippi, »du mußt deine Kräfte schonen.«
Cohen konzentrierte sich auf die Geräusche. Er hörte seinen eigenen schweren Atem und die Stimme Tsippis. Sein Blick wanderte zwischen ihrem und Levys Gesicht hin und her und richtete sich schließlich auf den Indianer. Dann entstand Unruhe vor der Tür. Mit offenen Augen nahm Cohen wahr, wie weißbekittelte Sanitäter Levy und Tsippi von ihrem Platz an seiner Seite verdrängten und ihn vorsichtig auf eine Trage legten. Doch als die Sirene des Krankenwagens wieder zu heulen begann, waren seine Augen geschlossen.

36

ANFANGS WARTETE LEVY – die Schulter frisch genäht und den Arm wieder in der Schlinge – allein mit Shvilli im kalten Flur vor dem Operationssaal. Sie saßen auf unbequemen Wartezimmerstühlen aus Plastik und stierten die Wand an, an der auf Messingplaketten die Namen aller Wohltäter verzeichnet waren, die sich im Laufe der Zeit um diese Abteilung des Klinikums verdient gemacht hatten. Doch Levy war es bald leid, die Namen amerikanischer Millionäre zu zählen, und so begann er nach ein paar Minuten, unruhig im Flur auf und ab zu gehen. Vor einem Fenster, durch das sich tagsüber ein weiter Blick über die Täler westlich von Ein Kerem bot, hielt er inne und starrte in die Nacht hinaus, sah jedoch nichts als sein Spiegelbild und die Angst in seinem Gesicht. In diesem Augenblick erschien der *Mafkal* mit seinem Gefolge, darunter Abulafia, Yaffe und ein Pressesprecher mit einem Blumenstrauß in der Hand. Geschäftige Ärzte, die in dieser oder jener Richtung durch die Schwingtüren eilten, nahmen von den hochrangigen Sicherheitsbeamten keinerlei Notiz.

Levy steckte sein Hemd in die Hose und ging den Männern entgegen. Er brauchte einige Minuten, um den *Mafkal* auf den letzten Stand der Dinge zu bringen. Shahars Leute hatten in Chandlers Zimmer bereits zwei Messer gefunden, bei denen es sich nach der hypothetischen Beschreibung des Gerichtsmediziners um die Mordwaffen handeln konnte. Außerdem war ihnen ein Rucksack mit zwölf Beuteln Rauschgift von derselben Sorte wie in Ovadias Höhle in die Hände gefallen. Bei dieser Nachricht zeigte sich Unbehagen in den Augen des *Mafkal.* Levy ließ sich davon nicht beirren und fuhr in seinem Bericht fort. Chandler, das verletzte Bein und die Hand in Gips, lag ein Stockwerk höher in einem bewachten Krankenzimmer, wollte aber mit niemandem außer mit Cohen reden.

Der Chefinspektor selbst lag noch immer im Operationssaal, und die Ärzte waren nicht bereit, auch nur den Zeitpunkt für eine erste Prognose zu benennen.
»Das wollen wir mal sehen«, sagte der *Mafkal*, hielt eine vorübergehende Krankenschwester an und verlangte, den leitenden Chirurgen zu sprechen.
Eine halbe Stunde später kam ein grüngekleideter Arzt durch die Schwingtüren. »Er hat großes Glück gehabt«, sagte er. »Innere Organe sind nicht verletzt, doch seine Bauchmuskulatur ist übel zerstochen. Er wird eine Zeitlang starke Schmerzen haben.«
Levy sandte ein stummes Dankgebet gen Himmel.
»Wann sind Sie fertig?« fragte der *Mafkal*.
»In einer Stunde. Wir haben gerade angefangen, ihn wieder zuzunähen.« Levy überkam ein Schwindelgefühl.
»Und wann wird er wieder arbeiten können?« fragte der *Mafkal*.
»Das hängt von seiner Regenerationsfähigkeit ab«, sagte der Arzt. »Erst mal wird er schlafen, möglicherweise bis zu vierundzwanzig Stunden oder noch länger. Danach hängt alles davon ab, wie stark er ist und wie er mit den Schmerzen zurechtkommt.«
»Der ist stark«, sagte der *Mafkal* im Brustton der Überzeugung, gab Levy einen Klaps auf den Rücken und verkündete mit lauter Stimme, Cohen sei außer Gefahr. Abschließend fügte er, an Levy gewandt, hinzu: »Und jetzt möchte ich diesen Chandler sehen.«
Levy führte die kleine Gruppe über die breite Treppe in die nächsthöhere Etage. Vor Chandlers Zimmer saß ein uniformierter Polizist, der beim Anblick des Olivenblattemblems auf den Schultern des Generalinspektors sofort aufsprang und ihnen die Tür öffnete.
»Sie haben ihm ein Schlafmittel gegeben«, erklärte Levy, als sie ins Krankenzimmer spähten. Schneeweiß hob sich der frische Gips, der Chandlers Bein von der Hüfte bis zur Ferse umhüllte, in dem sonst dunklen Raum ab.
Der *Mafkal* ging zum Bett des Verletzten, um ihn sich anzusehen, während Levy auf der Schwelle stehenblieb.
Plötzlich sprang der *Mafkal* zurück. Mit zwei, drei Schritten war Levy an seiner Seite.
Chandler hatte die Augen geöffnet und lächelte.

»Chandler«, fragte der *Mafkal* streng. »Warum die Nonnen?«
Doch der Indianer blieb stumm und verhöhnte die beiden Männer mit seinem Lächeln.
»Sehen Sie«, sagte Levy. »Nichts. Er hat mir nur gesagt, er spräche ausschließlich mit Cohen. Sonst nichts.«
Der *Mafkal* dachte einen Augenblick nach. Dann bedeutete er Levy, zusammen mit ihm das Krankenzimmer zu verlassen.
»Das Rauschgift, das in seiner Bude und in der Höhle gefunden wurde – ist das der absolute Beweis für eine Verbindung zwischen Ovadia und den Nonnen?« fragte er Levy.
»Wir haben von Anfang an, seit Ovadias Verhaftung, an dieser Verbindung gearbeitet«, sagte Levy und fügte hinzu: »Ich bin sicher, daß Chefinspektor Cohen dies in seinen Berichten zum Ausdruck gebracht hat.«
»Ja, ja, natürlich«, sagte der *Mafkal*, doch Levy fiel einmal mehr sein bekümmerter Blick auf.
»Wir arbeiten nach wie vor daran«, sagte Levy in dem Bemühen, Cohen zu verteidigen. »Und ich glaube, es lohnt sich. Wir werden versuchen, diese Verbindung hieb- und stichfest nachzuweisen.«
»Avram ist ein guter Mann, wirklich«, sagte der Generalinspektor. »Machen Sie sich über ihn keine Gedanken. Der wird schon wieder. Und abgesehen davon hat dieser Spuk ja jetzt ein Ende, nicht wahr? Ich denke, Sie können alle mit einer Beförderung rechnen.« Er sah auf seine Uhr. »Es ist schon spät. Ich muß jetzt gehen. Ich möchte den Minister unterrichten. Er kann dem Ministerpräsidenten sagen, daß wir den Fall gelöst und den Mörder gefaßt haben.« Der *Mafkal* hielt inne und korrigierte sich dann, sichtlich erfreut über den Anlaß: »Tatsache ist, daß ich den Ministerpräsidenten persönlich anrufen werde. Aber eines noch: Ich glaube, es würde uns jetzt nur schaden, wenn wir diese Rauschgiftverbindung mit Ovadia noch weiter auswalzen würden. Immerhin hat das Gericht ihn auf freien Fuß gesetzt.«
Levy wandte den Blick ab. »Verfluchte Politik«, murmelte er.
»Wie bitte?« fragte der *Mafkal*.
»Nichts, Herr Generalinspektor. Mir schoß nur gerade eine Bemerkung Cohens durch den Kopf.«

Eine Stunde später folgte Levy dem fahrbaren Bett, auf dem Cohen aus dem Ruheraum neben dem Operationssaal in das nicht weit entfernte Einzelzimmer gerollt wurde, das Cohen nach Ansicht des *Mafkal* zustand und ihm nach dessen Intervention auch zugestanden worden war. Das Gesicht des Chefinspektors war grau, und seine Haut war schwarz und blau von den intravenösen Infusionen. Levy stiegen Tränen in die Augen. Er blinzelte sie fort und half dem Pfleger, das Bett durch den Korridor zu steuern.
Der Morgen dämmerte schon fast herauf, als sich Levy in das triste Personalzimmer begab, das ein paar Schritte von dem schlafenden Cohen entfernt auf dem gleichen Flur lag, und vor dem dort stehenden Telefon Platz nahm.
Er konnte hören, wie sie – vermutlich im Dunkeln und vermutlich aus dem Schlaf gerissen – unbeholfen mit dem Telefon hantierte.
»Du hast heute abend wohl Überstunden gemacht?« flüsterte sie in die Sprechmuschel.
Levys Beklommenheit verwandelte sich in betretenes Schweigen.
»Avram?« fragte sie, verwirrt wegen der Stille.
»Entschuldigen Sie«, sagte Levy, »mein Name ist Nissim Levy. Ich arbeite mit ...«
»Ich weiß, wer Sie sind. Was wollen Sie?« Doch in der Pause, die er benötigte, um eine Antwort zu finden, begriff sie. »Was ist mit ihm? Wo ist er?« Ihre Stimme klang plötzlich autoritär.
Levy holte tief Luft. »Im Hadassah-Klinikum in Ein Kerem. Innere Abteilung. Es war ein Unfall ...« Und rasch setzte er noch hinzu: »Er ist über den Berg, sagen die Ärzte.«
Nach einer kurzen Pause sagte sie: »Ich bin gleich da« und legte auf. Levy hielt den stummen Telefonhörer noch eine ganze Weile in der Hand. Eine Krankenschwester kam herein, um sich eine Tasse Kaffee zu machen. Zweimal mußte sie »Hallo!« sagen, bevor Levy reagierte. Sorgfältig legte er den Hörer auf, erhob sich und verließ den Raum. Sie sah ihm nach. Nach ein paar Minuten – er saß wieder auf dem Plastikstuhl vor Cohens Zimmer – brachte sie ihm einen Styroporbecher mit schwarzem Kaffee.
Eine halbe Stunde später hörte Levy das Klicken von Ahuvas Sandalen auf den Steinfliesen des leeren Korridors.

»Wie geht es ihm?« fragte sie. Die Stille der Morgendämmerung ließ sie beide flüstern.
»Er wird eine Zeitlang große Schmerzen haben. Seine Bauchmuskeln …« Mit verlorenem Blick sah Levy zu ihr auf.
»Liegt er da drin?« fragte sie und deutete mit dem Kopf auf die Zimmertür.
Levy nickte. »Er schläft. Sie sagen, er wird bis morgen durchschlafen – das heißt also bis heute früh. Er schläft seit gestern vormittag.«
»Wann kommt er da raus? Wann kann ich ihn sehen?«
Levy schüttelte den Kopf. »Ich weiß es nicht.« Er stand auf, bot ihr seinen Stuhl an und lehnte sich neben sie an die Wand. »Sie meinen, er wird sich wieder erholen.« Es klang, als wollte er mit diesen Worten sich selbst ebenso überzeugen wie Ahuva.
Lange Zeit sprachen beide kein Wort. Dann war es Ahuva, die das Schweigen brach.
»Was ist passiert?« fragte sie.
»Ein Verdächtiger, der sich gegen seine Verhaftung wehrte.«
»Welcher Fall?«
Die Frage erschreckte Levy. Er sah Ahuva an.
»Der Fall mit den Nonnen?« fragte Ahuva auf gut Glück. »Ich war ein paar Wochen verreist, doch ich weiß, daß es ein sehr wichtiger Fall für ihn war. Und ein gefährlicher Fall, wie er mir sagte.«
Levy nickte.
»Ist der Fall geklärt? Ist es vorbei?«
Levy schüttelte den Kopf. »Ich weiß es nicht. Der *Mafkal* meint ja. Aber Sie kennen ja den Chefinspektor. Er wird alles wissen wollen. Und erst wenn er alles weiß, ist dieser Fall endgültig geklärt.«
Ahuva seufzte schwer. Levy ließ sich die Wand hinabgleiten, bis er auf dem Boden saß. Wieder herrschte Schweigen im Flur, doch diesmal war Levy es, der es brach.
»Er hat mir gesagt, daß Sie ihn am Flughafen erwarteten, und wollte Sie nicht beunruhigen. Er meinte, wenn er nicht käme, würden Sie glauben, er arbeite, und sich keine weiteren Gedanken machen.«
Ahuva nickte. »Das sieht ihm ähnlich.«
»Aber da er mich nun einmal informiert hatte, mußte ich Sie anrufen.« Levy suchte ebenso für sich selbst wie für Ahuva eine Er-

klärung dafür, daß Cohen ihm sein geheimes Verhältnis offenbart hatte.
»Sie wußten schon über uns Bescheid«, sagte Ahuva.
»Ja, aber ich kam durch reinen Zufall drauf. Er hat nie auch nur ein einziges Wort darüber verloren. Als ob ich nichts davon wissen dürfe, weil ich noch nicht alt genug dafür bin oder weil ...«
»Er liebt Sie«, unterbrach ihn Ahuva brüsk. »Er sieht in Ihnen einen Sohn.«
»Er sagt es nie. Er sagt nie so etwas.«
»Er hat es Ihnen gestern gezeigt. Als er spürte, daß er mich nicht, wie vereinbart, vom Flughafen würde abholen können, hat er es gesagt; er zeigte Ihnen sein Vertrauen.«
»Er war verletzt. Vielleicht hat er nicht gemerkt, daß ...«
»Sie wissen, daß das nicht stimmt«, erwiderte Ahuva leise.
Schweigend saßen sie da, bis die ersten Strahlen der Morgensonne durch die Fenster am Ostende des langen Korridors fielen.

37

COHEN VERSCHLIEF den ganzen Vormittag. Gegen Mittag traf Levy eine Entscheidung. Er führte mehrere Telefongespräche und verhandelte mit dem für Chandler zuständigen Arzt. Zwei Stunden später wurde Chandler im Rollstuhl von einem stämmigen Polizisten ins Gerichtsgebäude gegenüber dem Polizeipräsidium im russischen Viertel geschoben. Die Augen von Schlafmangel gerötet, angetan, wie bei Gerichtsauftritten verlangt, mit schwarzem Jackett und schwarzem Schlips, die er im Kofferraum des Streifenwagens aufbewahrte, stand Levy auf und faßte die Vorwürfe gegen Clarence Chandler alias Clay alias »der Indianer« zusammen.

Der Richter hatte Chandler für den Haftprüfungstermin einen Pflichtverteidiger bestellt, der jedoch nach einem persönlichen Gespräch mit Chandler einsah, daß er für den Verdächtigen nicht viel tun konnte.

»Mein Mandant«, sagte der Anwalt, »hat keinen Einwand gegen die Haftfortdauer.« Er fügte hinzu, daß Clay Chandler eine Stellungnahme abgeben wolle – »aber nur gegenüber Chefinspektor Cohen, der aber, wie ich höre, noch nicht soweit genesen ist.«

Der Richter sah auf Chandler herab. »Gibt es denn keinen anderen Beamten, mit dem Sie sprechen können?« fragte er auf englisch mit polnischem Akzent, doch Chandler saß nur reglos neben der Anklagebank und lächelte vor sich hin.

»Euer Ehren«, sagte der Verteidiger. »Mein Mandant hat mir mitgeteilt, daß er zu einer umfassenden Aussage bereit ist und keinen der gegen ihn erhobenen Vorwürfe abstreitet. Aber vor Gericht wird er sich erst äußern, wenn man ihm zuvor die Chance gibt, mit dem verletzten Chefinspektor zu reden. Nach diesem Gespräch wird er eine Stellungnahme abgeben, die seine Handlungen erklärt. Die momentan beste Lösung für alle Beteiligten, meinen Mandanten eingeschlossen, wäre meines Erachtens seine Einweisung zur Beobachtung in die Psychiatrie von Kfar Shaul.«

»Hat die Polizei Einwände?« fragte der Richter Levy.

»Nein, Euer Ehren«, sagte Levy. Vor ihm auf dem Tisch türmte sich ein Stapel Dokumentenmappen, die im Laufe der Ermittlungen immer dicker geworden waren. Obenauf lag ein Plastikbeutel mit den beiden Messern, die man in Chandlers Rucksack unter den Haschischbeuteln gefunden hatte. Der Richter verkündete eine kurze Verhandlungspause, um seine Entscheidung niederzuschreiben. Die Anwesenden erhoben sich, als er den Gerichtssaal durch eine Tür auf der linken Seite, gleich hinter der Richterbank, verließ.

Während der Pause beobachtete Levy Chandler. Leicht vornübergebeugt und gespannt wie eine Feder, saß er da. Seine Augen öffneten und schlossen sich in gleichmäßigem, wohlbedachtem Rhythmus von jeweils einigen Sekunden. Mit dem Fuß des unverletzten Beins schlug er dazu den Takt und lauschte seinen eigenen Stimmen.

Der Richter kam zurück und verlas seine Entscheidung. Chandlers Anwalt beugte sich zu seinem Mandanten und übersetzte. Da wurde der Indianer auf einmal lebendig. »Ich hab' den Messias gerettet! Ich hab' den Messias gerettet!« kreischte er wieder und wieder, bis der ihn eskortierende Polizist den Rollstuhl aus dem Gerichtssaal und durch lange Korridore zu den Türen schob, die zum Parkplatz hinausführten. Dort wartete bereits ein Polizeifahrzeug auf Chandler, um ihn nach Kfar Shaul zu bringen.

Levy sah dem davonfahrenden Kleinbus nach, ehe er sich zu seinem eigenen Wagen begab und zum Hadassah-Klinikum zurückkehrte.

Er hörte Cohen, noch bevor er ihn sah.

»Ich gehe, sobald ich mich danach fühle, und momentan fühle ich mich danach!« brüllte Cohen, und seine Stimme hallte durch den Korridor.

Levy grinste, als er das Krankenzimmer betrat. Der Chefinspektor stand neben dem Bett. Der riesige Verband, den man ihm auf den Bauch geklebt hatte, zwang ihn zu einer leicht gebückten Haltung. Cohen war gerade dabei, ein Hemd über dem Verband zuzuknöpfen, und drohte zwei aufgeregten Krankenschwestern, falls sie ihm nicht

beim Anziehen der Hose hülfen, würde er das Krankenhaus eben in Unterhosen verlassen.
»Da sind Sie ja endlich«, brummte er Levy an. »Kommen Sie her, und helfen Sie mir, in die Hose zu kommen!« befahl er und deutete auf das Kleidungsstück, das vor der blaßgrün getünchten Wand an einem Haken hing. Die Handbewegung ließ ihn vorübergehend das Gleichgewicht verlieren. Unwillkürlich verdrehte er den Rumpf und verzog vor Schmerzen das Gesicht.
Seinem autoritären Ton tat dies keinen Abbruch. »Wo ist der Indianer?« fragte er. »Wo ist Ovadia?« Levy war entgeistert stehengeblieben und rührte sich nicht. »Was stehen Sie da herum und halten Maulaffen feil?« polterte Cohen. »Ich habe Sie um Hilfe gebeten! Her mit der Hose!« Seine Stimme klang heiser, und immer wieder huschte ein schmerzvolles Zucken über seine Miene. Nichtsdestoweniger sprühte er vor Energie. Er schien selbst nicht zu wissen, ob ihn das Jagdfieber gepackt hatte oder ob es an den Schmerztabletten lag, die man ihm nach dem Aufwachen verabreicht hatte.
Levy nahm die Hose vom Haken und reichte sie Cohen, der sich inzwischen auf der einzigen im Zimmer befindlichen Sitzgelegenheit, einem hochlehnigen Stuhl, niedergelassen hatte. »Ziehen Sie sie mir über die Füße! Den Rest erledige ich selbst.« Levy tat, wie ihm befohlen.
»Ich lasse einen Rollstuhl kommen«, schlug der Inspektor vor, während Cohen an der Hose zerrte und fluchend mit seiner restlichen Garderobe kämpfte.
»Ich kann gehen«, knurrte Cohen und wiederholte die Frage nach Chandler.
»Zur Beobachtung in Kfar Shaul. Er sagt, er redet nur mit Ihnen.«
»Sehr schön. Bin gespannt, was er mir zu sagen hat. Und Ovadia?«
»In seiner Jeschiwe«, erwiderte Levy, »in der Altstadt. Hören Sie, Chef, wir haben in Chandlers Zimmer die Messer gefunden. Und das Rauschgift, dieselbe Sorte wie bei Ovadia.«
»Weiß ich schon«, brummte Cohen. »Als ich aufwachte, war Shmulik hier. Ich hatte eigentlich mit Ihnen gerechnet. Hätte jedenfalls zu Ihnen gepaßt – rumsitzen und warten, bis ich aufwache. Statt dessen hockt Shmulik hier.« Er grinste Levy an. »Shmule erzählte mir, Sie wären beim Haftprüfungstermin.«

»Ich war bis heute früh hier«, sagte Levy und streifte Cohen die Socken über die Füße.
»Ja, ich weiß. Ahuva hat's mir erzählt.« Cohen sah Levy prüfend an. Aber der Inspektor nickte nur, als wäre die Nennung dieses Namens eine Selbstverständlichkeit zwischen ihnen. »Ich habe sie angerufen, nachdem ich aufgewacht bin.«
»Sie brauchen mir nichts zu erklären«, sagte Levy.
Für einen Augenblick gab Cohen den Kampf mit seinen Kleidern auf, und Levy nutzte die eintretende Stille zu einem Themenwechsel. Er war stolz auf das Vertrauen, das Cohen ihm entgegenbrachte, aber auch peinlich berührt durch die plötzliche Intimität. »Geht es Ihnen wirklich schon wieder gut?« fragte er und schob ruckartig den ersten Schuh über Cohens Fuß. »Wir können ohne weiteres noch ein, zwei Tage warten. Die Ärzte meinten, Sie würden vierundzwanzig Stunden schlafen und bräuchten danach ein paar Tage Erholung.«
Cohen ging über seine Bedenken hinweg. »Welche Beziehung besteht zwischen Chandler und Ovadia?« fragte er und grinste.
»Das Rauschgift natürlich«, antwortete Levy.
Cohen schüttelte den Kopf. »Damit mag es angefangen haben. Aber es steckt noch mehr dahinter. Ich spüre es – hier ...« Er berührte vorsichtig seinen Bauch. Sein Lächeln war ein schmerzhaftes Zucken der Gesichtsmuskeln. »Was wissen Sie über seine Jeschiwe?«
»Das Gebäude hat sein amerikanischer Gönner für ihn gekauft«, erklärte Levy. »Es wurde ursprünglich von Juden errichtet, vor über hundert Jahren. Die Familie lebte dort bis 1939. Während der Unruhen zog sie aus und ist später nie wieder dorthin zurückgekehrt. Und nun läßt Ovadia das Ministerium für religiöse Angelegenheiten verkünden, er leiste einen Beitrag zur Wiederherstellung der jüdischen Präsenz in der Altstadt.«
»Verfluchte Politiker«, murmelte Cohen. »Wollen die Intifada beenden und gießen Öl ins Feuer.« Er lehnte sich auf seinem Stuhl zurück, als müsse er tief durchatmen. »Ich muß hier raus«, sagte er. »Ich muß ihm das Handwerk legen.«
»Was sollen wir tun?« fragte Levy. »Sagen Sie's mir. Ich sorg' dafür, daß es erledigt wird.«
»Wie viele seiner Gefolgsleute sind noch in Haft?« fragte Cohen und

schloß die Augen, um mit der Konzentration auf die Fragen die Schmerzen zu bekämpfen.
»Drei. Aber es besteht enormer Druck, sie auf freien Fuß zu setzen. Wenn sie von einer anerkannten Institution aufgenommen werden, können sie unter Auflagen raus. Ovadias Jeschiwe hat die Anerkennung.«
»Und die anderen?« fragte Cohen und öffnete die Augen.
»Sind schon bei ihm«, gestand Levy, »zusammen mit einigen Leuten Ben-Yehoshuas.«
Cohen biß die Zähne zusammen und holte tief Luft.
»Gut«, sagte er dann und stemmte sich mit den Händen vom Stuhl hoch. »Gehen wir!«
Er ging langsam, auf seine Kraft vertrauend, den Schmerz beherrschen zu können, denn sein Entschluß stand unabänderlich fest.
Als sie den Haupteingang erreichten, wo Levy unter Ausnutzung der polizeilichen Autorität den Wagen auf dem Gehweg geparkt hatte, schien Cohen tatsächlich den Schmerz unter Kontrolle zu haben.
»Was sagt man im vierten Stock?« fragte er Levy, nachdem er eine einigermaßen erträgliche Sitzposition gefunden hatte. Seine Stimme klang rauh, verriet aber keine Schwäche.
»Alles paletti«, sagte Levy lakonisch, als wäre vom vierten Stock von vornherein nichts anderes zu erwarten gewesen. »Der *Mafkal* war gestern abend noch hier. Als ich ihm erzählte, daß der libanesische Stoff in Chandlers Besitz der gleiche war wie der in der Höhle, war er alles andere als glücklich.« Levy berichtete Cohen von dem Vorschlag des Generalinspektors, die Rauschgiftconnection zwischen Ovadia und Chandler auf sich beruhen zu lassen. »Bis klarere Beweise vorliegen, jedenfalls«, sagte Levy. »Außer uns ist kein Mensch mehr an Ovadia interessiert.«
Cohen ballte die Hand zur Faust, als wolle er seine Körperkraft testen. Die Verbindung zwischen den beiden gefällt ihnen nicht, dachte er, und deshalb wollen sie sie nicht wahrhaben. Der Indianer. Das Syndrom. Der Tempelberg. Cohen wußte selbst nicht, was er von den Gedanken halten sollte, die ihm durch den Kopf schossen. Er spürte, daß der Schmerz und die Schmerzkiller, die man ihm mitgegeben

hatte, zusammenwirkten und ihn in eine bestimmte Richtung antrieben – er wußte nur nicht, in welche. Ich muß dafür sorgen, daß das aufhört, dachte er, nur um sich noch im selben Atemzug zu fragen: Was kann ein einzelner tun, um einer Seuche Einhalt zu gebieten?

Er begann in Kfar Shaul, der staatlichen Heilanstalt für psychisch Kranke.

38

DIE GEBÄUDE, die einst der britischen Armee als Kaserne gedient hatten, waren mit kindlichen Tier- und Blumendarstellungen bemalt. Die Farben waren verblaßt, der Anstrich blätterte ab. Verblaßt und zerkratzt wie die Außenfassade waren auch die hellgrünen Innenwände des Verwaltungsgebäudes.

Die alternde Sekretärin schirmte ihren Chef ab, bis Levy ihr seine Dienstmarke präsentierte. Dann drückte sie auf den Knopf der Gegensprechanlage und meldete im Büro, zwei Herren von der Polizei wünschten den Distriktpsychiater zu sprechen.

»Wollen sie jemanden einliefern?« wollte der Psychiater wissen. »Wenn ja, dann drücken Sie ihnen die Formulare in die Hand, und lassen Sie sie warten. Ich komme gleich.«

Die Sekretärin sah Cohen und Levy fragend an. Cohen schüttelte den Kopf. »Melden Sie Chefinspektor Avram Cohen«, sagte Levy.

Sie tat es. Augenblicklich öffnete der Arzt die Tür zu seinem Büro. »Ich hab' ihm nicht alles erzählt«, sagte er. Es klang entschuldigend. »Ich habe ihm lediglich gesagt, es gebe verschiedene Fälle, darunter auch ein paar extreme ... Doch ich habe ihm dann auch eingeschärft, mit dem Begriff ›Syndrom‹ sehr vorsichtig umzugehen ...«

»Wovon reden Sie eigentlich?« fragte Cohen. Er stützte sich mit der Rechten auf die hölzerne Lehne des Stuhls, der dem Schreibtisch der Sekretärin gegenüberstand. Die Linke streckte er dem Doktor entgegen, der ihm seinerseits die rechte Hand bot und im ersten Moment etwas konsterniert war. Von irgendwoher drang hysterisches Gelächter durch das offenstehende Vorzimmerfenster.

»Nun, von diesem Reporter. Ich wußte erst gar nicht, daß es ein Reporter war. Ich traf ihn auf einer Party, hatte schon ein bißchen was getrunken. Da hat er mich ausgefragt ...«

»Lassman«, sagte Cohen und unterdrückte ein Lachen, um zu verhindern, daß seine Bauchwunde wieder zu schmerzen begann. »Deshalb sind wir nicht hier. Ich möchte Chandler sehen.«
»Ja, bei dem liegt natürlich das Syndrom vor«, sagte der Arzt, sichtlich erleichtert darüber, daß Cohen ihm keine Vorwürfe machte.
»Und sonst?« fragte der Chefinspektor.
»Wir hatten ungefähr fünfzig Fälle im vergangenen Monat«, erläuterte der Psychiater. »Erheblich mehr als je zuvor. Es scheint sich auszubreiten. ›Syndrom‹ ist natürlich ein medizinischer Begriff, und ich habe die Ergebnisse meiner Forschungen bisher noch nicht veröffentlicht. Ich bin nicht besonders glücklich über den leichtfertigen Umgang mit diesem Wort, namentlich in den Presseberichten der letzten Tage. Tatsache ist, daß ich noch nicht genau weiß, was ich veröffentlichen soll. Ja, wenn es nur um ein paar Touristen ginge wie diesen Chandler … Aber es trifft inzwischen ja alle. Juden, Christen, Muslime – Menschen, die schon immer hier gelebt haben. Plötzlich halten sie sich für Propheten, halten Ausschau nach Propheten, sind bereit, alles für bare Münze zu nehmen, was ihnen den Eindruck vermittelt, die Stadt gehöre ihnen, ausschließlich ihnen …«
Cohen glaubte Daniels Stimme zu hören. »Propheten. Echte Propheten. Falsche Propheten …« Woher wissen die nur immer so genau, welcher der richtige ist? fragte er sich.
»Um auf Chandler zurückzukommen«, sagte der Psychiater. »Er sagt noch immer, daß er nur mit Ihnen reden will. Aber ein paar Dinge haben wir uns schon zusammengereimt. Der Messias ist demnach geboren und lebt hier in der Stadt. Es ist ein Baby. Seine Mutter ist ein dunkler Typ, vielleicht Marokkanerin, das ist allerdings schwer zu sagen. Das Kind ist dagegen anscheinend rothaarig. Er zitiert die Prophezeiung über einen Nachkommen von König David. Und daher …«
Cohen unterbrach ihn. »Sagt er was über die Nonnen?«
»Über die spricht er nur mit Ihnen, sagt er. Er nennt Sie Pilatus, aber über die Nonnen will er nur mit Ihnen reden.«
»Ich möchte ihn sehen.«
Der Arzt breitete die Arme aus. »Aber selbstverständlich.«

Er führte sie aus dem Verwaltungsgebäude hinaus. Sie gingen über einen ungepflegten Rasen. Der Arzt entschuldigte sich: »Man hat uns den Etat für den Garten gestrichen. Seither kümmern sich einige unserer Patienten darum.«
»Wie haben Sie ihn untergebracht?« fragte Cohen. Auf der ein paar hundert Meter unterhalb der windgepeitschten Anhöhe vorbeiführenden Fernstraße nach Tel Aviv heulte unvermittelt der Motor eines schweren Sattelschleppers auf.
»In einer Einzelzelle. Eingeschlossen.«
»Bringen Sie uns bitte zu ihm«, sagte Cohen.
Sie gingen über einen schmalen asphaltierten Weg, der schnurgerade über ein flaches Rasenstück führte. Kleine weiße Wildblumen sprenkelten die grüne Grasfläche. Sie kamen an zwei Gebäuden vorbei; im ersten herrschten die Laute der Verwirrung, im zweiten die Laute des Kummers. Der Wind pfiff über das Gelände und ließ die Fensterläden in ihren Angeln quietschen. Auf einem Schuppen schepperte metallisch das lockere Ende des Blechdachs.
Im Innern des Gebäudes, in das der Psychiater die beiden Polizisten führte, betraten sie ein kleines Vorzimmer, in dem ein Schreibtisch stand. Eine verriegelte Tür führte auf einen langen Flur. Der Psychiater winkte einem Pfleger und wies ihn an, die Tür zu öffnen.
»Er steht unter Beruhigungsmitteln«, erklärte der Arzt. Der Schlüssel klirrte im Schloß. »Wundern Sie sich nicht. Der Raum ist fensterlos. Das Glas, versteht sich. Er könnte sich etwas antun.«
Cohen nickte. Die Tür ging auf.
Chandler lag in der Ecke auf einem Bett. »Ich warte schon auf Sie«, sagte er, als Cohen den Raum betrat.
»Ohne die anderen«, sagte Chandler und starrte Cohen an.
Cohen drehte sich nach dem Arzt und Levy um. Der Psychiater zuckte mit den Schultern; Levy schüttelte den Kopf.
»Ohne den Doktor, wenn Sie darauf bestehen. Der andere bleibt hier.«
»Ich kenne ihn«, räumte Chandler ein.
»Er bleibt.«
Chandler sah Cohen unverwandt an. Eine Zeitlang herrschte Schweigen. Dann begann Chandler zu lachen.

»Was ist denn so komisch, Clay?« fragte Cohen. In der gegenüberliegenden Zimmerecke standen ein Tisch und ein Stuhl. Langsam ging der Chefinspektor hinüber. Es waren nur drei Schritte, aber er befand sich dort nicht mehr in Chandlers Reichweite. Cohen wollte kein Risiko eingehen.
»Es fing damit an, daß ich Zeuge war«, begann Chandler. »Aber das wissen Sie ja. Ich war Zeuge der Erbsünde.«
»Was für eine Sünde war das?« fragte Cohen und nahm sich eine Zigarette. Als er in Chandlers Augen die Gier des Rauchers erkannte, warf er ihm die Zigarette zu. Levy trat vor, entzündete ein Streichholz und gab Chandler Feuer. Einen Moment lang trafen sich ihre Blicke, doch er ging rasch vorüber, und als Cohen seine Frage wiederholte, zog Levy sich wieder zurück.
»Was für eine Sünde war das, Clay?«
Aber Chandler hat seine eigene Art, das Unbegreifliche zu erklären.
»Es genügte schon, daß ich dabei war«, sagte er. »Ich sah das Licht. Es war ein Augenblick der Erleuchtung, Mann. Ein reifer Moment.«
Cohen fragte sich, woher er diese Worte hatte.
»Ein bedeutungsschwangerer Augenblick, in dem mir meine Mission in diesem Leben voll zu Bewußtsein kam«, fuhr Chandler fort. »Schwanger wie Miriam mit dem Heiland. Aber ihm geht es jetzt gut, nicht wahr? Dem Baby, meine ich?«
»Ja, es geht ihm gut, Clay. Es geht ihm ausgezeichnet. Aber was mich interessieren würde: Waren Sie – wie sagt man? –, waren Sie high, als Sie die Sünde sahen?« Cohen bedauerte, daß er den amerikanischen Slang Chandlers nicht so beherrschte wie den israelischen.
»*Stoned* meinen Sie? Mann, ich war vollgedröhnt! Super Dope, echt guter Stoff. Roter Libanese! Ihr habt hier echt was los mit Dope und so.«
»Sie holten sich den Stoff aus der Höhle?« fragte Cohen. »Woher wußten Sie davon?«
»Das war doch die Höhle des Propheten. Phantastischer Stoff, wirklich phantastisch. Und als ich sie sah, mußte ich handeln. Schnell. Ich mußte den Messias retten, Mann, begreifen Sie das nicht?«
»Doch, doch«, sagte Cohen locker. »Aber sagen Sie, Clay, wie haben Sie denn den Propheten kennengelernt?«

»Den Blinden? Er hat mich gesehen. Erstaunlicher Bursche. Er konnte mich sehen. Ich folgte ihnen und kam zur Höhle. Und als ich sah, was sie da in der Höhle hatten, war ich im Himmelreich! So viel Dope! Und er war auch da. Er war blind, Mann, aber er konnte mich sehen!«
»Was wissen Sie über den Prediger? Was hat er Ihnen erzählt?«
Der Indianer schlang die Arme um seinen Oberkörper. »Er sagte, ich könne Gott dienen«, flüsterte er. »Ich wußte, was los war. Ich wußte, das ist ein Priester, das ist der richtige. Ich beobachtete sie vor der Höhle. Ich sah ihn predigen. Ich konnte es spüren ...«
»Hat er Ihnen aufgetragen, die Nonnen zu töten? Hat er gesagt, das wäre Ihre Mission?«
»Das hab' ich selber rausgefunden«, erwiderte Chandler stolz. »Aber ich wußte, daß es ihm gefallen würde. Er ließ mich an den Stoff ran ...«
»Er erlaubte Ihnen, sich Dope zu nehmen?«
»Ja, immer. Wann ich wollte.«
»Warum?«
»Weil er mich sehen konnte. Weil er in mich hineinsehen konnte. Und dabei ist er blind, Mann! Der Mann hat Power, wirklich. Ist blind und sagt mir, er sieht, daß ich ein Pilger bin, der die Wahrheit sucht.«
»Konnte er Sie auch im Kloster sehen, Clay? Hat er Sie begleitet?« Cohen tastete sich mit seinen Fragen durch das Chaos.
»Nein, nein, nein«, widersprach Chandler. »Er sagte nur, sie wären Agenten des Teufels und ich wisse schon selber, was zu tun wäre. Es war meine Aufgabe. Diese Frauen taten ja nur so, als wären sie Nonnen. Aber ich kannte ihr wahres Wesen ...«
Cohen beugte sich vor. »Und wie sah das aus, Clay?«
»KGB«, flüsterte Chandler in vertraulichem Ton. »Russen! Ja, das stimmt. Es stand auch in der Zeitung.« Er wechselte unvermittelt in einen beinahe legeren Ton. »Aber das haben Sie doch gewußt! Natürlich wußten Sie das. Sie müssen es einfach gewußt haben.« Und wieder änderte sich der Klang seiner Stimme. In leisem, verschwörerischem Ton sagte er: »Das sind doch alles Russen! KGB! Das Böseste vom Bösen ...« Er geriet ins Erzählen. »Ich wußte, wo die Frau mit dem Säugling, dem jungen Messias, lebt. Es war in diesem Dorf, im Armen-

viertel. Sie hatte keinen Ehemann. Er war gestorben. Aber ich fand heraus, daß er ein Zimmermann gewesen war. Ich wußte natürlich, daß er Zimmermann gewesen sein mußte, denn das Baby ist ja der Messias. Und diese beiden KGB-Nonnen wollten das Kind entführen. Ich konnte sie hören. Sie standen an der Bushaltestelle, sahen das Baby an und wollten es entführen. Ich mußte sie daran hindern. Ich war Gottes Diener, und Gott befahl mir, es zu tun: ›Beschütze meinen Sohn!‹ sagte er zu mir. ›Beschütze den Heiland!‹ Ich wußte natürlich sofort, was Gott damit meinte. Oh, es gibt ja soviel zu erzählen, und ich erzähle es Ihnen, weil Sie der Chef sind, Pilatus persönlich. Sie kennen sich aus. Sie wissen Bescheid. Ich hab' Sie gesehen. Schon beim erstenmal, und dann wieder und wieder, jedesmal wenn Sie kamen. Ich sah Sie auch mit ihm zusammen ...« Chandler deutete auf Levy, der an der Tür stand. »Und ich wußte gleich: Sie sind es. Ich sah, wie Sie mit diesem Jungen sprachen, der in der Höhle hinter der Quelle war. Ich war auch oft da drinnen. Ich hab' meinen persönlichen Kram da drin gehabt, auch meine Messer. Sind sie nicht schön, meine Messer?« Er sah Levy an, der die ganze Zeit kein Wort gesagt hatte. »Ich weiß, daß ihr sie habt.« Er wandte sich wieder Cohen zu. »Doch dann kamen Sie jeden Tag, und ich machte mir langsam Sorgen. Ich wußte nicht, wie ich mich verhalten sollte. Ich wußte nicht, ob ich Sie einweihen durfte, denn meine Mission war natürlich geheim ...« Er flüsterte nur noch, als er das letzte Wort aussprach; es klang wie das Fauchen einer streunenden Katze.

»Sagen Sie, Clay«, warf Cohen freundlich ein, »wie oft sind Sie denn in der Höhle des Propheten gewesen? Jeden Tag? Einmal die Woche? Oder nur, wenn der Prophet auch da war?«

»Weiß ich nicht mehr«, sagte Chandler.

»Bestimmt wissen Sie das noch, Clay. Sie gingen doch immer rauf, um sich Ihr *Nafas* zu holen, Ihr Dope, nicht wahr?«

»Super Dope haben die da oben, super Dope ...«

»Haben Sie es dem Propheten abgekauft?«

Chandler warf den Kopf nach links, nach rechts – hin und her, wie ein Kleinkind, das nicht essen will.

»Oder hat er es Ihnen geschenkt?«

Wieder schüttelte Chandler den Kopf. Nein.

»Woher wissen Sie dann, daß der Stoff so gut ist?« fragte Cohen. »Wie kamen Sie an ihn ran?«
»Ich habe ihn mir einfach genommen. Er war ja da. Ich hab' ihn gefunden, also habe ich ihn genommen. Er ist ein Priester, nicht wahr? Ich brauche keinen Priester. Ich brauche niemanden, der mit Gott spricht, denn Gott spricht ja mit mir.«
»Schön, Clay, sehr schön«, sagte Cohen, um ihn bei Laune zu halten. »Aber ich verstehe da noch manches nicht, und Sie wollen doch, daß ich alles verstehe, stimmt's?«
»Ja, ja, ich weiß, wer Sie sind. Sie müssen es verstehen, Sie sind doch der Boß hier, also müssen Sie es verstehen.«
»Gut«, sagte Cohen. Seine Bauchwunde tat ihm weh, und in seinem Schädel brannten Kopfschmerzen. »Was haben Sie denn mit dem *Dope* gemacht?«
»Ich hab's verbraucht.«
»Haben Sie's auch verkauft? Damit gehandelt?«
Chandler starrte Cohen verblüfft an. »Es waren ja solche Mengen, solche Massen! Ich konnte mich bedienen, ganz wie ich wollte. Tagsüber waren sie ja meist nicht da. Ich sah sie in der Nacht. Wenn sie fertig waren, wartete ich, bis sie fort waren, und dann ging ich in die Höhle und bediente mich ...«
Cohen beugte sich vor. »Was haben Sie denn sonst noch in der Höhle gesehen? Was haben Sie sonst noch mitgehen lassen?«
Unvermittelt mißtrauisch, drückte Chandler den Kopf in die Kissen und schwieg.
Cohen hakte nach. »Da war doch noch etwas anderes in der Höhle, oder?«
Chandler sagte kein Wort.
»Sie können's mir ruhig sagen, Clay. Sie erinnern sich doch, nicht wahr? Sie sahen Kisten. Und in den Kisten entdeckten Sie doch was? Was war es, Clay? Was haben Sie in den Kisten gefunden?«
Chandler schüttelte heftig den Kopf. »Ich hatte eine Mission, einen göttlichen Auftrag. Ich mußte den Heiland vor diesen beiden Russinnen retten. Ich hab' den Stoff genommen, ja. Aber das andere Zeug hab' ich nicht angerührt. Ich nicht.«
Cohen gab noch nicht auf. »Was für anderes Zeug? Was war das?«

Chandler drehte den Kopf und sah Cohen an. »Granaten«, flüsterte er, »Handgranaten. Zisch – bumm!« Er ahmte eine zündende Granate nach.

Cohen lehnte sich erleichtert zurück. Seine Bauchwunde schmerzte höllisch, und seine Gedanken überschlugen sich. Alex und der Indianer. Jetzt habe ich zwei Zeugen und bin der einzige, der ihnen glauben kann, dachte er.

»Schön, Clay, sehr schön«, sagte er freundlich und setzte zu einer neuen Fragerunde an. »Was bringt Sie eigentlich nach Jerusalem, Clay?«

»Gott.«

»Hat er Ihnen aufgetragen hierherzukommen?«

»Er hat mich hierhergebracht. Auf den Schwingen eines Silberadlers ...« Chandler lächelte. »Das war die Prophezeiung. Auf den Schwingen eines Silberadlers. Das war die Prophezeiung meiner Mission. Ich wußte anfangs natürlich nicht, was für eine Mission es war. Das erfuhr ich erst hier. Es stand in der Zeitung. Die roten Nonnen. Da war mir alles klar, vor allem nachdem ich mit dem Propheten darüber gesprochen hatte. Vor allem nachdem ich ihm von meiner Beobachtung erzählt hatte. Das Messiaskind! Ein Rotschopf, genau wie es in der Bibel steht; und wie die Bibel sagt, ist er ein Sohn Davids. Das stimmt. Sein Vater hieß David. Ich weiß es. Ich habe mich erkundigt. Ich hab' mich genau an die Botschaft gehalten. Ich wußte sofort Bescheid, als ich den Heiland und diese Russinnen an der Bushaltestelle sah. Sie begutachteten ihn. Sie tuschelten über ihn. Und dann merkte ich, daß sie auch über mich tuschelten. Sie sahen den kleinen Messias an der Bushaltestelle, und wenn ich nicht dagewesen wäre, hätten sie ihn mitgenommen. Den Heiland! Ich mußte den Heiland retten. Es war mein Auftrag.«

»Wer hat es Ihnen denn aufgetragen?« fragte Cohen noch einmal. Er war überzeugt, der gesuchten Antwort ganz nahe zu sein, spürte jetzt aber auch, daß Chandler sie ihm nicht direkt geben würde.

»Gott natürlich. Der kosmische Zufall.«

»Welcher Zufall?« fragte Cohen.

»Es geschah am gleichen Tag. Ich sah den Heiland, den kleinen Baby-

Heiland, und noch am selben Tag ... Ich hatte nichts zu tun und ging daher dem Propheten nach, hinauf zu dem Feuer auf dem Berg. Es war Gottes Wille.«

»So hat der Prediger doch mit Ihnen gesprochen«, sagte Cohen unnachgiebig. »Er *hat* mit Ihnen gesprochen.«

»Er sagte zu mir, ich solle tun, was recht und billig ist. Ich solle tun, was getan werden muß. Ich erzählte ihm, was ich gesehen hatte, und da sagte er, es liege jetzt an mir, das Richtige zu tun. Die Heilige Stadt müsse von der Schande befreit werden, sagte er.«

»Hat er Ihnen befohlen, die Nonnen umzubringen?«

»Er sagte, ich kann alles tun, was recht und billig ist.«

»Hat er Ihnen befohlen, den Bettler umzubringen?«

Chandler sah Cohen verwirrt an. Dann schüttelte er den Kopf, versetzte ihn in immer schnellere Bewegung, hin und her, her und hin. Sein strähniges Haar peitschte die Luft. »Kein Bettler, kein Bettler, kein Bettler«, sagte er. »Nicht die Unschuldigen. Nur die Bösen.«

»Ja, Clay«, sagte Cohen. Er hörte sich das alles an, und seine Gedanken versuchten, in den gleichen Bahnen zu denken, die Chandlers Gedanken eingeschlagen hatten, sahen aber dort, wo Chandler Licht gesehen hatte, nur Dunkelheit.

Chandler blickte auf. Tränen standen in seinen Augen. »Es war mein Auftrag, meine Mission!« brüllte er. »Jeder muß seinen Beitrag leisten. Jeder hat am Tag des Herrn eine Mission. Am Tag des großen Opfers. Und zur Vorbereitung dieses Tages war es meine Mission. Meine! Es war mein Auftrag! Meiner! Meiner!«

Chandlers Stimme war trocken und brach. Cohen hob die Hand und deutete mit dem Daumen in seinen Mund. Das war das Zeichen für Levy, Wasser zu holen. Der Inspektor hatte während der gesamten Vernehmung schweigend an der Tür des fensterlosen Raumes gestanden und sich, seitdem er Chandler Feuer gegeben hatte, nicht mehr gerührt. Jetzt öffnete er die Tür und flüsterte dem wartenden Arzt etwas zu.

»Nur noch ein paar Fragen, Clay, nur ein paar noch«, sagte Cohen, der sich unwillkürlich fragte, ob Chandler nicht vielleicht ein anderes Verbrechen bekannte, ein Verbrechen, das vielleicht nur in seinem Kopf stattgefunden und gar nichts zu tun hatte mit den beiden toten

Nonnen auf dem Fußboden ihrer Klosterzelle hoch oben über dem Tal, in dem nach christlicher Überlieferung Johannes der Täufer auf die Welt gekommen war. Lassman hatte über zahlreiche Einzelheiten der Ermittlungen berichtet – die beiden Messer, die Spur, die aus dem Klostergelände herausführte, die Auffindung der Toten. Chandler hätte alles nachlesen können und mit den entsprechenden Informationen jeden überzeugen können, der von ihm hören wollte, daß er der Mörder war.

»Haben Sie in der Nacht Musik gehört?« fragte Cohen. Das *Requiem* hallte in seinen Gedanken wider.

»O Mann, ja, echt schöne Musik. Wie in einer richtigen Kirche. Kein KGB-Schwindel. Richtige Kirchenmusik.«

»War die Musik in Ihrem Kopf, oder wurde die da draußen in der Nacht richtig gespielt?«

»Die war echt! Die war wirklich, Mann! Wirklich real.« Chandler lachte auf. »Wirklich real!« Der Ausdruck gefiel ihm. Er ließ ihn wieder und wieder über die Zunge rollen, schmeckte ihn förmlich nach wie Cohen eine üppige *Mousse au chocolat.*

Die Tür wurde geöffnet. Levy nahm den Krug entgegen, und Chandler unterbrach sein monoton wiederholtes »Wirklich real!«

Levy stellte den Krug auf das Holztischchen neben dem Bett. Chandler nahm ihn auf und trank direkt daraus. Aus seinen Mundwinkeln tropfte Wasser.

»Ich bin ihnen gefolgt«, sagte Chandler, nachdem er den Krug wieder abgestellt hatte. »Sie waren raffiniert, sie kannten sich aus in ihrem Geschäft. Ich wußte, daß ich sehr vorsichtig sein mußte, wenn ich das tun wollte, was ich tun mußte.«

»Und was war das?« fragte Cohen, als hätte er die Antwort nicht schon längst gekannt.

»Sie töten, natürlich. Um das Baby zu retten.«

»Wir können gehen«, sagte Cohen zu Levy. Mühsam und steif erhob er sich und ging mit langsamen Schritten zur Tür.

»Ach ja, Clay«, sagte er, als seine Hand schon auf der Klinke lag. »Könnten Sie es uns vielleicht noch zeigen, wie Sie es getan haben? Ganz genau? Natürlich erst, wenn Sie wiederhergestellt sind. Wir brauchen Bilder, deshalb werden wir Sie dann mit einer Videokamera aufnehmen. Wir machen das immer, wenn wir ein Geständnis haben.«

»Verstehe«, sagte Chandler. »Warum nicht? Wir machen es wirklich real. Wirklich real ...«

Noch im Garten, längst jenseits der geschlossenen Zellentür und außerhalb des Gebäudes selbst, konnten sie sein Gelächter hören.

39

DIE HÄLFTE VON DEM, was er erzählt hat, hab' ich nicht begriffen«, sagte Levy auf dem Weg zum Wagen. Er ging an Cohens Seite und hatte sich dem langsamen Schritt des Chefinspektors angepaßt.

»Er kam als Pilger nach Jerusalem«, erklärte Cohen, »und rechnete damit, hier den Messias zu finden. Er erfuhr, daß es sich bei den Nonnen um Russinnen handelte, und machte aus ihnen Teufelinnen oder KGB-Spioninnen, wie Sie wollen. Ovadia begegnete er rein zufällig, fiel aber sofort auf dessen Hokuspokus rein. Mit dem Stoff fing es an. Ovadia ermunterte ihn, gegen die Nonnen vorzugehen. Die Granaten hat er nicht angerührt. Und mir wollte er die ganze Geschichte erzählen, weil er, so wie er es sah, im Auftrag gehandelt hatte. Er hatte eine Botschaft zu überbringen, und mich hielt er für deren Empfänger.«

»Aber warum nur? Warum ausgerechnet die Nonnen? Warum wollte Ovadia die Nonnen umbringen lassen? Und wer hat den Bettler getötet?«

Cohen bedachte Levy mit einem Lächeln. »›Armageddon und Erlösung, Apokalypse und Läuterung‹ – das predigt er, und das will er.«

»Chaos«, sagte Levy, Cohens Gedankengang nachvollziehend. »Er wollte Chaos. Von den Nonnen bekam er das bestimmt nicht. Und wer hat den Bettler umgebracht?«

»Die Nonnen waren nur ein Nebenkriegsschauplatz für ihn. Ein bißchen *Action*, von ihm inszeniert. Seinen ›Schülern‹ konnte er die Tat als Teil seines Plans verkaufen.« Cohens Augen blitzten. »Und der Bettler? Wer den Bettler getötet hat, das wissen wir nicht, werden es möglicherweise auch nie erfahren. Der Fall bleibt vorerst offen. Mit dem anderen Fall hat er nichts mehr zu tun.«

Levy schwieg einen Augenblick und klopfte gedankenverloren mit dem Autoschlüssel auf das Wagendach. »Dann ist Ovadia also auch verrückt?« fragte er. Der böige Westwind trug das Motorengeräusch eines Lastwagens an ihre Ohren, dessen Fahrer an der Steigung der Fernstraße unter ihnen in einen niedrigeren Gang schaltete.

Cohen lehnte sich gegen den Wagen. »Ovadia? Verrückt? Kann sein, kann aber auch nicht sein. Er war immer so. Hat immer nach Lust und Laune andere Menschen ausgenutzt.«

»Ja, das stimmt«, pflichtete Levy ihm bei. »Chandler zum Beispiel. Selbst den Minister für religiöse Angelegenheiten hat er für sich eingespannt. Sonst hätte er diese Jeschiwe in der Altstadt nie gekriegt.«

»Er hat sich wirklich kaum verändert«, bestätigte Cohen noch einmal. »Der einzige Unterschied zu früher ist folgender: Er ist offenbar dahintergekommen, daß man ihm viel mehr durchgehen läßt, wenn er das, was er tut, als Religion bezeichnet. Er spielt den Heiligen, dreht den Wasserhahn auf und verkauft das, was rauskommt, als Weihwasser.«

»Trotzdem verstehe ich noch immer nicht, was er sich von seinem Chaos, seinem Armageddon, eigentlich erwartet.«

»Mehr Pilger, mehr Schüler, mehr Konvertiten, die sich zu ihm bekennen. Mehr Macht. Die Leute gieren nach einfachen Antworten, sie sehnen sich nach ›Anliegen‹, Aufträgen, Missionen, nach Messiassen und Propheten, die ihnen versichern, daß das Chaos nur eine vorübergehende Erscheinung ist und ein Licht ihren Weg erhellt.«

»Aber was will er denn bloß erreichen?« fragte Levy, frustriert von seiner Unfähigkeit, Ovadias Motive zu begreifen.

»Das läßt sich leicht beantworten«, sagte Cohen und öffnete die Beifahrertür. »Er möchte der Hohepriester sein, der mächtigste Mann von Jerusalem.«

»Dann ist er wirklich verrückt«, sagte Levy.

»Vielleicht«, erwiderte Cohen. »Aber es gibt eine Menge Menschen in dieser Stadt, die mit ihm der Meinung sind, die Zeit für die Errichtung des Tempels mit einem Hohenpriester an der Spitze sei gekommen. Er ist nur einer von mehreren Bewerbern und setzt alles daran, seine Chancen zu verbessern. Für die Leute, die auf ihn hören, ist er jetzt schon ein sehr mächtiger Mann.«

Levy ließ den Wagen an. »Sie müssen ganz schön erschöpft sein«, sagte er, als Cohen sich mühsam auf dem Beifahrersitz niedergelassen hatte.
»Mir fehlt nichts«, brummte Cohen mit zusammengebissenen Zähnen.
»Nach Hause?«
»Ins Büro!« befahl Cohen. »Wir müssen eine Strategie entwickeln.«

40

NATÜRLICH WAR ER ERSCHÖPFT. Die Operationswunde am Bauch schmerzte ununterbrochen. Die Ärzte hatten ihm zwar starke Schmerztabletten mitgegeben, aber Cohen fürchtete, sie könnten ihm die Sinne vernebeln und das Denken erschweren. Er hatte in seinem Leben schon schlimmere Schmerzen ertragen, viel schlimmere. Nur war er damals auch noch wesentlich jünger gewesen und konnte die Schmerzen zurückdrängen, sie verschmelzen mit der Rache, die er an seinen Peinigern nehmen wollte, indem er zunächst ihre Quälereien überlebte.

Wieder im Büro, beantwortete er Fragen, gab Befehle, bereitete den letzten, entscheidenden Schlag vor, sein höchster Einsatz bisher. Hundert Mann standen ihm zur Verfügung. Daß er befürchtete, die Zügel könnten ihm aus der Hand gleiten, mußte er allein mit sich selbst ausmachen.

Diesmal war die Lunte noch rechtzeitig ausgetreten worden, aber jedesmal, wenn eine Gestalt wie Chandler auftauchte, bedeutete das: Wieder hatte ein kleines bißchen Pulver zu lange in der Sonne gelegen, war getrocknet und wartete nur noch auf das Streichholz, das die ganze Stadt in Flammen aufgehen lassen konnte. Chandler wußte nicht einmal, daß er mit dem Feuer gespielt hatte. Er hielt sich für den Retter, den Heilsbringer. Cohen war sich nicht sicher, ob Ovadia über das, was er mit seinem Tun letztlich bewirkte, ebenso leichtfertig hinwegsah. Armageddon. Ein falscher Prophet tut sich leicht, Anhänger zu gewinnen, wenn er ihnen eine zukünftige Erlösung in Aussicht stellt, die er ihnen selbst nie bieten kann, dachte Cohen.

Er machte sich Sorgen über das, was geschehen mochte, wenn die Polizei in der Jeschiwe erschien. Gemeinsam verfügten Ovadia und Ben-Yehoshua über eine Anhängerschaft von mehr als einhundert

Männern und Frauen, die durchaus zu gewaltsamem Widerstand imstande waren. Auseinandersetzungen zwischen ihnen und der Polizei konnten Neugierige anziehen, Araber und Juden, die sich in einem Moment gewohnter Spannung der Illusion hingeben mochten, daß dieser Krawall, dieser Aufruhr, diese Straßenschlacht mit einem Schlag alle Probleme lösen und ein für allemal die Wahrheit ans Licht bringen könnte.

Er sah schon die Fernsehteams aufziehen, die mit ihren Spots die Szene in einen Kreis aus gleißendem Licht tauchten und das Feuer auf ihre Weise schürten. Der Kampf begann mit Knüppeln und Steinen in der Gasse vor der Jeschiwe, breitete sich rasch über die ganze Altstadt aus und erreichte die Straße der Metzger, wo die aushängenden Tierkadaver die Verletzten verhöhnten. Er sah, wie sich der Tumult fächerförmig über den Platz vor der Klagemauer ausdehnte, alle Kirchen einschloß und aus jeder Moschee neuen Zulauf erhielt.

Und mit Donnergrollen brandete die Unruhe, einem Lavastrom gleich, gegen den Tempelberg an und nahm von ihm Besitz.

Schließlich schwappte der kochende, brodelnde Strom der Leidenschaften und des Glaubenseifers aus der Altstadt hinaus, überschwemmte, ein heiliger Krieg um heilige Steine und Gemäuer, die Parkplätze und Busspuren, umschlang die dünnen Röhren der Neonreklamen, stieg hinauf in die oberen Etagen der allzu hohen Gebäude West-Jerusalems und spülte, eine tosende Flut, die Kitschläden im Osten der Stadt hinweg. Durch die Trockentäler der Berge ergossen sich Wut und Haß, Leidenschaft und Glaubenshitze ostwärts in die Wüste und westwärts in die Küstenebene bis hinab zum Meer. In der strahlenden Helligkeit einer gnadenlosen Sonne erfaßte der Lavastrom des Glaubens das ganze Land. Der Glaube bezwang die Vernunft, Religion Wissen und Erfahrung. Der Zündstoff für die Bomben, Stolz und Vorurteile, war angefacht durch die Geschichte, die alte wie die neue. Die Erinnerung, die kollektive oder individuelle, die ethnische oder rassische, war die Erschütterung, die die Kombattanten vorantrieb. Wie ein Erdbeben ergriff sie die Kinder und brachte sie zu Tode, sie drängte alle beiseite, die es wagten, die Hände zu erheben und zu rufen: »Wartet! Haltet ein! Nein!« Und andere Rufe wurden laut: »Es gehört mir!« – »Nein, mir!« – Ein jeder Schrei fordernd, verlangend, besitzergreifend ...

All das ging Cohen im Kopf herum, während er an seinem Schreibtisch saß und die Durchsuchung der Talmudschule Ovadias plante. Er wußte, es war der Alptraum der ganzen Stadt, der, bedingt durch seine beruflichen Pflichten, mit seinen privaten Alpträumen verwoben war. Und so führte er seine Männer in der Nacht vor Anbruch der Dämmerung in die tiefe, unversöhnliche Dunkelheit der Altstadt, darauf hoffend, daß sein Glaube an die Wahrheit stärker sei als der Ovadias und daß er, nicht Ovadia, den Ablauf der Ereignisse bestimmte.

41

SIE BEGREIFEN ES anscheinend immer noch nicht, Herr Chefinspektor Cohen, wie?« Ovadias wölfisches Grinsen richtete sich auf einen Punkt knapp links neben dem Polizisten.

Sie saßen allein in Cohens Büro. Die blasse Helligkeit des frühen Morgens schmerzte in Cohens übernächtigten Augen. Ovadia dagegen starrte ins Licht, das durch das große Fenster hinter Cohens Schreibtisch ins Zimmer fiel.

»Wir sind unter uns, David, wir beide ganz allein. Helfen Sie mir, damit ich es begreife.«

»Sie haben noch immer nicht verstanden, was geschehen ist, nicht wahr?« höhnte der Blinde.

»Warum klären Sie mich nicht auf, Herr Prophet?« erwiderte Cohen in nicht minder sarkastischem Ton. »Warum erzählen Sie's mir nicht? Was haben Sie schon zu verlieren?«

»Sie bilden sich ein, nun, da Sie mich verhaftet haben, wäre alles vorüber. Aber das stimmt nicht, ganz und gar nicht. Und Sie wissen es.« Er bewegte den Kopf von rechts nach links. »Ich erinnere mich an dieses Zimmer. Ich erinnere mich an das letzte Mal, als wir hier zusammensaßen. Wie lange ist das her? Zehn Jahre? Sie sagten damals zu mir, ich würde nun für lange Zeit von der Bildfläche verschwinden, und rechneten damit, mich nie mehr wiedersehen zu müssen. Und nun? Da bin ich. Sie sehen mich. Und wissen Sie, was? Ich sehe Sie auch. Ich sehe Sie hier ...« Ovadia tippte sich mit dem langen, gekrümmten Zeigefinger an die Stirn.

»Und was sehen Sie noch?« fragte Cohen. Eine merkwürdige innere Gelassenheit hatte von ihm Besitz ergriffen. Die Durchsuchungsaktion war absolut planmäßig verlaufen. Der Mann vom Entschärfungskommando hatte das in der Jeschiwe aufgefundene Kriegsmaterial rasch als die vermißten SIDRA-13-Granaten identifiziert. Cohens hoher Einsatz hatte sich ausgezahlt.

»Ich sehe einen Mann, dem der Boden unter den Füßen weggleitet«, sagte Ovadia. »Ich erinnere mich gut an Sie. Wie überzeugt Sie waren, voll auf der Höhe des Geschehens zu sein – damals vor zehn Jahren! Aber sind Sie das heute auch noch? Wissen Sie wirklich, was um Sie herum vorgeht? Sie bilden sich ein, die Stadt gehöre Ihnen, Ihnen und den anderen sogenannten Fortschrittlichen ...« Ovadias Worte waren voll von Sarkasmus und Bitterkeit. Alles, was er sagte, war Hohn in Cohens Ohren. »Meinen Sie wirklich, Sie und Ihresgleichen könnten diese Stadt besitzen? Professoren und Politiker, die Gottlosen und die Weltlichen? Nein, Herr Cohen, sie gehört uns, all jenen, die wir glauben ...« Er redete sich in Fahrt: »Sie glauben nicht, Herr Cohen, und Sie brechen die Gesetze Gottes und ...«

»Ich habe immer geglaubt, daß ich Sie erwische, David. Und jetzt habe ich Sie erwischt, nicht wahr?« Cohen hatte sich, die Hand auf der schmerzenden Bauchwunde, in seinem Stuhl zurückgelehnt.

»Nein«, widersprach Ovadia, »Sie haben nie daran geglaubt, daß Sie mich erwischen würden. Ich weiß, daß es so ist. Und heute ist es auch wieder nur Einbildung. Glauben Sie denn im Ernst, mir mache es etwas aus, ob ich im Gefängnis sitze oder nicht? Oder meinen Gefolgsleuten?«

»Und wie viele Gefolgsleute werden Sie noch haben, wenn wir die Granaten öffentlich zur Schau stellen?« fragte Cohen spöttisch zurück, um dann in scharfem Ton fortzufahren: »Wie viele Politiker werden Ihnen dann noch helfen können? Wie viele Menschen, David, werden sich dann noch von Ihnen zum Narren halten lassen?«

»Um zu glauben, bedarf es nicht vieler Menschen«, erwiderte Ovadia. »Einer muß einen Sack tragen, ein anderer eine Granate werfen, ein dritter ...«

»... muß zwei Nonnen ermorden?« unterbrach ihn Cohen.

»Auch das, auch das. Wenn es um Gott geht, gehört da nicht viel dazu.«

»Wie haben sie ihn dazu überredet?«

»Um die Wahrheit zu sagen: Ich habe gar nichts getan. Ich ließ ihn sich sein *Nafas* nehmen. Er hätte das alles auch ohne mich getan. Aber ich

hatte keine Einwände. Er paßte in meinen Plan. Er paßte in Gottes Pläne.«
»In Gottes Namen sind Sie zu vielem bereit, wie?«
»Gott verlangt auch viel«, sagte Ovadia. »Er hat seine Gesetze, und wir müssen uns daran halten. Wer sich nicht an sie hält, ist verloren.«
»Welcher von Ihren Musterschülern warf die Granate?« fragte Cohen. »Und wer hat den Rucksack auf dem Tempelberg deponiert?«
»Ach, Herr Chefinspektor! Wie naiv Sie doch sind! Sie begreifen noch immer nichts. Wer die Granate geworfen hat und wer den Rucksack auf den Tempelberg gebracht hat, spielt überhaupt keine Rolle. Alles, was zählt, ist, daß es diesmal schiefgegangen ist. Aber wir haben Zeit, glauben Sie mir! Wir werden siegen. Und wenn Sie sich schon weigern, an den Herrn und an Seine Gesetze zu glauben, dann glauben Sie mir wenigstens ...«
»Warum?« fragte Cohen ohne jede Freundlichkeit in der Stimme, den Zorn jedoch routinemäßig unterdrückt. »Was, David, hatte die Ermordung der Nonnen für einen Sinn? Was wollten Sie damit beweisen?«
»Beweisen?« Ovadia lachte und hob sein Gesicht zur Zimmerdecke und lachte mit weit geöffnetem Mund. »Ich habe damit selbst dem Ministerpräsidenten bewiesen, daß seine irdischen Machtbefugnisse bedeutungslos sind. Der Weg Gottes ist der einzige Weg. Und die einzigen, die wahre Macht besitzen, sind wir, die wir seine Gesetze kennen, wir, denen diese Stadt gehört.«
Cohen explodierte. »Sie sind verrückt! Sie sind vollkommen verrückt!«
Ovadia lächelte so heiter und gelassen, wie Cohen sich kurz zuvor noch gefühlt hatte. »Das wollen Sie doch gar nicht«, sagte er. »Wenn ich verrückt wäre, wäre ich ja nicht anders als Ihr Hippie.«
Der Chefinspektor stieß sich vom Tisch ab und rollte ein Stück zurück, wobei ein schauerliches Kreischen ertönte, da an seinem Schreibtischstuhl ein Rad abgebrochen war. Ohne ein Geräusch zu verursachen, stand Cohen auf. Der Schmerz in seinem Bauch war wie zum Zerreißen.
Ovadias Schädel bewegte sich vor und zurück. Er suchte Cohen. Alle Sehnen und Muskeln im Körper des Chefinspektors waren in Erwar-

tung des Kommenden angespannt, und doch verhielt er sich still, wartete, hoffte und glaubte.
Als die Stille schon über eine Minute dauerte, zeichnete sich wachsende Furcht in Ovadias Miene ab. Cohen wartete noch immer und zwang sich zur Geduld.
Es klopfte an der Tür. Ovadia fuhr auf und drehte sich dahin, woher das Geräusch gekommen war. Cohen blieb still. Die Tür öffnete sich einen Spalt weit, und Levys Gesicht kam zum Vorschein. Cohen legte den Zeigefinger auf die Lippen. Levy nickte, zog sich zurück und schloß die Tür.
»Was ist los?« fragte Ovadia. Cohen gab keine Antwort.
»Wer ist da?« Ovadias Stimme wurde lauter. »Wer ist da? Warum sagen Sie nichts?« fragte der Blinde. »Warum schweigen Sie?«
Cohen sagte kein Wort. Ovadia machte Anstalten, sich zu erheben.
»Hinsetzen!« kommandierte Cohen.
Ovadia sank auf seinen Stuhl zurück. Seine Lippen bewegten sich im Gebet. »Gesegnet seist du, König des Universums, der du mich zum Botschafter deines Wortes gemacht hast …«
»Das ist *Ihr* Gebet«, fuhr Cohen ihn an, »nicht das Gebet eines Juden.« Und wieder schwieg er.
Langsam und überlegt wiederholte Ovadia sein Gebet.
Cohen ging langsam um seinen Schreibtisch herum. Ovadia wandte sich nach links und versuchte, dem Geräusch zu folgen. Plötzlich zuckte er in Erwartung eines Schlages zusammen und begann, ein anderes Gebet zu murmeln. Cohen stand jetzt unmittelbar vor dem Blinden und sah auf ihn herab. Er ließ sich Zeit.
Ovadia starrte mit leeren Augen zurück. Immer schneller sprach er, bis seine Worte nur mehr ein unverständliches Brabbeln waren. Doch dann hielt er plötzlich inne und begann, nun wieder deutlicher, mit einem neuen Gebet.
Cohen kannte es. Es war das Totengebet. Er lächelte. »Man sagt nicht Kaddisch zu sich selbst, David«, sagte er leise, mit ebensoviel Mitleid wie Verachtung in der Stimme. »Nein, David, das tut man nicht.«
Dann ging er an Ovadia vorbei, hinaus aus seinem Büro und mitten hinein in das Gedränge aus wartenden Reportern, Beamten aus dem vierten Stock und anderen Behördenangestellten aus dem russi-

schen Viertel, die die Nachricht gehört hatten und daran teilhaben wollten.

Er ging durch die Menge hindurch und blieb nur einmal stehen, um Levy zu sagen, er möge Ovadia in eine Arrestzelle sperren. Daß Levy ihm zuflüsterte, der Generalinspektor sei am Telefon und wolle ihn sprechen, ignorierte er ebenso wie Shvillis Hinweis, die in Haft genommenen Verdächtigen packten bereits aus und beschuldigten sich gegenseitig. Zwei Männer, die angeblich für die Granaten auf dem Tempelberg verantwortlich waren, hatten einen dritten des Anschlags auf die Friedensdemonstration beschuldigt. Cohen ignorierte auch Abulafia, der mit ausgestreckten Händen auf ihn zukam, um ihm zu gratulieren, und er überhörte alle, die seinen Namen riefen: Reporter, Kollegen und auch Ovadia, der schrie: »Cohen, he, Cohen, kommen Sie zurück! Ich bin noch nicht erledigt! Cohen!«

Er war auf dem Weg nach Hause. Er würde schlafen, lange und in Frieden. Und als er in die Stadt hinaustrat, die das Morgenlicht in gleißendes Weiß tauchte, dachte er: Wenn ich aufwache, rufe ich Ahuva an, und wir verabreden uns zu einem ganz besonderen Abendessen.

42

EIN PAAR TAGE SPÄTER – Cohen hatte Genesungsurlaub und war zu Hause – klopfte Schwartz, der Einsatzleiter der Jerusalemer Polizei, an seine Tür. »Es tut mir leid, daß ich dich zu Hause störe, Avram«, sagte Schwartz, »aber es gibt da etwas, worüber ich gerne mit dir reden möchte.«

Cohen begrüßte ihn und ließ ihn eintreten.

»Stell dir mal einen Mann vor«, begann Schwartz nervös, »einen alten Mann. Einen, der davongekommen ist, so wie wir beide. Er baut sich ein neues Leben auf, nicht hier, sondern weit weg in einem anderen Land. Aber du weißt ja, man wird das nicht los, kommt nie mehr davon weg. Nur – der Mann bildet sich ein, er hätte es geschafft. Und eines Tages kommt er hierher. Bevor er stirbt, will er zum ersten und einzigen Mal Jerusalem sehen ... Avram?«

»Ich höre«, sagte Cohen, die Augen geschlossen vor dem hellen Tageslicht, das ins Zimmer flutete, aber auch vor den Erinnerungen, die sich nie vertreiben ließen.

»Ich komme gleich zur Sache, wirklich«, beteuerte Schwartz.

»Ich höre«, wiederholte Cohen.

»Er kommt also her – und begegnet jemandem. Von dort. Einem der schlimmsten von der Sorte, wie wir sie beide damals gekannt haben.«

»Ja?« sagte Cohen.

»Der Mann will Rache. Wie viele Jahre hat er darauf gewartet? Wie lange ist es her? Zwei Generationen? Wer fragt in der dritten Generation noch nach Rache? Doch der andere war ein Kapo. *Ein Kapo*, Avram ...« Schwartz spuckte das Wort geradezu aus.

»Der Bettler war ein Kapo«, sagte Cohen, der plötzlich begriff, worauf Schwartz hinauswollte. Er räusperte sich. Welch bittere Ironie! »Kam

als Bettler hierher, um Buße zu tun«, murmelte Cohen. »So eine heilige Stadt ...«
Cohen erinnerte sich an die Kapos im Lager. Einige waren ausgewählt worden, andere hatten sich freiwillig gemeldet. Einige nutzten ihre vorübergehend sichere Stellung dazu, den übrigen Häftlingen das Leben leichter zu machen; andere hatten ihren Spaß an dem Leid und halfen den Peinigern nach besten Kräften. Cohen blickte unvermittelt auf und sah Schwartz ins erwartungsvolle Gesicht. »Aber du warst es nicht, Yosef, bitte, tu mir das nicht an. Du hast ihn nicht umgebracht ...«
»Nein, nein, natürlich nicht«, erwiderte Schwartz. »Ich war's nicht. Aber der alte Mann. Er kam auf die Wache. Er sprach Jiddisch. Saß auf der Bank unten in der Wache und führte Selbstgespräche auf jiddisch. Er wollte irgend etwas gestehen, und wiederholte es immer wieder: ›Ich will ein Geständnis ablegen.‹ Kein Mensch da unten hat ihn verstanden. Wer versteht heute noch *Mámeloschn*? Die *Charedim*, sonst niemand. Na ja, und ich, ich versteh's auch. Also hörte ich mir an, was er zu sagen hatte. ›Der Bettler heißt Schneidermann‹, sagt er. ›Ich hielt ihn für tot. Da komm' ich nach Jerusalem‹, sagt er, ›da komm' ich in die Stadt des Friedens – und wen seh' ich? Ihn! Schneidermann. Den Kapo. Nur weil ich ihn seit Ende der Lagerzeit für tot hielt, konnte ich überhaupt weiterleben. Wie sollte ich nun weiterleben können, wenn ich ihn am Leben ließ? Wissen Sie, was er getan hat?‹ Ja, das hat der alte Mann mich gefragt, Avram, und ich wußte natürlich Bescheid. Ich kenne die Kapos. Genau wie du.«
»Was hast du also getan?« fragte Cohen.
»Nichts. Ich hab' ihn nach Hause geschickt.«
Cohen seufzte, sagte jedoch nichts.
»Der Mann ist durchgedreht, die Sache hat ihn verrückt gemacht«, sagte Schwartz mit Emphase und setzte in einem Anflug gespielten Heldenmuts hinzu: »Wenn ich gewußt hätte, daß dieser Bettler ein Kapo war, dann hätte ich ihn selber umgebracht!«
»Nein, das hättest du nicht«, sagte Cohen freundlich.
»Er hat es verdient, dieser Kapo«, sagte Schwartz. »Er hat es wirklich nicht anders verdient.«
»Kann sein«, sagte Cohen. »Wahrscheinlich sogar.«

»Der alte Mann ist wieder abgereist«, erklärte Schwartz eigensinnig, »zurück nach New York.«
Cohen legte den Füller nieder und rieb über das Ekzem an seinem Arm. »Da gab es einen Kapo«, sagte er gedankenverloren, »der immer einen Stock dabeihatte. Der war nicht sehr lang, der Stock, aber hart.« Cohen bedeckte sein Gesicht mit den Händen. »Und dann ... da ...« Seine Hand erstickte die Worte. Er sprach nicht weiter. Erinnerungen an die Schläge narbten seine Seele wie die Falten sein Gesicht. »Ja«, sagte er schließlich, »sie zu töten war richtig – damals, und wenn es darum ging, selbst mit dem Leben davonzukommen.« Er sah auf. »Aber nicht hier – und nicht heute!«
»Ich habe getan, was ich für richtig hielt«, sagte Schwartz, »und ich hatte das Gefühl, ich müsse es dir sagen.« Er erhob sich vom Sofa, auf dem er saß, und griff nach seiner Uniformmütze.
»Warum hast du bis jetzt damit gewartet?« fragte Cohen.
»Weil ich fürchtete, du würdest mir genau das erzählen, was du mir eben erzählt hast. Daß es ein Fehler gewesen ist. Daß ich ihn nicht hätte laufenlassen sollen. Aber jetzt kam mir zu Ohren, daß du vielleicht aus dem Dienst ausscheidest und daß die Politiker nicht gerade glücklich darüber sind, wie die Dinge gelaufen sind. Wie ich höre, gehst du vielleicht in den Ruhestand.«
»Das dauert noch Monate«, sagte Cohen. »Wenn überhaupt.«
»Ich dachte mir, du hast es verdient, rechtzeitig davon zu erfahren«, sagte Schwartz. »Damit du in der Sache noch etwas unternehmen kannst – sofern du es willst. Ich meine, solange du noch in einer entsprechenden Position bist. Im Amt, meine ich ...« In seiner Stimme schwang eine Entschuldigung mit; seine Haltung verriet, daß er mit Zuspruch rechnete. In nervöser Erwartung stand er da und drehte seine Mütze in den Händen.
Cohen strich sanft über seinen Unterarm. Er mußte an das entstellte Gesicht des Bettlers denken und an all das, was die Kapos damals getan hatten.
»Du hättest sicher das Richtige getan«, ergänzte Schwartz, der einerseits sein eigenes Handeln erklären wollte, andererseits aber von Cohen eine Antwort erhoffte. »Schließlich bist du ja jetzt der Hohepriester«, fügte er, halb verlegen, halb schmeichlerisch, hinzu.

»Was soll das heißen?« brummte Cohen unwirsch.
»Na, so nennt man dich doch jetzt überall im Amt. *HaCohen Hagadol.* Ehrlich, das ist kein Witz. Die Sekretärinnen, die jungen Beamten … Sogar die höheren Chargen, du kennst ja den vierten Stock.«
Cohen mochte den Titel nicht, hatte aber nichts gegen die Zuneigung und Bewunderung einzuwenden, die zur Prägung dieses Spitznamens geführt haben mußten. Über Schwartz' Verlegenheit sah er hinweg.
»Du möchtest wissen, wie ich gehandelt hätte?« fragte er.
Schwartz nickte.
Cohen ging zum Fenster mit Ausblick auf den Garten. Sein Kater Suspect schlich sich an einen Wiedehopf heran, der auf einem niedrigen Ast ausruhte. Cohen beugte sich aus dem Fenster und klatschte einmal fest in die Hände. Der Kater wurde abgelenkt, und der aufgescheuchte Vogel flatterte davon. Cohen sah ihn in den oberen Ästen des Eukalyptusbaums verschwinden. Der Kater putzte sich wütend.
Cohen drehte sich zu seinem verunsicherten Kollegen um. »Ich hätte den Mann verhaftet«, sagte er tonlos.
Bestürzt sah Schwartz ihn an.
»Ich hätte mich dafür eingesetzt, ihn mit Milde und Verständnis zu behandeln. Ich hätte gesagt, dieser Mann stellt für die Gesellschaft keinerlei Gefahr dar und der Gerechtigkeit wäre mit seiner Freilassung am ehesten gedient. Aber verhaftet hätte ich ihn. Denn das ist die Wahrheit, Yosef, und um die geht und dreht sich alles. Auch hier in dieser Stadt. Besonders in dieser Stadt.«

Linda Davies

Das Schlangennest

384 Seiten, gebunden, Schutzumschlag

Als die junge und attraktive Börsenmaklerin Sarah vom Direktor der Bank of England um einen Geschäftstermin gebeten wird, ahnt sie nicht, was der wohlgenährte Bonvivant wirklich mit ihr vorhat. Und erst recht nicht, daß James Bartrop, Leiter des Rauschgiftdezernates beim britischen Geheimdienst, hinter der ganzen Sache steckt. Kurzentschlossen geht sie auf den Vorschlag ein, eine hochdotierte Stelle als Devisenhändlerin bei der größten Londoner Bank zu übernehmen – und, im Gegenzug, über die dortigen, dubios erscheinenden Geschäfte zu berichten. Gleich an ihrem ersten Arbeitstag im »Schlangennest« stolpert Sarah über die merkwürdigen Arbeitsmethoden ihres neuen Chefs Dante Scarpirato und ihres Kollegen Matthew Arnott: Geheime Telefonate mit dem Direktor der Italienischen Zentralbank lassen auf Mafia-Kontakte schließen. Doch gleichzeitig fühlt sich Sarah zu dem undurchsichtigen Scarpirato unweigerlich hingezogen … Als ihre enge Freundin und »Komplizin« Mosami ermordet wird, weiß Sarah, daß sie das nächste Opfer der skrupellosen Spekulanten sein kann. Von ihren Auftraggebern im Stich gelassen, beschließt die junge Frau, auf eigene Faust zu handeln, und entwickelt einen genialen Plan.

Cornelius Fischer

Mit einem Fuß im Paradies

320 Seiten, gebunden, Schutzumschlag

Von mehreren Dingen träumt Ivo, ein vierzehnjähriger Junge in Paris, der sich mit seinen Freunden mit Gelegenheitsdiebstählen über Wasser hält: vom Fudschijama, von einem anderen Leben, von allem, was fern ist. Fern ist auch seine Mutter, die ihn, als er klein war, und seinen Vater, mit dem er in der abgerissenen Wohnung zusammenlebte, verlassen hat, wegen eines anderen Mannes und wegen eines Lebens, in dem Träume Wirklichkeit sein könnten. Als er der schönen dreißigjährigen Tonja begegnet, glaubt er, in ihr seine verlorene Mutter zu finden. Zwischen Abweisung und Anziehung begegnet sich das ungleiche Paar – sie, die mit dem verwahrlosten jungen Wolf nichts anzufangen weiß, er, der geliebt werden möchte. In dem Paris seiner Zeit, das ein Paris der Liebe, aber auch der Gewalt ist, finden die Hure und der Dieb auf schwierige Weise zueinander, und das zeigt eins: wie einsam jeder sein kann und wie schwer es ist, ohne Liebe zu leben … Mit leichter Hand zeichnet Cornelius Fischer in dieser zarten Liebesgeschichte eigentlich ein modernes Märchen, bei dem am Ende alle erlöst werden wollen, weil sie ihr Leben leben, weil sie ihrer eigenen, sich selbst zugefügten Kälte entkommen, weil sie über den anderen zu sich selbst gefunden haben.